Die Autorin, Jahrgang 1986, wuchs im Schwalm-Eder-Kreis auf. Nach dem Studium der Humanmedizin in Marburg an der Lahn führte sie die Facharztausbildung nach Karlstad, Schweden, wo sie über sieben Jahre lebte und arbeitete. Während dieser Zeit lernte sie allerhand schwedische Traditionen und liebevolle Eigenarten kennen und erfuhr, was es bedeutet, plötzlich Ausländerin zu sein. Noch mehr hingegen lernte sie über Deutschland, nun, als Halbaußenstehende. Derzeit ist sie als Frauenärztin in beiden Ländern tätig und verfügt über eine doppelte Staatsbürgerschaft. Die flexiblen Arbeitseinsätze bieten die Möglichkeit einer weitestgehend unabhängigen Freizeitgestaltung, welche sie sowohl für interessante Reisen als auch zum Schreiben nutzt. *Zurückwandern* ist ihr erster Roman.

Tallulah Älvskog

Zurückwandern

Bibliografische Information der Deutschen Nationalbibliothek: Die Deutsche Nationalbibliothek verzeichnet diese Publikation in der Deutschen Nationalbibliografie; detaillierte bibliografische Daten sind im Internet über dnb.dnb.de abrufbar.

Dieses Buch ist ein fiktiver Roman. Handlung und Personen sind frei erfunden. Eventuelle Ähnlichkeiten mit lebenden oder toten Personen sind rein zufällig und nicht beabsichtigt.

Lektorat: Romy Schneider

ISBN Softcover: 978-3-347-95707-7
ISBN Hardcover: 978-3-347-95708-4
ISBN E-Book: 978-3-347-95709-1

Druck und Distribution im Auftrag der Autorin:
tredition GmbH, An der Strusbek 10, 22926 Ahrensburg, Germany

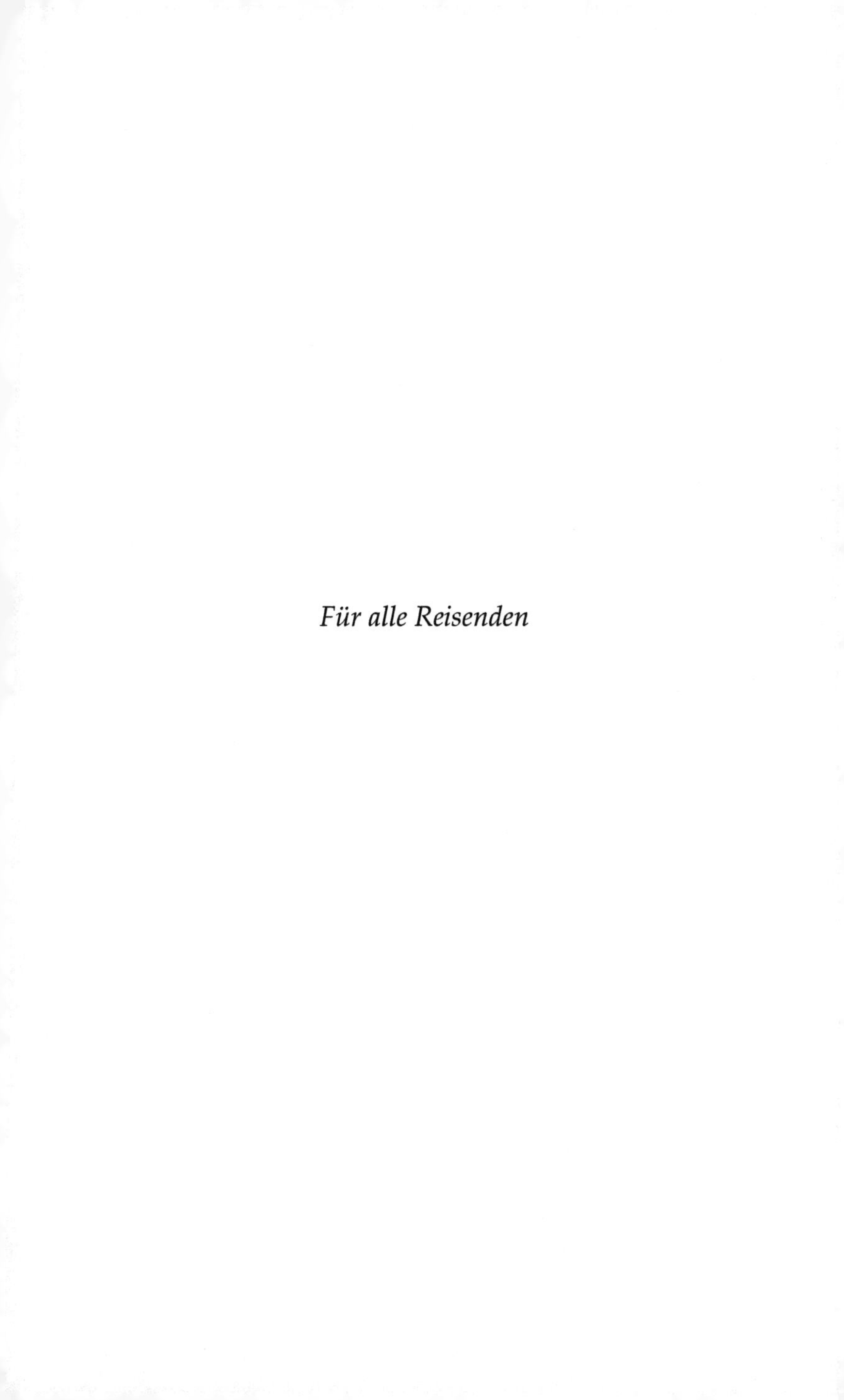

Für alle Reisenden

1.

Ich stehe an der U-Bahn-Haltestelle am Bahnhof in Stuttgart-Feuerbach. Mein Gepäck stapelt sich neben mir: mein großer Koffer, mein kleiner Koffer für das Handgepäck, quer darüberliegend meine Jacke mit einem Halstuch, das ich notdürftig in einen der Jackenärmel gestopft habe, und schließlich darauf balancierend meine zu große Handtasche, die ich nur für Reisen nehme und von deren Riemen mir die linke Schulter wehtut. Kalter Schweiß läuft mir den Nacken runter und mir ist warm und kalt zugleich, so, wie es sich eben nur dann anfühlt, wenn man nach langer und hektischer Reise in beengten Räumen endlich Gelegenheit hat, die Jacke auszuziehen.

Ich knete mir die Schulter, starre sehnsüchtig zu dem kleinen Bäckereigeschäft am Bahnhof gegenüber und stelle mir vor, einen Kaffee in einem Pappbecher zu kaufen und dazu vielleicht eine Kirschtasche oder auch ein französisches Schokoladenbrötchen. Ich habe keinen großen Hunger und von den bereits konsumierten Mengen an schlechtem Kaffee tut mir der Magen weh.

Aber ich würde mich sehr darüber freuen, mal wieder eine richtige Bäckerei zu betreten. Bäckereien gibt es in Schweden kaum. Ich habe jedoch keine Lust, meine Koffer erneut Richtung Bahnhof zu zerren, um sie danach in den kleinen Räumlichkeiten der Bäckerei zwischen Tablettrückgabe und Sitzecke zu quetschen und jedes Mal, wenn eine Person den Laden betritt und sich gezwungen sieht, um meinen Gepäckstapel herumzutänzeln, entschuldigend, jedoch schulterzuckend zu lächeln. Außerdem würde sich der Rückweg zur U-Bahn mit Kaffee in der Hand deutlich schwieriger gestalten als der Hinweg und mein Gebäckstück würde vermutlich in der übervollen Handtasche bis zur Unkenntlichkeit zerdrückt werden. Danach würde ich mir entweder die Zunge am heißen Kaffee verbrennen oder mir aber beim Versuch, den Plastikdeckel zu entfernen, Kaffee über den Schoß schütten. Ich lächele bei dem Gedanken. Nein, es ist wohl wirklich besser, ich bleibe einfach hier stehen, nehme direkt die nächste U-Bahn und trinke danach einen Kaffee in der Wohnung meiner Freundin Hannah. Oder vielleicht zur Abwechslung mal einen Tee.

Ich bleibe also stehen, schließe die Augen und atme tief durch. Es riecht nach Heimat, obwohl ich in Stuttgart nie zu Hause war. Die Luft scheint in Deutschland wenigstens in den warmen Monaten deutlich süßer zu sein als in Schweden. Und wenn man mich fragen würde, was mir in Schweden am meisten gefehlt hat, dann ist es wohl dieser mir so eindeutig typische Geruch. In meiner Vorstellung mischt sich dieser Duft einer Wildblumenwiese mit dem Aroma reifer Trauben, auch hier, inmitten der Stadt, wo ein jeder Geruch von Autoabgasen und Feinstaub überlagert zu werden scheint.

Deutschland hat aus offensichtlichen klimabedingten Gründen eine andere Flora als Schweden: die sommergrünen Laub- und Mischwälder Mitteleuropas werden von Südschweden an nach Norden hin von gemäßigten Berg- und borealen Nadelwäldern abgelöst. Dieses immergrüne Kleid des Nordens besteht vor allem aus kälteresistenten Fichten, Lärchen, Kiefern und Tannen – jenen Bäumen, die keine langen Sommer für ein etwaiges Blätterwachstum brauchen. In meiner ehemaligen Wahlheimat Mittelschweden waren Laubbäume daher eher selten, mit Ausnahme von

Birken, einzelnen Pappeln und natürlich diversen Obstbäumen in den Privatgärten. Mir ist gut erinnerlich, wie ich mich auf Fahrten nach Südschweden über ein Wiedersehen mit Eichen, Buchen und Eschen freute.

Ich bilde mir ein, dass sich dieses wohlige Gefühl von Heimat, das mich unweigerlich beim Betreten von deutschem Boden überkommt, auf eben diesen süßlichen Geruch zurückführen lässt, und versuche, ihn objektiv anhand der Flora zu erklären. Jedoch muss ich mir ehrlicherweise eingestehen, dass mein Blick sicherlich romantisch verklärt und mein Empfinden mit einer beträchtlichen Prise Nostalgie gewürzt ist. Die sommerliche Luft mag nach Eschen und Buchen riechen, vielleicht sogar nach Widlblumenwiesen und reifen Trauben. Vor allem jedoch weckt sie unbewusst Erinnerungen: Daran, wie ich bei meinen Großeltern in der Abenddämmerung auf dem Balkon saß, Fledermäuse beobachtete und zu viel Eis aß, mit Freunden nachts zum Baden ins Freibad schlich, von einer Burgruine aus in den Nachthimmel schaute und meinen ersten vorsichtigen Kuss bekam.

Ich blicke hinunter auf die Schienen in der Hoffnung, vielleicht eine Maus zu sehen, die sich im Gleisbett auf Nahrungssuche begeben hat, aber nichts rührt sich. Nur wenige Sekunden später höre ich, wie sich die U-Bahn nähert, und noch bevor sie quietschend zum Halten kommt, packe ich meine Koffer und werfe mir erneut die Tasche auf die schmerzende Schulter. Nur noch ein kurzes Stück mit der Bahn und etwa zweihundert Meter zu Fuß, dann bin ich für heute angekommen. Ich trete ein Stück zur Seite und lasse Fahrgäste aussteigen. Um mich herum bildet sich eine beträchtliche Menschentraube, und noch während die Fahrgäste die Bahn verlassen, drängen die ersten an mir vorbei in das Abteil. In mir macht sich Unmut breit, das Verhalten dieser Menschen scheint mir rücksichtslos und egozentrisch; in Schweden hingegen empfand ich das artige Schlangestehen und die ausgeprägte gegenseitige Rücksichtsnahme in manchen Situationen als fast schon zu weichlich. Mein Ärger ob eines solchen Details überrascht mich; ich bin in den gut sieben Jahren in Schweden wohl schwedischer geworden, als ich dachte.

„Ja?", erklingt Hannahs verzerrte Stimme durch die Gegensprechanlage.

„Ich bin es, Karla", antworte ich kurz.

Nach einer langen Sekunde ertönt das Summen der Tür, ich ziehe sie auf und versuche, sie mit dem Fuß aufzuhalten, während ich angestrengt beide Koffer an mir vorbei in das Treppenhaus schiebe.

„Schön, dass du da bist!", höre ich Hannah rufen, noch bevor sie am oberen Ende der Treppe erscheint.

Ich lasse meine Tasche fallen, springe ihr zwei Stufen gleichzeitig nehmend entgegen und schließe sie fest in die Arme.

„Schön, dass ich hier sein darf", murmele ich glücklich. Ausgiebig genieße ich den Augenblick, Hannahs weiches Haar an meiner Wange, den Geruch ihres dezenten Parfüms, ihre Hände auf meinem Rücken. „Es ist so schön, dich endlich wiederzusehen."

„Das finde ich auch!", antwortet sie und strahlt mich an.

Für einen Augenblick betrachten wir uns freudig und zugleich neugierig, suchen unbewusst nach Dingen, die sich verändert haben mögen und nehmen doch nur wahr, was gleich geblieben ist: die Windpockennarbe über der Augenbraue, das Muttermal knapp unterhalb des Schlüsselbeins, diese eine widerspenstige Haarsträhne, die einem ständig in die Stirn fällt.

„Komm!“, sagt Hannah schließlich und geht die Stufen hinunter zu meinem Gepäck.

Sie nimmt einen meiner Koffer und gemeinsam schleppen wir mein Gepäck in ihre Wohnung, die für die nächste Zeit auch mein Zuhause sein soll.

2.

Wir sitzen am Küchentisch, ein jeder mit einer dampfenden Tasse Tee in der Hand. Ich habe die Ellbogen auf dem Tisch aufgestützt, halte die Tasse in beiden Händen und atme tief den Dampf ein; deutlich lieber als den Geschmack von Tee mag ich seinen Geruch. Hannah sitzt mir gegenüber, weit zurückgelehnt und das rechte Knie an die Tischkante gelegt. Sie hält ihre Tasse in der linken Hand, während sie mit der rechten wild gestikuliert. Es erscheint mir surreal, wirklich hier zu sein und mit Hannah an einem Tisch zu sitzen. Wir haben während meiner Zeit in Schweden ab und zu telefoniert, manchmal auch mit Video. Viele Dinge hinter ihr – die Blumen auf der Fensterbank, den Kalender an der Wand – erkenne ich daher wieder, aber nun bin ich wirklich hier, in dieser bekannten und dennoch fremden Küche, könnte an den Blumen riechen und den Kalender berühren. Vor allem jedoch erfahre ich, wie der Rest des Raumes aussieht, kann mir Hannahs Leben hier vorstellen und werde dadurch unbemerkt wieder ein Teil davon. Hannahs Küche ist bunt und mehr oder weniger gewollt in einem Shabby Chic gehalten: Weder unsere beiden Stühle noch unsere beiden Tassen passen zueinander und auf dem türkisfarbenen Holztisch kann ich einzelne Brandflecken erkennen, die wohl vor langer Zeit einmal ein unachtsamer Zigarettenraucher hinterlassen haben muss. Die Möbel stammen sicherlich noch aus Hannahs WG-Zeiten in Tübingen und erzählen mit ihren Kratzern, Kerben und Flecken unzählige Geschichten aus Hannahs Leben, an denen ich nicht persönlich teilhaben konnte. Ich will ihnen gerne zuhören.

Ich beobachte sie, während sie spricht: Hannah unterstreicht viele ihrer Worte mit entsprechender Gestik, was sie selbstbewusst und überzeugend auftreten lässt. Aber manchmal fährt sie unbewusst mit dem Zeigefinger Kratzer im Lack des Tisches nach, beißt sich vorsichtig auf die Unterlippe, wenn sie nachdenkt, und streicht sich zwischendurch immer wieder eine unsichtbare Strähne ihres langen Haares hinter das Ohr. In solchen Momenten wirkt selbst Hannah zerbrechlich. Es sind viele Jahre vergangen, seit wir uns das erste Mal begegnet sind; heute lassen sich nur noch verblasste Spuren des vorlauten Mädchens mit dem rotblonden, struppigen Haar und den spindeldürren, von Schrammen und Pflastern überzogenen Beinen erkennen. Aber ihre vielen Sommersprossen über Wangen und Nase, die waren geblieben, und ebenso ihr funkelnder Blick aus ihren graublauen Augen, wenn sie sich für irgendetwas begeistert oder vehement einsetzt.

Hannah war meine Ferienfreundin gewesen. Sie wohnte mit ihren Eltern im selben Mehrfamilienhaus wie meine Tante Sonja, bei der ich einen Großteil meiner Schulferien verbrachte. An einem späten Nachmittag – es war bei meinem ersten Besuch – saß ich in der untergehenden Sonne auf dem Bürgersteig vor dem Haus und malte mit Straßenmalkreide Hüpfkästchen auf den Asphalt. Ich summte vor mich hin und beobachtete, wie kleine Stückchen der groben Kreide beim Malen abbröselten und sich als Puder auf dem Asphalt sammelten. Plötzlich fiel ein langer Schatten über meine Zeichnungen, und noch bevor ich realisierte, dass jemand in meiner unmittelbaren Nähe sein musste, hörte ich die Stimme eines Kindes: „Du machst das falsch!“

Hannah stand fast neben mir, breitbeinig, die Hände in die Hüften gestemmt, und schaute mich tadelnd an.

Ich sah zuerst ihre ausgetretenen Sandalen, dann wanderte mein Blick weiter zu dem bunten Pflaster an ihrem rechten Knie über ihr mehrfach geflicktes, gemustertes Kleid zum linken Unterarm, der von Aufklebetattoos übersäht war, und traf schließlich direkt den ihren, der mich kurz zusammenzucken ließ. Im ersten Moment hatte ich Angst vor diesem Mädchen. Doch es machte einen weiteren Schritt auf mich zu, nahm eine meiner Kreiden und sah mich mit einem Grinsen voller Zahnlücken an.

„Es macht mehr Spaß", erklärte es mir dann, „wenn man Zahlen überspringt und dann vor- und zurückhüpfen muss." Sie änderte zwei meiner Zahlen ab. „Schau, so."

Gemeinsam spielten wir, bis wir zum Abendessen gerufen wurden. So traf ich Hannah.

Seit dem haben wir fast jeden Tag meiner Ferien gemeinsam verbracht. Wir lernten zusammen Rollschuhlaufen, sammelten Kastanien im Feuerbacher Tal und bauten uns einen geheimen Unterschlupf am Klettergerüst auf dem Spielplatz. Wenige Male hat sie mich auch bei meinen Eltern im Saarland besucht, aber dort wirkte sie seltsam deplatziert und die Situation kam uns beiden befremdlich vor. Hannah war mehr Hannah, wenn sie in Stuttgart war, und ich mochte Hannah vor allem dann, wenn sie ganz sie selbst sein konnte. Konnten wir uns aufgrund der räumlichen Entfernung auch nur sporadisch in den Ferien oder mal an einem langen Wochenende sehen, so wurde sie eine meiner besten Freundinnen. Und mittlerweile ist sie darüber hinaus auch meine älteste Freundin.

Obwohl wir zunächst viele Gemeinsamkeiten teilten, sind wir später sehr unterschiedliche Wege gegangen: Hannah wohnte zwischendurch ein paar Jahre in Tübingen und studierte dort Politikwissenschaften und Philosophie, ich machte meine Ausbildung zur Floristin in Saarbrücken und wanderte anschließend nach Schweden aus. Die Vorstellung von einem Leben in Schweden hatte mich seit jenem Tag nicht losgelassen, an dem ich während eines spontanen Ausflugs mit meiner Tante in einem unscheinbaren Heidelberger Blumenladen auf den königlichen Hofflorísten traf. Er kümmerte sich nicht nur um die naheliegende Familiengrabstätte der schwedischen Königin mit deutschen Wurzeln, sondern entwarf auch die Gestecke für die bevorstehenden Hochzeitsfeierlichkeiten ihrer

Tochter. Obwohl es eher unwahrscheinlich war, dass auch ich eines Tages am Stockholmer Königshof Kränze binden würde, so faszinierte mich der Gedanke, als Floristin in Schweden zu arbeiten. Zudem zog es mich seit jeher hinaus in die große, weite Welt und an meiner Ausbildungsstelle in Saarbrücken wollte ich nach dem Abschluss nicht bleiben.

Trotz unserer unterschiedlichen Lebensentwürfe fanden Hannah und ich jedoch immer wieder genug gemeinsame Überschneidungen, um im Leben der anderen ein gewisser Ankerpunkt zu sein. Nun war Hannah Teil einer Stuttgarter Unternehmensgruppe und in dieser für Projektmanagement und die Redaktion von Texten verantwortlich. Ich zog statt Projekten lieber meine Pflanzen groß; wir genossen wohl beide auf unsere Art und Weise, etwas wachsen zu sehen.

Jetzt sitze ich ihr endlich einmal wieder gegenüber, kann den Duft ihrer Haare riechen und die Lachgrübchen um ihre Mundwinkel herum deutlich sehen. Und während ich ihren Worten lausche und mich in ihren Gedanken und Gefühlen wiederfinde, frage ich mich, wie wir uns in den letzten Jahren nur so wenig haben hören und noch weniger haben sehen können. Ich bin wieder zu Hause – bei ihr, in einer neuen Wohnung, in einer neuen Stadt – und dennoch so daheim. Die besten Freunde erkennt man daran, dass man bei einem Wiedersehen genau dort weitermacht, wo man aufgehört hat, als hätte es eine jahrelange Trennung nie gegeben. Ich bin in diesem Moment unendlich glücklich.

„Vielleicht möchtest du dich nun aber erst mal kurz ausruhen?“, fragt Hannah und trinkt den letzten Schluck Tee aus ihrer Tasse.

„Nej, det går….“, beginne ich auf Schwedisch, bemerke es jedoch direkt, pausiere kurz, atme tief durch, fange noch einmal an. „Ausruhen muss ich mich nicht“, antworte ich ihr schließlich, „aber vielleicht mache ich mich kurz etwas frisch. Ich rieche sicherlich nach abgestandener Flugzeugkabinenluft und durchgesessenen Zugabteilsitzen.“

Hannah grinst. „Selbstverständlich.“ Sie schiebt lautstark ihren Stuhl zurück, steht auf und geht an mir vorbei auf den Flur, wo noch immer mein Gepäckstapel hinter der Wohnungstür steht. „Hier ist dein Zimmer", sagt sie und öffnet dabei eine Tür am Ende des Flures.

Das Gästesofa ist ausgezogen und mit frischer Bettwäsche bezogen, auf der Fensterbank am Kopfende steht ein Strauß bunter Tulpen. Die Seitenwand des Zimmers wird von einem Regal voller Bücher und ihrem Schreibtisch eingenommen, der wider Erwarten sehr ordentlich ist. Ich bin gerührt, als mein Blick auf ein gerahmtes Foto von uns beiden fällt, das zwischen den Büchern steht. Es zeigt uns beide in einem edlen Kleid und mit jeweils einem Glas Sekt in der Hand, wir stehen eng beieinander und prosten lachend in die Kamera. Es wurde auf der Hochzeit einer gemeinsamen Freundin aufgenommen, eines der wenigen Male, bei dem wir uns bei einem meiner Besuche in Deutschland gesehen haben.

„Manchmal nutze ich das Zimmer als Arbeitszimmer oder Homeoffice", sagt sie entschuldigend. „Aber das kommt nicht sehr häufig vor."

„Ich bin ja tagsüber vermutlich eh die meiste Zeit im Blumenladen, da werden wir uns bestimmt nicht in die Quere kommen. Ich bin dir einfach wahnsinnig dankbar dafür, dass du für mich ein Eckchen zum Schlafen hast.

Dann muss ich mich doch nicht, wie von meiner Mutter befürchtet, im Laden auf alter Steckmasse zusammenrollen." Ich lächele sie an.

Hannah lacht. „Natürlich! Deine Mutter kann beruhigt sein, denn ich habe nicht nur ein Plätzchen zum Schlafen, sondern auch zum Duschen und Zähneputzen. Schau, hier ist das Bad", sagt sie und geht zu einer Tür auf der gegenüberliegenden Seite des Flurs. „Ich habe dir frische Handtücher hingehängt." Sie öffnet die Tür und deutet auf den Handtuchhalter neben der Dusche. „Die orangen sind deine. Zumindest, wenn Orange noch immer deine Lieblingsfarbe ist. Und im Spiegelschrank habe ich auch etwas Platz gemacht. Du kannst die komplette linke Hälfte nutzen." Sie zieht den Badezimmerspiegel zur Seite, um mir zu zeigen, dass sie die kleinen Regale dahinter leergeräumt hat.

„Du hast es wirklich schön hier!", sage ich und blicke mich im Bad um. „Und ich freue mich richtig, dass ich deine Wohnung mal live sehen kann."

„Stimmt, du warst noch gar nicht hier, oder?"

„In dieser Wohnung noch nicht, nein. Die kenne ich bisher nur flüchtig von unseren Videogesprächen."

„Dann hast du jetzt ja ausreichend Zeit, alles kennenzulernen, die Wohnung, das Viertel und natürlich die ganze Stadt." Hannah geht zurück auf den Flur und greift einen meiner Koffer. „Die Küche kennst du ja schon. Willkommen zu Hause", sagt sie strahlend, während sie den Koffer in das Gästezimmer zieht.

„Ach, Hannah?"

„Ja?"

„Orange ist noch immer meine Lieblingsfarbe."

Hannah verabschiedet sich mit einem Lächeln und zieht die Tür hinter sich zu. Kurz überlege ich zu duschen, verwerfe den Gedanken jedoch und krame stattdessen in den Tiefen meines Koffers nach einem Deo.

„Hier, das habe ich dir mitgebracht", sage ich, als ich nur wenige Minuten später erneut die Küche betrete.

„Nanu, das ging aber schnell!"

„Ich habe gerade nicht die nötige Ruhe für längere Aktionen im Bad. Hier, bitteschön!", antworte ich und breite meine Mitbringsel vor Hannah auf dem Küchentisch aus.

„Was hast du denn bloß alles dabei?"

„Allerlei schwedische Kleinigkeiten, von denen ich dachte, dass man sie in Stuttgart nicht unbedingt bekommt: Elchschinken, Salzlakritz, *Kalles Kaviar,* also mit Frischkäse gemischten Kaviar aus der Tube, ein Paket *Löfbergs Lila*-Kaffee und eine Überraschung", sage ich und deute lächelnd auf ein in Geschenkpapier eingeschlagenes Päckchen.

„Vielen Dank!", sagt Hannah und packt es vorsichtig aus. Sie nimmt den Tischläufer aus Leinen heraus, hält ihn mit ausgestreckten Armen vor sich und begutachtet das feingewebte Muster. „O Karla, der ist ja wunderschön!"

„Mir hat er auch sehr gut gefallen. Er ist aus der Leinenweberei, die auch die Tischdecken für die Nobelpreisgala webt", füge ich erklärend hinzu.

„Wow, ein Läufer mit Geschichte. Vielen Dank!"

„Ich danke dir, Hannah."

Ich liege im Bett und blicke auf den Lichtkegel an der Decke, der von der Straßenlaterne draußen unweit des Fensters hereingeworfen wird. Nachts, so habe ich das Gefühl, werden Räume lebendig: Lichter flackern und malen Schattenbilder an die Wand, Dielenböden knarzen, schwere Holzmöbel beginnen zu arbeiten. Es ist dieses leise Spiel der Nacht, das einem in neuen Räumlichkeiten zunächst fremd vorkommt. Ich bin müde, aber ich kann nicht schlafen. Der Gesang meiner neuen vier Wände ist mir unvertraut, mir fehlt das leise Ticken meines alten Weckers und der heimelige Schein der Leuchtreklamen von der Tankstelle gegenüber, den ich anfangs noch als störend empfunden hatte. Zugleich schwingt in diesem Gesang die Spannung eines Neuanfangs mit. Und so liege ich hier, die Bettdecke bis zu den Ohren hochgezogen, lausche meinem eigenen Atem und versuche, so viel wie möglich dieser neuen Melodie in mir aufzunehmen.

3.

Meine Tante Sonja hatte den Blumenladen in den frühen neunziger Jahren erworben. Er liegt ebenfalls in Stuttgart-Feuerbach, an einer kleinen urigen Straße in Richtung Feuerbacher Tal, welche von schlecht gestopften Schlaglöchern gesäumt ist und dadurch an einen liebevoll gestalteten Flickenteppich längst vergangener Tage erinnert. Die Straße ist so bunt wie die Leute, die sie bewohnen. Hier gehen die Ausläufer der Stadt seicht ins Feuerbacher Tal über und scheinen sich, Fingern gleich, an diese verbliebene Grünfläche zu krallen. Die Hektik der Großstadt wird abgelöst von ländlicher Gemütlichkeit, Ampeln werden schrittweise durch Bäume ersetzt und Tauben sind nicht mehr die dominierende Vogelart.

Bei meiner Tante hatte ich mir meine Faszination für Pflanzen abgeschaut, die sich im Laufe meines Lebens zunächst zu einer Leidenschaft und schließlich zu einer großen Liebe entwickeln sollte. Bereits als Kind verbrachte ich während der Ferien viele Stunden mit ihr in diesem Laden, half, Blumenstängel für Gestecke und Sträuße zu kürzen, und durfte mich später auch selbst an kleineren Gestecken versuchen. Vor allem jedoch genoss ich es, mich um die Topfpflanzen zu kümmern, sie zu gießen und sie bei Notwendigkeit von einer etwas zu dunklen in eine hellere Ecke zu verrücken. Es faszinierte mich, wie Pflanzen über Jahrhunderte und Jahrtausende hinweg, angepasst an ihre jeweiligen Lebensbedingungen, je nach Bodenbeschaffenheit längere oder kürzere Wurzeln ausbildeten oder eben auch keine, wenn sie epiphytisch auf anderen Pflanzen lebten. Wir nehmen sie nicht immer wahr, aber sie sind immer um uns herum, suchen bescheiden und unaufdringlich nach einer Möglichkeit zu wachsen und zu gedeihen, auszutreiben und zu blühen und sorgen nebenbei dafür, dass wir bessere, reinere Luft zum Atmen haben, oder tragen sogar nahrhafte Früchte. Pflanzen gibt es – wie uns Menschen auch – in allen möglichen unterschiedlichen Formen, Farben und Eigenschaften. Es gibt zarte Blumen und gewaltige Bäume; Pflanzen, die hohe Ansprüche haben und viel Pflege bedürfen, und solche, die man mehr oder weniger über Tage ignorieren kann, ohne dass sie es einem übel nehmen. Pflanzen können sehr viel aussagen, wenn sie als Blumen einen bunten Brautstrauß stellen oder jemanden zum Geburtstag überraschen. Sie können jedoch auch zum Kranz gewunden anteilnehmend schweigen und Trauer ausdrücken, wo Worte nicht ausreichen oder gar fehlen. Wenn ich neue Menschen kennenlerne, stelle ich mir nicht selten die Frage, welche Pflanze dieser Mensch wohl am ehesten repräsentieren würde, und ich wünschte mir, ich könnte die Menschen so gut verstehen wie meine grünen Lieblinge.

In Schweden arbeitete ich über sieben Jahre in dem Gartenmarkt *Plantagen*. Obwohl dieser für meine geheimen Vorstellungen eigentlich viel zu groß war, genoss ich die Arbeit. Sie war vielseitig und ich hatte die Möglichkeit, mich um diverse Bäume und Grünpflanzen zu kümmern, konnte jedoch auch beim Binden von Sträußen kreativ werden. Dennoch träumte ich von meinem eigenen Blumenladen, einem kleineren, überschaubaren Geschäft, in dem ich für meine Kunden liebevoll passende Gestecke machen und ihnen dadurch den Tag verschönern oder Trost spenden konnte.

Nun ist es so weit, ich stehe vor meinem eigenen Blumenladen. Meine Tante, zu der ich aufgrund unserer vielen gemeinsamen Stunden in diesem Geschäft eine besonders innige Verbundenheit empfand, hatte ihn mir testamentarisch vermacht. Das letzte Mal, das ich diesen Laden betreten hatte, war der Tag vor ihrer Beerdigung gewesen. Aus den wenigen zurückgelassenen Lilien, Rosen und Nelken steckte ich für sie einen letzten Gruß aus ihrem, aus unserem Laden. Ich goss und besprühte die einzelnen verbliebenen Topfpflanzen, die allesamt die Köpfe hängen ließen. Es drängte sich mir die Annahme auf, dass es meine Tante aufgrund der Schwere ihrer Erkrankung in den letzten Tagen vor ihrem Tod nicht mehr geschafft hatte, am Laden vorbeizukommen und sich um die Pflanzen zu kümmern. Ich glaubte jedoch zu wissen, dass sie es vor allem der Trauer wegen taten. Vor Trauer und vor Einsamkeit, die auch mich beim Betreten des Geschäfts überrannte, mir schwer auf den Schultern lastete und die Brust zuschnürte.

Nun, gut drei Monate später, bin ich kurz davor, den Laden erneut zu betreten. Ich blicke auf die Eingangstür und schlucke. Ich habe Angst vor einer erneuten Welle an Trauer und Einsamkeit, Angst, den Laden zu meinem zu machen und dadurch das Wir zu verdrängen. Jedoch, so weiß ich, würde ein wesentlicher Teil des Andenkens an meine Tante gleichfalls sterben, sollte ich den Laden aufgeben.

Ich schließe das alte, blaue Fahrrad, das ich mir von Hannah habe leihen können, notdürftig an einer Laterne an. Dann krame ich in meinem Leinenbeutel nach dem Schlüsselbund, den mir der Notar überreicht hatte, und stecke den Schlüssel in das alte Schloss. Schnappend schiebt sich der Riegel zurück und ich drücke die Tür auf.

Im Laden riecht es muffig, es ist seit Wochen nicht gelüftet worden. Leer sind die Regale, wo die Topfpflanzen hätten stehen, leer die Vitrinen, wo sich farbenfrohe Schnittblumen hätten tümmeln, leer der alte Hocker hinter der Kasse, wo meine Tante hätte sitzen sollen. Alles ist leer. Mir tritt eine einzelne Träne ins Auge, die ich jedoch sofort wegblinzele. Mit schnellem Schritt gehe ich zu dem Fenster an der linken Wand und mache es auf. Frühlingsluft strömt herein und verdrängt mit ihrer Frische den muffigen Geruch, und mit ihm – ein klein wenig nur – die bedrängende Leere. Ich beobachte, wie einzelne Staubkörner im hereinfallenden Sonnenlicht tanzen und irgendwo ungesehen zu Boden fallen. Die Leere war nun kein

Ende mehr, sondern die Möglichkeit eines neuen Anfangs.

„Hallo!“, höre ich Hannah rufen, noch bevor die kleine Türglocke aus Messing zu klingeln beginnt. Das Glöckchen hängt über der Tür, so lange ich denken kann; ich nehme an, dass bereits der Vorbesitzer sie montiert hatte. Ich merke, wie bei ihrem Klang mein Puls unkontrollierbar in die Höhe schießt und ich von freudiger Erwartung überrollt werde, hat mir doch jahrelange Konditionierung eingeprägt, dass bei ihrem Läuten Kundschaft den Laden betritt und ich ein paar Blumen aussuchen oder auch einen Strauß zusammenstellen darf.

Ich war gerade dabei, die alten, hölzernen Wandregale zu entstauben und auszuwischen und hatte mich von oben nach unten vorgearbeitet. Mein Eimer mit Putzwasser war dabei von Regalbrett zu Regalbrett mitgewandert und steht nun in etwa auf Schulterhöhe. Den Putzlappen halte ich in der einen Hand, mit der anderen wische ich mir schnell über die Stirn und drehe mich zu Hannah um. Sie steht in der Tür und lächelt mich an, vor ihrer Brust hält sie mit beiden Händen einen tönernen Blumentopf mit einer orangefarbenen Gerbera.

„*Nämen...!* Was machst du denn hier?“, frage ich überrascht, während ich den Putzlappen in den Eimer werfe. Ich klettere die letzte Leiterstufe hinab, gehe ein paar Schritte auf sie zu und wische mir dabei die Hände an der Hose ab.

„Ich wollte nur mal schauen, was du hier so treibst und wie sich dein Start in ein neues Leben bisher gestaltet“, antwortet sie schmunzelnd.

„Musst du um diese Uhrzeit nicht im Büro sein?“

„Ich hatte heute Morgen keine festen Termine und alles andere kann einen Augenblick warten.“

„Dann heiße ich dich hiermit herzlich willkommen in meinen derzeit noch sehr bescheidenen vier Wänden“, sage ich lächelnd und mache eine ausladende Geste in den kargen Raum hinein.

Hannah schaut sich im Laden um, ihre großen Augen scheinen dabei zum Spiegel unserer gemeinsamen Erinnerungen zu werden.

„Wahnsinn, wie lange ich schon nicht mehr hier war“, sagt sie schließlich leise und schüttelt dabei fast unmerklich den Kopf. „Schau mal, ich habe dir etwas mitgebracht." Sie geht zum Tresen und stellt den Blumentopf neben die Kasse.

„Du bringst eine Topfpflanze mit in einen Blumenladen?", frage ich amüsiert, betrachte jedoch fasziniert das leuchtende Orange der Blüten.

„Na ja, noch ist es ja kein Blumenladen, denn der würde ja Blumen voraussetzen", antwortet Hannah lachend und ich muss ihr recht geben. „Ich dachte, dass du bei all den leeren Regalen dringend eine erste Pflanze brauchen kannst."

„Danke, sie wird mir den Anfang sicher leichter machen."

Ich bin mir unsicher, ob Hannah es wusste oder ob es sich um einen schönen Zufall handelte, aber Gerbera waren seit vielen Jahren meine Lieblingsblumen. Sie waren farbenfroh, robust und von der Pflege her sehr dankbar. Mittlerweile gab es sogar eine Sorte, die sich an Kälte angepasst hatte und im Freien überwintern konnte. Ich sah in den Attributen der Gerbera und vor allem in ihrer Anpassungsfähigkeit, gerade auch an winterliche Kälte, viel von mir: Wäre ich eine Blume, ich wäre wohl eine Gerbera.

„Genauso wie du", füge ich schließlich hinzu.

Vom Tresen aus fällt Hannahs Blick auf den Durchgang zum Pausenraum, der sich direkt dahinter befindet. Er ist lediglich durch einen alten, versifften Vorhang abgetrennt, welcher zur Seite gezogen ist und so den Blick in den derzeit trostlos wirkenden Raum freigibt. Sie geht um den Tresen herum und bleibt im Durchgang stehen. Dann fährt sie mit der Hand über den Türrahmen. „Schau mal“, sagt sie schließlich, „es ist noch da.“

„Ja“, antworte ich, ohne schauen zu müssen, was sie meint. „Das habe ich vorhin auch gesehen.“

Tante Sonja hatte auf dem Türrahmen unser beider Wachstum festgehalten, daher zeigte er sich überzogen von dünnen Bleistiftstrichen auf unterschiedlichen Höhen: „Hannah 8 Jahre“ stand neben ihnen oder „Karla 9 ½ Jahre“.

„Ich glaube, das hätte Tante Sonja im Leben nicht überstreichen wollen“, sage ich und trete zu ihr an den Tresen.

Hannah nickt bedächtig.

„Komm!“, sage ich und bedeute ihr mit einem Winken, zu mir zu kommen. Ich drücke sie an den Türrahmen, greife nach dem Bleistiftstummel, der neben der Kasse liegt, und zeichne einen weiteren Strich direkt über ihrem Kopf in den Lack. „Hannah 30 ¾ Jahre“ schreibe ich daneben. Danach macht sie das Gleiche mit mir und schreibt „Karla 30 ½ Jahre“; unsere Striche befinden sich fast auf einer Höhe.

„Und? Wie ist es, wieder hier zu sein?“, fragt Hannah nach einer Weile. Sie steht am Tresen und malt mit ihrem Zeigefinger Muster und Formen in die Staubschicht. Ich beobachte, wie sie dabei Furchen nachfährt, welche sich in Jahrzehnten des emsigen Gebrauchs in das alte Holz gegraben haben. Mich erinnern sie an Narben auf menschlicher Haut, und ich finde sie schön, weil sie Geschichten eines Lebens erzählen, so wie auch Narben es tun. Eine Kerbe – ich weiß noch genau, welche – hatte zum Beispiel ich ins Holz geschlagen, als mir vor vielen Jahren beim Bestücken der Regale eine Leiter umfiel.

„Es ist noch ein bisschen ungewohnt und befremdlich“, antworte ich ehrlich. „Es fühlt sich seltsam an, ohne Tante Sonja hier zu sein. Aber zugleich freue ich mich und bin auch sehr aufgeregt, denn schließlich wird mein Traum von einem eigenen

Blumenladen wahr, auch wenn mich die Umstände, wie es zu seiner Erfüllung gekommen ist, noch ziemlich traurig machen."

„Das verstehe ich gut."

„Ich weiß", sage ich und lächele Hannah an. Dann nehme ich meinen Eimer, schütte im Pausenraum das dreckige Wasser in den Abguss und fülle frisches nach. Nur noch ein Regal, dann bin ich mit diesen erst mal fertig.

4.

Ich sitze auf dem alten, blauen Fahrrad und radele nach Hause. Es ist bereits später Nachmittag, die Sonne steht tief und die Verkehrsschilder, Ampeln und vorbeigehenden Menschen werfen lange Schatten auf den Asphalt. Aber, so stelle ich fest, es ist für Anfang April noch angenehm warm, sodass mir mein T-Shirt reicht.

Der Frühling beginnt seinen Weg über Europa bereits Ende Februar im Südwesten Portugals und wandert mit einer Geschwindigkeit von ungefähr vierzig Kilometern täglich nach Nordosten und schließlich weiter in Richtung Norden. Etwa Mitte April erreicht er auf seiner Reise Deutschland, Schweden erst Mitte Mai. Ihm nachfolgend kehren die Zugvögel zurück: Star und Bachstelze bereits im Vorfrühling, Mauersegler und Nachtigallen in den letzten Apriltagen. Die frühe Ankunft des Frühlings gehörte ebenfalls zu den Dingen, die ich in Schweden sehr vermisst habe. Ich wohnte bis vor wenigen Tagen noch gut 1500 Kilometer weiter nördlich, als ich es nun tue. Der Frühling war folglich etwa 37 Tage später bei mir, als er es jetzt ist, und mit ihm die ersten Blumen, die ersten Zugvögel, der erste Spaziergang ohne Jacke mit anschließendem Eisessen in der Frühlingssonne. Dementsprechend ist es in diesen frühen Apriltagen auch etwa fünf bis zehn Grad wärmer als in Schweden, und in diesem Moment, im T-Shirt auf meinem Fahrrad sitzend, fällt mir dies besonders auf. Ich frage mich, wie ich in den letzten Jahren auch nur einen einzigen Tag länger als notwendig auf den ersten Frühlingstag habe warten können.

Der deutlich spätere Frühlingsanfang gehört wohl zu den vielen Dingen, die sich begeisterte Schwedenreisende nicht bewusst machen. Die meisten Tourist*innen kommen in den warmen Monaten und verknüpfen Schweden mit langen, sonnigen Tagen und unendlichen Weiten, mit leuchtend kupferroten Häuschen, die sich kontrastreich in tiefblauen Seen spiegeln, und üppigen grünen Wäldern, in denen man nur vereinzelt auf andere Menschen trifft. Sie mieten ein Wohnmobil oder packen einen großen Rucksack mit Campingkocher und Funktionshemden und genießen eine Freiheit, wie es sie nur in Skandinavien zu geben scheint. Schweden hat mit einer Größe von über

450 000 km^2 fast ein Drittel mehr Fläche als Deutschland, zugleich entspricht die Bevölkerung von gut zehn Millionen Menschen einem Bruchteil derer, die sich auf deutschem Boden in vielen Städten regelrecht zu tummeln, ja, zu drängen scheinen. Dies spiegelt sich dementsprechend in der Bevölkerungsdichte wider: Während in Deutschland im Durchschnitt etwa 232,5 Menschen pro Quadratkilometer leben, so sind es in Schweden gerade einmal 23,0. Die Verteilung innerhalb Schwedens entspricht dabei der seiner Nachbarländer Norwegen und Finnland. Am dichtesten besiedelt ist der Süden, dem sich auch die Hauptstadt Stockholm sowie die Großstädte Göteborg und Malmö zuordnen lassen. Nach Norden hin nimmt die Menschendichte zunehmend ab und beträgt in Norrbotten, nördlich des Polarkreises, nur noch ungefähr 2,4 Menschen pro Quadratkilometer. Schweden hat im Vergleich zu Deutschland also Platz, viel Platz. Zudem gibt es in Schweden das *allemansrätt,* das Jedermannsrecht, welches einem jeden Menschen das Recht zuspricht, sich in der Natur aufzuhalten und dabei ihre Früchte zu genießen, solange man sich an den ideellen Grundsatz *inte störa – inte förstöra* (nicht stören – nicht zerstören)

hält und der Umwelt und seinen Mitmenschen Respekt entgegenbringt. Einem jeden ist es gestattet, auch in privaten Wäldern Pilze und Beeren zu sammeln und unter gewissen Voraussetzungen wild zu campieren und Feuer zu machen. Schwedentourist*innen leben den Traum von einem scheinbar gänzlich unabhängigen Reisen: Sie folgen dem Nordwind durchs Land, vorbei an weiten Seen und schroffen Gebirgsketten, übernachten im Zelt an jenen unbekannten Orten, wo es sie zufällig hinverschlagen hat, und grillen mit etwas Glück am Abend einen selbst gefangenen Fisch über dem Feuer. Schweden klingt nach Abenteuer, Einsamkeit und viel Ruhe. Und wenn sie sich irgendwann wieder auf den Heimweg machen, so tragen sie den rauchigen Geruch von Lagerfeuer und Wildnis mit sich, er hat sich festgesetzt an der Kleidung, vor allem jedoch im Gedächtnis und löst unweigerlich den Wunsch danach aus, bald zurückzukehren oder – noch besser – dass ein solches Leben ewig währen möge.

Der Sommer ist traumhaft, aber er dauert nur etwa drei Monate. Im Herbst sind alle Häuschen grau.

Hannah war am Nachmittag wiedergekommen und hatte mir dabei geholfen, die zwei großen Schaufenster zur Straße hin zu putzen und den Boden zu wischen. Nun war es im Laden wieder sauber und es roch frisch. Als wir eine kleine Pause einlegen wollten, stellten wir mit Entsetzen fest, dass die Kaffeemaschine meiner Tante, die immer im Pausenraum auf der äußersten Ecke der Spüle gestanden hatte, verschwunden war. Ich nahm an, dass meine Tante sie mitgenommen hatte, als langsam absehbar wurde, dass sie nicht mehr so viel Zeit im Laden würde verbringen können. Eine Kaffeemaschine, so hatten Hannah und ich beschlossen, war jedoch existenziell und so würde ich mir zeitnah eine neue anschaffen müssen.

Ich war mit dem heutigen Tag zufrieden. Der erste Schritt, der größte Schritt, den Laden wieder zu betreten, war geschafft. Nun würde täglich ein kleiner Schritt hinzukommen. Ich musste noch etwas aufräumen und das Lager ausmisten, Angebote unterschiedlicher Blumenlieferanten einholen und mich intensiver mit der Buchführung beschäftigen, meine ersten Bestellungen tätigen und den Laden wiedereröffnen. Auf Dauer würde ich auch renovieren wollen; der gelbstichige Linoleumboden stammt sicherlich noch aus den späten siebziger Jahren und es ist heutzutage nur schwer nachvollziehbar, dass man ihn jemals schön fand. Er ist jedoch noch immer funktionell, wenn auch mittlerweile von schwarzen Striemen überzogen und an vielen Stellen abgetreten. Auch die alten, hölzernen Wandregale aus Eiche sind nicht mehr zeitgemäß und für meinen Geschmack viel zu dunkel, ich würde sie durch hellere, leichtere Möbel ersetzen wollen. Der Pausenraum ist derzeit trostlos und die beiden einfachen Stühle, die um den runden Holztisch herumstehen, haben gewackelt, so lange ich denken kann. Es sind jedoch, wie ich ebenfalls vom Notar erfahren habe, noch einige Rechnungen offen, die meine Tante nicht vollständig hat abbezahlen können, von Blumenlieferungen, die sie bestellt hatte, nicht wissend, dass ihr für den Verkauf der Blumen keine Zeit mehr bleiben würde. So würde ich einen Großteil meiner Einnahmen zunächst für den Begleich ausstehender Schulden brauchen. Außerdem, so musste ich mir ebenfalls eingestehen, gibt es mir für den Augenblick ein Gefühl von Geborgenheit in dieser noch relativ fremden Stadt, dass der Laden genauso ausschaut, wie ich ihn in Erinnerung behalten habe, genau so, wie meine Tante ihn mir hinterlassen hat. Im Wesentlichen sollen es ohnehin die Blumen und Pflanzen sein, die für frische Farbe sorgen und den Laden wieder erblühen lassen.

Ich schließe das Fahrrad am Fahrradständer an, der vor Hannahs Haus steht, und laufe die wenigen Stufen zur Haustür hoch. Morgen, so weiß ich, würde es sich weniger einsam anfühlen, den Laden zu betreten, denn schließlich stehen die orangefarbenen Gerbera neben der Kasse und verleihen ihm einen Hauch von erster Fröhlichkeit.

5.

Ich komme mir vor wie ein Kind in einem Spielzeugwarenladen, als ich durch die Regale gehe und dabei immer wieder ungläubig einzelne Produkte berühre und zum Teil freudestrahlend in die Hand nehme. Hannah läuft vor mir und schiebt den Einkaufswagen durch die engen Gänge. Sie hat einen Ellbogen auf den Griff gestützt und liest ihren Einkaufszettel halblaut murmelnd durch. Wir hatten uns bereits den Weg durch die Obst- und Gemüseabteilung gebahnt und gehen nun am Brot vorbei zu den Kühlregalen.

„Brot hatten wir doch aufgeschrieben!“ Ich deute auf das übervolle Regal neben mir.

„Ja, aber das holen wir natürlich draußen frisch vom Bäcker.“

„Stimmt, es gibt hier ja einen Bäcker. Das hatte ich schon wieder vergessen.“

„Wo kauft man denn in Schweden sein Brot?“, fragt Hannah und schaut mich interessiert an.

„In den meisten Fällen im Supermarkt.“

„Und frische Brötchen?“

„Ebenfalls. Und das schränkt die Auswahl meiner Meinung nach doch etwas ein."

„Was hast du denn dann immer gefrühstückt?"

„Das Gleiche wie zuvor in Saarbrücken: Kaffee."

Hannah muss lachen.

„Dem abgepackten Brot aus dem Supermarkt ist häufig ein Sirup beigemischt, der es ziemlich süß macht", erkläre ich. „Das mochte ich an manchen Tagen gerne, an anderen weniger. Aber es gibt auch ein relativ neutrales, typisch schwedisches Fladenbrot, *tunnbröd,* aus dem man sich leckere Wraps machen kann. Das kann ich dir ja beim nächsten Mal aus Schweden mitbringen, falls du es probieren magst."

„Das passt bestimmt ganz hervorragend zu dem Elchschinken und dem mit Frischkäse vermischten Kaviar aus der Tube."

Nun muss ich lachen. „Du wirst sicherlich auf den Geschmack kommen! Aber nun freue ich mich erst mal wahnsinnig auf frisches, dunkles Brot!"

Wir ziehen weiter durch die Reihen. Natürlich, viele der Not- oder auch Nichtnotwendigkeiten auf den Regalbrettern gibt es so auch in Schweden, so wie in Zeiten des Globalismus in fast allen entfernten Teilen der Welt. Aber sie heißen hier nun mal anders. Marken, die mir in Schweden nur sehr vereinzelt begegnet sind, finden sich hier zuhauf und geben mir ein wohliges Gefühl von Heimat. Das Mehl zum Beispiel erinnert mich an glückliches Plätzchenbacken mit der Oma: Ich sehe ihr altes Rezeptbuch vor mir, wo sie bereits seit den fünfziger Jahren Rezepte – ausgeschnitten von der Rückseite von Puddingverpackungen oder aus diversen Zeitschriften – eingeklebt hat. Es riecht nach Vanillezucker und die Seiten sind teilweise mit Teig besprenkelt. Die Butter erinnert mich an Kochabende mit Freund*innen: Ich sehe uns zu dritt um den Küchentisch sitzen, Paprika und Zwiebeln schneiden, während zwei am Herd stehen und etwas anbraten, ein halb zerflossenenes Päckchen Butter neben ihnen liegend. Mehl ist Mehl und Butter ist Butter. Aber es macht mich gerade glücklicher, als es vielleicht sollte, dass Markennamen draufstehen, die ich schon als Kind kannte. Diese Welle an Euphorie kann möglicherweise ein jeder nachvollziehen, der Comics aus Kindertagen auf dem Dachboden findet, die abgetragene Schlaghose, ein altes Tagebuch. Oder aber vor dem Süßigkeitenregal stehend feststellt, dass Leckmuscheln und Kaugummizigaretten ein Comeback erleben.

Als kurz darauf zusätzlich ein eigentlich sehr nerviger Jingle durch den Laden schallt und ich mich initial darüber wundere, dass er auf Deutsch ist, beginne ich noch ein bisschen mehr zu verstehen, dass ich wirklich wieder da bin und was das für mich bedeutet: Ich habe das Gefühl, wieder zu Hause zu sein, hier, zwischen Essiggurken und Ketchup.

Es sind vor allem Kleinigkeiten, die ich im Ausland vermisst habe. Natürlich habe ich mich ab und an danach gesehnt, meine Familie regelmäßiger besuchen oder in einem Buchladen spontan ein Buch in meiner Muttersprache kaufen zu können. Aber generell fehlen den meisten Menschen wohl eher alltägliche Kleinigkeiten: In Schweden gibt es keinen Schmand und auch keine Kartoffelklöße. Es handelt sich in der zur Verfügung stehenden Fülle an Nahrungsmitteln lediglich um lächerliche Details, man stellt dennoch irgendwann mit einer leichten Verwunderung fest, dass man Gerichte nicht mehr genau so kochen kann, wie man es ursprünglich gelernt hatte, man müsste einfach zu viele Dinge ersetzen oder gar auslassen. Diese geringfügigen Abänderungen erstrecken sich mehr oder weniger ausgeprägt in einen jeden Bereich des alltäglichen Lebens. Hat man dies einmal realisiert – es mag Wochen, Monate oder vielleicht auch Jahre dauern – und sich damit auseinandergesetzt, was dies für das eigene Leben auf Dauer bedeuten könnte, steht man an einem Scheideweg: Man kehrt um, hält an gewissen Dingen fest und versucht mühsam, sie zu importieren und zu etablieren, oder man lässt sich komplett auf ein neues Leben mit seinen spannenden Abänderungen ein. Wenn man zum Beispiel bereit ist, sich am Kochen schwedischer Gerichte zu versuchen, sieht man sich plötzlich auf die zur Verfügung stehende große Auswahl an gepuhlten Krabben und eingelegtem Hering geradezu angewiesen. Und ging man anfangs auf der verzweifelten Suche nach Schmand schnellen Schrittes daran vorbei, weil diese Lebensmittel bisher – wenn überhaupt – eine sehr untergeordnete Rolle gespielt haben oder man mit ihnen nichts anzufangen wusste, so stellte man nach einer Weile fest, dass man sie für mehr und mehr Gerichte plötzlich brauchte. Unweigerlich wird man dem permanenten Input einer neuen Küche, eines neuen Alltags, einer neuen Normalität unterworfen. Diese kann man aufsaugen wie einen Küchenschwamm oder abperlen lassen wie Teflon. Mir sind beide Haltungen begegnet.

Dazwischen gibt es ein ganzes Spektrum an Möglichkeiten. Im ersten Jahr in Schweden fehlte mir ein Karnevalsumzug, allerdings bei Weitem nicht genug, als dass ich krampfhaft versucht hätte, einen solchen mit verwunderten Schwed*innen auf die Beine zu stellen. Als Saarländerin importierte ich jedoch flaschenweise Apfelwein, ein Freund von mir eingelegte Kirschen im Glas. So brauchte wohl jeder, versuchte er auch noch so sehr, ein Küchenschwamm zu sein, irgendwo in der Ferne seine Schmusedecke.

Der Gedanke, wieder nach Deutschland zu ziehen, ist langsam in mir gewachsen. Als ich nach Schweden zog, hatte Zeit keine Bedeutung. Ich war dreiundzwanzig, voller Abenteuerlust, die Welt war groß und wollte entdeckt werden. Die mir zur Verfügung stehende Zeit schien unendlich. Erst später stellt man fest, dass sie unaufhaltsam durch unsere Hände rinnt wie feiner Sand. Menschen werden älter und krank, Kinder werden geboren und wachsen auf. Man beobachtet alles aus der Ferne und fragt sich, ob man nicht auf Dauer glücklicher werden würde, könnte man im Leben geliebter Menschen wieder präsenter sein.

Ich fühlte mich in Schweden sehr wohl, ich hatte einen tollen Freundeskreis, liebte meine Arbeit und konnte die Sprache fließend sprechen, wenn auch natürlich nicht akzent- und fehlerfrei. So schob ich den Gedanken, wieder nach Deutschland zu ziehen, erst mal weit weg. Aber der erste Gedanke, der unscheinbare Samen war gesäht, er wuchs und wurde größer, drückte und drängte und brach sich schließlich seinen Weg, so wie ein Löwenzahn mit stetem Mühen harten Asphalt zu durchstoßen vermag. Und irgendwann musste ich einsehen: Mir fehlte in Schweden etwas, Kleinigkeiten nur, aber ich war mir ziemlich sicher, ich wollte auf Dauer zurück nach Deutschland. Ich mochte auf Schwedisch träumen, lebte jedoch zugleich immer weniger den Traum von Schweden.

Ich wollte Gefühle wieder in meiner Muttersprache äußern und Sekt im Supermarkt kaufen können, Sankt Martins-Umzüge sehen und auf große Weihnachtsmärkte gehen. Ich freute mich darauf, keine

Ausländerin mehr zu sein: Darauf, nicht mehr nur schulterzuckend danebenzustehen, wenn sich Schwed*innen über Kindersendungen der neunziger Jahre austauschten, sondern wieder mitreden zu können. Darauf, Partylieder wieder in einer ganzen Gruppe von Menschen mitgrölen zu können, Loriot-Sketche zu zitieren und verstanden zu werden.

Vor allem aber freute ich mich darauf, nicht mehrfach wöchentlich danach gefragt zu werden, wo ich eigentlich herkomme, also ursprünglich, was ich in Schweden tue und wie es mir hier gefällt. Diese Fragen sind sicherlich lieb gemeint und zeugen in den meisten Fällen von einem ehrlichen Interesse des Gegenübers. Aber sie zwingen meiner Meinung nach die befragte Person auch immer dazu, sich als „nicht richtig" schwedisch zu outen, man wird ungewollt als abgesondert von der Gemeinschaft aufgefasst und damit in eine Außenseiterposition gedrängt. Dabei sah ich mich in Schweden als sehr schwedisch, ja, wirklich, ich zahlte meine Steuern, organisierte Mitarbeiterfeste, konnte mehrere Trinklieder auswendig und sah *Beck* im Fernsehen. Ich hätte nicht gewusst, was ich mehr hätte tun können, um als „richtig schwedisch" gelten zu dürfen. Stattdessen nach einem Leben gefragt zu werden, das ich jahrelang nicht gelebt hatte, von einem Land erzählen zu müssen, in dem ich jahrelang nicht gewohnt hatte, erschien mir paradox und eigenartig. Mir war zugleich bewusst, dass ich es dabei noch wahnsinnig gut haben musste, und fragte mich, wie es all jenen Menschen auf der Welt erging, die ebenfalls außerhalb ihres Geburtslandes lebten, deren Akzent jedoch deutlicher war als meiner, oder deren äußerliche Merkmale von vielen Leuten nicht als ursprünglich zu der Wahlheimat passend aufgefasst wurden. Wenn mich manche Fragen bereits nach einigen Jahren im Ausland störten, wie nervig mussten sie dann für diejenigen sein, die bereits in der dritten Generation in dem Land lebten? Ich habe aufgehört, entsprechende Fragen zu stellen. Manchmal interessiert es mich, wo jemand herkommt, der offensichtlich nicht meine Muttersprache spricht, aber ich muss nicht von jedem Menschen alles wissen oder mein Gegenüber dazu nötigen, wegen meines persönlichen Interesses oder auch meiner Sensationslust seine private Lebensgeschichte preiszugeben. Sollte einer solchen Begegnung eine Freundschaft entspringen, würde die entspechende Person vielleicht von sich aus gewisse Dinge erzählen wollen.

Schwed*innen sind, verallgemeinert gesprochen, sicherlich nicht neugieriger als andere Menschen, im Gegenteil: Häufig hatte ich das Gefühl, dass sie deutlich vorsichtiger mit ihren Fragen waren, distanzierter, respektvoller, bemühter darum, dem Gegenüber nicht auf die Füße zu treten oder es gar zu verletzen. Die Fragerei fiel mir in Schweden nur zum ersten Mal auf, allein deswegen, weil es bisher das einzige Land war, in dem ich Ausländerin war, nicht Touristin oder Urlauberin. Und so steht Schweden lediglich stellvertretend für jedes andere Land der Erde, in dem jemand Ausländer*in ist oder als solche empfunden wird.

Der Blumenladen war damit nicht der absolute Grund, weshalb ich mich nun zwischen deutschen Supermarktregalen wiederfand und von einer Welle an Nostalgie überrollt wurde, aber er war der endgültige Auslöser, den ich brauchte, ein kräftiger Tritt in den Hintern, den Löwenzahn im Asphalt nicht weiterhin zu ignorieren, sondern hinzusehen, meinen Gedanken und Gefühlen nachzugehen und auszuprobieren, wohin sie mich führen würden. Manchmal, so denke ich bei mir, scheint es für alles einen Grund zu geben.

Erst, als ich zu frösteln beginne und sich mein Gesicht eiskalt anfühlt, merke ich, dass ich minutenlang über der Kühltruhe gestanden und ins Leere gestarrt haben muss.

„Karla?“, höre ich Hannah aus der Ferne rufen.

Ich richte mich auf und sehe zu ihr.

„Gibt es denn jetzt Falafeln oder nicht? Sonst brauchen wir auch keine Kichererbsen für den Hummus zu kaufen!“, sagt sie und hebt eine Konservendose in die Höhe.

Ich schaue wieder in die Kühltruhe und greife nach einem Päckchen Falafeln, das zwischen Tiefkühlpommes und Pizza liegt.

„Ja, gibt es!“, antworte ich ihr.

6.

Ich bin gierig nach diesem neuen alten Leben. Ich will auf der Autobahn fahren und mich über dreckige Rastplatztoiletten aufregen, mich über deutsche Unterhaltungen im Radio freuen und kurz danach doch wegschalten, weil zu viel gelabert wird. Ich will Brezeln beim Bäcker kaufen und mich darüber ärgern, dass ich den kleinen Betrag nicht mit Karte zahlen kann, ich will in die Sauna gehen und mich darüber wundern, dass alle nackt sind, ich will das alles, ohne Abkürzung.

Das alles, denke ich bei mir, als ich hüpfend die Treppe hinunterlaufe. Der Morgen hatte wunderschön begonnen, bereits als ich gegen viertel vor sieben aufgestanden war, zeigte das Thermometer zehn Grad an. Ich wachte von den ersten Sonnenstrahlen auf, lange, bevor mein Wecker klingelte, und als ich zum Lüften das Fenster öffnete, sang unweit von diesem auf einem alten Baum ein Grünfinkenweibchen ihr glückliches Lied. Hannah und ich hatten uns eine große Kanne Kaffee gemacht und eine ganze Weile in der Küche beieinandergesessen, geredet, gelacht und philosophiert. Wir hatten außerdem festgestellt, dass wir bei unserem gestrigen Einkauf das Brot schließlich doch vergessen hatten, sowohl frisches Brot vom Bäcker als auch Toastbrot. Nun hatten wir jede Menge Aufschnitt sowie diverse Aufstriche jedoch keinerlei Grundlage dafür. Ich musste lachen, als wir uns ein Schüsselchen mit Müsli und Milch füllten; in Schweden hatte ich immer ein großes Rad Knäckebrot im Schrank gehabt, für Notfälle, für zwischendurch, für eben solche Momente.

Gestern hatten wir vor dem Abendessen den Keller durchstöbert; Hannah war sich sicher gewesen, dass sie noch eine alte Kaffeemaschine hatte, sie verblieb jedoch unauffindbar. Stattdessen fanden wir einen alten Radiorekorder, der schon in ihrer Tübinger WG in der Küche gestanden hatte. Diesen unter den Arm geklemmt, setze ich mich nun aufs Fahrrad. Vogelgesang, Kaffee, Musik. Heute war wirklich ein schöner Morgen.

Feuerbach döst noch, als ich gemütlich zum Blumenladen radele. Vereinzelt treffe ich Leute auf der Straße, vor allem Hundebesitzer*innen, die in der frischen Frühlingsluft die erste Runde des Tages drehen, und einige wenige Geschäftsinhaber*innen, die vor ihrer Tür zu kehren beginnen. Die Stadt erscheint mir wie ein einziger großer Organismus, der in den frühen Morgenstunden nur langsam und träge anläuft. Dessen Straßen, U- und S-Bahnen jedoch nur kurze Zeit später von Tausenden von emsigen Menschen gefüllt und belebt werden. Der sich um die Mittagszeit durch den Druck und die Energie kurz aufzubäumen scheint, bevor er am späten Nachmittag – wenn die Massen an Autos, von Hupkonzerten begleitet, die ächzende Stadt wieder verlassen – nahezu kollabiert. Ein ewiger Kreislauf. Ich möchte ein Teil davon sein, ein Rädchen im Getriebe, eine Ameise im Haufen. Ich habe lange nicht in einer großen Stadt gewohnt; meine ehemalige Wahlheimatstadt umfasste gut 65 000 Menschen und war damit Landeshauptstadt. Sie lag umgeben von Schwedens größtem Binnensee und längstem Fluss, eingebettet in dunkle Wälder, an dessen Wegen nur einzelne Briefkästen davon zeugten, dass Menschen irgendwo im Dunkel in kleinen Häuschen wohnten. Traumhaft, war man Naturliebhaber*in, wollte man wandern oder Kanu fahren. Aber die Stadt fühlte sich für mich nur dann richtig nach Stadt an, wenn in der Samstagnacht traubenweise angetrunkene Menschen auf dem Marktplatz standen oder Schnellimbisse bevölkerten, weil die Kneipen und Nachtclubs bereits um zwei Uhr schlossen. Mir war nach der langen Zeit wieder nach Trubel, ich wollte in einer zu vollen S-Bahn stehen, an Foodtrucks im Vorbeigehen Essen kaufen, diverse Museen anschauen, die Nächte bis zum frühen Morgen durchtanzen.

Ich schließe mein Rad an derselben Laterne an wie am Vortag und betrachte den Laden. „Sonjas Sonnenblumen“ steht auf dem großen Schild, das sich über die gesamte Fensterfront erstreckt, das gemeinsame „O“ ist natürlich als Sonnenblume abgebildet. Ich habe den Namen immer sehr gerne gemocht, denn er war in vieler Hinsicht passend: Wäre Tante Sonja eine Blume, sie wäre definitiv eine Sonnenblume gewesen: warm, herzig, strahlend, den Blick stets in das Licht, auf das Positive gerichtet.

Ich möchte das Schild behalten, zugleich weiß ich, dass ich es früher oder später würde ersetzen müssen, allein schon, um den Leuten zu zeigen: Es geht hier weiter, mit frischem Wind.

Beim Betreten des Ladens werde ich von dem leuchtenden Orange meiner Gerbera begrüßt, die auf ihrem Platz neben der Kasse ausgeharrt hat. Vorsichtig stecke ich einen Finger in die Erde. Feucht. Es geht ihr prima. Ich stelle den Radiorekorder auf die äußere Ecke der Spüle, wo früher die Kaffeemaschine gestanden hatte, und schalte ihn ein. Ich muss nur eine kurze Zeit suchen, dann finde ich zufällig die Frequenz eines Stuttgarter Senders, auf dem gerade Survivors *Burning heart* läuft. Ich beginne mitzusingen, obwohl ich den Text nicht sicher kenne. Ich fühle mich durch den wundervollen Morgen motiviert und beschließe, meine heutige Energie für den Lagerraum zu nutzen; dieser verläuft parallel zu dem Pausenraum und ist über diesen durch eine Tür im hinteren Teil zu erreichen.

Die alte, weiße Holztür hängt etwas schräg in den Angeln und schließt nach oben nicht mehr dicht ab. Mit einem Knarzen lässt sie sich nach innen öffnen und für einen Moment habe ich die Befürchtung, dass sie aus den Angeln bricht.

Der Lagerraum ist fensterlos und daher dunkel und muffig. Ich taste die Wand nach dem Lichtschalter ab und frage mich, wer es für eine gute Idee gehalten hatte, in dunklen Räumen den Lichtschalter im Zimmer selbst anzubringen, statt außen neben der Tür. Schließlich finde ich ihn. Surrend geht die nackte, mittig von der Decke hängende Glühlampe an, flackert leicht, spendet jedoch Licht.

Es bietet sich mir kein schreckliches Bild; ich hatte mir viel Unordnung vorgestellt: Regale voller Gerümpel und unnütze Gerätschaften. Nicht, dass meine Tante unordentlich gewesen wäre, aber ich hatte Sorge gehabt, dass jemand – als meine Tante den Laden nicht mehr richtig bewirtschaften konnte – ihn als zusätzliche Lagerfläche zweckentfremdet haben könnte. Aber dem ist nicht so. Die Wände sind ringsherum von sparsam bestückten Regalen gesäumt und in der Mitte stehen drei größere Kartons, ansonsten ist der Raum leer. Ich mache ein paar Schritte hinein und habe das Gefühl, dass bei jedem Schritt der dicke Staub unter meinen Schuhsohlen knirscht. Ich lasse meinen Blick über die Regale wandern, sehe einzelne Dekosäulen und Figuren aus Terrakotta, Übertöpfe und diverse Kisten von der ungefähren Größe eines Schuhkartons. Draußen läuft nun Michael Jacksons *Wanna be startin' somethin'*. Na, dann packen wir es mal an.

Im Schneidersitz sitze ich im Pausenraum auf dem Boden, umgeben von Schachteln, Blumentöpfen und anderem, mehr oder weniger nützlichem Krempel. Ich hatte beschlossen, Regal für Regal zum Säubern abzuräumen, die Sachen anschließend durchzusehen und sortiert wieder einzuräumen. Einen Großteil, so hatte ich bereits festgestellt, würde ich jedoch wegwerfen müssen: Ich fand Flaschen von Pflanzennahrung, die das Haltbarkeitsdatum bereits vor Jahren überschritten hatten, neben alter Steckmasse. In einem kleinen Karton waren einige noch gut erhaltene Glückwunsch- und Trauerkarten, welche ich auf einen Stapel legte.

Ich greife nach einem weiteren kleinen Karton, *Oasis* steht darauf. Ich rechne fest damit, auch in diesem bröselige Steckmasse oder verbogenen Blumendraht vorzufinden, werde jedoch angenehm überrascht: In ihm liegen gut zwanzig alte Stuttgarter Ansichtskarten. Ich wundere mich und blicke überlegend an die Decke. Ich kann mich nicht daran erinnern, dass Tante Sonja jemals Ansichtskarten in ihrem Laden verkauft hat. Stück für Stück schaue ich sie mir an. Auf einer erkenne ich die alte *Eszet*-Fabrik und ahne, dass die Karte deutlich älter sein muss, als ich es zunächst angenommen hatte. Ich drehe sie um, suche nach einer Jahreszahl und finde tatsächlich das Jahr 1969 im Kleingedruckten auf der Rückseite stehend. Ich kontrolliere auch die anderen Karten, sie stammen allesamt aus den siebziger und achtziger Jahren. Sie mussten noch von dem vorherigen Besitzer des Geschäfts sein.

Ich lege die Karten neben mich, blicke erneut in den Karton und finde einen schlecht zusammengefalteten Stuttgarter Stadtplan, dem Aussehen nach ebenfalls gut fünfzig Jahre alt. Ich nehme auch ihn aus dem Karton und bin im Begriff, ihn zu entfalten, als ich etwas auf dem Boden des Kartons aufblitzen sehe. Ich greife nach dem Gegenstand und betrachte ihn interessiert. Es handelt sich um eine silberne Halskette mit einem aufwendig verzierten Anhänger, der an die Form einer stilisierten Sonne erinnert. Wo sie wohl herkommen mag? Ob sie meiner Tante gehört hat? Aber warum sollte sie eine Halskette in ihrem Lagerraum verstauen? Vorsichtig lege ich die Kette zurück und begutachte stattdessen den Stadtplan. Ein großes Kreuz ist mit Kugelschreiber darauf eingezeichnet, an der Stelle, wo sich der Laden befindet. Mir wird mulmig zumute, die Situation ist mir unheimlich. Es hat vermutlich keinerlei Bedeutung, aber in diesem Moment bin ich dennoch dankbar, dass ich in meinem hellen Pausenraum sitze und nicht im dunklen Lager.

Ich greife nach dem Handy und rufe Hannah an.

„Hey, ist dir langweilig?“, fragt sie zur Begrüßung.

„Eigentlich nicht“, antworte ich, „ich räume fleißig das Lager auf und höre dabei Musik.“

„Wie schön, dass das alte Radio noch seine Funktion erfüllt. Ich hatte gar nicht mehr daran gedacht, dass ich das noch im Keller hatte. Kommst du denn gut voran?“

„So weit schon.“ Einen Augenblick überlege ich, Hannah von meinem seltsamen Fund zu erzählen, aber ich möchte mich lieber ablenken lassen. „Ich wollte einfach kurz deine Stimme hören. Was machst du denn gerade?“

Ich höre Hannah nur mit einem halben Ohr zu, während sie mir von ihrem Morgen auf der Arbeit berichtet, immer wieder fällt mein Blick ungewollt auf den Stadtplan. Aber es tut gut, mit ihr zu plaudern, und noch bevor wir aufgelegt haben, habe ich sämtliche Gegenstände wieder im Karton verstaut und selbigen verschlossen. Unschlüssig, was ich mit ihm anfangen soll, stelle ich ihn zurück ins Regal, rücke ihn jedoch in die hinterste Ecke, wo ich ihn vorerst nicht würde sehen müssen.

Ich brauche eine Pause vom Aufräumen, setze mich an den Tisch und überblicke amüsiert das Chaos. Dann fasse ich den Entschluss, mich erst mal lieber mit Blumenlieferanten im Stuttgarter Raum zu beschäftigen, und schaue, was sich online finden lässt. Das – so stelle ich schnell fest – macht doch deutlich mehr Freude.

7.

Wir können direkt heute Morgen vorbeikommen!", ruft Hannah mir zu. Ich stehe noch in Unterhose und T-Shirt im Bad und putze mir die Zähne. Zahnpasta tropft mir aufs T-Shirt.

„Sie ist bis zehn Uhr zu Hause."

Hannah hatte sich am Vorabend daran gemacht, für mich eine Kaffeemaschine aufzutreiben. Es sollte sich nach ein paar Telefonaten herausstellen, dass eine Freundin von ihr tatsächlich eine wenig genutzte abzugeben hatte. Hannahs Eifer ist in meinen Augen übertrieben, da ich durchaus mal ein paar Stunden ohne Kaffee auskomme, aber ich weiß, dass es ihr primär darum geht, ihre bedingungslose Bereitschaft zur Unterstützung zu unterstreichen, und das rechne ich ihr sehr hoch an.

Ich spucke die Zahnpasta ins Waschbecken. „Alles klar!"

Selbst war ich am Vorabend noch eine ganze Weile damit beschäftigt gewesen, den Lagerraum wieder einzuräumen und eine neue Ordnung hineinzubringen.

Die großen Kartons mussten jedoch blöderweise vorerst in der Raummitte stehen bleiben, sie enthielten Dekoartikel, die zu hoch waren für die Regale.

Als ich mich bücke, um mir meine Hose anzuziehen, merke ich, dass mir der Rücken vom gestrigen Räumen und dem langem Sitzen auf dem Boden wehtut, und ich habe Muskelkater in den Armen. Aber ich bin sehr zufrieden damit, wieder einen großen Schritt weitergegangen zu sein.

„Bist du bald so weit?", fragt Hannah, die bereits mit Fahrradhelm auf dem Kopf im Flur auf mich wartet.

„Sofort, ich beeile mich!", antworte ich und springe an ihr vorbei in mein Zimmer. „Es dauert immer eine Weile, bis ich alles zusammengesucht habe."

Hannah taucht im Türrahmen auf und beobachtet, wie ich im Koffer wühle. „Soll ich dir nachher etwas Platz im Kleiderschrank frei räumen?"

„Nein, auf keinen Fall! Ich will nicht noch mehr Raum einnehmen als ohnehin schon. Auf Dauer werde ich sicherlich eine sinnvolle Ordnung in diesem Koffer etablieren", antworte ich grinsend. „Also dann, holen wir die Kaffeemaschine!"

Wir stehen im Wohnzimmer von Hannahs Freundin Miriam. Oder vielmehr, so scheint es mir, stehen Hannah und Miriam im Wohnzimmer, während ich als objektive Beobachterin direkt daneben und doch außen vor stehe. Ich fühle mich wie eine Besucherin im Zoo, die Schimpansen und Löwen durch eine Plexiglasscheibe oder ein Gitter beobachtet.

Miriam ist eine Arbeitskollegin von Hannah, aber sie kennen sich bereits vom Studium. Sie hatte ebenfalls Politikwissenschaften studiert, allerdings in Kombination mit Wirtschaftswissenschaften. Ich denke, sie wäre eine Echte Kamille, im ersten Moment gewöhnlich und unscheinbar, bei genauerer Betrachtung jedoch sehr schön und mit vielen positiven Eigenschaften, in Gemeinschaft wachsend und einander stützend.

Ich höre dem Gespräch der beiden zu, ohne jedoch wirklich zu verstehen, was sie da sagen. Schwäbelt Hannah eigentlich immer so viel? Oder vor allem dann, wenn sie mit anderen Stuttgarter*innen im Gespräch ist? Oder ist mir das bisher einfach noch nie so direkt aufgefallen? Der Klang meiner Muttersprache wirkt in diesem Moment auf mich befremdlich, auch wenn mir die Worte so vertraut sind. Ich vermisse plötzlich den schwedischen Singsang, die kehligen Laute und das stark gerollte R, das ich einfach nicht aussprechen kann. Vor allem jedoch fehlen mir zu meinem eigenen Erstaunen geläufige Floskeln wie *Vad trevligt!* – Wie nett! und *Det blir bra!* – Das wird gut! Floskeln, an denen ich mich während meiner Zeit in Schweden manchmal gestört habe, waren sie mir doch zu oberflächlich und nichtssagend und schienen häufig dann in den Raum gestellt zu werden, wenn man seine eigentliche Meinung aus Respekt vor seinem Gegenüber nicht kundtun wollte. Sie erschienen mir als hohle Phrasen, eine schöne Verpackung ohne Inhalt, im Gespräch dahingeworfen, wenn man freundlich sein, sich jedoch mit seiner Gesprächspartner*in nicht näher beschäftigen wollte. Ich konnte anfangs nur schwerlich einschätzen, woran ich in einem solchen Gespräch war, und hätte es manchmal als leichter empfunden, hätte mein Gegenüber einfach gar nichts gesagt. Aber wie man eine Sprache lernen kann, so kann man auch Floskeln und Redewendungen erlernen und schließlich gebrauchen. Und vielleicht, so denke ich mir nun, während ich Hannahs Worten lausche, sind leere

Phrasen ja vielleicht nicht immer falsch, wenn sie das Gegenüber für einen kleinen Moment glücklich machen und Anteilnahme ausdrücken.

In Schweden hat mir die deutsche Sprache gefehlt, anfangs vor allem, jedoch auch noch zu einem späteren Zeitpunkt, als ich Schwedisch sprechen konnte. Eine Sprache, so habe ich schnell festgestellt, besteht eben aus viel mehr als einzelnen Wörtern. Und ein Wort ist nicht nur ein Wort, es hat eine tiefe Bedeutung und diverse Assoziationen. Das Wort *Tisch* beinhaltet deutlich mehr als die reine Bezeichnung einer Abstellfläche, die vornehmlich für Mahlzeiten vorgesehen ist. Es steht für gemeinsame Abendessen mit der Familie, für spannende Diskussionen, hitzige Streitgespräche und viele Momente der Freude, es weckt Erinnerungen daran, wie meine Schwester ein Glas Saft umgestoßen und der Kater sich Aufschnitt geklaut hat. Das schwedische Wort *bord* hingegen bedeutet anfangs nichts, es ist tot und ohne Inhalt, eine Vokabel, die man gelernt hat. Man nutzt sie und zieht sie sich an wie ein fremdes Hemd, das man sich für einen speziellen Anlass ausgeliehen hat.

Es geht schnell, fremde Worte zu lernen, es dauert hingegen Jahre, sie mit Bedeutung zu füllen. Etwaiger emotionaler Inhalt stellt sich gegebenfalls nie ein; manche Worte verbleiben unbelebt.

Nun stelle ich fest, dass ich mich nach schwedischen Wörtern sehne, ich habe das Gefühl, sie besser verstehen, ihren Inhalt besser einschätzen zu können. Dass ich Schwedisch lernen konnte, bedeutet das, dass ich irgendwann auch Schwäbisch würde lernen können?

Ich bewege mich fast unmerklich, als ich meinen Schwerpunkt vom rechten auf das linke Bein verlagere.

„... stimmt doch, Karla?“, fragt Hannah und sieht mich an.

Ich fühle mich ertappt. Wie lange schon habe ich nicht zugehört?

„Entschuldige bitte, ich war eben in Gedanken. Was hast du mich gefragt?“

Ich versuche zuzuhören, zwinge mich dazu, auch wenn es mir schwerfällt und meine Gedanken abdriften wollen. Ich bin eifersüchtig auf Miriam, weil sie an Hannahs Studienzeit teilhaben konnte und sie auch in den letzten Jahren deutlich regelmäßiger getroffen hat, als es mir möglich gewesen war. Ich bin neidisch auf Hannah, weil sie außer mir noch eine Freundin in Stuttgart hat und es für sie so selbstverständlich ist, hier zu wohnen. Hannah ist nur richtig Hannah, wenn sie in Stuttgart ist, das war schon früher so. Sie fühlt sich hier wie ein Fisch im Wasser. Ich hingegen komme mir gerade vor wie eine Forelle, die man an Land geworfen hat und die nach Luft schnappend zu verstehen versucht, was ihr gerade passiert.

„Ich hatte nur kurz erwähnt, dass außer der dringend benötigten Kaffeemaschine eigentlich nur noch Blumen in deinem Laden fehlen."

„Das stimmt", antworte ich. „Ich habe noch ein bisschen was aufzuräumen, aber ansonsten steht einer baldigen Wiedereröffnung nichts im Weg."

„Und du wohnst nun erst mal bei Hannah?"

„Für den Anfang, ja, solange das für Hannah in Ordnung ist."

Hannah nickt mir bestätigend zu.

„Bei den horrenden Mietpreisen in Stuttgart wären meine knappen Ersparnisse schnell weg und ich werde einen Großteil davon erst mal für den Laden brauchen."

Dass ich außerdem Schulden habe, möchte ich nicht erwähnen.

„Das ist nachvollziehbar", sagt Miriam und lächelt mich an. „Die Mieten sind teilweise unbezahlbar geworden!"

„Und es ist davon abgesehen ja auch sehr schön, nach all den Jahren wieder mehr gemeinsame Zeit zu haben", sagt Hannah.

„Vor allem das", antworte ich und lächele ebenfalls. „Wir haben uns in den letzten Jahren leider kaum sehen können."

„Aber du warst doch sicherlich auch mal in Schweden, Hannah?"

„Nein, irgendwie hat sich das nicht ergeben. Total schade."

Kurz tauschen wir uns darüber aus, wie wir einander kennengelernt haben, und ich muss schmunzeln, als ich höre, dass auch Miriam von Hannahs durchaus bestimmtem Auftreten zunächst etwas eingeschüchtert war. Anschließend fallen viele Namen gemeinsamer Bekannter, die ich nicht kenne, aus gemeinsamen Zeiten, die ich versäumt habe, und während die beiden über eine Anekdote aus einer Vorlesung lachen, fühle ich mich plötzlich sehr einsam.

Die Kaffeemaschine unter dem Arm schlappe ich zur S-Bahn. Der April zeigt sich heute grau und kühl, ich ziehe den Reißverschluss meiner Jacke hoch und ärgere mich darüber, kein Halstuch umgetan zu haben. In meiner Begeisterung ob des gestrigen sonnigen Frühlingstages wäre ich heute Morgen fast ohne Jacke losgegangen und stand bei gut fünf Grad nur mit einem leichten Pullover bekleidet vor der Tür. Aber der April ist nun mal unstet, hier als auch da. Das Zentrum von Bad Cannstatt ist sicherlich schön, bei anderem Wetter, unter anderen Umständen, an einem anderen Tag. Mein Weg führt mich vorbei an Resten eines mittelalterlichen Tores über historische Straßen, gesäumt von urigen kleinen Fachwerkhäuschen, die mir in Schweden gefehlt haben. Doch habe ich gerade leider keinen Sinn für ihre Schönheit. Bad Cannstatt beginnt zu erwachen, Türgitter werden aufgeschlossen, Auslagen vor Geschäfte geschoben, Schaufensterdekorationen neu arrangiert. Im Trubel der Innenstadt fühle ich mich klein. Irgendwie scheint ein jeder zu wissen, was er zu tun hat, und ein jedes Buch steht, ein jedes Kleid hängt an seinem rechtmäßigen Platz. Nur ich, so denke ich bei mir, als mir der Aprilwind harsch ins Gesicht bläst, habe hier noch keinen.

8.

Die Kaffeemaschine steht nun neben dem Radiorekorder auf der Spüle, ich habe sie lieblos danebengequetscht und sollte sie herunterfallen, es wäre mir in diesem Moment egal. Ich blicke sie argwöhnisch an, gerade so als wäre es ihr Fehler, dass ich mich vorhin bei Miriam zwischenzeitlich unwohl gefühlt habe.

Ich hatte Miriam und Hannah noch eine Weile zugehört, mich dann aber entschuldigt und bin noch vor Hannah gegangen. Hannah musste ohnehin zum Büro in der Stuttgarter Stadtmitte, ich wollte kurz am Blumenladen in Feuerbach vorbeigehen und so hätten sich unsere Wege spätestens an der nächsten Haltestelle getrennt.

Nun sitze ich auf einem der beiden wackeligen Stühle an dem ebenso wackeligen Holztisch, gegenüber der Spüle an der anderen Wand des Pausenraumes. Ich habe einen Fuß angezogen und auf die Sitzfläche aufgestellt, lege meinen Kopf auf mein Knie und schlinge die Arme um mein Bein. Der Vorhang, der den Pausenraum von den Geschäftsräumen trennt, ist etwas zur Seite gezogen. Ich kann Teile der großen Schaufenster sehen und beobachte, wie Regentropfen zügig an ihnen herunterrinnen, ein jeder auf seiner eigenen Bahn, als hätten sie ein unsichtbares Ziel, welches nur sie kennen. Draußen laufen einzelne Menschen schnellen Schrittes vorbei, sie haben ihre Hüte und Kapuzen tief ins Gesicht gezogen und versuchen, sich mit einem lächerlich klein wirkenden Regenschirm gegen den Aprilsturm anzustemmen. Der Wind reißt und zerrt an den Schirmen wie ein Kind, das unbedingt mit dem Spielzeug seines Geschwisterkindes spielen will. Meine Gerbera neben der Kasse kann ich nicht sehen.

Mein Blick wandert zur Uhr über dem Tisch, es ist jetzt kurz vor elf. Ich frage mich, was meine alten Kolleg*innen wohl gerade machen. Jeden Tag gegen zehn Uhr morgens und drei Uhr nachmittags war für uns bei *Plantagen* Zeit für *fika*, für Kaffeepause, und wir versuchten, wenigstens ein paar Minuten dieser Zeit gemeinsam zu verbringen. Ich wusste lange nicht sicher, was genau eine *fika* ist; generell schien ihr Grundgerüst aus dem Konsum von Kaffee oder Tee zu bestehen, und manchmal gab es eine Kleinigkeit dazu.

Wurde man eingeladen, so bestand diese Kleinigkeit häufig aus süßem Gebäck – zum Beispiel *kanelbulle* oder *wienerbröd*, also Zimtschnecken oder Kopenhagener Gebäck. Zur Arbeit hingegen brachten sich die Menschen gern belegte Brote mit oder schmierten sich vor Ort ein Knäckebrot. Vom Grundprinzip her entspricht eine schwedische *fika* also einer Zwischenmahlzeit, einer Kaffeepause oder einem Snack. Das Wesentliche an einer *fika* ist jedoch nicht, ob und was geboten und konsumiert wird, sondern, dass man bewusst und ohne Ablenkung ein paar Minuten Pause macht und mit seinen Kolleg*innen die Gemeinschaft zelebriert. Ich stellte schnell fest, dass die *fika* auch in jedem noch so regen Betrieb ein Heiligtum darzustellen schien und dass zum Erhalt eines positiven Arbeitsklimas, einer guten Arbeitsmoral und damit einhergehend gesunden Mitarbeiter*innen auch von betrieblicher Seite aus Wert darauf gelegt wurde, die Möglichkeit für eine kleine, gemeinsame Pause zum gegenseitigen Austausch zu bieten. Es war anfangs ungewohnt, mit den Kolleg*innen um einen großen Tisch zu sitzen und sich über Familie und Freizeit, vor allem jedoch das Wetter zu unterhalten, während es genug Arbeit gab. Aber ich merkte, wie das Teamgefühl wuchs und ich jeden Tag mit noch größerer Freude zur Arbeit ging.

Ob sie heute bei der *fika* von mir gesprochen hatten? Ob mein Stuhl leer geblieben war?

Erst, als eine Träne auf mein Knie tropft, merke ich, dass ich angefangen habe zu weinen. Der Regen peitscht nun regelrecht gegen die Scheiben und der Wind rüttelt an den Fassaden, als würde er versuchen mich zu greifen, um mich davonzutragen. Ich wünschte mir, er würde es tun, denn jetzt in diesem Moment will ich hier weg. Ich will nach Hause.

Ich weiß nicht, wie lange ich so gesessen habe, doch es muss eine Weile gewesen sein. Als ich mich aufrichte und kurz strecke, tun mir das Knie und der Rücken weh und auch der Hintern von dem harten Holz.

Eigentlich wollte ich heute nur die Kaffeemaschine vorbeibringen und mir danach einen freien Tag gönnen; ich wollte die Stadt kennenlernen, über den Schlossplatz schlendern, mich in ein Café setzen und die Leute beobachten, wollte Straßenmusiker*innen etwas Kleingeld in den Instrumentenkasten werfen und neben alten Herrschaften sitzen, die auf einer Bank verweilen und dabei die Tauben füttern. Wollte unbekannte Geschäfte entdecken und vielleicht in das Museum für Moderne Kunst gehen. Doch der Sturm tobt noch immer, wenn auch deutlich weniger stark, und ich habe absolut keine Lust, vor die Tür zu gehen. Ziellos laufe ich wenige Schritte in Richtung Spüle. Direkt über dem Spülbecken hat die Raufasertapete durch die Feuchtigkeit Wellen geschlagen. Mit einem Finger popele ich ein Stückchen Holzfaser von der Tapete, es lässt sich leicht lösen. Ich gehe die Wand entlang, lasse dabei die Finger kontinuierlich über die Tapete gleiten und genieße die vielen unterschiedlichen Empfindungen. Dann bemerke ich eine Unebenheit, wo sich eine Tapetenbahn seitlich anzuheben und von der Wand zu lösen beginnt. Ich bleibe stehen und betrachte die Stelle etwas genauer. Die Tapete ist deutlich gelbstichig; ob dies nur vom Alter kommt oder der Vorbesitzer in diesen Räumen geraucht hat, wage ich nicht zu vermuten. Mit dem Zeigefinger gleite ich unter das abstehende Papier und beginne, die Tapete abzulösen, vorsichtig erst, dann ziehe ich mit beiden Händen ganze Streifen ab. Mir ist bewusst, dass selbst eine alte, gelbstichige Tapete deutlich schöner ist als eine nackte Wand oder eine Wand, von der die Tapete in Streifen herabhängt, aber ich weiß in diesem Moment nichts mit mir anzufangen. Ich bin traurig und wütend zugleich, ziellos und dennoch rastlos und voller überschüssiger Energie, die sich Bahn zu brechen sucht. Ich habe das Gefühl, etwas tun zu wollen, irgendetwas, und diese Kombination aus Destruktion und Veränderung tut mir gut. Immer schneller reiße ich immer mehr Tapete von der Wand.

Schließlich stehe ich in einem Berg von Schnipseln, es raschelt, wenn ich mit den Füßen auftrete. Eine Tapetenbahn habe ich fast komplett heruntergerissen oder zumindest so weit, wie es mir ohne Leiter möglich war. Ich gleite mit der Hand über die Tapete neben der Kahlstelle, fast zärtlich, so als täte mir mein plötzlicher Ausbruch leid. Dann halte ich inne. Etwa auf Schulterhöhe erscheint mir die Tapete nachgiebig und bietet auf leichten Druck hin keinen Widerstand. Ich fahre mit der Hand nach oben, unten und zu den Seiten, ertaste dort jedoch harte, kalte Wand. Erneut streiche ich über die weiche Stelle. Ist dahinter ein Hohlraum?

Ich bohre mit dem Zeigefinger durch die Tapete. Dahinter ist nichts. Ich reiße das Loch weiter ein und schließlich auch hier die Tapete von der Wand. Tatsächlich, da ist eine Nische von der Größe eines kleinen Fensters. Verdutzt blicke ich auf den nackten Stein. Erst dann bemerke ich, dass in dem Hohlraum eine kleine Kiste steht. Vorsichtig nehme ich sie in die Hand und betrachte sie genauer. Es ist eine alte, hölzerne Zigarrenkiste. Sie ist abgegriffen, ihre Ränder abgestoßen, an der Seite sind jedoch noch die Reste eines Aufklebers zu erkennen, der die Zigarren für dreißig Pfennig das Stück anpreißt. *Handelsgold*, fahre ich den eingravierten Schriftzug, der sich um zwei ebenfalls eingravierte Globi schlingt, mit den Fingern nach.

Der Geruch von kaltem Rauch liegt nun schwer in der Luft. Ob er von der Schachtel oder dem alten Gemäuer ausgeht, kann ich nicht sagen; vermutlich entspringt er meiner Fantasie.

9.

Ein vehementes Klopfen an der Tür reißt mich aus meinen Gedanken.

„Hallo?!“, höre ich Hannahs gedämpfte Rufe von draußen.

Richtig, ich hatte hinter mir abgeschlossen. Ich gehe zur Tür und schließe auf. Hannah bleibt kurz im Eingang stehen, klappt ihren Schirm ein und stellt ihn neben die Tür. Der Sturm hat sich gelegt, es nieselt jetzt nur noch leicht.

„Was für ein Wetter!“, sagt Hannah, während sie sich eine nasse Haarsträhne aus der Stirn wischt und den Reißverschluss ihrer klammen Jacke öffnet. Ihre Wimperntusche ist verlaufen und ich frage mich, wie sie trotz Schirm so nass werden konnte.

„Hast du es vor dem Sturm noch ins Trockene geschafft?“, fragt sie.

„Komm mal mit“, gebe ich ihr zur Antwort.

Gemeinsam gehen wir in den Pausenraum, Hannahs nasse Sohlen quietschen bei jedem Schritt auf dem Linoleum. Kaum ist Hannah durch den Durchgang getreten, blickt sie mit großen Augen auf die kahle Wand neben der Spüle, dann auf den mit Tapetenfetzen überzogenen Boden, anschließend sieht sie mich erst ungläubig, dann fragend an. Mit einem Nicken deute ich zum Tisch. Dort liegt die Zigarrenkiste, daneben ausgebreitet die Dinge, die sie über viele Jahre sicher in ihrem Inneren verborgen hatte: ein zarter, filigran gestalteter, silberner Ring mit einem dunkelgrünen Stein; ein vergilbtes Foto eines Brautpaares, das der Kleidung und den Frisuren nach zu urteilen in den vierziger oder fünfziger Jahren aufgenommen worden war; ein Brief, das Papier stellenweise ausgedünnt und abgegriffen vom vielen Lesen, geschrieben in einer Sprache, die ich nicht verstehen konnte. Außerdem liegen über dem Tisch verteilt Stücke von Zeitungspapier, in die der Ring eingeschlagen gewesen war.

„Was ist das?", fragt Hannah, während sie vorsichtig die Zigarrenkiste berührt.

„Das habe ich dort in der Wand gefunden", antworte ich und deute auf die Nische in der Steinmauer.

Hannah geht auf die Wand zu. „Da war eine Aussparung in der Wand hinter der Tapete?", fragt sie.

„Ja. Eigenartig, nicht wahr?"

„Irgendwie schon. Wie bist du denn darauf gekommen? Wie hast du sie gefunden?"

„Ich habe gesehen, dass sich die Tapete dort ablöst, und als ich mit dem Finger über die Stelle gestrichen habe, habe ich bemerkt, dass dahinter keine Wand zu sein scheint", erzähle ich leicht beschämt die kurze Version der Ereignisse. Mein plötzlicher destruktiver, emotionaler Ausbruch von vorhin ist mir peinlich. Zum Glück stellt Hannah keine weiteren Fragen. Sie geht zurück zum Tisch.

„Was ist das alles?", fragt sie erneut. „Wem könnte das gehören? Meinst du, das ist von deiner Tante?"

„Nein, das glaube ich nicht. Schau", sage ich und nehme den Brief in die Hand. Raschelnd falte ich ihn auseinander. Die Buchstaben in den Falzungen sind stellenweise kaum noch zu erkennen. „Das sind fremde Buchstaben, die ich nicht sicher einordnen kann. Ich würde schätzen, dass sie zu einer osteuropäischen Sprache gehören."

„Darf ich mal?", fragt Hannah und nimmt mir den Brief aus der Hand. Angestrengt betrachtet auch sie die fremden Lettern. „Ich glaube, du hast recht", sagt sie, „die Buchstaben erinnern am ehesten an kyrillische

Schriftzeichen.“ Sie legt den Brief zurück auf den Tisch und nimmt vorsichtig den Ring in die Hand. Sie schaut auf seine Innenseite, als würde sie nach einer Gravur suchen. Ich lächele, denn genau das hatte auch ich als Erstes getan. Aber es gibt keine. Kurz hält sie den Stein gegen das Licht. „Meinst du, das ist echtes Silber?“, fragt sie. „Und ein echter Diamant? Dann muss er doch sehr wertvoll sein! Dann muss ihn doch jemand vermissen!“

Ich nicke. Das hatte ich mir auch gedacht.

„Ich überlege“, sage ich schließlich, „den Besitzer des Ringes ausfindig zu machen.“

„Ich denke auch, dass wir das versuchen sollten.“

Schweigend gehen wir nach Hause, ein jeder tief in seinen Gedanken. Ich hatte den Brief und das Foto wieder in die Kiste gelegt und diese zurück in die Nische gestellt, den Ring hingegen in einen Rest Blumenseidenpapier gewickelt, den ich unter dem Tresen gefunden hatte. Gut eingepackt liegt er nun in meinem Beutel und ich bilde mir ein, vorsichtiger zu gehen als sonst, als trüge ich einen sehr wertvollen und sehr fragilen Schatz bei mir. Vermutlich, so denke ich bei mir, als ich einer großen Pfütze mit einem beherzten Seitwärtsschritt ausweiche, tue ich das auch; wenigstens für einen Menschen irgendwo auf der Welt musste dieser Ring ein Schatz gewesen sein.

Einzelne Tropfen fallen von den Blättern der Bäume zu Boden, als würden die Bäume ihren alten Ballast abwerfen wollen. In der Ferne tritt die Sonne hinter den Wolken hervor.

10.

Die Osterfeiertage rücken langsam näher und in den Geschäften der Stuttgarter Innenstadt mehren sich Osterhasen, Küken und Eier in den unterschiedlichsten Größen in den Auslagen. Auch die klassischen buntgefärbten Hühnereier stehen nun in Sechserpacks in den Supermärkten, aber ich habe von Hannah gelernt, dass es die mittlerweile das ganze Jahr über gibt.

In unserem *fikarum*, unserem Pausenraum bei *Plantagen*, steht nun sicher wieder das große *påskägg* auf dem Tisch, das riesige Osterei aus Pappe voller unterschiedlichster Süßigkeiten, welches uns jedes Jahr vom Arbeitgeber frisch aufgefüllt bereitgestellt wurde. Alle Kolleg*innen bedienten sich reichlich daran, nicht jedoch ohne bei jedem Griff in die süße Menge zu betonen, wie gefährlich es doch sei, dass die Süßigkeiten so leicht zugänglich herumstanden.

Ich mochte die Osterzeit in Schweden sehr, vor allem, weil nach dem Grau des Winters die Farbe zurück in die Stadt kam: Gartenstiefmütterchen und Primeln wurden in Balkonkästen ausgepflanzt und die ersten

Bäume begannen zu knospen. Auch die Gartenmärkte strahlten in den leuchtendsten Farben: Wir verkauften *påskris*, dünne Birkenzweige, die traditionell zur Osterzeit mit bunten Federn geschmückt waren; in eine Vase gestellt, begannen die Zweige bald auszutreiben und erinnerten damit auch in jeder noch so kleinen Stadtwohnung an das Erwachen der Natur.

Ich schließe die Tür zum Blumenladen auf und drehe mit vor Vorfreude zitternden Fingern das Schild an der Tür zum ersten Mal auf „Geöffnet". Dann fällt mein Blick auf die Vitrinenschränke, in denen sich erst seit vorgestern rosa Freesien, rote Tulpen, oranger Gärtnerschreck, gelbe Narzissen, grüner Eukalyptus, zartblaue Hyazinthen, tiefblaue Anemonen und violette Ranunkeln befinden. Das gesamte Farbspektrum des Regenbogens bietet sich mir auf kleinster Fläche und tatsächlich habe ich das Gefühl, ein Stück des Himmels zu besitzen.

Zeitgleich mit der ersten Lieferung Schnittblumen ist wieder Leben in den Laden eingezogen und als ich direkt am selben Vormittag damit begann, die ersten Ostersträuße zu binden, fühlte ich mich wieder mehr bei mir. Nach und nach würde ich auch Topfpflanzen einkaufen, auf Dauer wohl auch kleinere Dekoartikel und Geschenke anbieten wollen. Aber alles schrittweise, nacheinander.

Ich gehe in den Pausenraum und schalte die Kaffeemachine ein. Mein Blick fällt auf die geheimnisvolle Nische in der Wand: Kalt klafft sie wie eine Wunde im Gestein, als stelle sie ein Symbol dar für jenen Schmerz und jene Leere, welche der Verlust der Zigarrenkiste hinterlassen haben musste.

Kurz entschlossen stelle ich eine Vase mit einer Osterlilie und etwas Greenery hinein, um ihre Aura etwas abzuschwächen. Auch der Pausenraum wirkt dadurch direkt fröhlicher.

Ich öffne das Schränkchen unter der Spüle, wo ich vorübergehend ein paar Kaffeetassen aufbewahre. Seine grün-graue Farbe beginnt an diversen Stellen abzublättern und verleiht ihm das Aussehen eines in der Häutung begriffenen Reptils. Dieser Wandel kommt mir sehr gelegen, würde ich es doch orange streichen wollen, passend zu meinen Gerbera und den Sonnenuntergängen über Feuerbach. Ich hatte mir vor allem jedoch zwei *Lilla Åland* Stühle des schwedischen

Designers Carl Malmsten bestellt, ebenfalls in orange, und dafür viel Geld ausgegeben, über das ich in den Mengen eigentlich nicht verfügte – generell nicht, und im Moment schon gar nicht – aber sie würden mich sehr glücklich machen. Ironischerweise hatte ich mich in Schweden an just diesen Malmsten-Stühlen sattgesehen. Sie begegneten mir an allen Ecken und Enden und hinterließen nach einer Weile den faden Beigeschmack von Unoriginalität und Kreativlosigkeit. Ohnehin beschlich mich häufig das Gefühl, dass es in Schweden ein ungeschriebenes Gesetz darüber gab, welche materiellen Dinge vorauszusetzen waren, wenn man in Schweden wohnte und darüber hinaus möglichst schwedisch sein wollte. Zu diesen Dingen gehörten zum Beispiel eine obligatorische Lampe im Fenster, ein Efeukranz in einem hohen Blumentopf daneben und mindestens zwei Orchideen, gerne in weiß oder weiß-rosa. Die Kombination war nicht hässlich, aber sie ödete mich nach einiger Zeit an, weil sie mir in jeder Wohnung zu begegnen schien. Vor allem drängte sich der Gedanke auf, dass die Menschen es nicht wagten, etwas anders zu machen, ja, anders zu sein. Vermutlich gibt es dementsprechende ungeschriebene Gesetze auch in Deutschland, nur dass sie mir bisher nie aufgefallen waren. Wer weiß, vielleicht offenbarten sie sich ja nun während meines langsamen Zurückwanderns.

Nun stehe ich in meinem Pausenraum in Süddeutschland und freue mich auf meine schwedischen Stühle, die mich nicht mehr anöden, sondern mir Halt und das Gefühl von Vertrautheit geben. Es ist fast lustig, dass man manche Dinge erst zu schätzen weiß, wenn sie nicht mehr alltäglich sind.

Ich lege ein Kaffeepad in die Maschine und drücke auf Start. Kaffee gibt mir auch überall auf der Welt ein Gefühl von Heimat.

Ich höre das helle Klingeln des Messingglöckchens und nur wenige Sekunden später zurrt Hannah den Vorhang zur Seite.

„Gibt's Kaffee?", fragt sie zur Begrüßung. „Oder vielleicht ein Glas Sekt zur Neueröffnung?"

„Das wäre eine schöne Idee gewesen", antworte ich lachend, „und würde mir sicherlich auch etwas gegen die Aufregung helfen. Aber ich kann uns beiden leider nur eine Tasse Kaffee bieten."

Ich drücke ihr meine Tasse in die Hand, der frische Kaffee dampft.

„Und?“, fragt Hannah, während sie sich hinsetzt, „hattest du schon einen ersten Kunden?“

„Nein, aber ich habe ja auch erst vor wenigen Minuten offiziell eröffnet. Der Laden wirkt aber allein durch die Blumen bereits viel lebendiger, findest du nicht auch?“

„Allerdings! Das habe ich eben auch gedacht.“

Hannah trinkt einen Schluck, ich mache auch mir eine Tasse und setze mich anschließend neben sie.

„Nächste Woche kommen schon meine neuen Stühle, dann wird es auch hier im Pausenraum etwas farbenfroher.“

„Trotz kahler Wand.“

„Trotz vorerst kahler Wand“, antworte ich.

„Apropos, hast du dort noch mal geschaut?“, fragt Hannah und geht zum Tresen, wo sie den dahinter verwahrten Krimskrams an alten Kugelschreibern und Notizblöcken hin und her schiebt. „Liegen hier vielleicht noch Unterlagen?“

Wir hatten in den letzten Tagen mit der Suche nach dem Vorbesitzer dieser Geschäftsräume begonnen. Bei den Unterlagen, die meine Tante mir zusammen mit dem Laden hinterlassen hatte, war jedoch eigenartigerweise kein Kaufvertrag dabei. Das wunderte mich, war meine Tante doch sonst so sorgfältig. Allerdings lag der Kauf mittlerweile auch fast dreißig Jahre zurück. Ich habe mir tatsächlich nie Gedanken darüber gemacht, wem der Laden vorher gehört haben könnte; für mich war er schon immer der Blumenladen meiner Tante, es gab kein Davor und schon gar kein Danach. Bis heute.

„Das glaube ich nicht“, antworte ich ihr.

Sicher wissen tue ich das jedoch nicht. Ich nehme Hannahs Tasse und spüle sie kurz aus. Ich weiß momentan vieles nicht sicher.

„Hallo?“, höre ich die Stimme meiner Mutter am anderen Ende der Leitung. Ich bekomme sofort ein schlechtes Gewissen, weil ich mich bisher kaum gemeldet habe. Aber ich brauchte einfach mehr Zeit, in Stuttgart anzukommen, als ich erwartet hätte.

„Hallo Mama, ich bin's“, melde ich mich. Ich laufe im Wohnzimmer auf und ab, beim Telefonieren kann ich nicht still sitzen. Meine Eltern wohnen in meinem Elternhaus im Saarland. Wenn ich endlich wieder in Deutschland wohnen würde, so hatte ich mir in den letzten Jahren gedacht, könnte ich sie wieder häufiger und vor allem spontaner sehen. Ich könnte sie sogar mal einfach nur über ein Wochenende besuchen, ohne großen Aufwand. Es liegen nun deutlich weniger, jedoch noch immer knapp dreihundert Kilometer zwischen uns. Nah an der Familie zu wohnen, ist wie so vieles relativ: Nach jahrelangem Reisen mit Zug, Bus, Flugzeug und nochmals Bus und Zug über etwa zwölf Stunden pro Strecke kommt mir die jetzige Entfernung wie ein Katzensprung vor. Dennoch hatte ich meine Eltern paradoxerweise bisher nicht einmal besucht.

Wir plaudern kurz, über den Laden, die Frühlingsblumen, meinen Eindruck vom Leben in Stuttgart und dem Trubel in der Stadt. Die Zigarrenkiste und ihren geheimnisvollen Inhalt erwähne ich nicht.

„Sag mal, Mama“, beginne ich schließlich und komme zu dem eigentlichen Grund, weshalb ich meine Mutter anrufen wollte, „erinnerst du dich noch an einen Vorbesitzer von Tante Sonjas Laden?“

„Einen Vorbesitzer?“, fragt meine Mutter erstaunt. „Ach du liebe Güte! Weißt du, wie lange das her ist?“, fragt sie lachend. „Ich war ja auch nicht wirklich viel im Laden, weißt du."

„Das war vielleicht auch besser so", antworte ich neckend. Im Gegensatz zu meiner Tante und mir hatte meine Mutter überhaupt kein Händchen für Pflanzen, vermutlich fehlten ihr sowohl Leidenschaft als auch Interesse. Es war nahezu faszinierend zu beobachten, dass selbst die robustesten Grünpflanzen schwächelten, kaum, dass sie auf ihrem Fensterbrett standen, um schließlich im Verlauf weniger Tage nur einzugehen.

Ich höre sie erneut lachen. „Ja, das war für den Laden sicherlich besser."

„Erinnerst du dich denn an irgendetwas?"

„Also ... ich habe den Vorbesitzer tatsächlich einmal kurz gesehen. Ich war dabei, als Sonja die Papiere unterschrieben und die Schlüssel in Empfang genommen hat. Es war später Januar und kalt draußen, deswegen habe ich im warmen Auto gewartet. Wir wollten nach der Übergabe weiterfahren und den Kauf bei einem gemeinsamen Mittagessen feiern. Auf jeden Fall habe ich die beiden durch die Scheiben gesehen, wie sie sich abwechselnd über den Tresen gebeugt und die Papiere unterzeichnet haben. Der Vorbesitzer war ein kleiner, untersetzter Mann mit markanten Gesichtszügen und einem dicken, schwarzen Schnauzbart. Er sah lustig aus, weil ihm seine Schürze viel zu lang war und dennoch über dem Bauch gespannt hat. Warum willst du das denn wissen?"

„Ach ...", stammele ich, „ich bin nur neugierig. Mir gehen viele Erinnerungen durch den Kopf, wenn ich im Laden bin, und ich habe mich einfach gefragt, wie der Laden wohl früher aussah und was und wer da wohl drin war."

„Also, es war zumindest vorher schon ein Blumenladen. Das weiß ich genau, weil Sonja erleichtert war, dass sie die Blumenvitrinen erst mal übernehmen konnte. Später hat sie die ja dann durch neue ersetzt, aber so konnte sie quasi direkt starten."

Ich nicke und starre überlegend ins Leere.

„Kommst du über die Osterfeiertage nach Hause?", wechselt meine Mutter jäh das Thema.

„Ich denke nicht, Mama", antworte ich ihr. „Ich glaube, mir tut es gut, eine Weile nur hier zu sein, wenn ich wirklich in Stuttgart ankommen will."

„Das verstehe ich“, antwortet sie, aber ich kann hören, dass ein Hauch Enttäuschung in ihrer Stimme mitschwingt.

„Ach so, eins noch“, ruft sie, als wir uns bereits verabschiedet haben, „der Mann sprach meiner Einschätzung nach mit einem Akzent. Als Sonja auf dem Weg zum Auto war, hat er ihr noch ‚Alles Gute!‘ oder ‚Viel Glück!‘ oder irgendwie so etwas hinterhergerufen, nur ganz kurz, aber ich hatte den Eindruck, dass er einen Akzent hatte. Aber frag mich nicht, was für einen, das habe ich aus dem kurzen Satz nicht heraushören können.“

Ich lege auf, nehme mir ein kleines Schokoladenosterei aus der Schale auf dem Wohnzimmertisch und blicke kauend aus dem Fenster hinaus in den Abendhimmel. Könnte es ein osteuropäischer Akzent gewesen sein?

„Und?“, fragt Hannah, die noch soeben über eine Zeitschrift gebeugt am Küchentisch gesessen hatte, mich nun jedoch neugierig anschaut. „Was hat deine Mutter gesagt?“

In wenigen Worten berichte ich, woran meine Mutter sich erinnern konnte.

„Dass der Vorbesitzer eventuell einen Migrationshintergrund hat, würde ja zu dem Brief passen“, sagt Hannah schließlich.

„Das habe ich auch gedacht. Schade, dass meine Mutter damals im Auto gewartet hat.“

„Selbst wenn sie mit deiner Tante in den Laden gegangen wäre, hätte sie sich vermutlich nicht an einen Namen erinnern können.“

„Wahrscheinlich nicht. Meine Mutter hatte mit dem Blumenladen ja nie sonderlich viel zu tun. Im Gegensatz zu mir. Und genau deswegen“, mit großen Schritten gehe ich zum Kühlschrank und nehme eine Flasche Sekt aus dem Gefrierfach, „gibt es heute einen Grund zum Feiern!“

„Hurra! Ich nehme an, dass heute ein erster Kunde den Weg zu dir gefunden hat?“, fragt Hannah, während sie zwei Sektgläser aus dem Schrank holt.

„Sogar fünf!“, antworte ich lachend. „Und davon haben zwei etwas gekauft. Eine ältere Dame hat sich ein Ostergesteck in einer Schale ausgesucht und ein Mann einen Strauß für seine Frau zusammenstellen lassen.“

„Das ist doch schon mal ein souveräner Anfang!“

„Das finde ich auch!“ Mit einem Knallen lässt sich der Flaschenkorken lösen, Sekt läuft mir über die Hand und tropft auf den Tisch. Ich schenke uns beiden ein Glas ein. „Prost!“

„Prost!“

Klirrend stoßen wir an und bleiben so lange redend und lachend am Küchentisch sitzen, bis wir irgendwann zu vorgerückter Stunde freudentaumelnd ins Bett fallen.

11.

Ich werde vom Läuten der Glocken geweckt, das freudig den Ostersamstag willkommen heißt. Ich drehe mich noch einmal um, ziehe meine Bettdecke bis unters Kinn und frage mich, wie viele Menschen nun wohl gerade dem Klang der Glocken folgend in die Kirche eilen. Ich selbst war lange nicht in der Kirche gewesen, das letzte Mal, soweit ich mich erinnere, im Zusammenhang mit einem Orgelkonzert. Im Anschluss bezahlte ich meinen Obulus für die Kirchengemeinde mit meiner Kreditkarte am *Kollektomaten*, der im Kirchenfoyer stand. Ich freute mich, dass auch die Kirche bei Schwedens rasantem technischem Fortschritt und Vorliebe für bargeldloses Zahlen nicht den Anschluss versäumt hatte. Bargeld nutzte kaum noch jemand und ich fragte mich häufig, wie bettelnde Menschen zu ihren Gaben kamen.

Die ersten Sonnenstrahlen erreichen meine Nase, als würden sie mich wach kitzeln wollen. Ich blinzele, drehe mich auf den Rücken und schaue überlegend an die Decke. Wie habe ich denn eigentlich früher mit meiner Familie den Ostersamstag verbracht? In den Tagen vor Ostern haben wir Eier gefärbt, manchmal auch ausgeblasen, bemalt und an einen Osterstrauß gehängt. Am Ostersonntag haben wir uns meist mit der erweiterten Familie zum Kaffee getroffen, Geschenke im Garten gesucht und zu viel Kuchen gegessen. Ich glaube, am Ostersamstag haben wir nichts Spezielles gemacht.

In Schweden klingelten am Ostersamstag – in manchen Regionen auch am Gründonnerstag – für gewöhnlich *påskkärringar*, Osterweiber, an der Tür: Kinder, die sich mit langen Kleidern, Kopftuch und Schürze als Hexe verkleidet hatten und selbstgemalte Bilder im Austausch für Süßigkeiten verteilten. Die Tradition des *påskkärrings* entspringt dem alten Glauben, dass die Hexen über Ostern zum *Blåkulla*, dem schwedischen Äquivalent des deutschen Blocksbergs, flogen. An den Ostertagen, so glaubt man in Schweden, geschieht also das, von dem wir Deutschen annehmen, es passiere in der Walpurgisnacht. Die Idee mit der Hexenversammlung am *Blåkulla* ist für die Schwed*innen mit Ostern dann übrigens erledigt: *Valborg*, die Walpurgisnacht am 30. April, feiert man zwar auch, allerdings dient das Fest der Begrüßung des Frühlings und hat mit Hexen nichts zu tun. Das habe ich persönlich herausgefunden, als ich, es nicht anders wissend, zu einer Walpurgisnachtfeier als Hexe verkleidet auftauchte. Ich nahm mir zwar noch beim Betreten des Hauses bedrückt den spitzen Hut ab, konnte mich jedoch nicht gänzlich unbemerkt und ungesehen unter die Menge an Hemd- und Frühlingskleidträger*innen mischen. Manche Traditionen in unterschiedlichen Ländern werden just dadurch zum Fettnäpfchen, dass sie sich so ähnlich sind, sehr ähnlich, dann aber eben doch nicht ganz. Ich muss lachen.

Ich habe mich endlich dazu aufraffen können, aufzustehen und mir einen Morgenrock umzuwerfen. Ich schlurfe in die Küche, wo Hannah bereits am Tisch sitzt, ihren Kaffee schlürft und mich breit angrinst.

„Guten Morgen, Schlafmütze!", begrüßt sie mich.

„Guten Morgen!", antworte ich gähnend und setze mich zu ihr. „Seit wann bist du denn schon auf?"

„Auch erst gut zwanzig Minuten. Aber es ist doch schön, dass du dich nach deinem ersten anstrengenden

Arbeitstag vorgestern nun über die Feiertage erst mal etwas erholen kannst", sagt Hannah neckend. Ich antworte ihr mit einem schiefen Grinsen.

Liebevoll hat sie den Tisch gedeckt: Porzellanteller und die dazu passenden Tassen mit Blümchenmuster, Servietten mit bunten Ostermotiven, in der Tischmitte brennt eine Kerze. Diese stammt wohl allerdings noch vom Adventskranz.

„Die Eier sind auch gleich fertig", sagt sie und deutet mit einem Kopfnicken zum Herd. „Hier." Sie reicht mir einen Korb mit frisch aufgebackenen Brötchen.

„Fährst du über Ostern nicht meistens zu deinen Eltern?", frage ich, während ich mein Brötchen aufschneide.

„Meistens schon. Aber meine Eltern sind in diesem Jahr in die Berge gefahren", antwortet Hannah. Sie sieht mich an. „Und du? Wolltest du deine Eltern nicht besuchen?"

„Ich möchte sie gerne sehen. Aber ich denke, es ist wichtig für mich, einfach erst mal eine Weile hier in Stuttgart zu sein."

Hannah nickt, dann steht sie auf, nimmt den Topf vom Herd und gießt die Eier ab. Sie stellt jedem ein Ei in den Eierbecher, der ebenfalls zum übrigen Geschirr passt. Schweigend frühstücken wir weiter. Ich schaue eine Weile unbewusst suchend über den Tisch und mir wird erst nach einigen langen Sekunden klar, dass ich *Kalles kaviar* gesucht habe. Ich gehe zum Kühlschrank und hole die Tube, die ich für Hannah mitgebracht hatte.

„Wozu isst man das denn?“, fragt Hannah Brötchen kauend.

„Wozu du magst. Meistens schmiert man sich die Paste auf ein gekochtes Ei.“

„Und das schmeckt?“

„Anfangs war es ungewohnt. Aber mittlerweile esse ich das richtig gerne.“

„Deswegen hast du dir ja auch eine Tube mitgebracht.“

Ich muss lachen. „Sie war eigentlich schon für dich gedacht. Aber du hast ja sicherlich nichts dagegen, wenn ich etwas davon nehme.“

„Bitte“, sagt Hannah und macht eine einladende Geste, „bedien dich nur reichlich. Für mich ist das, glaub ich, nichts.“

„Du weißt ja gar nicht, was du verpasst", sage ich, während ich mir einen großen Klecks auf den Teller drücke.

„Vielleicht können wir ja ein kleines Osterfest organisieren", wechselt Hannah das Thema. „Wo wir doch beide hier in der Wohnung hocken. Wir könnten für morgen ein paar Leute einladen, ein Kaffeetrinken machen oder ein Abendessen kochen."

Ich höre, wie ihre Begeisterung mit jedem Wort wächst.

„Ja, oder einen *påskbord* machen", sage ich.

Påskbord ist die schwedische Tradition eines klassischen Osteressens. Ich habe mich anfangs ein wenig darüber amüsiert, weil es in meinen Augen im Prinzip das Gleiche wie an jedem anderen schwedischen Feiertag gab: eingelegten Hering in unterschiedlichen Variationen, geräucherten Lachs, gefüllte Eihälften, diverse Aufschnitte und Schinken; Kartoffelgratin mit Fisch namens *Janssons frestelse, prinskorv* und *köttbullar*, also kleine Wiener Würstchen und die berühmten Hackfleischbällchen, die man übrigens *schöttbullar* ausspricht. Davor, danach und währenddessen Unmengen an Süßigkeiten und dazu den ein oder anderen Kräuterschnaps. Und natürlich: *påskmust*, schwedische Limonade auf Hopfen- und Malzbasis, die es nur an Ostern gab und sich besser verkaufte als *Coca Cola*.

Den Charme des *påskbords* machte jedoch nicht primär das aus, was es gab, sondern wie und wo man ihn zelebrierte. In der Osterzeit wurde er von allen größeren Hotels, vor allem jedoch von ländlich gelegenen Herrenhäusern angeboten. Meine schönste Erinnerung an einen *påskbord* liegt bereits ein paar Jahre zurück: Ich verbrachte die Ostertage mit Freunden auf einem alten Herrenhof, der einsam und idyllisch an einem See gelegen war. Wir aßen zu viel vom Buffet und spülten das üppige Mahl mit zu viel Schnaps runter. Den späten Nachmittag und Abend verbrachten wir in der Sauna direkt am See, tranken Bier aus Dosen und kühlten uns zwischendurch im eiskalten Seewasser ab, zu dem wir lediglich über ein Eisloch Zugang hatten. Als ich zu später Stunde angeschwipst auf einer Bank lag, in den Sternenhimmel schaute und die klare Luft einatmete, während in der Ferne nur das Rauschen der Bäume und vereinzelte Rufe eines Käuzchens zu hören war, war ich wohl der glücklichste und zufriedenste Mensch der Welt.

„Pooskbud?“, fragt Hannah.

„Traditionelles schwedisches Osteressen“, antworte ich. „Hättest du Lust, das mal zu probieren?“

„O ja!“

Der Supermarkt ist – wie an Feiertagen üblich – vollkommen überlaufen. Man schiebt sich durch die Reihen, versperrt einander die Sicht auf die Produkte, ärgert sich, dass alle anderen nicht in weiser Voraussicht zu einem früheren Zeitpunkt die Gelegenheit wahrgenommen haben, für die Feiertage einzukaufen, verdrängend, dass man ebenfalls ein Teil aller anderen ist. Wir sitzen ständig im Glashaus und werfen doch mit Steinen.

Hannah schiebt den Wagen und ich lade Gehacktes, Kartoffeln, Sahne und alles Weitere hinein, was wir für unseren *påskbord* brauchen. Die Auswahl an eingelegtem Hering ist eher enttäuschend, aber auch mir offenbarte es sich ja schließlich erst nach einigen Monaten in Schweden, dass es tatsächlich um die zwanzig verschiedenen Varianten gab und ich persönlich auch mindestens fünf davon regelmäßig brauchte. Ich frage mich, ob *påskbord* fernab von Seen, Wäldern und schwedischer Gesellschaft nur annäherungsweise so gut schmeckt, wie ich es in Erinnerung hatte. Aber ich würde es ausprobieren wollen. Mir fällt ehrlich gesagt auch keine Alternative zum schwedischen Osteressen ein. Was gab es denn bei uns früher immer an Ostern? Ich erinnere mich nicht mehr. Warum hatte ich das meine Mutter am Telefon nicht gefragt?

Hannah stellt unsere Einkaufstüten vor der Tür ab und kramt in ihrer Handtasche nach dem Schlüssel. Ich stehe geduldig hinter ihr und betrachte die Beete vor dem Haus. Jemand hatte Papageientulpen gepflanzt, die nun bereits in voller Blüte stehen und mir mit ihren bunten Farben jeden Tag ein Lächeln ins Gesicht zaubern. Sie blühen zweifarbig, weiß und rosa, gelb und rot, und das aus voller Überzeugung. Sie haben keine favorisierte Farbe und sehen sich nicht gezwungen, sich zwischen zwei Farben entscheiden zu müssen. Ich lächele. Würde ich das auch so schaffen? Genauso schwedisch wie auch deutsch zu sein? Nicht jeweils nur halb, sondern beides zu hundert Prozent. Ich müsste nichts vermissen, weil ich jederzeit beides war. Ich beobachte, wie eine Biene – die erste, die ich in diesem Jahr sehe – in einem der Blütenkelche verschwindet und sich die Blume unter dem Gewicht kurz neigt.

12.

Wir sitzen um den Tisch in unserer Küche herum, welche mir plötzlich viel zu klein vorkommt. Miriam ist hier, und war mir unsere erste Begegnung vor wenigen Tagen noch etwas befremdlich, so erscheint sie mir bereits heute als alte Bekannte. Manchmal braucht es nicht viel, um fremde Menschen zu alten Bekannten werden zu lassen, manchmal reicht es, dass alles andere fremder und neuer ist. Es ist wohl ebendieses Phänomen, durch welches man zu Reisenden aus dem eigenen Land auf weit entfernten Kontinenten eine unausgesprochene Verbundenheit spürt. Will man jemals das Gefühl erfahren, mit einem Immobilienmakler Mitte fünfzig aus Castrop-Rauxel wahnsinnig viel gemeinsam zu haben, so sollte man ihn in Kambodscha treffen.

Außer Miriam ist noch Peter da, ein Freund und Arbeitskollege von Hannah, und Larissa, die Hannah vor vielen Jahren bei einem Volkshochschulkurs für Französisch kennengelernt hat. Ich erinnere mich daran, dass Hannah immer mal wieder von ihrem gemeinsamen Vorhaben erzählt hatte, zusammen ein paar Tage ins französische Elsass zu fahren und ihre Sprachkenntnisse auf die Probe zu stellen, aber ich bin mir nicht sicher, ob daraus jemals etwas geworden ist.

Es ist früher Nachmittag. Den Vormittag haben Hannah und ich damit verbracht, *köttbullar* zu rollen und zu braten, Kartoffelgratin zu machen und den *påskbord* vorzubereiten, der nun schön drapiert und durch frisches Obst aufgemotzt einen Großteil unserer Anrichte einnimmt. Wir haben bereits mit einem Glas Sekt angestoßen und Hannah und Peter sind dabei, die ein oder andere Anekdote aus dem Büro kundzutun. Ich lache, halte mich dabei jedoch an meinem Glas Sekt fest und wechsele zwischendurch einige Blicke mit Miriam.

„Hannah hat mir erzählt, dass du in Schweden gewohnt hast", richtet Peter plötzlich das Wort an mich.

Peter. Ich glaube, er wäre eine Dichternarzisse geworden. Im Blumenhandel ein bisschen zu präsent, vom Wachstum her groß und zu viel Platz einnehmend und vom Geruch her etwas zu aufdringlich. Auf Dauer bekam ich von ihnen Kopfschmerzen.

„Das stimmt", antworte ich.

„Erzähl mal! Das muss doch bestimmt spannend gewesen sein!"

Ich schaue nachdenklich auf das Leinentischtuch, das Hannah extra für den heutigen Tag aufgelegt hat, und popele an einem unauffälligen Webfehler im Muster herum. Ich weiß auf die Frage keine Antwort. Zumal sie so gestellt ist, als könnte ich die letzten sieben Jahre meines Lebens rein objektiv betrachten, als wäre ich eine stille Beobachterin gewesen und nicht mittendrin. Vor allem jedoch klingt sie so, als wäre die Zeit dort abgeschlossen und vorbei, dabei träume ich noch immer nachts auf Schwedisch und erwache am Morgen in dem Bewusstsein, nun gleich zu *Plantagen* zu radeln. Dabei kenne ich auch jetzt noch die Öffnungszeiten der Post und weiß auswendig, welcher Bus wohin fährt. Dabei – so musste ich in den letzten Tagen einsehen – schlägt auch jetzt noch ein Großteil meines Herzens in Schweden. Nichts ist abgeschlossen, nichts ist vorbei, und ich kann mir nur schwer vorstellen, dass dem jemals so sein wird.

„Was genau meinst du?", frage ich ihn stattdessen.

„Na ja ... alles! Wie ist es so, dort zu leben? Wie sind die Menschen?"

Peter schaut mich aufrichtig interessiert an, dennoch nerven mich seine Fragen. Ich war nicht im Urlaub gewesen oder hatte für ein paar Wochen ein Praktikum gemacht, ich habe keinen Eindruck gewonnen, der sich so einfach vermitteln ließe. Ich habe dort gelebt, über Jahre, Schönes als auch Schlimmes erlebt, gelitten, gelacht und geliebt, so wie er es vermutlich in Deutschland getan hatte. Schweden war für mich kein abgeschlossenes Kapitel in einem Reiseführer.

„Es ist schön", beginne ich mit dem Offensichtlichsten, „schöne Natur, viele Seen, viel Ruhe, wenn man das will."

Peter nickt bei jedem Teil meiner Aufzählung, als hätte er diese Antwort erwartet. Ich scheine die richtigen Schlüsselwörter genannt zu haben.

„Und die Leute? Wie sind die Leute so? Man sagt doch immer, Skandinavier seien so distanziert."

Ich denke spontan an Grillen über dem Lagerfeuer mit anschließendem Nacktbaden im See, an gemeinsame Tage in einer Gebirgshütte zum Skifahren, an meine Freund*innen, an meine wunderbaren Kolleg*innen, mit denen ich regelmäßig zum After Work ging, wo wir reihum eine neue Runde Sekt kauften. Ich denke jedoch auch daran, dass man fremde Menschen auf der Straße im Vorbeigehen nicht grüßte und sie nach Möglichkeit nicht einmal ansah, dass man lieber stundenlang mit Hilfe von GPS nach einer bestimmten Adresse suchte, als einen Unbekannten anzusprechen und zu fragen.

„Aaalso ... ich habe nun nicht jeden der gut zehn Millionen Menschen kennengelernt ...", versuche ich meine Unbeholfenheit zu überspielen, ohne jedoch Peter lächerlich zu machen. Peter lächelt. „Aber ich empfand die Menschen generell als sehr freundlich. In manchen Dingen distanzierter, in anderen jedoch auch kontaktsuchender. Ich hatte schon das Gefühl, dass man zum Beispiel häufiger höflichen Small Talk hält als hier."

Ich zucke mit den Achseln.

„Also, ich finde Skandinavien ja toll!", bringt Larissa sich in das Gespräch ein.

Larissa. Sie scheint mir von jener Sorte Mensch zu sein, die eine Bühne brauchen und andere Menschen unweigerlich als ihr Publikum verstehen, vorlaut, ohne etwas Interessantes zu erzählen zu haben. Ich denke, sie wäre eine Hyazinthe: zunächst schön anzusehen und einen angenehmen Geruch verströmend. Die kurze Blütezeit dauert jedoch nur ein paar wenige Wochen; den Rest des Jahres verbringt sie als unscheinbare, aber anspruchsvolle Zwiebel.

„Ich war vor zwei Jahren mal an der schwedischen Ostküste, erst in Stockholm und dann sind wir ein Stück an der Küste entlang nach Norden gefahren, und mir hat es total gut gefallen! Die Küste, die Schären, die vielen Seen. Und vor allem trifft man nicht ständig überall auf Menschen. Ich könnte mir echt gut vorstellen, da zu wohnen."

Dann tu das doch, denke ich bei mir. Du musst lediglich deine Wohnung und deine Krankenkasse kündigen, einen großen Transporter packen und gen Norden fahren. Und dort dann eine Arbeit suchen, eine neue Sprache lernen, einen Freundeskreis aufbauen und dir neue Traditionen und Gepflogenheiten angewöhnen. Mehr ist es nicht. Du musst nur bereit sein, alles aufzugeben, was du zu kennen glaubst.

„Dann probier es doch einfach mal aus", antworte ich.

„Ja", sagt Larissa und lacht, „vielleicht." Sie trinkt einen Schluck von ihrem Sekt. „Aber jetzt mal ernsthaft, wieso wolltest du da denn wieder weg? Alle reden doch immer davon, wie schön es dort sei."

Ja, viele reden davon, aber kaum jemand hat dauerhaft dort gewohnt, Einschätzungen werden anhand von Ferienerfahrungen getroffen. Vor allem aber, so denke ich bei mir, während auch ich an meinem Sekt nippe, bin ich mir ja selbst gar nicht mehr so sicher, dass ich dort wirklich wieder weg wollte. Aber jetzt war nun mal mein Blumenladen hier, und mit ihm mein neues Epizentrum. Plötzlich fehlen mir Peters nervige Fragen.

„Aus familiären Gründen", antworte ich einfach und hoffe darauf, dass Larissa nicht weiter nachfragt.

„Nun gut, aber wo wir ja gerade bei dem Thema sind", beginnt Hannah, „lasst uns doch das Buffet eröffnen!"

Dankbar sehe ich sie an und sie zwinkert mir zu, bevor sie aufsteht und dabei ihr Sektglas in die Hand nimmt. Dann geht sie zur Anrichte.

„Hier stehen Teller, Besteck liegt dort." Mit der freien Hand deutet sie auf die jeweiligen Ecken der Anrichte. „Bedient euch reichlich. Schön, dass ihr alle da seid!" Sie hält ihr Glas in die Luft. „Prost!", ruft sie.

„*Skål!*“, ruft Larissa und sieht mich dabei verschmitzt an.

„*Skål*“, murmele ich.

Hannah steht an der Spüle und wäscht die größeren Platten von Hand. Ich stehe neben ihr und trockne ab, die Spülmaschine brummt im Hintergrund und wirkt auf mich eigenartig beruhigend.

„Ich glaube, es hat allen gut gefallen“, sagt sie.

„Das denke ich auch.“

Wir haben eine ganze Weile zusammengesessen und dabei reichlich Sekt getrunken. Im Laufe des Nachmittags hat sich immer mal wieder jemand etwas nachgenommen und so wurde der *påskbord* schnell dezimiert. Larissa war zum Glück mit meiner Antwort zufrieden gewesen und auch Peter hatte keine weiteren Fragen zu Schweden an mich gehabt. Den Rest des Tages unterhielten wir uns über die Arbeit im Büro, den Blumenladen und machten weiteren höflichen Small Talk. Es war ausreichend für ein erstes Treffen.

„Du redest nicht gern von deiner Zeit in Schweden, oder?“, fragt Hannah, sieht dabei aber nicht von der Spüle auf.

„Es ist für mich noch zu unwirklich, dass ich nicht mehr dort bin“, antworte ich.

Hannah nickt. Für heute war alles gesagt.

Vor meinem inneren Auge verlaufen die Farben der Papageientulpe zu einer einzigen schmutzigbraunen Masse.

13.

Wir stehen vor einem kleinen russischen Einkaufsladen, der nur etwa vierhundert Meter vom Blumenladen entfernt in Richtung Feuerbach-Zentrum liegt. Unsicher und zögernd starren wir auf das ausgebleichte rote Schild mit den schwarzen Buchstaben, das über der Eingangstür prangt.

Hannah und ich hatten noch am Abend, nachdem ich die Zigarrenkiste gefunden hatte, online nach dem kyrillischen Alphabet gesucht und waren uns sicher, dass der Brief in kyrillischen Buchstaben geschrieben und die Zeitung, in die der Ring eingeschlagen gewesen war, in kyrillischen Buchstaben gedruckt war. Allerdings, so fanden wir ebenfalls heraus, wurde die kyrillische Schrift in deutlich mehr Ländern benutzt, als wir gedacht hatten: Bulgarien, Serbien, Mazedonien, sogar in Ländern Zentralasiens wie Kasachstan und in Teilen der Mongolei, und viele mehr. Mit anderen Worten: Wir kannten die Schriftzeichen, waren jedoch weit davon entfernt, eine Sprache zuordnen zu können.

Aber wir hatten einen kleinen Anfang und mit etwas Glück konnte uns nun jemand weiterhelfen.

Auch hier ertönt der wohlbekannte Klang einer kleinen Glocke, als Hannah die Tür zum Laden aufdrückt. Der Blick einer gelangweilt wirkenden Kassiererin trifft mich kurz, dann schaut sie wieder aufs Band und macht damit weiter, die Waren einer Kundin zu scannen. Es sind nur vereinzelt Leute im Laden, im Hintergrund läuft mir unbekannte Popmusik und ich nehme an, es ist russische. Staunend gehen wir an kopfhohen Regalen vorbei, auf denen sich Backwaren, Konservendosen und Süßigkeiten mir unbekannter Marken aneinanderreihen. Ich kann sie nicht lesen, die Namen sind in kyrillischen Lettern geschrieben, und obwohl mir die Schrift gänzlich fremd ist, so kommt sie mir mittlerweile seltsam vertraut vor. Wer warst du?, frage ich mich und streiche dabei mit dem Daumen über den alten Brief in meiner Hosentasche. Ich würde gerne öfter herkommen wollen.

„Entschuldigung?“, höre ich Hannahs Stimme. Sie steht etwa drei Meter vor mir und spricht eine junge Frau an, die die Regale mit weiteren Lebensmitteln auffüllt. Die Frau richtet sich auf. „Kennen Sie zufällig den Blumenladen ein Stückchen weiter die Straße hinunter?"

Die junge Frau hält inne, überlegt und tippt sich dabei wiederholt mit einem Finger an die Lippen. „Nein, tut mir leid", antwortet sie dann. „Ich arbeite erst seit zwei Monaten hier und kenne die Gegend noch nicht so gut." Überlegend schaut sie an die Decke. „Ich glaube, in der Richtung bin ich noch gar nicht gewesen. Warum fragen Sie? Brauchen Sie etwas? Vielleicht kann jemand anderes Ihnen helfen?"

„Diesen Markt gibt es doch sicherlich schon eine Weile, oder?", fragt Hannah weiter.

„O ja, viele Jahre!", antwortet die junge Frau lächelnd.

„Kennen Sie denn jemanden, der hier schon viele Jahre arbeitet? Jemanden, der heute vielleicht sogar hier ist?"

„Ja, Moment ..." Die Frau stellt sich auf Zehenspitzen, stützt sich mit beiden Händen an einem Regal ab und lugt über dieses hinüber zur Kasse. „Hey, Alina!", ruft sie dann.

„Ja?", höre ich eine Antwort, die von der gelangweilt wirkenden Kassiererin kommen muss.

„Weißt du zufällig, ob Fjodor heute vorbeikommen wollte?“

„Fjodor? Ich glaube schon! Er hat zumindest gesagt, dass er direkt nach den Osterfeiertagen vorbeischauen wollte.“

Die junge Frau wendet sich wieder zu uns. „Fjodor hat das Geschäft hier vor vielen Jahren gegründet. Er arbeitet nicht mehr, kennt den Markt jedoch am besten und sicherlich auch das Viertel hier“, erklärt sie. „Er kommt gerne nach den Wochenenden vorbei und schaut nach uns. Meistens ist er so gegen zehn Uhr hier.“ Sie deutet auf eine große Uhr, die an der Wand hinter der Kasse hängt. Es ist kurz nach halb zehn. „Vielleicht wollen Sie so lange einen Kaffee trinken?“

Wir sitzen in einer kleinen Sitzecke am Schaufenster hinter der Kasse und schauen gespannt auf die Straße. Neben der Sitzecke befindet sich eine kleine Auslage mit diversem russischen Gebäck, die mir beim Betreten des Ladens überhaupt nicht aufgefallen war. Hinter dem Tresen hängt ein Schild und bietet verschiedene Kaffeegetränke an. Wir hätten in der Zwischenzeit auch zum Laden gehen und später wiederkommen können, die kurze Strecke war für uns schnell gelaufen. Sowohl Hannah als auch ich waren jedoch viel zu neugierig auf Fjodor und hatten Angst, ihn zu verpassen. So folgten wir dem Rat, den uns die junge Frau gegeben hatte, und kauften uns jeder einen Latte Macchiato und dazu ein Gebäckstück: Hannah einen *Prjaniki,* der ein bisschen wie eine Lebkuchenvariante schmeckte, ich eine *Watrushki,* die an eine Quarktasche erinnerte. In jedem Fall schmeckten beide süß und unglaublich lecker.

„Vielleicht wäre das auch etwas für dich“, beginnt Hannah, „eine kleine Caféecke in deinem Laden.“

„Hmm … meinst du?“, frage ich und lecke mir etwas Quark von den Lippen.

„Ja. Ich stelle mir das zumindest wahnsinnig gemütlich vor. Überleg mal, dann kämen die Leute nicht nur, um Blumen zu kaufen, sondern der ein oder andere vielleicht sogar, um auf dem Weg zur Arbeit einen Kaffee zu trinken und mit dir zu plaudern.“

Ich überlege. Das klingt tatsächlich gemütlich. „Darüber muss ich etwas nachdenken und mich informieren. Vermutlich darf man Lebensmittel nicht so einfach anbieten.“ Ich löffele den Milchschaum von meinem Macchiato.

„Und dann", macht Hannah weiter, „könntest du es ‚Karlas Café KlatschMohn' nennen. Das würde zu allem passen."

Wir müssen beide lachen. Schön wäre es allemal. Ich halte kurz inne und betrachte Hannah lange, ihr Lachen, ihre Sommersprossen, das rotblonde Haar. Klatschmohn, natürlich. Hannah wäre Klatschmohn: leuchtend, ohne aufdringlich zu sein, mit Überzeugung und einem Augenzwinkern ganze Felder einnehmend, dennoch zart und verletzlich. Hannah und Mohn, das klang nach warmen Sommertagen und weiten Getreidefeldern, nach stundenlangem Spielen mit Nachbarkindern auf dem Bolzplatz und kühler Limonade, nach aufgeschürften Knien und Picknick am Waldesrand. Ich habe bisher nie darüber nachgedacht, welche Blume Hannah wäre; ich kannte sie bereits viel zu lange. Und nun hatte sie es mir unbewusst selbst mitgeteilt.

„Oh!", sagt Hannah und unterbricht damit meine Gedanken. Sie deutet auf einen alten Herrn mit Hut, der sich von der gegenüberliegenden Straßenseite dem Markt nähert. „Ist das vielleicht Fjodor?"

Der alte Herr betritt tatsächlich den Laden, wir sitzen gebannt an unserem kleinen Tisch und schauen uns an, keine wagt, etwas zu sagen. Der Herr verschwindet zwischen den Regalen, nur sein Hut lugt hinter diesen ab und zu hervor. Aus dem Hintergrund vernehmen wir leise Stimmen; eine davon glaube ich der jungen Frau zuordnen zu können. Nur wenig später kommt der Herr wieder hinter den Regalen hervor und auf uns zu.

„Guten Tag", sagt er, mit leichtem russischen Akzent. „Sie wollen mich etwas fragen?"

14.

Wir waren dem alten Herrn, von dem wir nun sicher wussten, dass es Fjodor war, in einen kleinen Hinterraum gefolgt. Fjodor sitzt hinter einem Schreibtisch aus dunklem, schweren Holz. Hannah und ich sitzen auf zwei Holzstühlen ihm gegenüber; deren Bespannung ist abgenutzt und an einigen Ecken schimmert das Polster hindurch, die Rückenlehnen sind jedoch mit edlen Schnitzereien verziert und ich bin mir sicher, dass die Stühle einmal sehr teuer gewesen waren. Der Raum ist winzig und völlig überladen. An der Wand hinter dem Schreibtisch nimmt ein Regal die gesamte Breitseite ein; in ihm drängen sich Aktenordner neben Stehhaltern, Bücher auf Russisch und Deutsch stapeln sich über losen Papieren und Mappen, in den Freiräumen dazwischen stehen Matrjoschkas und eine kunstvoll bemalte Porzellannachbildung der Basilius-Kathedrale. An den Wänden hängen Madonnenbilder zwischen alten, schwarz-weißen Familienfotos. Auf einem kleinen Tischchen neben Hannah steht ein bunt gemischtes Teeservice, grobe Eisenbahngläser stehen neben feinstem Porzellan. Ich komme mir vor wie in einem dieser Suchbilder in einem Kinderbuch. Vorsichtig versuche ich, ab und zu unauffällig auf die Familienfotos an der Wand zu schielen in der Hoffnung, vielleicht auf einem Bild das Brautpaar wiederzuerkennen. Aber auf diesen alten Bildern sehen die Menschen einander häufig sehr ähnlich, die Gesichter sind glatt und im Wesentlichen ohne Ausdruck; ich bin mir nicht sicher, dass ich das Brautpaar zwischen den anderen Personen ausmachen könnte.

„Wollen Sie eine Tasse Tee?“, fragt Fjodor und deutet mit der Hand zu dem Tischchen. „Es ist Schwarztee.“

„Nein, danke“, antworte ich, „wir haben gerade eine große Tasse Kaffee getrunken.“

Ich lächele Fjodor dankend an. Er hat seinen Hut abgenommen und ihn auf einem Papierstapel auf dem Schreibtisch abgelegt. Sein Gesicht ist von vielen Falten durchzogen, welche von Freud und Leid eines langen Lebens zeugen; wie eine Landkarte, die man selbst gezeichnet hat und mit deren Hilfe man hoffentlich immer wieder zu sich selbst zurückfindet. Seine eisblauen Augen schauen mich wach an. Dann nickt er und greift nach einer Zuckerdose aus Porzellan, die für mich bisher unsichtbar auf seinem überfüllten Schreibtisch gestanden hatte. Er häuft sich drei große Teelöffel Zucker in seine Porzellantasse und rührt mit einem kleinen Silberlöffel um. Die Tasse ist angeschlagen, ich sehe, wie am Rand unweit des Henkels ein kleiner Zacken fehlt und sich von diesem ausgehend ein zarter Sprung nach unten zieht. Diese Tasse hat vermutlich auch schon viel erlebt, aber sie hält.

„Wie kann ich Ihnen denn behilflich sein?“, fragt Fjodor und nimmt einen großen Schluck von seinem Tee.

„Kennen Sie den Blumenladen etwas weiter die Straße hinunter? ‚Sonjas Sonnenblumen‘?“, frage ich.

„Natürlich!“, antwortet Fjodor. „Dort habe ich früher für meine Frau ab und zu Blumen gekauft.“ Fjodor stellt seine Tasse ab und faltet die Hände. „Meine Frau lebt nicht mehr, wissen Sie.“

„Das tut mir leid“, antworte ich und rutsche auf meinem Stuhl ein Stück nach vorne.

„Danke. Ist lange her.“ Er fährt mit einem Zeigefinger den Tassenrand entlang und verweilt kurz über der

Kerbe. Seine Hände sind derb und voller Schwielen, es sind Hände, die ihr ganzes Leben lang hart anpacken mussten. Der Tassenrand wirkt darunter lächerlich zart und zerbrechlich. „Nun gut", fährt er schließlich fort und lächelt uns dabei an, „was hat es denn mit den Sonnenblumen auf sich?"

„Ich bin die neue Besitzerin", erkläre ich ihm und bemerke, dass Stolz in meiner Stimme mitschwingt.

Sein Lächeln macht einem Strahlen Platz. „Nein, wie schön! Ich hatte schon Angst, dass es den Laden bald nicht mehr geben würde. Er hatte Ende letzten Jahres zugemacht, nicht wahr?"

„Ja", antworte ich. „Er gehörte meiner Tante. Sie ist im Dezember verstorben."

„Oh, das tut mir leid. Sie war eine nette Frau. Hat manchmal hier einen Kaffee getrunken. Eine sehr nette Frau." Er schaut mich aufrichtig betrübt an. „Es würde sie sicherlich sehr freuen, dass Sie den Laden weiterführen."

„Ja, das denke ich auch."

Eine Weile schweigen wir, in Gedanken und Erinnerungen an unsere Lieben, von denen wir uns zu früh verabschieden mussten, leise vereint. Ein Abschied auf ewig kommt immer zu früh.

„Ich wollte Sie fragen“, durchbreche ich schließlich die Stille, „ob Sie sich vielleicht an den Herrn erinnern, dem vor meiner Tante der Laden gehörte?“

„An den Vorbesitzer? Nein. Wann soll das denn gewesen sein?“ Fjodor hebt seine buschigen Augenbrauen interessiert an, seine Stirn wird dabei noch krauser, als sie es ohnehin schon ist.

„Anfang der neunziger Jahre hat meine Tante den Laden erworben.“

„Ich bin Spätaussiedler“, antwortet Fjodor, davon ausgehend, dass ein jeder etwas mit diesem Begriff anfangen kann. „Ich bin erst 1994 hierhergekommen.“

Ich merke, wie sich Enttäuschung in mir breitmacht. Allerdings sehe ich zugleich ein, dass ich vielleicht zu viel erwartet hatte. Als ob unsere erste Anlaufstelle uns einen Namen hätte nennen können.

„Da besaß meine Tante wohl schon den Laden“, sage ich und hoffe, dass Fjodor mir meine Enttäuschung nicht anmerkt.

„Ja", antwortet Fjodor, „das tat sie. Ich habe nie einen anderen Besitzer oder eine andere Besitzerin gekannt. Bis heute." Er lächelt mich aufmunternd an.

„Entschuldigen Sie bitte, dass ich Sie so direkt frage", greift schließlich Hannah das Gespräch auf, „aber sprechen Sie Russisch?"

„Ich spreche Russisch, ich spreche Deutsch", sagt Fjodor und lacht, „ich habe zwei Muttersprachen und zwei Vaterländer."

Und wo fühlen Sie sich zu Hause?, rutscht es mir fast heraus. Glücklicherweise spricht Hannah weiter: „Könnten wir Ihnen ein Schriftstück zeigen? Vielleicht könnten Sie uns sagen, ob das Russisch ist, vielleicht können Sie es sogar verstehen?"

„Gern."

Hannah bedeutet mir mit einem Kopfnicken, den Brief und die Zeitungsfetzen aus der Tasche zu holen. Ich versuche, das Papier so gut wie möglich zu entknittern, und breite es vor Fjodor aus. Er nimmt den Brief in die Hand und betrachtet ihn genau.

„Das sind kyrillische Schriftzeichen", sagt er schließlich. „Aber Russisch ist das nicht. Es muss aber eine slavische Sprache sein, viele Worte sind dem

Russischen ähnlich. Aber Russisch ist das nicht", wiederholt er. „Woher haben Sie den Brief?" Erneut schaut er mich mit seinen wachen Augen an und mir ist, als könnte er mir in die Seele schauen.

„Ich habe ihn im Laden zwischen alten Unterlagen gefunden", lüge ich. Es tut mir leid, Fjodor zu belügen; ich vertraue ihm und er scheint uns wirklich helfen zu wollen. Dennoch möchte ich die Zigarrenkiste lieber erst mal nicht erwähnen. „Ich denke, er könnte dem vorherigen Besitzer gehört haben und ich will gerne mehr über ihn herausfinden."

„Hmmm", macht Fjodor bestätigend. Er legt den Brief auf dem Schreibtisch ab und greift nach den Zeitungsausschnitten.

„Die lagen ebenfalls dabei", komme ich seiner Frage zuvor.

Er sieht sich auch diese genau an. Dann hält er kurz inne, reibt sich das rechte Auge und hält dann den Ausschnitt etwas mehr ins Licht. Ich merke, wie mein Herz schneller schlägt und ich es nahezu hören kann.

Er räuspert sich kurz. „Das ist auch kein Russisch", sagt er schließlich. „Aber es ist dieselbe Sprache, in der auch der Brief verfasst ist. Und hier", er legt die Zeitung auf den Schreibtisch und deutet auf ein Wort neben dem Datum, das einmal am oberen Rand der Zeitung gestanden haben musste, „steht ‚*Књажевац*', Knjaževac, oder so ähnlich", übersetzt er. „Das ist sicherlich die Stadt, aus der die Zeitung stammt. Vielleicht hilft Ihnen ja das weiter."

Hannah und ich schauen uns an und ich kann pure Freude in ihren Augen erkennen.

„Danke, vielen Dank!", sagen wir fast zeitgleich. „Sie haben uns wirklich sehr geholfen!"

Lächelnd legt Fjodor den Zeitungsausschnitt auf den Brief und schiebt beides zu mir. „Gern geschehen", antwortet er. „Kommen Sie gerne wieder her, wenn Sie glauben, dass ich Ihnen behilflich sein könnte oder aber Sie einfach Lust auf eine gute Tasse Kaffee haben. Ich bin meistens am Montagvormittag hier. Guten Kaffee gibt es allerdings immer." Er lehnt sich vertrauensvoll nach vorne. „Außer, wenn Anastasia ihn macht", sagt er leise mit einem Augenzwinkern, „die macht ihn noch ein bisschen zu lasch."

„Das machen wir gerne", sage ich und lächle.

15.

Ich stehe hinter dem Tresen und bin damit beschäftigt, bunte Schnittblumen und grünes Beiwerk mit Hilfe von Steckmasse zu einem Gesteck zu drapieren. Wenn ich früher bei *Plantagen* die ersten Pfingstrosen, Bouvardien und Levkojen in den Händen hielt und verarbeiten durfte, war ich mit der Welt versöhnt: Ich wurde daran erinnert, dass wir uns wie in jedem Jahr nach einem langen, dunklen Winter auf einen Sommer freuen durften. Die Tage wurden länger und die Sterne verschwanden unbemerkt in der Nacht; es blieb zu hell, als dass man sie hätte sehen können.

Ich hatte bereits ein paar Sträuße für den herannahenden Muttertag vorbereitet, einen Tag, der uns Florist*innen vermutlich wichtiger war als vielen Müttern.

„Und hier könntest du dann eine Sitzecke hinmachen", sagt Hannah und deutet auf ein altes Holzregal an der rechten Wand. Sie war von der Idee eines kleinen Cafés geradezu begeistert.

„Ich habe noch nicht einmal Topfpflanzen bestellt", antworte ich ihr lachend. „Ein Café hat derzeit keine hohe Priorität."

„Ich weiß ja." Sie lacht ebenfalls. „Aber ich stelle mir das so schön vor!" Hannah geht um den Tresen herum, an mir vorbei, nach hinten in den Pausenraum. Ich hatte den alten, schweren Vorhang endlich abgenommen und durch einen bunten, leichten Fadenvorhang ersetzt. Auch die beiden Malmsten-Stühle sind mittlerweile gekommen und stehen an dem alten Holztisch. Mein Pausenraum hat nun ebenfalls den Flair einer WG-Küche, zu der jeder etwas beigetragen hat und wo die Möbel dementsprechend bunt zusammengewürfelt sind. Meine Gerbera hatte ich nun auf den Tisch gestellt, und auch dort strahlt sie in einem leuchtenden Orange. Die Natur malt doch in den schönsten Farben.

„Hier gibt es ja die Möglichkeit, eine kleine Kaffeeküche anzuschließen", höre ich Hannahs Stimme nun hinter meinem Rücken.

Ich drehe mich um und sehe, wie sie auf die Spüle deutet. Ich wende mich wieder meinem Gesteck zu und rolle dabei betont auffällig mit den Augen, erfreue mich jedoch insgeheim an Hannahs Begeisterung und das weiß sie auch.

Das Messingglöckchen läutet und ein Mann betritt mit energischen Schritten den Laden. Sein Haar ist fast schwarz, an den Schläfen jedoch bereits ergraut, Bartstoppeln ziehen sich über Wange und Kinn.

„Guten Tag!“, begrüße ich ihn und gehe um den Tresen herum auf ihn zu. „Kann ich Ihnen behilflich sein?“

„Ich suche eine kleine Aufmerksamkeit für meine Frau und meine Mutter“, antwortet er. „Aber ich schaue mich gerne erst mal etwas um.“

„Bitte“, antworte ich und gehe wieder zu meinem Gesteck.

Der Herr betrachtet eine Weile die Sträuße, die fertig gebunden in den Auslagen stehen, und lächelt mich schließlich freundlich an. „Entschuldigen Sie bitte, das sind doch Bartnelken, oder?“ Er deutet auf eine weiß-pinke Blüte in einem fertigen Bouquet.

„Ganz richtig“, antworte ich ihm. „Ich habe Bartnelken in dieser Farbe, zudem in einem schlichten Weiß, einem intensiven Pink oder auch einem zarten

Rosa, falls Ihnen eine andere Farbe besser gefallen sollte."

Er lacht. „Um Himmels Willen, bloß nicht! Ich wollte Sie vielmehr fragen, ob Sie mir einen Strauß ohne jegliche Bartnelken machen könnten?"

„Natürlich!", gebe ich verwundert zur Antwort. „Bartnelken sind typische Maiblumen und von den Farben her sehr abwechslungsreich, deswegen nutze ich sie zu dieser Jahreszeit sehr häufig für meine Arbeiten. Einen fertigen Strauß ohne Bartnelken habe ich tatsächlich nicht, aber ich stelle Ihnen gerne einen zusammen."

„Das wäre sehr freundlich, vielen Dank. Meine Mutter kann Bartnelken nämlich überhaupt nicht ausstehen", erklärt er und zwinkert mir verschmitzt zu.

„Wie kommt denn das, wenn ich fragen darf?"

„Bartnelken waren die Lieblingsblumen ihrer ehemaligen Schwiegermutter", sagt er lachend. „Man kann wohl mit gutem Gewissen sagen, dass meine Mutter gegen alles eine Abneigung hat, das sie auch nur im Entferntesten an ihre Schwiegermutter erinnert."

„Familienkonstellationen sind nicht immer einfach", antworte ich lächelnd.

„Nein, wirklich nicht. Vermutlich war sie auch ein wesentlicher Grund dafür, dass meine Mutter ihren Verlobten noch kurz vor der Hochzeit verlassen hat. Sie und das kleine Detail, dass sie von einem anderen Mann schwanger war. Von meinem Vater."

„Von einem Mann, den sie vielleicht einfach mehr geliebt hat", sage ich.

„Das will ich hoffen. Wenigstens sind die beiden bereits über fünfzig Jahre verheiratet!" Er lacht erneut.

„Über welche Blumen würde sich Ihre Mutter denn freuen? Ich habe Pfingstrosen, Wicken, Hortensien ...", beginne ich aufzuzählen, während ich auf die Vitrinenschränke deute.

Gemeinsam stellen wir einen farbenfrohen Strauß zusammen, in dessen Zentrum eine große, dunkelrote Hortensie steht. Für seine Frau, die die Abneigung gegen Bartnelken offensichtlich nicht teilt, wählt der Mann ein fertiges Bouquet aus.

„Bestellen Sie Ihrer Frau und Ihrer Mutter bitte herzliche Grüße", sage ich, während ich beide Sträuße in Papier einschlage.

Er ist kaum zur Tür hinaus verschwunden, als Hannah zu mir hinter den Tresen tritt. „Siehst du", sagt sie, „aus dem Grund braucht der Laden eine Sitzecke wie bei Fjodor, wo die Menschen sich austauschen können. Blumen sagen so viel aus und manche Geschichten wollen offensichtlich einfach erzählt werden."

Wir haben Fjodor noch nicht wieder besucht, denken aber häufig an den alten, freundlichen Mann. Er hatte recht gehabt, Knjaževac war der Name einer Stadt. Wir hatten diesen noch am selben Abend bei einer Onlinesuchmaschine eingegeben und schnell herausgefunden, dass die Stadt in Ostserbien liegt. Das Datum auf dem Zeitungsausschnitt gab den 18. Juli 1971 an; zu dieser Zeit war Serbien ein Teil der Sozialistischen Föderativen Republik Jugoslawiens gewesen. In Serbien nutzt man sowohl lateinische als auch kyrillische Buchstaben, wobei die kyrillische Schrift seit einigen Jahren als die offizielle gilt. Wir gingen also davon aus, dass der geheimnisvolle Brief auf Serbisch verfasst war.

„Wann wollen wir denn los?", fragt Hannah dann. „Ich bekomme langsam Hunger."

„Lass mich das nur noch eben fertig machen, du Nervensäge“, antworte ich ihr lachend.

Es ist kurz vor halb zwölf. Ich hatte herausgefunden, dass derzeit ein Serbisch-Intensivkurs an einer Sprachschule im Stuttgarter Zentrum abgehalten wurde. Unser Plan war, den Lehrer oder die Lehrerin nach dem Kurs um zwölf abzufangen und danach irgendwo eine Kleinigkeit essen zu gehen. Mit den Fahrrädern würden wir gut zwanzig Minuten ins Zentrum brauchen.

„So“, ich lege den Kopf schief und betrachte mein Gesteck, „fertig.“

Hannah steht auf dem Bürgersteig und schaut an der großen, grauen Fassade hinauf. Dann sieht sie mich an. „Da oben“, sagt sie und zeigt auf eine Fensterfront im zweiten Stock, „dort müssen wir hin.“

„Warst du schon mal hier?“

„Nein. Aber ich habe von der Sprachschule gelesen, als ich mich vor ein paar Jahren wegen des Französischkurses erkundigt hatte.“

„Dort, wo du Larissa kennengelernt hast?“

„Genau.“

„Apropos, wie ist dein Französisch nun? Wart ihr mal wie angedacht im Elsass?“

„Nein, und mein Französisch ist derzeit etwa genauso gut wie mein Serbisch“, sagt Hannah grinsend. „Komm!“

Als wir die hellen Räumlichkeiten der Sprachschule betreten, kommt uns eine Frau mittleren Alters entgegen, ihre halblangen Haare wippen bei jedem Schritt. „Hallo, guten Tag!“ Sie lächelt uns an. „Kann ich Ihnen helfen?“

„Wir würden gerne kurz die Kursleitung des Serbischkurses sprechen, wenn das möglich ist?“, frage ich.

„Andrijana? Natürlich.“ Sie schaut auf ihre silberne Armbanduhr. „Sie dürfte gleich fertig sein. Sie können gerne so lange Platz nehmen.“ Sie deutet mit einer ausladenden Handbewegung auf eine Stuhlgruppe, die an der Fensterfront steht, und im nächsten Moment verschwindet das Klackern ihrer Absätze bereits in der Ferne. Wir setzen uns, ich lege die Hände unter die Oberschenkel und schaue auf meine Schuhspitzen. Ich komme mir plötzlich ziemlich blöd vor; ich weiß so wenig über Serbien. Ich hätte mich ein bisschen mehr über das Land informieren sollen, dann könnte ich mir in einem eventuellen Gespräch mit Andrijana vielleicht unnötige Fragen ersparen und würde weniger ignorant wirken.

Noch bevor ich den Gedanken jedoch zu Ende führen kann, geht eine Tür auf und die ersten Menschen verlassen mit schweren Taschen auf den Schultern die Unterrichtsräume. Ich stehe auf und gehe langsam zur Tür.

Andrijana steht an einem Schreibtisch und ist dabei, Bücher und andere Unterrichtsmaterialien in eine Tasche zu packen. Das Whiteboard hinter ihr ist von kyrillischen Schriftzeichen überzogen, einzelne Wörter scheinen in lateinischer Lautschrift ausgeschrieben worden zu sein. Sie schaut uns an, als wir vorsichtig an die geöffnete Tür klopfen und anschließend langsam den Raum betreten. Zu meiner Überraschung ist sie kaum älter als ich.

„Ja?“, fragt sie lächelnd und streicht sich eine Strähne ihres langen, fast schwarzen Haares hinters Ohr. Ich kann dabei die blaue Farbe eines Whiteboardmarkers an der Kante ihrer Hand schimmern sehen.

Hannah erklärt ihr kurz unser Anliegen, ich schaue mich derweil im Raum um. An den Wänden hängt eine große Weltkarte, wo bunte Stecknadeln vermutlich die Herkunft diverser Schüler*innen markieren, zudem eine Übersichtskarte von Deutschland, Serbien und Kroatien. In der Mitte des Raumes sind vier große, weiße Tische zu einem einzigen zusammengeschoben worden. Reste von Radiergummifitzeln zeugen davon, dass hier gelernt wurde. Das Ambiente erinnert mich an meine Zeit bei SFI, *Svenska för invandrare*, Schwedisch für Einwanderer, den kommunal getragenen Schwedischkurs, den ich in der ersten Zeit besuchen durfte. Ich mochte es, mit Menschen aus den verschiedensten Ländern um einen einzigen großen Tisch zu sitzen und Schwedisch zu lernen. Man lernt dabei zugleich viel über andere Kulturen, vor allem jedoch auch über sich selbst und die zuvor unbekannten Privilegien, die man unweigerlich mitbrachte, wenn man aus anderen europäischen Ländern kam. Gut lesen und schreiben zu können zum Beispiel, so wurde mir erneut erinnerlich, war leider keine Selbstverständlichkeit und häufig von unwillkürlichen Dingen wie einem Geburtsort abhängig.

„Ich schaue mir den Brief gerne an“, höre ich Andrijana schließlich sagen.

Andrijana sitzt hinter dem Schreibtisch und hält den Brief in den Händen. Ich sehe, wie ihre Augen aufmerksam über die einzelnen Zeilen gleiten; ab und an zieht sie dabei die Stirn kraus oder beißt sich auf die Unterlippe. Als sie die Seite umdreht, um die wenigen Zeilen auf der Rückseite zu lesen, atmet sie gut hörbar aus.

„Also“, sagt sie schließlich, „bei manchen Wörtern bin ich mir nicht ganz sicher. Die Handschrift ist sehr schnörkelig und an einigen Stellen sind die einzelnen Buchstaben kaum noch zu erkennen. Aber im Großen und Ganzen kann ich ihn lesen.“

„Könnten Sie ihn uns diktieren?“, fragt Hannah.

„Natürlich“, antwortet Andrijana.

Hannah setzt sich an den Tisch in der Mitte und holt ein Notizbuch und einen Kugelschreiber aus ihrer Tasche hervor. Ich habe an nichts davon gedacht und in diesem Moment wird mir einmal mehr bewusst, wer von uns beiden die Projektmanagerin ist. Ich muss ob der Erkenntnis grinsen.

„Geliebte Darja", beginnt Andrijana vorzulesen, ihre Stimme ist melodisch und akzentfrei, *„die Zeit vergeht langsam nun, da ich nicht mehr bei dir bin. Ich schließe die Augen, stelle mir vor, wie ich diese eine Stelle hinter deinem Ohr küsse, eine gefühlte Ewigkeit verbringe ich in diesem Moment, der mich dir so nah bringt, und dennoch, sobald ich die Augen wieder öffne und auf die Uhr schaue, so sind doch nur wenige Sekunden vergangen."* Sie muss sich räuspern, dann liest sie weiter.

„Wie ich diese Sehnsucht nun über Wochen aushalten soll, weiß ich nicht, aber ich muss sie aushalten können. Und ich weiß, dass du mich verstehst, vermutlich besser, als ich meinen eigenen Entschluss verstehen kann. Die Zukunft auf dem Dorf ist derzeit dunkel, ich will jedoch eine helle Zukunft mit dir und für uns. Ich will, dass deine Augen auf ewig so strahlen wie in jenem Augenblick, in dem wir uns das erste Mal sahen, dass du ein Leben lang so glücklich sein kannst und so herzlich lachst wie bei unserem Tanz an jenem Abend. Ich will für deine Freude mitverantwortlich sein und sie auf ewig zu halten versuchen, ich will auch noch dann, nein, vor allem dann bei dir sein, wenn das Alter sie dir in Form von Lachfalten ins Gesicht gemalt hat. Deswegen musste ich kurz fort, auch wenn ich in Gedanken immer bei dir bleibe, und

sobald ich die Möglichkeit habe, dich so glücklich zu machen, wie du es verdienst, dann komme ich zu dir zurück oder hole dich zu mir. Auch wenn mir die Wochen oder Monate bis zu diesem seligen Moment unerträglich lang erscheinen, so werden sie rückblickend an unserer gemeinsamen Ewigkeit gemessen lächerlich aussehen. Nicht mehr als eine kleine Atempause, ein unbemerkter Sprung in der Zeit. Bis dahin verbleibe ich, auf ewig deiner, Ninko"

Andrijana schaut uns an. Hannah und ich verbleiben zunächst still. Auch wenn wir bisher nicht weiter darüber gesprochen haben, so weiß ich, dass Hannah nun – so wie ich – an das alte Hochzeitsfoto denkt und darauf hofft, dass Darja und Ninko tatsächlich eine Ewigkeit vergönnt gewesen war.

Wir sind beide merkwürdig ruhig, als wir zu unseren Fahrrädern zurückgehen. Andrijana hatte sich noch die Zeitungsausschnitte angeschaut, daraus jedoch keine weiteren Informationen ziehen können. Es scheint sich um eine Lokalzeitung der serbischen Stadt Knjaževac zu handeln, die Ausschnitte besagen, dass im Juli 1971 unter anderem eine neue Bibliothek eröffnet wurde und jemand in einer Nacht zuvor ein parkendes Auto angefahren und Fahrerflucht begangen hatte. Kein

Inhalt, der uns weiterhalf, aber das hatten wir auch nicht wirklich erwartet. Andrijana schien von Darjas und Ninkos Liebe ebenso ergriffen gewesen zu sein wie wir; auch sie bot uns an, dass wir uns jederzeit wieder melden könnten, sollten wir nochmals ihre Hilfe benötigen. Wir nahmen es dankend an.

Ich schließe das Fahrradschloss auf und lege es um den Sattel. Im Schatten des Baumes bahnen sich die ersten Maiglöckchen ihren Weg.

16.

Sobald es Sommer wurde – so bildete ich mir ein – lag ein Geruch von Chlor und Friteusenfett in der Luft. Eine Vorstellung genährt von kindlichen Erinnerungen an lange Tage im Schwimmbad, begleitet von Pommes Frites aus einer Pappschale und Süßigkeiten aus einem trichterförmigen Butterbrotpapiertütchen.

Die Wespen sind zurück, bevölkern Mülleimer, gefüllt mit klebrigem Eispapier und diversen Speiseresten, und verderben das ein oder andere Abendessen auf dem Balkon. Die Stadt ist nun lauter als ohnehin schon, unter die permanenten Motorengeräusche mischen sich zusätzlich das intensive Röhren vorbeirauschender Motorräder und dröhnende Musik aus den Lautsprechern vorbeifahrender Cabrios oder Ghettoblastern im Park. Die Sommermelodie der Stadt kennt augenscheinlich nur eine Lautstärke, und die heißt: volle Pulle. Aber je näher ich meinem Blumenladen komme und dabei das Stadtzentrum schrittweise verlasse, desto mehr ist –

zumindest wenn man hinhört – zwischendurch das Summen von Insekten zu vernehmen.

Ich schließe die Tür zum Laden auf und gehe direkt zum Fenster, um etwas zu lüften. Die Luft riecht süßlich, wofür ich vor allem die Hortensien verantwortlich mache, aber sie steht auch und ist zum Schneiden dick. Von draußen kommt kaum ein Luftzug hinein, es muss fast windstill sein.

Ich nehme eine der leeren Weinkisten, die momentan mitten im Hauptraum stehen, und trage sie vor die Tür. Hannah hatte sie von einem Bekannten besorgt und noch gestern Abend hergebracht. Wir hatten uns überlegt, sie vor dem Laden aufzubauen und sie als Auslage für Gestecke und Topfpflanzen zu nutzen. Als Saarländerin wäre ich vermutlich nicht auf diese Idee gekommen, aber es würde sehr schön aussehen und war im Großraum Stuttgart wohl eine naheliegende Variante eines Präsentiertisches.

Ich stapele die Weinkisten vor der Tür und trage anschließend einzelne Topflanzen hinaus, die ich gerade in der letzten Woche erhalten hatte. Die Tür lasse ich offen stehen in der Hoffnung, dass es etwas Durchzug gibt.

Im Pausenraum sind mittlerweile sämtliche Wände erst mal ganz nackt. Nach und nach hatte ich die restlichen Tapeten von der Wand gezogen und geschabt. Vordergründig, so redete ich mir ein, ging es darum, den Raum auf eine Renovierung vorzubereiten, insgeheim hoffte ich vielmehr darauf, eine weitere geheime Nische zu finden. Ich fand jedoch nichts, hinter den Tapeten befand sich nur quadratmeterweise Stein.

Die Zigarrenkiste steht in ihrer Nische, den Ring jedoch verwahre ich nach wie vor sicher zu Hause auf. An der Wand neben der Spüle hatten Hannah und ich angefangen zusammenzutragen, was wir bisher wussten. Das Foto des Brautpaares hatte Hannah vergrößert und mit Klebeband an der Wand befestigt. Erst an der Vergrößerung war uns etwas aufgefallen, was wir bisher nur vermutet hatten: Die Frau trug den Ring am Ringfinger der rechten Hand. Ich hatte einen versteckten Ehering gefunden. Mit dickem, schwarzen Edding hatte Hannah „Darja und Ninko?“ unter das Bild geschrieben, direkt auf den Putz. Ich würde ohnehin irgendwann tapezieren müssen, war ihr Argument. Unter den Namen stand „1940? 1950?“; dabei handelte es sich lediglich um unsere Schätzung, die wir anhand der Kleidung und der Frisuren getroffen hatten. Leider verfügte keine Äußerlichkeit des Brautpaares über ein deutliches Alleinstellungsmerkmal: Die Braut trug ein bodenlanges, glattes Kleid mit langen Ärmeln, das hoch zugeknöpft war. In den Händen hielt sie einen schlichten, hellen Strauß von Freesien, Orchideen, Bartnelken oder Wicken – das war trotz Vergrößerung kaum zu erkennen und sicherlich auch nicht relevant. Den Bräutigam kleidete ein einfacher, schwarzer Anzug mit heller Krawatte, die farblich dem Brautkleid angepasst war. Neben das Foto hatte Hannah Kopien der Zeitungsausschnitte geklebt. „Knjaževac – Ostserbien" und „Juli 1971" stand darunter. Mehr hatten wir von diesen Ausschnitten nicht erfahren können. Es ist wohl nur eine Frage der Zeit, bis Hannah anfängt, Verbindungsstriche auf den Putz zu malen oder gar rote Fäden zur Markierung eines eventuellen Zusammenhanges zu spannen. Ich muss lächeln. Mein Pausenraum erinnert mich auch jetzt schon an ein Ermittlerbüro aus dem *Tatort*.

Ich gehe ein paar Schritte zurück und betrachte die Wand von Weitem, dann schüttele ich den Kopf. Viel wussten wir bisher nicht; und das wenige, was wir bisher zu wissen glaubten, waren lediglich schwache Hypothesen.

„Entschuldigung?", vernehme ich eine Stimme aus dem vorderen Raum. Ich trete durch den Durchgang und sehe eine elegant gekleidete, ältere Dame. Sie hat ihr graues Haar zu einem Dutt frisiert und erinnert auch in ihrer anmutigen, aufrechten Körperhaltung an eine ehemalige Ballerina. Vor der Brust hält sie einen Topf mit Rittersporn.

„Entschuldigen Sie bitte", sage ich zur Begrüßung. „Ich habe nicht daran gedacht, dass die Tür offen steht und es nicht läuten würde, wenn jemand hereinkommt. Ich hoffe, Sie haben nicht lange auf mich gewartet."

„Überhaupt nicht! Ich melde mich schon zeitnah, keine Sorge", sagt sie lächelnd. „Das hier ist doch ein Rittersporn, nicht wahr?"

„Ganz richtig."

„Muss man den in einem Garten auspflanzen oder reicht ein Balkonkasten? Ich wohne im Haus gegenüber und suche nach ein paar farbenfrohen Pflanzen für den Balkon." Sie schaut hinunter auf die Blüten.

„Just diese Sorte gedeiht besser in einem größeren Kübel. Aber ich habe auch eine Zwergsorte, die sich in kleinen Kästen wohlfühlt."

Ich bedeute ihr, mir vor die Tür zu folgen, und zeige ihr ein paar Topfpflanzen, die sich für den Balkon eignen. Sie entscheidet sich neben einem kleineren, zartblauen Rittersporn für eine rosafarbene Geranie und einen leuchtend gelben Husarenknopf.

„Das wird aber sehr sommerlich auf Ihrem Balkon!", sage ich, während ich die Pflanzen in eine große Papiertüte stelle. „Brauchen Sie Hilfe beim Tragen?"

„Nein, danke", gibt sie mir zur Antwort. „Ich habe es ja nicht weit."

Ich blicke der Dame nach, als sie die Straße überquert und schließlich in einem Hauseingang verschwindet. Es scheint sich etwas herumgesprochen zu haben, dass es „Sonjas Sonnenblumen" wieder gibt, wenn auch mit neuer Eigentümerin. Erst gestern war eine Kundin im Laden, die sich als ehemalige Stammkundin meiner Tante vorstellte, und es hat mich gefreut, dass sie auch mir eine Chance geben wollte. War die erste Zeit doch sehr angestrengt, so habe ich mittlerweile meine Schulden begleichen und mir in den letzten Wochen sogar etwas Geld auf die Seite legen können. Ich schaue in den Laden hinein; bald würden meine Rücklagen für die schönen, hellen Holzregale reichen, die ich im Internet gefunden hatte. Bei Weitem jedoch noch nicht für einen neuen Fußboden, denke ich bedauernd, während ich mit dem Fuß einen schwarzen Striemen auf dem Linoleum nachfahre.

Es ist noch gut zwanzig Grad warm, als ich ins Stadtzentrum radele. Schweißperlen treten mir auf die Stirn und laufen mir den Nacken hinunter. Ich höre Hannah, lange, bevor ich sie sehen kann. Schließlich entdecke ich sie, sie sitzt auf einer Picknickdecke inmitten einer Menschenmenge und winkt mir übertrieben deutlich zu. Sie hatte mich am späten Nachmittag angerufen und mir mitgeteilt, dass sie mit ein paar Arbeitskolleg*innen spontan zum Grillen an den unteren Schlossplatz gehen wollte. Ich war auch eingeladen.

Nun kämpfe ich mich durch ein Meer an Menschen, die um die Betongrills herum und auf Decken verteilt auf den Grünflächen sitzen, und versuche, keine mit

Wein gefüllten Plastikbecher umzustoßen oder auf marinierte Steaks zu treten.

„Hallo!“, sagt Hannah, steht auf und gibt mir eine Umarmung. Ihr Haar riecht nach Sommer.

„Hallo, Karla“, höre ich eine bekannte Stimme neben mir.

Ah, die Dichternarzisse, denke ich amüsiert. „Hallo, Peter.“

„Genau, Peter kennst du ja schon“, sagt Hannah, die noch immer neben mir steht. „Das sind Sarah und Anton.“

„Hi“, sagen beide fast zeitgleich und winken mir zu.

Sarah und Anton, denke ich, während ich mich neben Peter auf die Decke setze. Hm ... Ich zwinge mich, den Gedanken zu beenden. Ich möchte mir für die beiden heute kein Blumenäquivalent überlegen, ich möchte unvoreingenommen und offen sein, auch Peter gegenüber. Es war nicht seine Schuld, dass ich über die Osterfeiertage Heimweh hatte und dementsprechend nicht gut drauf war. Manchmal, so bin ich mir bewusst, sagen meine Blumenäquivalente wohl mehr über mich selbst aus als über die anderen.

„Hier“, sagt Hannah und reicht mir eine große, braune Papiertüte, „such dir aus, was du grillen möchtest. Anton hat ein Taschenmesser dabei.“

Ich nehme mir eine Packung Halloumi und eine rote Paprika heraus und schneide beides in Scheiben. Dann sehe ich mich um und überlege, wann ich zuletzt so viele Menschen auf einem Haufen gesehen habe, von den gefüllten U- und S-Bahnen einmal abgesehen. Jeder einzelne der zwölf Grills ist belegt, Kinder springen tobend umher, Hunde bellen und apportieren Bälle, vereinzelte Menschen versuchen sich am Jonglieren mit Keulen oder einem Diabolo, im Hintergrund laufen die unterschiedlichsten Musikstile. Stadttrubel, wie ich ihn mir jahrelang ersehnt habe, und ich bin endlich wieder mittendrin. Ich genieße es, fühle mich von den vielen Eindrücken im ersten Moment jedoch etwas überfordert und die permanente Geräuschkulisse repräsentiert weniger Lebendigkeit als Lärm. Sehnsüchtig denke ich an Schweden, an die zahlreichen Grillplätze am See, an Feuerstellen vor kleinen Holzhütten und Einmalgrills auf schroffen Felsen. An den meisten Tagen war man dort allein, und die Geräuschkulisse bestand aus dem Rauschen seichter Wellen, vereinzelten Möwenschreien und ab und an dem Knattern eines Motorboots, das in der Ferne vorbeifuhr. Die Sonne war warm, die Luft frisch und der Horizont weit.

Hannah reißt mich aus meinen Gedanken, indem sie mir eine Dose Bier in die Hand drückt. Ich blicke erst die Dose, danach Hannah verwirrt an.

„Prost“, sagt sie und hebt ihre Dose hoch, „auf den Sommer!“

Das allerdings, so denke ich bei mir, während ich die Dose öffne und mit Hannah und den anderen anstoße, war jedoch ein sehr schöner Aspekt: Ich hatte vergessen, dass man in Deutschland an vielen öffentlichen Plätzen Bier trinken durfte. In Schweden war das überwiegend verboten. Als ich dort einmal an einem lauen Sommerabend mit ein paar Freunden am Fluss saß und dabei ein Bier trank, kam die Polizei und schüttete das Bier vor unseren Augen aus. Dafür kamen wir jedoch um ein Bußgeld herum.

Ich lege mich auf den Rücken, spüre das Gras in meinem Nacken, und blicke in die Wolken, die fast starr am Himmel stehen. Ganz recht, manchmal tut es gut, einfach etwas zu verweilen. Man muss die wesentlichen Momente wohl nur zu erkennen lernen.

Es beginnt zu dämmern und die Venus steht deutlich am Abendhimmel. Um uns herum haben sich die Reihen etwas gelichtet. Ich sitze mit angezogenen Beinen neben Sarah und habe meinen Kopf auf den Knien abgelegt. Sarah sitzt im Schneidersitz neben mir, ich beobachte, wie sie im Gespräch einzelne Grashalme abrupft und versucht, diese in kleine Streifen zu reißen. Ich bin seltsam zufrieden, satt und glücklich, und wohl auch ein kleines bisschen angeheitert.

„Wie lange warst du denn dann insgesamt auf den Sieben Weltmeeren unterwegs?“, frage ich.

Sarah lacht. „Das klingt nun so, als wäre ich Piratin gewesen! Dabei habe ich lediglich Kinder und Jugendliche auf diversen Kreuzfahrtschiffen bespaßt.“

„Ich stelle es mir trotzdem spannend vor, immer auf dem Weg nach Irgendwo zu sein und fast täglich in einem anderen Land von Bord zu gehen.“

„Das war es auch“, sagt Sarah und seufzt. „Nun fühle ich mich seltsam ... beengt. Dabei lebe ich nun ein Leben, wie es so viele Menschen tun, und kaum ein anderer scheint ein Problem damit zu haben, über eine feste Adresse zu verfügen.“

„Vielleicht sind einige Menschen eher zum Reisen gemacht als zum Ankommen", sage ich schulterzuckend. „Das muss nicht schlechter sein, nur weil es ungewöhnlich ist."

Sarah lächelt mich dankbar an und ich lächele zurück, unsagbar froh darüber, jemanden getroffen zu haben, der sich nicht ausschließlich innerhalb der Grenzen Baden-Württembergs bewegt hat. Ohne den Kopf zu heben, schiele ich zu Hannah, die sich angeregt mit Anton und Peter unterhält. Sie sitzt mir gegenüber und ist für den Augenblick dennoch unendlich weit weg.

„Vielleicht sollten wir uns auch langsam nach Hause machen", sagt sie dann und schaut mich an. „Ich muss morgen wieder relativ früh im Büro sein."

„Ich sollte auch bald gehen", sagt auch Peter und streckt sich dabei.

Wir räumen unseren Müll in die braune Tüte und klemmen sie auf Hannahs Gepäckträger. Zum Abschied umarme ich Sarah eine Sekunde zu lange.

17.

Es ist kurz nach acht Uhr morgens, als ich endlich aufstehe. Ich war schon eine Weile wach gewesen, aber träge, habe mich immer wieder umgedreht und weitergedöst. Mein Kopf fühlt sich schwer an. Ich weiß, dass das vom Bier kommt, und muss darüber lachen: drei Bier und schon verkatert. Dabei ist es doch ein gängiges Stereotyp, dass Schwed*innen so wahnsinnig trinkfest seien. Meiner Erfahrung nach haben sie – verallgemeinert ausgedrückt – hingegen vor allem eine andere Einstellung zum Alkoholkonsum: Sie trinken deutlich seltener, aber wenn dann eher viel. Während der ersten Zeit in Schweden fehlte mir ab und an ein gemütliches Feierabendbier, gerne in Kombination mit einer urigen Kneipe, an deren verschrammten und klebrigen Tischen man die wesentlichsten Probleme der Welt lösen konnte, während der Wirt gelegentlich eine Runde aufs Haus springen ließ. Ich schlug meinen Kolleg*innen vor, an einem warmen Frühlingsabend noch ein Bier trinken zu gehen, wurde jedoch verwundert angesehen und bekam zur Antwort, dass man am nächsten Tag doch arbeiten müsse. Gerade so, als wäre ein einziges oder auch zwei Bier zu trinken keine sinnvolle Option. Auch was urige Kneipen angeht, gestaltete sich die Suche sehr schwierig: Die meisten Lokalitäten stellten sich als Bars oder Restaurants heraus, als gepflegte Lokale, in denen man zugleich gut essen konnte. Das liegt an dem einfachen Grund, dass man in Schweden nicht einzig und allein alkoholische Getränke verkaufen darf, weil man die Leute damit eventuell zum übertriebenen Alkoholkonsum verleiten könnte, sondern man als Gaststättenbesitzer*in zugleich gezwungen ist, diverse Gerichte anzubieten. Und bis noch vor ein paar Jahren musste sogar zwangsläufig Besteck gedeckt sein. Das war kein schlechtes Konzept, weil man dadurch gemütlich etwas essen gehen und anschließend noch ein paar Bierchen trinken konnte. Ich sehnte mich jedoch nach einer Weile sehr nach einer Kneipe, wo alter Zigarettenrauch schwer in der Luft hing, Glücksautomaten hinter der Tür standen, wo man mit dem Wirt per Du war und es zum Essen höchstens Erdnüsse gab, die man jedoch nicht mal anfassen, geschweige denn essen mochte.

Der Verkauf alkoholischer Getränke ist in Schweden stark reguliert: Im Supermarkt bekommt man sie bis zu 3,5 %, zum Beispiel *lättöl,* leichtes Bier. Alles, was darüber hinausgeht, gibt es nur im *Systembolaget,* dem staatlichen Alkoholmonopol. Anfangs störte mich, dass man nach dem Einkauf im Supermarkt eventuell noch einen zusätzlichen Weg hatte, zudem nervten die kürzeren Öffnungszeiten, die es unmöglich machten, am Abend spontan eine Flasche Wein zu kaufen. Sowie die Tatsache, dass man keine gekühlten Getränke erwerben konnte, aus dem Grund, dass man nicht alle Sorten kühl stellen konnte und damit eine Ungleichbehandlung stattgefunden hätte. Nach einer Weile hatte ich mich jedoch nicht nur daran gewöhnt, sondern stellte zudem fest, dass diese Läden – da sie nichts anderes als Alkoholika verkauften – hervorragend sortiert waren und man zwischen den Reihen ausgefallene Bier- und Cidersorten fand oder zumindest fast alles bestellen lassen konnte.

Der staatlich geregelte Verkauf alkoholischer Getränke, der gemeinsam mit hohen Preisen und kürzeren Öffnungszeiten einen der drei Grundpfeiler darstellt, Alkoholkonsum zu minimieren, entwickelte sich im Anschluss an eine Zeit im 18. Jahrhundert, in der ein jedes Reglement aufgehoben wurde und daraufhin vornehmlich Kartoffeln zu Schnaps gebrannt wurden, was nicht nur den Alkoholismus in die Höhe schießen ließ, sondern ebenso zu Nahrungsmittelengpässen führte. Und so umgibt Schwed*innen, die alkoholische Getränke konsumieren, irgendwie immer die Aura, dass sie etwas Verruchtes oder auch Verbotenes tun, gänzlich unabhängig davon, ob die Alkoholika legal im *Systembolaget* erworben, illegal gebrannt oder in großen Mengen im Bordershop in Puttgarden eingekauft und importiert worden sind. Vielleicht ist das strenge Reglement ebenso Grund dafür, dass Schwed*innen im Urlaub in anderen Ländern – so ein weiteres Stereotyp – wahnsinnig die Sau rauslassen, aber das kennt man von vielen anderen Nationen auch, Deutsche eingeschlossen.

Irgendwann traf ich jedoch Kolleg*innen, mit denen man spontan mal ein Feierabendbier trinken konnte. Nur eine Kneipe, die fehlte, aber bei näherer Betrachtung sind es ja vor allem die Kneipengespräche, die man führt, die die eigentliche Atmosphäre ausmachen.

Ich schlurfe in die Küche und mache mir einen Kaffee. Hannah ist wie erwartet bereits weg. Ich setze mich an den Küchentisch und blicke in die grünen Blätter des Ahorns vor dem Fenster, welche sich leise im Wind wiegen. Sarah wäre ein Vergissmeinnicht gewesen: Auf den ersten Eindruck hin zart und verletzlich, bei näherer Betrachtung jedoch deutlich zäher, als man es vermutet hätte, mit starken Wurzeln, ohne jedoch derb zu sein, farbenfroh mit duftenden Blüten. Ich überlege, was Anton gewesen wäre, aber mir will partout nichts einfallen. Ich lasse den gestrigen Abend Revue passieren und kann mich tatsächlich nicht darauf entsinnen, mich länger mit ihm unterhalten zu haben. Ich erinnere mich an das Hallo und an das Taschenmesser, ansonsten fällt mir zu Anton momentan nichts ein. Wenigstens habe ich mich in Bezug auf ihn daran gehalten, mir kein Blumenäquivalent zu überlegen.

Ich gehe ins Wohnzimmer und stöpsele mein Handy an die Musikanlage an, dann suche ich Ronnys und Ragges Lied *Det är sommar, Es ist Sommer* auf Youtube und singe viel zu laut mit. Es ist, wie ich finde, ein eher prolliges und albernes Lied, was sicherlich auch so beabsichtigt war, aber für mich gehört es genauso zum Sommeranfang wie das erste Eis auf die Hand oder das Zirpen der Grillen am Abend. Ein typisches Lied für *raggare,* die Anhänger*innen jener schwedischen Subkultur, die mit heruntergekommenen und dennoch aufgemotzten amerikanischen Straßenkreuzern aus den fünfziger und sechziger Jahren umherfuhren, die ihnen nicht nur als zentrales Moment der Identifikation und als Fortbewegungsmittel, sondern zugleich als Wohnzimmer zu dienen schienen. Saß man an einem Sommerabend draußen, sah und hörte man ständig *raggarbilar,* also Raggareautos vorbeifahren, häufig immer wieder dieselben, die Haien ähnlich ihre langsamen Kreise durch die Stadt zogen.

Ich tanze durch die Wohnung und unter die Dusche, das Leben fühlt sich heute trotz der Kopfschmerzen unbeschwert an. Beim Zähneputzen überlege ich mir, welches deutsche Lied für mich mit dem Sommer verknüpft ist, aber mir fällt gerade keines ein.

Der Sommer ist für Schwed*innen eine besondere Zeit. Rechtlich darf man während der Sommermonate Juni, Juli und August vier Wochen am Stück frei haben um in der *sommarstuga,* dem Sommerhäuschen, am See zu sitzen, Boot zu fahren, zu reisen oder Sonstiges zu tun, was sich vor allem im Sommer genießen lässt. Das Leben verlagert sich nach draußen und es herrscht ein allgemeines Verständnis dafür, dass durch die sonnigen Tage andere alltägliche Dinge in den Hintergrund rücken. Es werden nicht mehr alle Buslinien bedient und in den Krankenhäusern wird nur noch das Notwendigste operiert: Das Arbeitsleben wird auf Sparflamme gehalten, damit das Freizeitleben vollendst ausgenutzt werden kann. Ich kann mich nicht daran erinnern, dass wir in Deutschland dem Sommer einen so großen Stellenwert zugestanden haben, aber er kommt auch früher und geht später, die Übergänge sind dabei weicher und weniger plötzlich und an vielen Stellen in Deutschland wird es vermutlich schlichtweg zu heiß, als dass man die Sommermonate genießen kann.

Ich schließe mein Fahrrad auf und will zum Laden radeln, bleibe jedoch direkt am Ende der Straße stehen. Dann drehe ich kurz entschlossen um und fahre ins Stadtzentrum. Ich habe Lust, Hannah auf der Arbeit zu besuchen.

Noch während ich am Empfangstresen stehe, kommt Hannah über den Flur gelaufen, in der Hand eine Tasse Kaffee. Überrascht sieht sie mich an.

„Karla! Was machst du denn hier?"

„Ich wollte dich kurz besuchen", sage ich, „komme ich ungelegen?"

„Ach, nein, gar nicht."

Hannah sieht aus wie Hannah, allerdings wirkt sie in diesen edlen Büroräumen dennoch wie ein anderer Mensch. Die Räumlichkeiten sind hell und am heutigen Tag sonnendurchflutet, Grünpflanzen verschönern die Ecken und den Empfangsbereich.

„Möchtest du auch einen Kaffee?", fragt sie und deutet in die Richtung, aus der sie soeben gekommen war.

„Gerne."

Ich folge Hannah in den Pausenraum am Ende des Flures. Die Türen der Büroräume, an denen wir vorbeikommen, sind teilweise offen, teilweise angelehnt, teilweise geschlossen, hinter einzelnen kann ich gedeckt Gespräche vernehmen. Die Namen stehen neben der Tür, einige – Peter und Anton – kenne ich bereits, andere sind mir unbekannt. Peters Tür steht offen, er ist in ein Telefongespräch verwickelt, als wir vorbeigehen. Er erkennt mich jedoch und hebt die Hand zum Gruß.

„Konntest du heute Morgen gut aufstehen?“, frage ich Hannah, die mir gerade viel zu dunklen und vermutlich abgestandenen Kaffee in eine Tasse schüttet.

Hannah lächelt. „Ich hätte gut noch etwas länger schlafen können, aber es war schon in Ordnung. Und selber?“

„Ich war ziemlich kaputt“, antworte ich ehrlich. „Aber es war ein wunderschöner Abend. Danke, dass du mir Bescheid gegeben hast.“

Hannah sieht mich erstaunt an. „Natürlich sage ich dir Bescheid, wenn wir hier etwas vorhaben.“ Sie drückt mir die Tasse in die Hand. „Du musst mir nur auch ehrlich sagen, wenn du keine Lust auf meine Kollegen hast. Wir versuchen, nicht zu viel über die Arbeit zu reden, aber das ist nicht immer so leicht.“

„Das stört mich nicht“, antworte ich. „Ich habe ja keine Kollegen mehr. Manchmal ist es schön, wenn es sich für ein paar Stunden so anfühlt, als hätte man noch welche, auch wenn ich häufig keine Ahnung habe, wovon ihr redet.“

Hannah muss lachen. „Also, wenn dir nach Bürotratsch, unbequemen, abgesessenen Schreibtischstühlen und schlechtem Kaffee ist, kannst du sicherlich jederzeit hier vorbeikommen."

Wir sitzen eine kurze Weile zusammen und plaudern, dann muss Hannah zu einer Telefonkonferenz. Allein schlendere ich den Flur entlang zum Empfang. Die Tür zum Konferenzraum steht offen, der Raum ist groß und hell, an der Decke hängt ein Beamer, außerdem stehen ein Whiteboard und ein vollgekritzeltes Flipchart im Raum. Ich muss lächeln. Ich kann langsam erkennen, warum Hannah die Wand in meinem Pausenraum entsprechend gestaltet hat. Projektleiterin bleibt nun mal Projektleiterin, auch wenn sich das Projekt in die Freizeit verschiebt. Ich gehe um den Empfangstresen herum und mache noch ein paar Schritte auf der anderen Seite den Flur hoch. „Sarah B." steht auf einem Schild neben einer Tür. Die Tür ist verschlossen.

18.

Ich sitze auf einer Weinkiste vor meinem Blumengeschäft und beobachte die Leute, die emsig vorbeilaufen. Es geht auf die Mittagszeit zu und ich nehme an, dass viele von ihnen in die umliegenden Restaurants strömen. Ich genieße die Sonne in meinem Gesicht und den warmen Sommerwind, der heute erfreulicherweise durch die Stadt zieht.

Eine alte Dame tritt auf der gegenüberliegenden Straßenseite aus der Tür eines Mehrfamilienhauses und beginnt, mit langsamen, vorsichtigen Schritten und gebeugtem Rücken zum Bürgersteig zu gehen. Sie ist elegant gekleidet, mit Lackhalbschuhen, die in der Sonne aufblitzen, und einem schwarzen Hut, unter dem im Nacken die Locken einer dem Anschein nach aufwendig gelegten Dauerwelle hervorblitzen. Ich bewundere diese älteren, elegant gekleideten Damen. An den meisten meiner freien Tagen schaffe ich es kaum vorm frühen Nachmittag aus dem Schlafanzug, und die Tage, an denen ich im Schlafanzug sogar einkaufen war, lassen sich bei Weitem nicht mehr an einer Hand abzählen. Kurz entschlossen stehe ich auf und laufe ihr entgegen.

„Entschuldigung?“, rufe ich und mache durch Winken auf mich aufmerksam.

Die Dame bleibt stehen und sieht mich an. Ihr Gesicht ist schlank und von Falten durchfurcht, ohne jedoch eingefallen zu sein, und ihre roten Wangen erwecken den Eindruck von Energie und Lebensfreude.

„Ja, bitte?“

„Guten Tag, Karla ist mein Name. Ich habe das Blumengeschäft übernommen.“ Ich deute auf meinen Laden hinter mir.

„Ach, wie schön!“, sagt die Dame und lächelt mich an. „Ich habe schon bemerkt, dass wieder Blumen vor der Tür stehen, und mich darüber gefreut, dass es für den Laden weitergeht. Es ist so schade, wenn die kleinen Geschäfte und Einzelhändel nach und nach verschwinden, wissen Sie.“

„Das finde ich auch. Der Laden hat vorher meiner Tante gehört und ich bin sehr froh darüber, dass ich die Möglichkeit habe, ihn weiterzuführen. Das hätte ihr viel bedeutet.“

„Ach, Sie sind die Nichte von Sonja? Wie schön! Sie hat mir ab und zu von Ihnen erzählt. Sie waren lange in Norwegen, nicht wahr?“

„In Schweden“, berichtige ich sie, „genau. Darf ich Sie fragen, ob Sie schon lange hier wohnen?“

„Hier in Feuerbach? Ich wohne schon mein ganzes Leben lang hier!“ Sie lacht. „Warum wollen Sie das denn wissen?“

„Ich habe mich nur gefragt, wem das Geschäft gehört hat, bevor meine Tante es übernommen hat. Erinnern Sie sich an jemanden?“

„Ach je, das muss schon sehr lange her sein.“ Die Dame blickt kurz überlegend zur Seite, dann sieht sie mich bedauernd an. „Ich komme hier aus Feuerbach, aber in diese Wohnung bin ich erst vor sechs Jahren eingezogen. Sie liegt im Gegensatz zu meiner vorherigen Wohnung im Erdgeschoss und ist deutlich näher an einer S-Bahn-Haltestelle, verstehen Sie? Vor meinem Umzug habe ich den Blumenladen nicht so wirklich registriert, muss ich sagen, weil es einen anderen direkt bei mir um die Ecke gab.“

„Das kann ich gut verstehen.“

„Aber nach meinem Umzug bin ich sehr gerne im Laden gewesen. Sonja war immer so nett und lebensfroh und sie hatte eine tolle Auswahl wunderschöner Blumen. Ich habe mir regelmäßig bei ihr einen schönen Strauß gekauft, nur für mich alleine. Man muss sich ja ab und zu etwas gönnen." Sie zwinkert mir zu. „Dann weiß ich ja nun, wo ich in Zukunft meine Sträuße kaufen kann. Es tut mir leid, dass ich noch nicht bei Ihnen vorbeigeschaut habe. Aber ich bin im Frühjahr gesürzt, wissen Sie, und war lange nicht gut zu Fuß." Sie deutet auf ihr rechtes Bein. „Ich kann nachher mal meine Freundin fragen. Sie wohnt in der Wohnung über mir und hat fast ihr ganzes Leben hier in dieser Straße gewohnt. Vielleicht kann sie sich an etwas erinnern. Wir trinken nachmittags gern zusammen eine Tasse Kaffee." Sie lehnt sich etwas zu mir. „Und manchmal dazu auch einen kleinen Likör."

„Wissen Sie was?", sage ich, „ich bin heute noch den ganzen Tag im Laden. Vielleicht haben Sie und Ihre Freundin Lust, nachher auf eine Tasse Kaffee bei mir vorbeizukommen."

„Sehr gerne!", sagt die Dame und strahlt mich an.

„Nur den Likör müssten Sie selber mitbringen“, sage ich lachend.

Das kleine Messingglöckchen über der Tür läutet.

„Hallo!“, höre ich die etwas gebrochene Stimme der alten Dame namens Anna, wie ich kurz vor unserer Verabschiedung erfahren habe. Ich sehe mich nochmals um: Meine orangefarbenen Gerbera stehen mittig auf dem Tisch, daneben steht ein alter, angestoßener Teller mit etwas Gebäck, das ich vorhin noch schnell beim Bäcker geholt habe, meine unterschiedlichen Kaffeetassen – teilweise mit Werbeaufdrücken – ergeben ein Potpourri diverser Farben und Stilrichtungen, aber das würden mir die beiden Freundinnen sicherlich verzeihen können. Über die Nische und Hannahs Malereien daneben hatte ich notdürftig den alten Vorhang gehängt, ich wollte nicht zu früh zu viele etwaige Fragen beantworten müssen.

„Hallo!“, rufe ich zurück und trete in den Hauptraum.

Anna steht direkt hinter der Eingangstür, neben ihr besagte Freundin, die ich als jene Dame wiedererkenne, die vor wenigen Tagen erst ihre Balkonpflanzen bei mir gekauft hatte. Über ihrer rechten Schulter hängt eine schwere Tasche. Ich laufe den beiden entgegen.

„So sieht man sich wieder!", sage ich zur Begrüßung und strahle die beiden an. „Bitte, darf ich Ihnen etwas abnehmen?" Ich deute auf die Tasche.

„Das geht schon, vielen Dank."

„Sie kennen sich bereits?", fragt Anna und schaut überrascht zwischen ihrer Freundin und mir hin und her.

„Ich habe hier vor Kurzem erst meine Balkonpflanzen gekauft. Das hatte ich dir doch erzählt!"

„Ach ja, jetzt, wo du es sagst. Das hatte ich schon wieder vergessen", sagt Anna und hält sich kichernd die Hand vor den Mund.

Annas Freundin rollt spielerisch mit den Augen und schmunzelt sie anschließend kopfschüttelnd an.

„Ist der Balkon denn schön geworden?", frage ich.

„O ja, ganz wundervoll!", antwortet Anna für ihre Freundin. „Ich habe richtig Lust bekommen, mir ebenfalls ein paar Blumen für den Kübel vor der Haustür zu kaufen. Der liegt seit meinem Sturz gänzlich brach."

„Bitte“, sage ich und deute in den Raum hinein, „suchen Sie sich doch eine Kleinigkeit aus. Als Dankeschön für Ihren Besuch.“

„Ach nein, herzlichen Dank. Das kann ich unmöglich annehmen.“

„Und mein Balkon ist nun mehr als voll“, führt Annas Freundin an.

Die beiden Damen schauen sich im Laden um und tuscheln dabei leise miteinander. Ich kann einzelne Satzteile hören, so etwas wie „Schön, dass es hier weitergeht“ oder „Sieht noch aus wie früher“. Dann führe ich die beiden in meinen Pausenraum und bitte sie, auf den beiden Stühlen Platz zu nehmen. Ich selbst ziehe mir eine Weinkiste heran.

„Darf ich Ihnen eine Tasse Kaffee anbieten?“, frage ich in die Runde.

„Sehr gerne“, antwortet Annas Freundin und zieht mit einem verschmitzten Grinsen eine Flasche Likör aus ihrer Tasche.

Wir sitzen eine Weile zusammen und plaudern. Ich erzähle von meiner Tante, vom Laden, davon, dass ich gerade dessen Geschichte etwas aufarbeiten will. Den genauen Grund dafür möchte ich vorerst verschweigen.

Als vom Gebäck nur noch Krümel übrig sind, nimmt Annas Freundin, die auf den Namen Helma hört, ihre Tasche auf den Schoß und holt ein abgegriffenes Fotoalbum hervor.

„Schauen Sie", sagt sie, während sie die Teller etwas wegschiebt und die erste Seite aufschlägt, „so sah die Straße hier früher aus." Sie deutet auf ein Schwarz-Weiß-Foto und ich erkenne die Berge im Hintergrund und den Straßenverlauf, jedoch kaum mehr die Straße selbst. Sie war gesäumt von einfachen Einfamilienhäusern mit großen Toren, Kinder spielten auf dem Kopfsteinpflaster.

„Wow", sage ich. „Sind Sie auf dem Bild zu sehen?"

„Ja", antwortet Helma, „ich bin das kleine Mädchen hier." Sie zeigt auf ein etwa zweijähriges Kind, das die Hand eines ungefähr fünf Jahre alten Jungen hält. „Der Junge neben mir ist mein Bruder. Er ist schon lange tot." Sie räuspert sich. „Und das hier", sagt sie und deutet auf zwei Kinder, die springend hinter einem Ball herlaufen, „waren die Nachbarkinder. Mit denen haben wir sehr viel gespielt."

Sie blättert die Seiten um, im Vorbeiziehen erkenne ich Fotos von Familienmittagen, stolze Eltern an reich gedeckten Tischen, Kinder in Sonntagskleidchen. Schließlich deutet sie auf ein Bild von der Größe einer Postkarte. „Schauen Sie mal, erkennen Sie das wieder?"

Ich ziehe das Fotoalbum etwas näher zu mir. Auf dem Bild erkennt man ein Geschäft an einer Straßenecke, „Eisenwarenhandel Köhler" steht über der Fensterfront in Sütterlinschrift geschrieben. In den Auslagen der Fenster erkenne ich Wannen und Bottiche, vor der Tür Tische, an die Spaten gelehnt sind, auf ihnen liegend diverse Hämmer, kleine Kisten voller Nägel und Schrauben und dazwischen vereinzelte Krüge.

„Das ist der Blumenladen", sage ich langsam.

„Genau richtig", sagt Helma. „Früher war das ein Eisenwarenladen. Wir waren immer sehr gern dort, meine Freunde und ich. Der Besitzer hatte immer ein paar Bonbons für uns, wissen Sie."

„Und der Besitzer hieß Köhler?", frage ich.

„Ja", antwortet Helma. „Er ist später im Krieg gefallen. Tragisch war das. Alles am Krieg war tragisch." Sie schüttelt fast unmerklich den Kopf.

„Nach dem Krieg kam dann irgendwann ein Haushaltswarengeschäft hinein", sagt nun Anna. „Daran kann ich mich erinnern. Ich weiß noch, wie ich damals in den frühen fünfziger Jahren gemeinsam mit meiner Mutter unsere erste elektrische Küchenmaschine gekauft habe. Was waren wir stolz!"

Helma und Anna müssen lachen. Ich sehe, wie sie sich dabei ansehen und Helma liebevoll Annas Hand drückt. Ich wünsche mir, dass ich irgendwann auch mit Hannah so zusammensitzen und über längst vergangene Zeiten lachen darf.

„Genau", sagt Helma schließlich. „Moment ...", sie kramt erneut in ihrer Tasche und holt ein weiteres Fotoalbum hervor. „Davon habe ich auch irgendwo ein Bild."

Auch dieses Fotoalbum ist abgegriffen und verströmt den Geruch von altem Papier. Sie blättert, bis sie schließlich das gewünschte Bild findet.

„Hier", sie klopft mit dem Zeigefinger auf ein Foto, diesmal ist es bereits in Farbe. „‚Haushaltswaren Seidler' hieß das Geschäft."

Auf dem Foto sieht man einen leuchtend roten VW Käfer, der am Straßenrand parkt, davor steht eine schlanke Frau in einem eleganten Kostüm, um ihr Handgelenk hängt eine schwarze Tasche. Sie strahlt in die Kamera.

„Das ist meine Mutter", erklärt Helma. „Meine Eltern waren sehr stolz auf ihr Auto."

Im Hintergrund erkenne ich erneut deutlich die Fassade des Blumenladens. Diesmal füllen Elektrogeräte die Auslagen: Küchenmaschinen, Handmixer, Staubsauger, Föne. Die fünfziger Jahre müssen aufregend gewesen sein.

Vor dem Laden steht ein Mann mit prominentem Schnauzbart, er hat die Hände in die Hüften gestemmt und schaut ebenfalls in die Kamera.

„Wer ist das?", frage ich.

„Das war der alte Seidler", antwortet Helma, „der Besitzer. Ihm hat meine Mutter, glaub ich, immer gut gefallen."

„Das war ein richtiger Stinkstiefel", mischt Anna sich ein. „Hatte immer Angst, dass man irgendetwas kaputt macht. Man brauchte ja nur am Laden vorbeizulaufen, schon hat er gebrüllt, man solle bloß vorsichtig sein."

„Ja." Helma lacht. „Ich habe mir auch häufig den Herrn Köhler mit den Bonbons zurückgewünscht."

Vom Klingeln des Messingglöckchens werden wir unterbrochen.

„Hallo!", höre ich Hannah rufen, dann tritt sie auch schon durch den Vorhang und schaut uns überrascht an. „Guten ... Tag", stammelt sie schließlich.

„Das sind meine Nachbarinnen Anna und Helma", stelle ich die beiden Damen vor. „Und das", sage ich an die beiden gerichtet, während ich aufstehe und für Hannah eine weitere Weinkiste hole, „ist meine Freundin Hannah."

Noch während ich für Hannah einen Kaffee mache, macht sie sich mit den beiden Damen etwas bekannt und blättert begeistert durch die Fotoalben. „Das ist ja Wahnsinn, wie es hier früher aussah!", höre ich sie sagen. „Davon hatte ich gar keine Vorstellung!"

„Erst wenn man sieht, wie viel sich hier im Laufe der Jahre verändert hat, wird einem bewusst, wie alt man geworden ist." Helma räuspert sich kurz. „Dann habe ich einige Jahre nicht in dieser Straße gewohnt. Ich habe Mitte der fünfziger Jahre geheiratet und bin mit meinem Mann zusammengezogen. Schauen Sie."

Ich stelle die Kaffeetasse neben Hannah ab und nehme wieder auf der Kiste Platz. Helma blättert in dem Album weiter. Nun nehmen zunächst Hochzeits-, dann Kinderfotos die Seiten ein. Auf einem Bild sieht man eine junge Frau mit einem Kleinkind auf dem Arm auf einem Balkon stehen.

„Das war in unserer neuen Wohnung. Sie lag ebenfalls hier in Feuerbach, vielleicht fünf Minuten zu Fuß entfernt."

„Wissen Sie denn, wer nach diesem ... Seidler den Laden übernommen hat?"

Helma muss lachen. „O ja. Das gab ein wahnsinniges Gerede hier in der Straße. Der alte Seidler war stur ohne Ende, mein Vater hat immer gesagt, dass der arbeiten wollen würde, bis es gar nicht mehr geht, dass man den wahrscheinlich irgendwann tot aus seinem Laden würde tragen müssen. Und dass sein Tod sofort auffallen würde, weil man plötzlich nicht mehr ständig angeblafft wird, weil das Auto zu nah an der Tür parkt oder man zu nah an seinen Auslagen vorbeigeht."

Anna schüttelt lächelnd den Kopf. „Aber in den letzten Jahren ist etwas passiert, das uns alle verwundert hat: Er hat Hilfe angenommen. Ende der sechziger Jahre, da war der alte Seidler schon über siebzig Jahre alt, war ab und zu ein jugoslawischer

Gastarbeiter bei ihm im Laden und hat ausgeholfen. Der arbeitete wohl eigentlich bei Daimler, aber er nahm sich manchmal die Zeit und schleppte dem alten Seidler irgendwelche Kisten durchs Lager, die er lange schon nicht mehr tragen konnte, oder half ihm bei der Inventur. Er hat sich zum Schluss ja ständig verrechnet."

Hannah und ich sehen uns an und ich weiß, dass sie dasselbe denkt wie ich: Gehörte Serbien zu Jugoslawien? Ich glaube schon, aber ganz sicher bin ich mir nicht. Ich zucke mit der Schulter und forme mit den Lippen „Ich weiß es nicht".

„Der Mann hat dann jedenfalls Anfang der siebziger Jahre den Laden übernommen und einen Blumenladen daraus gemacht. Das gab hier einen riesigen Aufschrei, denn zu dem Zeitpunkt dachte man ja noch, dass die Gastarbeiter irgendwann einfach wieder verschwinden würden. Stattdessen wollten jedoch viele bleiben und haben ihre Familien nachgeholt. Das hat vielen hier natürlich gar nicht gepasst."

„Die Leute sollten hier arbeiten, aber auf keinen Fall leben. Schlimm so etwas", sagt auch Anna.

„Warten Sie kurz." Helma holt ein drittes und letztes Album aus ihrer Tasche und beginnt, darin zu blättern. „Es gibt ein Foto von meiner Tochter mit ihrem Verlobten, das wurde hier auf der Straße aufgenommen. Da kann man den jungen Mann im Hintergrund etwas erkennen." Sie beißt sich während des Blätterns vorsichtig auf die Unterlippe. „Ah, dort", sagt sie schließlich. Sie legt das Album vor mich. Hinter dem jungen Pärchen, das glücklich Arm in Arm steht und in die Kamera lächelt, erkenne ich ein Stück der Ladenfassade. Im Hintergrund sieht man einen Mann, der mit beiden Armen eine schwer aussehende Kiste in den Laden trägt. Er kann kaum älter als Mitte zwanzig sein, hat aschschwarzes Haar und einen schmalen Schnauzbart, er ist sehr schlank, dem Anschein nach jedoch nicht sehr groß. Vor der Tür kann ich einzelne Blumentöpfe stehen sehen.

„Das ist der Mann, der einen Blumenladen aus dem Haushaltswarengeschäft gemacht hat?", frage ich noch einmal zur Sicherheit nach.

„Genau."

„Wissen Sie, wann das Bild aufgenommen wurde?"

„Das müsste“, Helma tippt sich beim Nachdenken mit dem Finger gegen die Lippen, „1974 gewesen sein, etwa ein Jahr vor der Hochzeit meiner Tochter. Der Kleidung nach wurde es wohl irgendwann im Frühjahr aufgenommen, März vielleicht oder April.“

„Das kommt gut hin“, sage ich und deute auf das Foto. „Er hat zumindest Osterglocken vor der Tür stehen.“

Die beiden Damen lächeln mich an.

Hannah sitzt noch immer am Tisch und betrachtet die Bilder auf ihrem Handy. Sie hatte von Helma die Erlaubnis bekommen, die Fotos, auf denen die vorherigen Besitzer zu erkennen waren, abzufotografieren. Während ich die Tassen und Teller spüle, sehe ich, wie sie immer wieder das Gesicht des jungen Mannes heranzoomt und dabei etwas vor sich hin murmelt.

„Er ist auf dem Bild wirklich nur schlecht zu erkennen“, sagt sie.

„Ja“, antworte ich, „aber zumindest haben wir eine Vorstellung davon, wie er ausgesehen hat. Und wir wissen nun, dass er aus Jugoslawien stammte.“

„Wirklich schade, dass Anna und Helma seinen Namen nicht kannten. Was schätzt du, wie alt er auf dem Foto ist? Um die dreißig, so wie wir? Viel älter vermutlich nicht, sonst hätten sie ihn wohl nicht als jungen Mann bezeichnet."

„Das hätte ich auch geschätzt, eher sogar noch etwas jünger."

„Dann könnte er jetzt fast achtzig Jahre alt sein, wenn er überhaupt noch lebt."

Ich merke, wie mich diese Erkenntnis traurig stimmt. Vielleicht lebt er nicht mehr. Vielleicht hat er sich bis zu seinem Tod gefragt, was aus seiner Zigarrenkiste geworden ist. Die wesentliche Frage jedoch bleibt, warum er sie nicht mitgenommen oder abgeholt hat.

Es war ein schöner Nachmittag gewesen. Wir hatten noch eine ganze Weile zusammengesessen und geplaudert, bis die beiden Damen irgendwann zu vorgerückter Stunde einander untergehakt nach Hause gelaufen sind.

Ich trete in den Hauptraum und schaue durch die Fensterscheiben. Bei Anna und Helma brennt Licht. Ich muss lächeln und winke leise, obwohl ich weiß, dass mich niemand sieht.

19.

Ich stehe auf der Leiter und versuche mühselig, den alten Vorhang wieder von der Wand zu zurren. Erst ließen sich die Reißnägel kaum in die Wand drücken, nun scheinen sie sich nicht lösen zu wollen. Schließlich gibt auch der letzte Nagel mit einem Rucken nach und ich schwanke bedenklich stark nach hinten, kann mich jedoch abfangen.

Mit zittrigen Beinen klettere ich hinab und betrachte erneut die Wand und Hannahs Notizen. Der Bräutigam sieht dem jungen Mann aus Jugoslawien nicht ähnlich, vom dunklen Haar einmal abgesehen. Auch vom zeitlichen Rahmen her kann er es nicht sein, vorausgesetzt es stimmt, dass das Hochzeitsfoto in den vierziger Jahren aufgenommen wurde. Handelte es sich um denselben Mann, müsste er auf Helmas Foto über fünfzig Jahre alt sein, und das haben wir ausgeschlossen.

Irgendwie hatte ich gehofft, nach und nach Antworten zu finden, aber mir scheint, wir stoßen nur ständig auf neue Fragen.

Vor mir auf dem Tisch wird meine dritte Tasse Kaffee kalt, zu sehr bin ich damit beschäftigt, mich mit Hilfe meines Handys durch diverse Homepages zu lesen und das Wesentliche auf die Rückseite einer alten Abrechnung zu kritzeln.

Serbien mit den beiden autonomen Provinzen Vojvodina und Kosovo gehörte damals tatsächlich gemeinsam mit Slowenien, Kroatien, Bosnien und Herzegowina, Montenegro und Mazedonien zu Jugoslawien, demnach könnte der Mann, der später das Haushaltswarengeschäft übernommen hat, wirklich aus Serbien stammen. Er sprach also vermutlich dieselbe Sprache wie derjenige, der den Brief verfasst hat, war aber eine Generation jünger. Könnte er der Sohn des Brautpaares gewesen sein? Ich schreibe „Sohn?" auf die Abrechnung und ziehe einen dicken Kreis darum. Daneben schreibe ich „Ring = Familienerbstück?"

Ich lese weiter, dass jugoslawische Gastarbeiter*innen ab dem Jahr 1967 von der Bundesrepublik angeworben wurden; das stimmt mit Helmas Erinnerung überein, dass der junge Mann erst gegen Ende der sechziger Jahre zumindest hier in der Straße in Erscheinung getreten ist und im Haushaltswarengeschäft ausgeholfen hat. Ich nehme an, dass er – wie auch von Helma erwähnt – wegen einer Stelle bei Daimler nach Stuttgart gekommen ist, denn der größte Bedarf an Arbeitskräften zu Zeiten des ökonomischen Booms schien in der Industrie und Schwerindustrie und dem Bergbau zu bestehen. Dort verrichteten sie vor allem schwere, schmutzige Arbeit unter schlechten Bedingungen, die von Fließbandarbeit, Schichtsystem und Akkordlohn geprägt waren.

Während ich darüber lese, frage ich mich, woher das Wort „Gast" in dem Begriff „Gastarbeiter" kommen konnte. Es begründete sich augenscheinlich auf die zeitlich befristeten Verträge und die gängige Auffassung, dass jene Menschen nach getaner Arbeit Deutschland in jedem Fall wieder verlassen würden, ohne jedoch in Betracht zu ziehen, dass sie eventuell würden bleiben wollen. Außer einem zeitlich sehr begrenzten Aufenthalt hatten sie mit einem „Gast" nichts gemein. Im Rahmen der sich zunehmend entwickelnden Energie-, Wirtschafts- und schließlich Ölkrise, vor allem wohl aber, um die mit der Gastarbeit einhergehende Einwanderung zu reglementieren, wurde im Jahr 1973 ein Anwerbestopp beschlossen, von welchem lediglich italienische Gastarbeiter*innen ausgenommen waren. Dieser zwang die Menschen, sich entweder für einen Rückzug in ihre Heimatländer oder einen dauerhaften Aufenthalt in Deutschland zu entscheiden, wobei sich viele entgegen der ursprünglichen Vermutung für Deutschland entschieden und ihre Familien nachholten. Diese Entscheidung muss wohl auch der junge Mann getroffen haben, bedenkt man, dass er im Jahr 1974 versuchte, mit einem eigenen Blumenladen eine dauerhafte Existenz aufzubauen.

Ich verliere mich in diversen Artikeln zu Gastarbeiter*innen in Deutschland und in Interviews mit damals zugezogenen Menschen, schaue mir die vielen Schwarz-Weiß-Bilder – meist mit Männern darauf – an, die durch Zugfenster winkten und freudig in Richtung der Bundesrepublik fuhren in der Hoffnung, für sich und ihre Familien ein besseres Leben erwirtschaften zu können. Ich frage mich, was aus ihnen geworden und wie es ihnen ergangen ist. Ob sie die Träume, die sich im Glitzern ihrer Augen erkennen lassen, haben wahrmachen können, oder ob es irgendwann verschwand und einem stumpfen Blick weichen musste, zerschlagen von der harten Realität. Es hat mich in Schweden genervt, häufig und wiederholt danach gefragt zu werden, wo ich denn „eigentlich" herkomme und was ich in Schweden mache. Schlimmer ist es jedoch, nicht gefragt, ja, nicht einmal wahrgenommen zu werden.

Ich schreibe und schreibe und irgendwann ist die Rückseite der alten Abrechnung fast voll.

Mir wird erst bewusst, dass ich an meinem Stift kaue und ins Leere starre, als ich Hannahs Stimme höre.

„Ich bin hier hinten!", rufe ich.

Aber sie kommt nicht direkt – wie sonst üblich – durch den Vorhang gestürmt. Ich stehe auf und gehe in den Hauptraum.

„Überraschung!", ruft sie und reißt dabei die Arme nach oben, als hätte sie ein Kunststück auf dem Seil vollführt. „Wir wollen mit dir Mittagessen gehen!"

Anton steht neben ihr und hebt die Hand zum Gruß.

„Außerdem wollte Anton gerne deinen Blumenladen sehen, nachdem ihr euch beim Grillen eine Weile darüber unterhalten habt."

Ich bin etwas erstaunt, denn ich kann mich nicht daran erinnern, dass ich mich länger mit Anton unterhalten hätte. „Das ist aber eine nette Überraschung!"

„Du hast es schön hier", sagt Anton und schaut sich um. „Eigentlich gefällt mir alles, was mich nicht an mein tristes, graues Büro erinnert."

„Danke. Ich mag Gummibäume auch lieber als Whiteboards."

„Hast du denn überhaupt Zeit?", fragt Hannah.

„Die nehme ich mir gerne."

Mittagessen gehen. Mir war nicht bewusst gewesen, dass es schon so spät geworden war; meine Gedanken waren heute Morgen in den siebziger Jahren hängen geblieben.

Die Auswahl an Mittagstischen in Stuttgart-Feuerbach ist – wie vermutlich in ganz Stuttgart – gewaltig. Wir laufen vorbei an chinesischen, indischen und italienischen Restaurants, Angeboten für Wokgerichte und Sushiplatten, Gaststätten mit gutbürgerlicher schwäbischer Küche neben Balkangrillen liegend, und natürlich zahlreichen Möglichkeiten, Nudelboxen und

Dönergerichte auf die Hand mitzunehmen. Die Mittagskarten sind so bunt wie die Stadt selbst. Während wir so durch die Straßen laufen und ich die vielen unterschiedlichen Farben und Eindrücke auf mich wirken lasse, denke ich an den unbekannten jugoslawischen Mann, dem ich mich aufgrund der Tatsache, dass er den Grundstein für meinen geliebten Blumenladen gelegt hat, eigenartig verbunden fühle, obwohl wir außer unserer Liebe zu Pflanzen vermutlich wenig gemein haben. Zudem frage ich mich, wie viele der Menschen um mich herum, die ihre Wurzeln ursprünglich in anderen Ländern haben, freiwillig hier gestrandet sind oder wie man „freiwillig" in dem Zusammenhang überhaupt definieren kann. Wenn Freiwilligkeit vor allem die Abwesenheit von starken äußeren Zwängen bedeutet, muss sie nicht unweigerlich mit Glückseligkeit einhergehen. Vielleicht waren es vor allem rationale Entscheidungen, ein gesichertes Einkommen, eine bessere soziale und medizinische Versorgung, die die Menschen kommen und vor allem bleiben ließen, keine emotionalen. Man muss sich von dem Gedanken lösen, dass die pure Tatsache, dass viele Menschen zu uns – nach

Deutschland, Schweden oder auch in ein jedes andere Land – kommen und bei uns wohnen wollen, zwangsweise zu bedeuten hat, dass wir in den Vorstellungen jener Menschen in einem besseren Land leben. Häufig sieht sich der Mensch vermutlich einfach dazu gezwungen, die rational sinnvollere Alternative zu wählen, auch wenn diese den Verlust der eigenen Heimat, Kultur und Wurzeln bedeutet. Darüber hinaus steht „besser" in vielerlei Hinsicht eben nicht für das, was man zu bieten hat, sondern vor allem für alles, was fehlt: Krieg, Verfolgung, Hunger, Armut, Angst. Und so sollten wir uns nicht vorschnell zu der Annahme verleiten lassen, dass unsere Kultur und unser Lebensstil das Nonplusultra und der Hauptgrund für Migration sei, für viele stellt die Inkaufnahme einer anderen Lebensweise wohl einfach das kleinere von zwei Übeln dar. So gerne ich hier gelebt habe, so gerne ich nun wieder hier lebe – sei der Weg auch manchmal holprig – so wenig kann ich von allen Menschen um mich herum annehmen, dass sie aus den gleichen Gründen hergezogen sind wie ich.

Ich bin jedenfalls sehr dankbar, denke ich, während wir ein japanisches Restaurant betreten, dass ihr gekommen und geblieben seid. Mir hätte hier zwischen Zwiebelrostbraten, Maultaschen und Käsespätzle wirklich etwas gefehlt.

Hannah muss nach dem Essen direkt wieder zurück ins Büro, Anton und ich hingegen haben Zeit, uns noch ein Eis auf die Hand zu holen. Die Eisdiele ist brechend voll, alte Herrschaften sitzen in der Sonne um die Tische herum und essen gigantische Eisbecher, die auffallend mit Früchten verziert sind. Junge Frauen trinken Eiskaffee mit großen Sahnehauben obendrauf, Kinder bekleckern sich mit Früchteeis und Smarties. Auch als wir langsam zurück zum Laden schlendern, habe ich den Eindruck, dass uns fast jede zweite Person mit einer Eiswaffel in der Hand entgegenkommt.

„Ist alles in Ordnung mit dir?“, fragt Anton plötzlich. „Du wirkst heute so nachdenklich. Nicht, dass ich das wirklich gut beurteilen könnte, wir kennen uns ja kaum.“

„Hmm ...“, mache ich, während ich versuche, einen Tropfen geschmolzenes Eis mit der Zunge noch an der Waffel abzufangen, bevor auch er mir über die Hand läuft und ich mich ebenfalls einsiffe. „Ich habe mir nur gerade überlegt, wie viele Eisdielen es wohl in Deutschland geben würde, hätte man nicht vor vielen Jahren sogenannte italienische Gastarbeiter angeworben."

„Vermutlich deutlich weniger", sagt Anton und lacht. „Interessant, dass du gerade jetzt darauf kommst. Mein Großvater hat vor just diesem Hintergrund Italien verlassen."

„Ach was!" Ich sehe ihn mit großen Augen an.

„Ja, doch. Er ist in den fünfziger Jahren nach Deutschland gekommen. Und geblieben", fügt er nach einem Moment hinzu. „Er hat hier in Stuttgart meine Großmutter kennengelernt."

„Und deine Großmutter ist Schwäbin?", frage ich weiter.

„Ja", sagt er lachend. „Du kannst dir ja vorstellen, was bei denen zu Hause los war. Du glaubst ja wohl nicht, dass mein Großvater sich an die Kehrwoche gehalten oder sonntags sein Auto geputzt hätte."

„Sehr sympathisch", sage ich und muss ebenfalls lachen. „Warum hat sich dein Großvater dafür entschieden, Italien zu verlassen?"

„Der Arbeit wegen. Es war in den fünfziger Jahren in Italien fast unmöglich, Arbeit zu finden, und hier bei Daimler wurden Arbeitskräfte gebraucht. Er hat anfangs einen Großteil seines Verdienstes nach Italien an seine Eltern und Geschwister geschickt. Später hat er es für seine eigene Familie gebraucht."

„Meinst du, er wäre auch dann ausgewandert, hätte er in Italien Arbeit gefunden?"

Anton muss wieder lachen. „Vermutlich nicht. Mein Großvater war ein Lebemensch, der *dolce vita* schätzte. Hätte er die Möglichkeit gehabt, wäre er wohl ewig in seinem kleinen Dorf geblieben, hätte die Nähe zu seinen Eltern und seinen Geschwistern genossen und am Abend bei einem Glas Rotwein auf die Berge geschaut."

„Meinst du denn, er wäre geblieben, hätte er nicht deine Großmutter kennengelernt?"

„Puh, das kann ich nicht sicher sagen. Italiener waren hier, soweit ich es aus Erzählungen mitbekommen habe, zumindest anfangs nicht wirklich willkommen." Er schaut kurz in die Ferne. „Es gab in den fünfziger Jahren sogar Gaststätten, die Hunden und Italienern keinen Zutritt gestatteten. Ich denke, unter diesen Umständen wäre kein Italiener freiwillig länger als absolut notwendig geblieben. Es sei denn, vielleicht der *amore* wegen."

„Das muss sehr schwierig gewesen sein."

„Das nehme ich auch an. Generell war mein Großvater jedoch zu lebensfroh für Melancholie, Heimweh und die Suche nach der Antwort auf die Frage ‚Was wäre gewesen, wenn ...?'. Wenn ich an ihn zurückdenke, dann sehe ich ihn immer als Familienoberhaupt am Tischende sitzen, wo er viel zu laut und wild gestikulierend von den Geschehnissen seines Tages erzählte."

Nachdenklich essen wir unser Eis, dann wird es auch für Anton Zeit, wieder ins Büro zu fahren.

„Ach, übrigens", rufe ich ihm nach, als wir uns bereits verabschiedet haben, „wie hieß denn dein Großvater?"

„Antonio!", ruft er zurück. „Ich bin nach ihm benannt worden. Nur in der deutschen Version, damit ich es im Leben leichter haben würde." Anton winkt noch einmal, dann fährt auch schon die S-Bahn vor und er ist verschwunden. Ich habe unser Gespräch genossen; es ist schade, dass ich mich an unser erstes kaum erinnern kann.

20.

An diesem Morgen wache ich viel zu früh auf. Draußen beginnt es zu dämmern und es ist fast still. Ich bleibe noch etwas liegen, beobachte die Schattenzeichnungen an der Decke und lausche dem Gesang eines Vogels, der direkt draußen auf dem Ahorn sitzen muss. Ich stehe auf, stelle mich leise ans Fenster und versuche ihn zu erkennen. Es ist diesmal ein Stieglitz. Es ist erst kurz nach fünf.

Meine Nacht war unruhig gewesen. Ich erinnere mich nicht an vieles, aber mir kommen einzelne Traumsequenzen in den Sinn, aus dem Kontext gerissene Bilder von Arbeitern in Bergminen und tränenreichen Abschieden von Frau und Kind. Ab und zu bin ich mit dem Gefühl aufgewacht, einsam und verlassen zu sein, und dieses Gefühl umgab mich auch nun, wenn auch in deutlich abgeschwächter Form.

Auf Zehenspitzen gehe ich über den Flur zu Hannahs Schlafzimmer und öffne leise die Tür. Ich horche in die Stille hinein und kann nach einem Augenblick Hannahs tiefe Atmenzüge hören. Es war alles gut, ich war im Gegensatz zu vielen anderen Menschen nicht einsam und verlassen und derzeit auch nicht allein. Ich tapse weiter in die Küche und beobachte, wie die aufgehende Sonne beginnt, die tiefhängenden Wolken in den schönsten Farben zu bemalen. Danach schicke ich das Foto des jungen Jugoslawen an meine Mutter, verbunden mit der Frage, ob er mit dem Mann, von dem Tante Sonja später den Laden übernommen hat, identisch sein könnte. Ich erwarte keine eindeutige Antwort, er müsste auf dem Foto zwanzig Jahre jünger gewesen sein, aber ich will nichts unversucht lassen. Wider Erwarten erhalte ich nur wenige Minuten später eine Nachricht von meiner Mutter, die sich ob der frühen Stunde fragt, ob bei mir alles in Ordnung sei und ich nicht gut geschlafen hätte. Ihre Fürsorge wärmt mir das Herz. Zu dem Foto kann sie nicht wirklich viel sagen, der Mann sei dem Vorbesitzer, soweit sie sich an ihn erinnerte, nicht unähnlich, aber vermutlich könne das auf jeden Mann zutreffen, der dunkles Haar und einen Schnauzbart gehabt habe.

Beim Blick auf den Kalender an der Wand werde ich mir gewahr, dass mir der schwedische Nationalfeiertag am 6. Juni in diesem Jahr gänzlich entfallen ist. Das ist in Anbetracht der Tatsache, dass ihn nur etwa jede dritte schwedische Staatsbürger*in zelebriert und viele nicht einmal wissen, welches Ereignis gefeiert wird, nicht wirklich schlimm. Der 6. Juni war zunächst *svenska flaggans dag*, der Tag der schwedischen Flagge, eine Feierlichkeit entstanden im Jahr 1915, um durch Konzerte und ähnliche Veranstaltungen Geld für das Militär einzusammeln. Es gab zwei Gründe für die Wahl just dieses Datums: Zum einen wurde im Jahr 1523 Gustav Vasa zum König gewählt, was das Ende der Kalmarunion mit Dänemark und damit einhergehend die Unabhängigkeit Schwedens markierte, zum anderen unterschrieb im Jahr 1809 König Karl XIII die neue Regierungsform. Erst ab dem Jahr 1983 wurde der Tag zum Nationaltag Schwedens, dem man allerdings aufgrund seiner eher schwachen historischen Bedeutung für die schwedische Gesellschaft wenig Stellenwert zumaß. Im Jahr 2005 wurde er zusätzlich zu einem Feiertag, vor allem, weil sich viele Einwander*innen darüber gewundert hatten, dass die Schwed*innen ihren Nationaltag nicht gebührend feierten. Um nicht einen zusätzlichen Feiertag einzuführen, wurde in der Folge Pfingstmontag zu einem gewöhnlichen Arbeitstag degradiert. Dies fiel mir leider auch erst auf, als ich spontan über Pfingsten meine Eltern in Deutschland besuchen wollte und dabei plötzlich feststellte, dass ich bereits am Montag wieder arbeiten musste und nicht erst wie geplant am Dienstag.

Der 6. Juni wurde zugleich zu einem Tag, an dem neue schwedische Staatsbürger*innen offiziell willkommen geheißen wurden. Ich verbrachte ihn häufig im Park, saß zwischen vielen anderen Schwed*innen auf einer Picknickdecke im Gras und lauschte dem Opernorchester auf der Bühne. Anlässlich der Feierlichkeiten wurden allen Besucher*innen Zimtschnecken und Kaffee spendiert, für die Kinder gab es Eis. Irgendwann kam die Veranstaltung an den Punkt, an dem die Namen der neu eingebürgerten Schwed*innen aufgerufen wurden und sie sich eine kleine schwedische Flagge und ein Willkommensschreiben an der Bühne abholen konnten.

Ich hätte eine schwedische Staatsbürgerschaft beantragen können, auch eine doppelte, aber ich wollte sie nicht haben, mit zu vielem konnte ich mich nicht identifizieren. Vor allem störte mich das *jantelag*, Jantes Gesetz, kein Gesetz im juristischen Sinne, sondern vielmehr ein ungeschriebenes moralisches Gesetz, das die skandinavische Mentalität in ihrem Kern überspitzt zusammenfasst. Der Begriff geht auf den Roman *En flyktning krysser sitt spor*, „Ein Flüchtling kreuzt seine Spur", des dänisch-norwegischen Schriftstellers Aksel Sandemose aus dem Jahr 1933 zurück. Der Autor beschreibt in diesem den immensen Anpassungsdruck, dem ein heranwachsender Junge durch das gesellschaftliche Umfeld innerhalb der dänischen Kleinstadt Jante ausgesetzt ist.

Jantelag dient als ungeschriebene Verhaltensgrundlage der schwedischen Gesellschaft. Man soll nicht glauben, dass man besser oder klüger ist als ein anderer, weder im positiven noch im negativen Sinne großartig auffallen, zurückhaltend und bescheiden sein, sich rücksichtsvoll und respektvoll verhalten und sich nicht aufdrängen, nicht zu laut sein und nicht zu leise, eine glückliche, graue Sardine im Schwarm.
Dementsprechend, so schien es mir, war *lagom* das Maß der Dinge und das Beste, was man werden konnte: angemessen, angepasst, angenehm und genau richtig. Waren Hackfleischbällchen *lagom*, waren sie von der Größe her perfekt, war die Portion im Restaurant *lagom*,

war sie weder zu groß noch zu klein, war die Wassertemperatur beim Friseur *lagom,* war es zum Haarewaschen angenehm, war die Kleidung für einen gesellschaftlichen Anlass *lagom,* war sie nicht zu auffallend und dennoch angebracht, lag man *lagom* in der Zeit, kam man einigermaßen rechtzeitig. Eine legendäre Nachkonstruktion, für die es keinen Beweis gibt, veranschaulicht *lagom* bildlich: *lagom* habe sich aus den Worten *laget om,* einmal ums Lager, zusammengeschlossen: Ein Trinkhorn solle genau so gefüllt sein, dass ein jeder der ums Lagerfeuer herumsitzenden Mannschaft einen gleichgroßen Schluck davon trinken konnte.

Sowohl das *jantelag* als auch *lagom* haben jedoch auch viele schöne Aspekte: Es macht das gesellschaftliche Miteinander angenehmer. Wenn in der Ideologie keiner zu kurz kommt, wird dem Neid jegliche Grundlage entzogen, und weil dem Bedürfnis nach Selbstinszenierung keine Bühne geboten werden darf, kann auch niemand auf einer solchen stehen und sich dadurch über andere erheben. In einer Welt, in der das funktionieren kann, ist vermutlich der Erfolg des Kollektivs sicherer als in einer Ellbogengesellschaft, wo zwangsweise schwächere Persönlichkeiten den stärkeren weichen müssen, an den Rand der Gesellschaft gedrängt oder gänzlich abgehangen werden. Und im schlimmsten Fall schließlich so lange in Vergessenheit geraten, bis sie durch den Sturm der Zeit irgendwann irgendwo wieder als Sozialfall an die Oberfläche gespült werden, um uns bei ihrem Auftauchen einen schmutzigen Spiegel vorzuhalten.

Obwohl diese Ideologie viele positiven Auswirkungen hat – von der generellen Möglichkeit ihrer Umsetzung einmal abgesehen – ist sie meiner Meinung nach nicht uneingeschränkt auf jeden Bereich des Lebens übertragbar. In der Praxis vermisste ich manchmal die Ellbogen, die deutsche Direktheit. Mir fehlte, dass bei Besprechungen auch mal auf den Tisch gehauen wurde und die Menschen laut wurden. Mich störte, dass es in Schweden deutlich länger zu dauern schien, bis mal jemand über seinen Schatten sprang und spontan etwas Verrücktes tat. Mich nervte, dass auch ich nach einer Weile damit begann, mich bei jeder Aktion unbewusst umzuschauen und mich zu fragen, ob ich auch wirklich niemandem auf die Füße treten würde. Damit einhergehend empfand ich es vor allem in der ersten Zeit als Belastung, dass auch dies einem häufig nicht direkt mitgeteilt wurde: Hatten Arbeitskolleg*innen etwas von mir als Affront aufgefasst – dass ich mich zum Beispiel an Kaffee bedient hatte, der augenscheinlich und mir nicht wissentlich Privatbesitz darstellte – erfuhr ich das mitunter erst Wochen später in einem freundlichen Gespräch mit meiner Chefin. Ich hätte es jedoch gerne direkt erfahren, damit ich mich sofort hätte entschuldigen können. In Deutschland wurde man deutlich häufiger angeraunzt, dafür waren kleinere Probleme damit jedoch auch direkt aus der Welt; in Schweden wusste ich vor allem anfangs nicht immer, woran ich eigentlich war.

Auch wenn man in Schweden dem *jantelag* sehr nahekommt und damit gesellschaftlich positive Aspekte verbunden sind, so habe ich mich häufig gefragt, ob *jantelag* auf Dauer so gesund ist: Der Einzelne braucht sicherlich die Möglichkeit zur Individualität, ein exzentrisches, von *lagom* losgelöstes Auftreten kann zur Definition des Selbst hinzugehören. Eine Gesellschaft braucht Menschen, die umzudenken wagen und diese Gedanken auch laut äußern. Ein Regenbogenfisch zu sein, muss nicht zwangsläufig bedeuten, dass man seine Individualität auf dem Rücken anderer austrägt oder deren Wohlbefinden beeinträchtigt. Man kann ein bunter Schwarm sein und dennoch in den meisten Fällen als Kollektiv in eine Richtung schwimmen.

Ich fand *jantelag* furchtbar und *lagom* erst recht. Es hat allerdings nur eine einzige Fahrt auf der A8 gebraucht, um mich davon zu überzeugen, dass sich mit *jantelag* deutlich angenehmer und stressfreier leben lässt als mit einem bunt zusammengeworfenen Haufen von Egoman*innen. Es brauchte zudem nur eine einzige Fahrt in einer S-Bahn voller Individuen, die durch das Ablegen ihrer dreckigen Schuhe auf den Sitzpolstern, das lautstarke Hören von Musik oder gemeinsames Grölen in einer Gruppe mit der Selbstverständlichkeit von Alphatieren für das Unwohlsein aller verantwortlich waren, um in mir den Gedanken wachsen zu lassen, dass selbst *lagom* einen wichtigen Platz in unserem Zusammenleben hat. Vielleicht brauchte Schweden ein bisschen mehr Deutschland, und Deutschland ein bisschen mehr Schweden, Schweden mehr Exzentrik und Deutschland mehr *lagom*. Nun fand ich persönlich mich irgendwo dazwischen wieder, als eine stille Beobachterin beider Kulturen. Empfand mich für Schweden zu deutsch und mittlerweile für Deutschland zu schwedisch. Ich wollte nun doch über eine schwedische Staatsbürgerschaft nachdenken.

Draußen ist es nun fast hell. Ich schaue auf mein Handy und sehe, dass meine Mutter mir noch mal geschrieben hat: Ob man auf dem Bild hinter dem Pärchen an der Fassade nicht die Buchstaben M und I erkennen könne und ob diese vielleicht den Anfang eines Namens darstellten, überlegt sie. Ich öffne erneut das Bild auf meinem Handy und zoome die Köpfe des Pärchens heran. Meine Mutter hat recht, wir waren bisher so sehr auf das Gesicht des Mannes fixiert gewesen, dass uns die Buchstaben nicht aufgefallen waren. Aber dort standen ein M und ein I, vermutlich auf einem Schild, das sich kaum vom Hintergrund abhob.

21.

„Du bist ja schon wach!“, gähnt Hannah mehr, als dass sie es sagt, als sie mich am Küchentisch sitzend vorfindet. „Hast du schon gefrühstückt?“

„Nein, ich wollte auf dich warten.“

„Und du hast dir nicht mal einen Kaffee gemacht?“, fragt sie und deutet dabei auf die Kaffeemaschine auf der Anrichte. „Was ist denn los? Bist du krank?“ Ohne eine Antwort abzuwarten, setzt sie eine große Kanne auf. „Seit wann bist du denn wach? Hast du diese Nacht nicht gut geschlafen? Oder hast du etwa von Italienern und Jugoslawen geträumt?“, fragt Hannah weiter und grinst mich dabei an.

Ich hatte ihr gestern beim Abendessen meine Kritzeleien auf der Abrechnung gezeigt und ihr erzählt, was ich herausgefunden hatte. Hannah wäre wohl am liebsten sofort zum Blumenladen gefahren und hätte unsere Notizen an der Wand ergänzt und weitergeführt, wäre es nicht schon spät gewesen und hätten wir nicht zum Essen ein Glas Rotwein getrunken.

Ich erzähle ihr kurz, was meine Mutter heute früh auf dem Foto entdeckt hat.

„Wow, das ist ja großartig!", ruft Hannah und stürmt zurück ins Schlafzimmer, um ihr Handy zu holen.

Ich schaue ihr nach, schüttele dabei lächelnd den Kopf und beginne, Butter, Brot und Marmelade auf den Tisch zu stellen.

„Er könnte Mijat heißen oder Milinko", höre ich Hannah vom Flur rufen. „Oder Milutin oder Mitar", führt sie das Namenraten nun direkt neben mir stehend fort.

„Was machst du denn da?"

„Na ja, ich schaue nach beliebten serbischen Vornamen, die mit Mi beginnen. Hier." Sie hält mir ihr Handy hin und zeigt mir eine entsprechende Homepage. „Milentije, Milovan oder Miloje", zählt sie weiter auf.

„Oder aber, er hat mit der geheimnisvollen Zigarrenkiste nichts zu tun und ist gar nicht aus Serbien, sondern aus einem der anderen Länder Ex-Jugoslawiens. Oder der Besitzer hat danach noch dreimal gewechselt und der direkte Vorbesitzer hatte keinerlei Verbindung zu Jugoslawien."

„Dass du so negativ sein musst! Hier, trink erst mal einen Schluck Kaffee."

Ich muss lachen. „Ich meine ja nur, dass wir auch weiterhin sämtliche Möglichkeiten in Betracht ziehen müssen."

Sie schenkt Kaffee in eine Tasse ein und schiebt sie mir über den Tisch zu. „Milorad, Milan oder Miloš", macht sie weiter, diesmal brotkauend mit vollem Mund.

Gut zwanzig Namen und zwei Tassen Kaffee später einigen wir uns darauf, dass wir den unbekannten jugoslawischen Mann vorübergehend Milan nennen wollen, damit er nicht nur ein Gesicht hat, sondern auch einen Namen. Darüber hinaus war die Greifvogelart der Milane sowohl Kurzstrecken- als auch Langstreckenflieger und lebte außerhalb der Brutzeit nomadisch, was uns für einen Menschen mit vermutlich bewegter Lebensgeschichte passend scheint.

„Apropos Mi, ist jetzt bald nicht auch Mittsommer?", fragt Hannah, die nun von Krümeln umgeben hinter ihrem leeren Teller sitzt. „Ist das nicht irgendwann im Juni?"

„Ja, immer an einem Freitag beziehungsweise einem Wochenende zwischen dem 20. und dem 26. Juni."

Hannah steht auf und geht zum Kalender.

„Das müsste dann in diesem Jahr am 21. Juni sein“, sagt sie und deutet auf den entsprechenden Freitag. „Wollen wir das nicht wieder mit ein paar Leuten ein bisschen feiern?“, fragt sie begeistert. „So wie Ostern? Wir könnten wieder hier etwas zu essen machen oder draußen irgendwo grillen. Meinetwegen können wir auch um eine Stange tanzen und uns dabei mit schlechtem selbstgebrannten Schnaps einen wegheben. Das wäre doch schön!“

Wenn ich an Mittsommer denke, sehe ich vor meinem geistigen Auge ein paar Gartenmöbel aus Plastik auf einer großen, grünen Grasfläche vor kupferroten Häuschen an einem weiten, dunkelblauen See stehen, an dessen Horizont die Sonne langsam hinter den Wolken verschwindet. Auf dem Tisch verteilt stehen halbvolle Biergläser neben abgebrannten Räucherspiralen zur Mückenabwehr, klebrige Schnapsgläser neben leeren Snusdosen und dazwischen liegt vielleicht der ein oder andere Zettel mit den Texten weniger gängiger Trinklieder. Ich denke an traditionelle Feiern, wie sie gerne in einem sogenannten *hembygdsgård* abgehalten werden, durch Heimatvereine, die sich an den alten Höfen treffen und dort Geschichte lebendig halten. Ich sehe dort Mittsommerstangen vor alten Scheunen stehen, Frauen mit selbstgewundenen Blumenkränzen im Haar werfen lange Schatten auf das mittlerweile kühle grüne Gras, während ein Mensch im Hintergrund auf einer Gitarre traditionelle schwedische Lieder spielt und eine angeheiterte Menge diese lautstark mitsingt. Wenn ich an Mittsommer in Stuttgart denke, sehe ich vor meinem geistigen Auge hingegen, wie wir eine klapprige Stange auf einer winzigen, traurigen Grünfläche vor einer grauen Hauswand errichten und beim Drumherumtanzen in Hundehaufen treten, während die Nachbarn aus den umliegenden Fenstern brüllen, wir mögen bitte leiser sein. Ich stelle mir jedoch auch vor, wie ich für Hannah und Miriam einen Blumenkranz mache und die Blüten die Abendsonne einfangen, während irgendwo am Horizont der Abendstern auftaucht. Vielleicht kann ich in dem Zusammenhang auch Sarah mal wiedersehen, vorausgesetzt, es hat sie nicht schon wieder an eine andere Ecke der Welt verschlagen.

„Das können wir gerne machen."

Ich stehe vor meinem Laden und schaue auf das Schild, das mittlerweile verblasst, jedoch noch immer in freundlichen Farben an der Fassade hängt: Sonjas Sonnenblumen. Irgendwann hatte hier ein anderes Schild gehangen mit den Lettern „MI“. Ich frage mich, ob Milan es mitgenommen oder ob meine Tante es abgenommen und weggetan hatte. Als ich die Tür aufschließe, komme ich mir wie ein Eindringling vor; die Stille lastet heute schwer auf mir. Zügig mache ich das Radio an und fühle mich direkt etwas wohler.

Ich nehme mir ein Blatt Papier und setze mich summend auf den alten Hocker hinter den Tresen. *Akleja, Kungsnäva, Amsonia, Nejlikrot, Italiensk Oxtunga, Trädgårdsnattviol, Färgväppling* beginne ich zu schreiben. Ich kaue einen Augenblick auf dem Stift herum, dann schreibe ich weiter *Rosor, Prärieklocka, Tistlar, Veronica, Pioner*. Traditionell besteht der Mittsommerkranz aus sieben Blumensorten, denn die Sieben war auch im schwedischen Aberglauben eine magische Zahl. Auch von der Mittsommernacht sagte man, dass sie magische Kräfte habe, weshalb eine Tradition darin bestand, sieben Blumensorten zu pflücken, diese in der Mittsommernacht unter das Kopfkissen zu legen, um dann im Traum zu erfahren, wen man später heiraten würde. In manchen Gegenden sollten die Blumen schweigend gepflückt werden, um die Magie nicht zu zerstören, in anderen musste man für das beste Resultat zusätzlich über sieben Holzzäune hüpfen. Mir war heute jedoch vor allem wichtig, aus welchen Blumen ich die schönsten Kränze würde binden können. Ich schaue auf meine Liste und überlege. Von einigen Blumen kenne ich nur den schwedischen Namen, ich hatte sie erst während meiner Arbeit in Schweden kennengelernt und bisher im Deutschen noch nicht verwendet. So bin ich mir zum Beispiel nicht sicher, ob man *italiensk oxtunga* einfach als italienische Ochsenzunge übersetzen kann oder ob ich mich damit bei einer eventuellen Bestellung blamiere. Vieles kann man direkt übersetzen, vieles jedoch auch nicht. Ich greife nach meinem Handy und erfahre, dass der deutsche Name dem schwedischen entspricht, und zudem, dass es sich bei *prärieklocka* um eine PräriegIockenblume handelt. Rosen, Lupinen, Disteln – die anderen Blumen sind mir gut bekannt. Ich entscheide mich dafür, einen bunten, jedoch eher blau-violetten Kranz zu planen, mit Akeleien, Geranien, Röhrenstern, Disteln, Nachtviole,

Lupinen und hellblauen Pfingsrosen. Akeleien und Röhrenstern würde ich extra bestellen müssen, aber darauf freue ich mich.

Ich habe das Binden von Mittsommerkränzen immer sehr gern gemocht; für uns Florist*innen war es im Prinzip zunächst eine Bindearbeit wie jede andere auch. Aber spätestens, wenn wir im Gartenmarkt um einen Tisch herum saßen, bestellte Kränze machten und ich Zeugin davon werden durfte, wie das Glänzen in den Augen meiner Kolleg*innen immer größer wurde, verstand ich, dass von Mittsommer tatsächlich eine gewisse Magie auszugehen schien, die ich genau so wohl nur im Ansatz würde verstehen können. Egal, ob die Kränze abgeholt oder verschickt wurden, sie waren ein Symbol für die Leichtigkeit des Sommers und umgeben von einer Aura an Freude und Unbeschwertheit.

Ich versuche mich an meinem ersten Stuttgarter Mittsommerkranz aus den Blumen, die mir bereits zur Verfügung stehen, als eine junge Frau den Laden betritt.

„Guten Morgen!“, begrüße ich sie freundlich und klopfe mir die Hände an der Schürze ab. „Kann ich Ihnen behilflich sein?“

Während sie mir mit freudigen Worten von ihrer bevorstehenden Hochzeit berichtet, zieht sie ihr Handy aus der Tasche und zeigt mir Bilder sowohl von ihrem Kleid als auch von den angemieteten Räumlichkeiten, wo die Feier stattfinden soll. Gemeinsam planen wir einen Brautstrauß sowie dazu passende Blumengestecke für die Tische und mir wird einmal mehr bewusst, weshalb ich meine Arbeit so liebe.

„Was machen Sie denn dort?“, fragt sie mich, nachdem das Wesentliche vereinbart ist, und deutet auf meinen noch sehr spärlichen Blumenkranz.

„Das wird ein Haarkranz“, antworte ich und lege meine Notizen neben die Kasse.

„Wie schön! Das wäre ja vielleicht auch etwas für die Hochzeit, anstelle einer aufwendigen Frisur.“

„Natürlich. In den warmen Monaten entscheiden sich viele Bräute für offenes Haar und einen Blumenkranz anstatt einer Hochsteckfrisur“, sage ich und erst im nächsten Augenblick fällt mir ein, dass das für den Stuttgarter Raum vielleicht überhaupt nicht zutrifft.

Die junge Frau zeigt sich jedoch begeistert und ich bitte sie, mir gern auch noch kurzfristig Bescheid zu geben, sollte sie sich einen zum Brautstrauß passenden Kranz wünschen.

Vielleicht, so überlege ich, während ich mir noch eine Tasse Kaffee mache, wäre es auch von Hochzeiten abgesehen eine schöne Idee für meinen schwedisch-deutschen Blumenladen, wenigstens den Juni über Haarkränze anzubieten.

Mit meinem Kaffee setze ich mich auf eine Weinkiste vor die Tür. Die Stadt zieht an mir vorbei, Menschen, Wolken, Tauben, aber ich mache einfach eine Pause, hier und jetzt auf meiner kleinen Insel, schließlich ist Sommer.

22.

Unser Mittsommerambiente ist deutlich schöner, als ich es erwartet hatte. Es hatte sich herausgestellt, dass Miriams Eltern im Besitz eines kleinen Schrebergartens in Stuttgart-Feuerbach in Nähe des Waldbads sind. Das Zentrum des Gartens stellt eine kleine Holzhütte mit Terrasse dar: Sie ist umgeben von alten Kirsch- und Apfelbäumen, kleinen Nutzbeeten für Karotten und Kartoffeln, Himbeer- und Johannesbeersträuchern und natürlich vielen wild wachsenden Blumen. An dem knorrigen Apfelbaum direkt neben der Hütte hängt eine Schaukel, deren hölzernes Sitzbrett von Wurmlöchern durchzogen ist und keinerlei Gewicht mehr zu tragen vermag. Miriam hatte mir erzählt, dass bereits sie und ihre jüngere Schwester in Kindertagen auf genau dieser Schaukel geschaukelt hatten, und ich vermute, dass das Brett seitdem nicht ausgetauscht worden war. Nun schwingt die Schaukel leise im Wind und wird durch die Abwesenheit spielender Kinder unwillentlich zu einem stillen Mahnmal der Vergänglichkeit.

Der Kirschbaum, der fast zentral vor der Holzhütte steht, dient uns heute als Mittsommerstange: Wir haben ihn mit Wimpelketten und bunten Lampions behängt, die durch Solarkraft in der Abenddämmerung zu leuchten beginnen würden. An zwei tiefhängenden Ästen haben wir Mückennetze befestigt und darunter große Sitzkissen gelegt. Es war Hannahs Idee gewesen und ich fand sie toll, auch wenn mir die Anzahl der Mücken hier in Deutschland im Vergleich zu Schweden lächerlich gering vorkam. Ich erinnere mich an zu viele Sommerabende, an denen wir allein der Mücken wegen frühzeitig in die Häuser gegangen waren und ich am nächsten Tag – trotz der Verwendung diverser Räucherstäbchen, Kerzen und Sprays, die die Mücken hätten fernhalten sollen – über hundert Stiche zählte. Das Land der Seen, das Land des Wassers, das Land der Stechmücken.

Auf der Terrasse steht eine Garnitur weißer Gartenmöbel, daneben ein einfacher Holztisch, den wir aus dem Inneren der Hütte herausgetragen haben. Auf diesem ist nun ein Buffet aufgebaut.

Das Essen zu *midsommar* ähnelt in vielen Aspekten dem Buffet des *påskbords*. Ein zentrales Moment stellen diverse eingelegte *sill*-Sorten, eingelegter Hering dar, dazu gibt es junge Kartoffeln und *västerbottenpaj*, ein herzhafter Kuchen aus Sahne, Butter und einem Käse, der in der Region Västerbotten hoch im Norden Schwedens hergestellt wird. Zudem finden sich Räucherlachs und verschiedene Sorten kalter Aufschnitt, wie zum Beispiel Wildsalami oder Roastbeef. Statt einem Buffet für Warmspeisen wird jedoch gegrillt, das ist vielleicht der wesentliche Unterschied zum *påskbord*.

Hannah und ich hatten beim Einkaufen immerhin drei verschiedene *sill*-Sorten bekommen, was vermutlich immer noch drei mehr waren, als gegessen werden würden. Unser *västerbottenpaj*, für den wir wegen Mangels an Västerbottenkäse einen kräftigen Cheddar genommen hatten, ruht unter einem Geschirrtuch in der Hoffnung, dass sich die Wärme etwas hält. Hannah ist dabei, den Aufschnitt auf Platten anzurichten, ich schneide etwas Obst auf und warte auf Miriam, die nochmals zu ihren Eltern gefahren ist, um eine Erdbeertorte zu holen. Erdbeeren durften an *midsommar* auf keinen Fall fehlen. Meine Blumenkränze liegen im Inneren der Hütte, wo es etwas kühler ist und die Blumen hoffentlich nicht sofort schlapp machen würden.

„Da bin ich wieder!“, höre ich Miriam rufen, die gerade durch das Gartentürchen tritt. „Habt ihr hier alles unter Kontrolle? Kann ich noch etwas helfen?“ Sie stellt die Erdbeertorte auf dem Tisch ab.

„Danke, wir sind so weit fertig“, antwortet Hannah.

„Das ist wirklich schön geworden“, sagt Miriam und deutet zum Kirschbaum. „Der alte Baum hat wohl lange nicht ein so schönes Fest erleben dürfen.“ Sie geht zum Baum, pflückt ein paar Kirschen und bietet uns welche an. Hannah nimmt sich zwei Pärchen und legt sie sich hinter die Ohren: Kirschenohrringe.

Mittsommer ist Schwedens wohl bekanntestes Fest, und für die Schwed*innen selbst nach Weihnachten auch das größte. Gefeiert wird, wie ursprünglich in vielen anderen Ländern auch, die Sommersonnenwende, der Tag, an dem die Sonne über dem Horizont die höchste Mittagshöhe einnimmt, und damit einhergehend der Beginn des astronomischen Sommers. Dass sich die Feier just in den nordischen Ländern so etabliert hat, erklärt sich vermutlich durch den hohen Stellenwert des Sommers, durch den krassen Kontrast von Licht und Schatten, Kalt und Warm, Hell und Dunkel, Leben und Tod.

Die erste traditionelle Mittsommerfeier, die ich in meiner schwedischen Kommune habe erleben dürfen, empfand ich als enttäuschend: Im Park tanzte für ein paar wenige Minuten eine gelangweilte Folkloregruppe, danach wurde eine Mittsommerstange aufgestellt, um die für etwa zwanzig Minuten einige Schwed*innen herumtanzten, hüpften und liefen, während sie lautstark Lieder über Frösche sangen. Dann löste sich die Veranstaltung auch schon auf und alle gingen nach Hause. Es erinnerte mich sehr an die traditionellen deutschen Maifeierlichkeiten, nur eben ohne Bratwurststand und Bierpils und lokale Traditionen wie das Maibaumklauen. Auch die Mittsommerstange erinnerte mich zu sehr an einen Maibaum, was – wie ich später erfuhr – tatsächlich damit zu tun hatte, dass die Mittsommerstange sich von eben diesem ableitete und das Brauchtum im Mittelalter von Deutschland nach Schweden importiert wurde. Das zentrale, große schwedische Fest, für das Tourist*innen extra nach Schweden reisten, erschien mir an diesem Tag wie eine deutlich langweiligere Variante einer jeden deutschen Kirmes. Vielleicht wären deutsche Wein- und Dorffeste ähnlich trübselig verlaufen, hätte man nicht alkoholische Getränke erwerben und zu vorgerückter Stunde auf sich durchdrückenden Bierbänken mit Gleichgesinnten schunkeln können. In Schweden war der Verkauf von Alkoholika zu den meisten Feierlichkeiten nicht zulässig, und so verliefen selbige ohne Exzesse, jedoch meist auch ohne Schlägereien. Die meisten Schwed*innen verbrachten Mittsommer – wie viele andere Feiertage auch – eher im privaten Rahmen mit Familie und Freund*innen, ohne Stange und Tanz, dafür aber mit viel Gesang und dem ein oder anderen Schnaps. Auch in dieser Hinsicht schien sich für mich Mittsommer nicht maßgeblich von anderen Feiertagen zu unterscheiden: Es gab Hering, Kartoffeln, Schnaps, Trinklieder und am Ende war immer mindestens einer viel zu betrunken.

Es gab jedoch ein Mittsommerfest, an dem mich die Magie der Sommersonnenwende einholte und nicht mehr loslies: Eine ganze Meute Menschen, zwei meiner besten Freundinnen und ich einbegriffen, waren zu jemandem eingeladen worden, der ein Haus mitten im

Wald auf einer Halbinsel besaß. Dort verbrachten wir das gesamte Wochenende, grillten und tranken dazu Bier und Wein, sangen Lieder und grillten weiter, ruhten uns zwischendurch in Liegestühlen im Halbschatten aus oder liefen barfuß über den von Moos und Blaubeersträuchern bedeckten Waldboden. Abends verbrachten wir Stunden damit, zwischen Sauna, See und Pool hin und her zu pendeln, während der Lichtstreifen am Horizont zunächst kleiner, schließlich wieder größer wurde, ohne jemals gänzlich zu verschwinden. Morgens um drei saßen wir nackt, müde, angesäuselt, vor allem jedoch glücklich auf den schroffen Felsen am Ufer und blickten über das Wasser. Der Morgen schien jung, obwohl es bereits wieder taghell war, und die Vögel sangen ihre schönsten Lieder, während irgendwann im Laufe des Abends die Uhr stehen geblieben war und die Zeit in einer solchen Fülle vorhanden zu sein schien, dass sie im Prinzip gar nicht mehr existierte.

Nun denke ich an diesen Moment, während ich Hannahs Kirschohrringe betrachte und die Haarsträhnen, die ihr in die Stirn fallen, Miriam ein Schälchen Erdbeeren auf den Tisch stellt, sich alles richtig anfühlt und doch irgendwie falsch. Vielleicht hätte ich in Schweden nicht so viel Zeit damit verbringen sollen, mir zu überlegen, warum deutsche Feiertage und Traditionen interessanter und abwechslungsreicher schienen. Vielleicht hätte ich mein deutsches Mäntelchen an der Garderobe abgeben müssen, um schwedische Kultur noch näher zu erfahren, vielleicht. Aber ich hatte damals nun mal Heimweh. Und nun habe ich es wieder.

Viel zu laut und viel zu schief singe ich den Refrain von *Helan går* und hebe dabei mein Schnapsglas. Ich habe keine Ahnung, zum wie vielten Mal wir heute das wohl klassischste und bekannteste schwedische Schnapslied singen. *Helan går,* der Ganze geht, wobei *helan* sich auf den ersten Schnaps einer Runde bezieht. *Helan går,* jenes Schnapslied, dessen Ursprung keiner kennt, von dem man aber sicher weiß, dass es 1845 in Franz Berwalds Operette *Modehandlerskan* Einzug hielt und so populär wurde, dass es von der schwedischen Eishockeymannschaft während der Weltmeisterschaft 1957 in Moskau der Textsicherheit wegen statt der Nationalhymne gesungen wurde.

Hannah sitzt neben mir, hat rote Wangen und versucht mitzuhalten. Miriam kichert, hält aber wacker ihr Schnapsglas in die Höhe. Peter und Anton schauen sich amüsiert an, Lukas, ein Freund von Anton, schaut auf einen zerknüllten Kassenbon, auf dessen Rückseite er sich den Text notiert hat, und singt dabei einzelne Worte mit. Sarah spielt mit ihrem Weinglas und lächelt uns dabei an.

Wir haben bereits gegrillt und gegessen und der Tisch sieht nach Mittsommer aus: Sahnereste auf Papptellern, Rotweinränder auf dem Papiertischtuch, zerknüllte Servietten zwischen halbvollen Bierflaschen. Nach einem ersten vorsichtigen Willkommenheißen unserer Gäste entspannte sich die Stimmung bei einem Glas Sekt mit Erdbeeren schnell. Wir aßen, prosteten uns zu, und der Wunsch nach schwedischen Trinkliedern wurde immer lauter. Spontan fielen mir vier ein, das waren drei mehr, als ich deutsche Trinklieder kannte. Und nun saßen wir hier, unterhielten uns und zwischendurch stimmte immer mal wieder jemand ein Lied ein. *Helan går* fühlte sich heute eher nach *all in* an, und das war gut so. Es gab Hering, Kartoffeln, Schnaps, Trinklieder und am Ende war immer mindestens einer viel zu betrunken. Heute wäre das wohl mein Part, aber damit kann ich gut leben.

„Ich finde, wir sollten hier jedes Jahr Mittsommer feiern." Hannah sitzt unter dem Mückennetz neben mir. Ihr Blumenkranz hängt ihr schräg über der Stirn und sie hat etwas rotes Fruchtfleisch von einer Erdbeere im Mundwinkel. „Es ist so schön hier und es macht großen Spaß!"

„Von mir aus sehr gerne", antworte ich und muss dabei einen Rülpser unterdrücken. „Solange das Miriams Eltern mitmachen."

„Vielleicht können wir sie beim nächsten Mal einfach mit einladen. Sie hätten hier sicherlich auch ihre Freude."

„Das ist doch eine gute Idee!"

„So, genug ausgeruht!", ruft Miriam uns zu und klatscht dabei in die Hände. „Nun wird es Zeit, um den Baum zu tanzen!"

Ich verdrehe im Spaß die Augen, freue mich jedoch ob ihres Eifers und der Tatsache, dass sie unser Mittsommerfest so ernst zu nehmen scheint.

„Also“, sagt sie, „welches Lied soll ich zuerst anmachen?“

Ich gehe zu ihr, lasse mir ihr Handy geben und suche nach einem bestimmten Liedtitel. Kurz darauf ertönt *Små grodorna* aus dem Bluetoothlautsprecher auf dem Tisch.

Bluetooth, Streichholz, Sitzgurt zum Anschnallen versuche ich mich an die vier herausragenden schwedischen Erfindungen zu erinnern, die ich mir habe merken wollen und von denen ich erst viel zu spät gelernt hatte, dass sie schwedisch waren. Die vierte fällt mir nicht ein.

„Kommt!“, sage ich, nehme dabei Sarah und Hannah an die Hand und ziehe sie zum Baum.

Als wir allesamt beim Refrain mitquaken und wie Frösche zu hüpfen beginnen, wird mir bewusst, dass ich manche schwedische Traditionen wiederum so gar nicht vermisst habe. Aber der süße Duft des Sommers liegt schwer in der Luft, das Gras unter meinen nackten Füßen fühlt sich kühl an, Hannahs und Sarahs Hand in meiner jedoch verschwitzt.

Von Tanz, Schnaps und Ekstase des Augenblicks wird mir schwindelig und ich wünsche mir, er würde nie vergehen.

Tetra Pak. Das war die vierte Erfindung.

23.

Mir ist schlecht und mein rechter Fuß pulsiert. „Wie geht es dir?“, fragt Hannah, die im Türrahmen steht und mich besorgt mustert.

„Momentan ... eher nicht so gut.“

Es ist fast zwölf Uhr, ich liege jedoch noch immer im Bett und tue mir grundlos selber leid. Der Abend war wunderschön gewesen: Wir tanzten noch eine Weile weiter und machten zwischendurch immer wieder Pause, saßen gemeinsam am Tisch oder ruhten uns auf den Kissen oder einer Picknickdecke aus. Irgendwann ging die Sonne unter und die Lampions am Baum begannen zu leuchten. Zu noch späterer Stunde wurde auch deren Schein schwächer, dafür strahlten die Sterne trotz der dumpfen Helligkeit der Stadt über uns.

Ich war vom Schnaps beschwipst gewesen und hatte dabei kaum wahrgenommen, dass ich am späten Nachmittag in eine Wespe getreten war. Ich erinnere mich daran, dass ich den Fuß kurz mit einem kühlen Bier gekühlt, dann aber im Prinzip direkt weitergetanzt habe. Der Schmerz holt mich dafür nun umso stärker ein und scheint dabei nachholen zu wollen, was ich gestern habe verdrängen können. Ein Eimer steht auf dem Boden neben mir, leer, zum Glück.

„Wie geht es dir?", frage ich Hannah.

„Mir wird vom Aufstehen schwindelig und mir dröhnt der Schädel."

„Das ist ebenfalls eine Mittsommertradition", sage ich lachend und ernte dafür ein schiefes Grinsen.

„Komm", sage ich, schlage meine Decke zurück und deute auf den Platz neben mir.

Hannah kuschelt sich unter die Decke.

„Vielleicht hätten wir unseren Gästen verdeutlichen sollen, dass *Helan går* sich auf ein einziges Glas, nicht auf die gesamte Flasche bezieht", murmele ich.

„Das wäre im Nachhinein betrachtet klug gewesen. Vergangenheits-Hannah hätte sich vermutlich trotzdem nicht darum geschert."

Ich greife nach meinem Laptop und mache einen Film an.

„Was ist das?", fragt Hannah.

„*Sällskapsresan*, eine schwedische Komödie von 1980. Schwedischer wird unser Mittsommer nun nicht mehr."

Sällskapsresan habe ich bereits sehr früh in Schweden schauen müssen. Müssen, weil meine schwedischen

Freund*innen meinten, den müsse man gesehen haben. Während diese sich jeweils bereits auf die nächste Szene freuten und wesentliche Dialoge mitsprechen konnten, saß ich auf dem Sofa und verstand den Film nicht und erst recht nicht den Humor. Der Film handelt von Stig-Helmer und dessen Charterreise nach Gran Canaria; dort tut er mit den anderen Schwed*innen all das, was man stereotyp auch von anderen Urlauber*innen erwarten würde: bereits morgens Wein trinken, Socken in Sandalen tragen, im Hotel nach schwedischem Kaffee fragen und am Ende im Pool um eine fiktive *midsommarstång* tanzen.

Irgendwann habe ich die Dialoge verstanden, jedoch nicht den Humor. Nach einigen Jahren habe ich den Film erneut gesehen und dabei seinen Charme nachvollziehen können. Wenn ein Film darauf ausgelegt ist, dass man als Gesellschaft über sich selber lachen kann, muss man eben diese Gesellschaft auch kennen. Humor gründet sich wohl häufig in Situationen und Stereotypen, die man selbst erlebt haben muss, um darüber lachen zu können. Ein älterer Kollege, ein Däne, sagte einmal zu mir: Humor zu verstehen, kommt erst sehr spät und selbst dann nicht zu hundert Prozent.

Wir beide, du und ich, Karla, wir bleiben immer etwas blind.

Dementsprechend verstehe ich, wenn Hannah trotz der Untertitel nicht über den Film lachen kann, aber er ist meiner Meinung nach perfekt für einen trägen, verkaterten Sonntag, und würde man zwischendurch eindösen, so würde man nichts Wesentliches verpassen.

Ein lautes Klingeln weckt mich auf.

„Essen!“, ruft Hannah, während sie zur Tür läuft.

Meinem Magen geht es deutlich besser, dafür dröhnt mir nun der Schädel und mein Gesicht fühlt sich vom vielen Liegen zerknautscht an. Vorsichtig stehe ich auf.

„Essen?“, frage ich und sehe im nächsten Moment, wie Hannah einen gigantischen Pizzakarton den Flur entlangträgt.

„Ich habe uns eine Familienpizza bestellt, während du geschlafen hast!“, erklärt sie fröhlich. „Hier, nimm das mal bitte.“ Sie drückt mir eine Flasche *Cola* in die Hand.

„Du hast auch etwas zu trinken bestellt? Aber wir hätten doch einfach kurz runter zum Supermarkt gehen können.“

„Zum Supermarkt?" Hannah schaut mich verwundert an. „Ja, guten Morgen! Heute ist doch Sonntag!"

„Ach ja ..."

Ich hatte vergessen, dass die Läden sonntags nicht auf haben. In Schweden haben Supermärkte und viele andere Geschäfte sonntags regulär auf. Ich war unentschlossen, ob ich das gut oder schlecht finden sollte. Es war schon praktisch, wollte man sich sonntags spontan eine Packung Eis kaufen oder brauchte man zum Kochen noch etwas Milch. Auf der anderen Seite konnte man auch gut darauf verzichten und ich war nicht sicher, ob der vermeintliche Anspruch auf Eis am Sonntag ein genug starkes Argument war, als dass die vielen Menschen am Sonntag zum Arbeiten gezwungen sein mussten.

Hannah stellt den Karton auf meinem Schlafsofa ab und geht in die Küche, um Gläser zu holen.

„Wollen wir nicht lieber am Tisch essen?", frage ich, als sie wiederkommt.

„Auf gar keinen Fall", antwortet sie, stellt die Gläser auf das Fensterbrett und kuschelt sich wieder unter die Decke. „Und nun?", fragt Hannah und deutet auf meinen Laptop.

„Sällskapsresan 2?“

24.

Die Hitze in der Stuttgarter Innenstadt ist heute fast unerträglich. Auf diese Hitzepeaks von tageweise fast vierzig Grad hätte ich gut verzichten können. Die Stadt ist träge und zwischen den Häusern hängt die Luft schwer. Während ich hier in meinem eigenen Saft stehe, sehne ich mich zurück an den See, sehne mich nach der kühlen Brise, die vom Wasser über das Land zieht, nach der Abkühlung, Frische und Lebendigkeit, die das Wasser verspricht. Auch in Schweden wurde es in den Sommermonaten warm, allerdings pendelten sich die Temperaturen meist bei ungefähr fünfundzwanzig Grad ein und erreichten nur selten dreißig.

Ich komme mit dem Gießen meiner Blumen kaum hinterher: Sie lassen heute allesamt die Köpfe hängen und erinnern damit an die Zungen hechelnder Hunde, die nach Wasser lechzen. Ich will ihnen so gerne helfen, kann es jedoch nicht. Das Wässern und Besprühen reicht nicht, die Fenster stehen weit auf und dennoch geht kein Wind, die Hitze erdrückt uns allesamt und saugt uns aus. Ich denke an meinen Sommer, wie er noch im letzten Jahr gewesen war: Wie ich mit meinen Freund*innen stundenlang auf dem See Boot gefahren war und zwischendurch auf einer Schäreninsel zum Baden Halt machte. Wie wir uns vom Boot so lange durch das Wasser ziehen ließen, bis meine Freundin ihre Bikinihose in den Fluten verlor. Ich denke an die vielen Nachmittage, an denen ich spontan auf dem Heimweg, von der Arbeit verschwitzt, zur Abkühlung in den Fluss sprang, im Wasser unterging und die Welt für ein paar Sekunden ausschaltete. All dies liegt nun in so weiter Ferne und dennoch ist es zum Greifen nah: Ich muss nur wieder zurückziehen.

Ich betrachte die Regale voller Dekoartikel, die Vitrinenschränke mit den Schnittblumen, den alten Tresen mit dem Hocker, auf dem bereits meine Tante gesessen hatte, und frage mich wie so häufig, ob sie alle es wert sind: Wert, mein anderes Leben aufzugeben und hierzubleiben. Wert, mich mit Menschen in überfüllten Straßenbahnen zu tümmeln und mich mit unterschiedlichsten hoch bürokratischen Hürden herumzuschlagen. Heute passiert mir, was mir schon häufiger passiert ist: Ich werfe dem Laden vor, dass ich hier bin, als hätte er mich gezwungen und an sich gekettet. Es ist unfair, war doch der Gedanke, wieder nach Deutschland zu ziehen, lange vor einer eventuellen Übernahme des Ladens in mir gewachsen. Der Laden war nicht der Grund, höchstens der letzte Auslöser für meine Rückkehr. Aber irgendetwas soll heute daran schuld sein, dass mir die Hitze die Luft zum Atmen nimmt und ich mich gefangen fühle in diesem Moloch namens Stuttgart. Warum nur ist das Gras auf der anderen Seite immer grüner?

Ich greife zum Telefon und rufe Hannah an. Ich würde mich freuen, mit ihr Mittagessen zu gehen, vor allem um auf andere Gedanken zu kommen. Aber sie geht nicht dran. Ich bin frustriert und sauer, obwohl ich weiß, dass sie im Gegensatz zu mir beschäftigt sein wird. Kurzerhand schließe ich den Laden zu und laufe die Straße hinab.

„Er sitzt hinten, in seinem ehemaligen Büro“, antwortet mir Anastasia und deutet in die entsprechende Richtung.

„Ich hätte nicht damit gerechnet, dass ich ihn heute noch erwische.“

„Normalerweise ist er auch nicht so lange da. Aber ich glaube, hier ist es einfach kühler als bei ihm in seiner kleinen Dachgeschosswohnung."

Die Tür ist nur angelehnt und ich klopfe leise an, bevor ich sie langsam aufdrücke. Fjodor sitzt auf dem Stuhl, auf dem Hannah bei unserem Besuch gesessen hatte, und schaut mich aus seinen eisblauen Augen an.

„Ach, hallo!", sagt er nach jenem kurzen Augenblick, den er brauchte, um mich richtig einordnen zu können. „Haben Sie den Verfasser des Briefes ausfindig machen können?"

„Noch nicht", antworte ich ihm schulterzuckend.

„Oh."

„Aber Sie haben uns sehr geholfen. Der Brief war übrigens auf Serbisch geschrieben. Wir haben im Sprachzentrum Hilfe mit der Übersetzung bekommen."

„Wie schön!", sagt Fjodor und seine Augen beginnen zu leuchten. „Damit sind Sie ja schon mal ein ganzes Stück weiter. Sie haben ja sicherlich noch anderes zu tun, als einen alten, serbischen Briefeschreiber ausfindig zu machen." Er zwinkert mir zu. „Bitte, setzen Sie sich doch! Wollen Sie einen Eistee?" Er greift nach einer Glaskaraffe, in der Zitronenscheiben, Minzblätter und halb geschmolzene Eiswürfel schwimmen. „Wie kann ich Ihnen helfen?", fragt er, während er mir ein Glas einschenkt.

„Haben Sie manchmal Heimweh?", frage ich ihn direkt, bevor mich eventuell der Mut verlassen könnte.

Fjodor runzelt die Stirn. „Nach Russland meinen Sie?"

„Ja."

Fjodor schaut in sein Eisteeglas, als würde er darin eine Antwort finden können. Es entsteht eine lange Pause und ich habe Angst, ihm zu nahegetreten zu sein. Doch dann sieht er mich wieder an und beginnt zu reden.

„Mein Kopf sagt Nein, aber mein Herz sagt Ja." Er räuspert sich. „Ich bin geboren im Jahr 1946, im Jahr nach dem Ende des Zweiten Weltkriegs. Meine Eltern, beide deutschstämmig, wurden in die Hungerjahre der Zwischenkriegszeit hineingeboren, erlebten den Bürgerkrieg und die zunehmenden Anfeindungen gegen Deutsche, sie wurden schließlich im Winter 1942 nach Sibirien deportiert und mussten zwischenzeitig in den Arbeitslagern dort arbeiten. Sie waren überhaupt nicht gut auf Russland zu sprechen, und wenn sie hören würden, dass ich manchmal Heimweh habe, dann würden sich beide im Grabe umdrehen." Er lächelt mich müde an. „Aber für mich war Aleksandrowka meine Heimat. Wenn ich daran denke, sehe ich den Koschkul See vor mir, die üppigen, immergrünen Wälder, das Weiß der langen Winter. Und natürlich die einfachen Schotterstraßen, auf denen ich mit meinen Freunden stundenlang gespielt habe. Ich war besonders gut im Murmeln."

Er lacht mich an und trinkt einen Schluck von seinem Eistee.

„An so etwas erinnere ich mich. Kinder denken wohl einfach weniger darüber nach, ob man deutsch ist oder russisch, an welche Traditionen man sich zu halten hat und welche Sprache man wann und wo sprechen darf und sollte. Das sind Regeln, die Erwachsene gemacht haben. Kinder wollen einfach spielen und die Welt entdecken, egal wo. Und dort, wo man seine kleine Welt am besten kennt, ist man zu Hause."

Er macht eine kurze Pause.

„Für mich war es schlimm, dass ich in der Öffentlichkeit kein Deutsch sprechen durfte, zu Hause bei meinen Eltern hingegen kein Russisch. Mir war es doch egal, auf welcher Sprache ich meinen Eltern von meinem Tag erzählte, ich wollte einfach mit ihnen reden. Mir war auch egal, auf welcher Sprache ich Unterricht bekam, ich wollte einfach lernen. Ich musste für meine Eltern auf Teufel komm raus deutsch bleiben, für die anderen hingegen so russisch sein wie möglich, ohne jedoch Aussicht darauf, jemals als russisch betrachtet und verstanden zu werden. Und so wurden wir Kinder unweigerlich gezwungen, mit einer latenten Sehnsucht nach einem Land aufzuwachsen, das man eigentlich gar nicht kannte, ohne sich an dem erfreuen zu dürfen, was man nun mal hatte. Es war schön in Aleksandrowka."

Er schüttelt den Kopf.

„Wenn Aleksandrowka Ihre Heimat war, warum sind Sie denn dann später nach Deutschland gezogen?"

„Meine Frau wollte das gerne", sagt er und lacht mich dabei an. „Es war nicht leicht für uns in Sibirien, aber ich wusste, dass es auch hier nicht leicht werden würde. Meine Frau war der Meinung, sie sei Deutsche und würde nach Hause ziehen, in die Bundesrepublik, zu den anderen Deutschen. Ich habe ihr immer gesagt, Maria, für die Leute dort bist du mehr russisch als deutsch, du wechselst das Land und bleibst dennoch eine Fremde. Du wirst keine Heimat finden, wir werden keine Heimat finden, wir tragen das Brandzeichen eines Ausländers, wo auch immer wir hingehen, und es bleibt uns nichts anderes übrig, als einander Heimat zu sein."

Er nimmt einen weiteren Schluck von seinem Tee und ich sehe, dass seine Hände leicht zittern.

„Wir hatten zusammen einen festen Wohnsitz, hier, in Stuttgart, aber im Herzen blieben wir Vagabunden. Mein wichtigstes Hab und Gut passt in einen Seesack. Das Wesentliche hingegen trage ich hier." Er führt die rechte Hand zum Herzen. „Warum interessiert Sie das? Haben Sie auch manchmal Heimweh?"

Da war er wieder, dieser Blick, der mir direkt in die Seele sehen konnte.

Ich erzähle ihm vom Saarland, von Schweden, von Stuttgart, erzähle ihm, dass ich mich in Schweden manchmal fremd gefühlt habe und nun wieder, von meinem Heimweh nach Deutschland, nach Schweden und wieder zurück. Erzähle ihm und komme mir dabei blöd vor, weil ich weiß, dass ich auf einem verdammt hohen Niveau jammere. Er hört mir zu und sieht mich einfach nur an, kein Nicken, kein Kopfschütteln.

„Nun“, beginnt er schließlich, „ich denke, auch du bist im Herzen eine Vagabundin.“

Er war ungefragt zum Du übergegangen und das stimmt mich seltsam glücklich: Denn hier und jetzt fühle ich mich diesem alten Herrn, den ich kaum kenne, dem ich in meinem Leben erst zum zweiten Mal begegne, verbundener als häufig in den letzten Wochen zu Hannah.

„Das warst du schon immer, noch bevor du nach Schweden gegangen bist, es war dir vorher nur nicht bewusst gewesen. Warum, glaubst du, dass du sonst so einfach deine Sachen gepackt hast und gegangen bist, in ein Land, das du nicht kanntest und wo du die Sprache nicht gesprochen hast? Schau dich um, Karla, das haben die meisten Leute nicht gemacht, die meisten Leute ziehen – wenn überhaupt – in einem Umkreis von zehn Kilometern umher oder vielleicht auch mal weiter weg, dann aber meist nach ein paar Jahren zurück.“

Er schaut erneut in sein Eisteeglas, die Eiswürfel waren nun gänzlich geschmolzen.

„Ein Vagabundenleben ist spannend, aber es ist nicht immer einfach. Ständig ruft die große, weite Welt und dies auch dann noch, wenn sich ein Teil der Seele ein

Zuhause wünscht. Man reist und läuft und erlebt viel, aber man kommt nie an, man ist getrieben von einer permanenten Sehnsucht, die sich nicht stillen lässt. Du musst diese Sehnsucht akzeptieren und mit ihr zu leben lernen. Sie kann auch eine Stärke sein."

Er macht wieder eine Pause und räuspert sich.

„Man weiß nie, was noch kommt, Karla. Die Welt verändert sich schnell und Strukturen, die uns heute als selbstverständlich erscheinen, können morgen bereits zerbrechen. Dass man flexibel ist, sich an neue Umgebungen anpassen und sich auch in der Fremde heimisch fühlen kann, ist ein unheimliches Potenzial, das manche Menschen nicht haben. Viele Menschen zerbrechen, wenn sie ihr gewohntes Umfeld nicht haben, sie gehen ein wie alte Bäume, die man spät in ihrem Leben noch verpflanzt. Auch wenn die Sehnsucht manchmal wehtut, versuch, sie positiv zu sehen. Vieles von dem, was uns als unsere Schwäche erscheint, ist in Wirklichkeit unsere Stärke."

Ich merke, wie mir eine einzelne Träne über die Wange läuft, und mir wird bewusst, dass sie einer ungemeinen Rührung und Freude entspringt, keiner Trauer.

„Viele Menschen sind auf der Reise oder aber auf der Flucht vor Krieg, Verfolgung und Elend. Du musst nicht reisen, du darfst es und bist dabei in beiden Ländern gern gesehen. Dein Abschied ist nie für immer. Das ist ein Privileg, von dem die meisten Menschen nicht einmal zu träumen wagen."

Mir sitzt ein Kloß im Hals und ich bringe kein Wort heraus. Stattdessen nicke ich lediglich. Einen Moment ist es ganz still, dann höre ich, dass sich draußen Schritte nähern. Kurz darauf drückt Anastasia die Tür auf.

„Entschuldigung", sagt sie, „braucht ihr noch etwas?"

„Nein, danke", sage ich, „ich sollte langsam gehen."

„Komm bald mal wieder", sagt Fjodor.

„Danke. Für alles", sage ich. „Ach so, vielleicht eine Frage noch: Warum, wenn ich fragen darf, haben Sie denn einen russischen Namen, wenn ihre Eltern auf Russland nicht gut zu sprechen waren?"

Fjodor muss lachen. „Eigentlich heiße ich Theodor. Fjodor ist die russische Variante meines Namens und diese war mir in meiner Kindheit näher als mein Geburtsname. Dass ich mich noch immer so nenne, sollten meine Eltern besser auch nicht wissen." Er lacht.

„Auf Wiedersehen, Fjodor“, sage ich und hebe die Hand zum Abschied.

„Auf Wiedersehen, Karla.“

Als ich auf die Straße trete, schlägt mir die Hitze entgegen und ich habe geradezu das Gefühl, in eine warme, zähflüssige Suppe zu treten. Ich laufe die Straße hinab und merke bei jedem Schritt meine schmerzende Fußsohle. Blöder Stich. Trotzdem bin ich seltsam glücklich.

Schon von Weitem sehe ich Hannah vor der verschlossenen Tür stehen, unter ihrem Arm klemmt ein Kinderplanschbecken.

„Da bist du ja endlich!“, ruft sie mir zu. „Wo warst du denn? Mach schnell auf, hier draußen ist es ja kaum auszuhalten!“

Ich schließe die Tür auf, im Inneren ist es jedoch nur unmerklich kühler. Hannah stürmt an mir vorbei, legt das Planschbecken mitten im Pausenraum ab und beginnt, es eimerweise mit kaltem Wasser zu füllen. In ihrer Emsigkeit erinnert sie mich entfernt an die Besen des Zauberlehrlings. Ihre Wangen sind gerötet, eine verschwitzte Haarsträhne klebt ihr in der Stirn und einzelne Schweißperlen stehen ihr auf der Oberlippe und im Nacken.

„Habe ich dir mitgebracht“, erklärt sie überflüssigerweise und deutet auf das Planschbecken. „Du hast hier drin ja so gar keine Abkühlung. Hier!“ Sie greift in ihre Tasche, holt meinen Bikini heraus und wirft ihn mir zu.

„Du meinst ehrlich, dass ich mich hier zwischendurch in ein Planschbecken setzen soll?“, frage ich sie amüsiert, während ich ungläubig den Bikini in meiner Hand betrachte.

„Na ja, warum denn nicht? Wenn zwischendurch keine Kundschaft da ist.“

„Und wenn dann jemand in den Laden kommt?“

„Dann nimm eben nur die Bikinihose und lass obenrum das T-Shirt an, das reicht ja, tief ist das Becken ja nicht. Dann musst du nur noch darauf achten, dass du immer hinter dem Tresen bleibst, dann fällt das keinem auf.“

Wir müssen beide lachen.

„Wo warst du denn?“, fragt Hannah, während sie ihre Socken auszieht, auf einem Stuhl Platz nimmt und die Füße in das kühle Nass hält.

„Nur kurz spazieren“, antworte ich.

Ich will Hannah nicht anlügen, aber ich will, dass diese mir fast magisch anmutende Begegnung mit Fjodor erst mal zwischen uns beiden bleibt. Erst mal.

„Ich hatte gehofft, dass es draußen weniger stickig ist, dem war aber nicht so“, erkläre ich, während ich mir den zweiten Stuhl heranziehe und ebenfalls meine Füße ins Wasser halte.

„Schau mal, ist fast wie an deinem geliebten See“, sagt Hannah.

„Ja“, sage ich lachend. „Fast ganz genauso.“

25.

Es ist heute das erste Mal seit über einer Woche, dass die Temperaturen nicht auf über dreißig Grad steigen. In Anbetracht der letzten Tage kommen mir die immer noch warmen, sommerlichen sechsundzwanzig Grad fast wie eine Abkühlung vor. Vor allem jedoch geht heute endlich mal wieder ein sanfter Wind, ein warmer, aber immerhin ein Wind.

Ich habe das Gefühl, dass draußen deutlich weniger Autos vorbeifahren als gewöhnlich und auch in den Laden kommen nur einzelne Kund*innen; es scheint, als würde die Stadt nach der Hitzewelle eine Pause nehmen, um durchzuatmen.

Meinen Blümchen tut die Abkühlung sichtlich gut: Nur noch einzelne lassen die Köpfe hängen und ich betrachte diese mit der Liebe ähnlich einer Mutter, die ihr erkältetes Kind pflegt. Ich gehe zwischen den Regalen umher und sprühe sie alle noch mal ein, sprühe und gieße und die Blumenerde saugt alles durstig auf.

Da sehe ich Anton am Fenster vorbeilaufen und nur wenige Sekunden später ertönt ein „Hallöchen", während er schwungvoll die Tür aufstößt. „Alles klar?"

„Ja, danke." Ich stelle meine Gießkanne hinter dem Tresen ab. „Und bei dir?"

„Ebenfalls."

„Danke, dass du dir Zeit genommen hast, um mir zu helfen. Das bedeutet mir wirklich viel."

„Kein Problem, das mache ich gerne. Und vielleicht springt ja hinterher noch mal ein Eis für mich raus", sagt Anton und lacht.

„O ja, auf ein Eis hätte ich auch Lust! Aber vielleicht möchtest du erst mal etwas trinken?"

„Wir kennen uns noch nicht so gut, aber wie ich Hannah einschätze – und ich vermute, ihr seid euch da ziemlich ähnlich – gibt es zur Auswahl entweder Kaffee oder lauwarmes Leitungswasser."

„In etwa so, ja. Oder auch einen Rest abgestandene, aber wenigstens gekühlte Apfelschorle."

„Du musst hier mal ein bisschen was hinten ins Lager stellen. Bei der Hitze kann man ja nicht nur von Kaffee und schalem Wasser leben. Ich bin mit dem Auto da, ich bringe dir nachher was vorbei."

„Danke, das ist nett."

„Also, wo ist es?", fragt Anton und sieht mich neugierig an.

„Komm!“, sage ich und winke ihn zu mir.

Gemeinsam gehen wir in den Lagerraum, wo mein neues Schild an der Wand lehnt. Wie immer, wenn ich den Raum betrete, sucht mein Blick zunächst jene geheimnisvolle Kiste mit den alten Karten, dem Stadtplan und der Kette, welche eingestaubt im Regal der hinteren Wand steht, und ich frage mich, wie viele Geheimnisse mir im Laufe der Jahre hier noch begegnen werden. Antons Blick hingegen fällt auf das nicht mehr gefüllte Planschbecken, das hochkant an einem Regal lehnt, er kommentiert es jedoch nicht. Ich ziehe das Schild in den Pausenraum und mache vorsichtig die Schutzfolie ab.

„Karlas Klatschmohn“, liest Anton laut.

Das Schild ist wunderschön geworden: in einem warmen, gedeckten Rot, die Lettern in einem Cremeweiß, das sich deutlich, jedoch nicht zu kontrastreich davon abhebt. An den Enden finden sich stilisierte Mohnblüten.

„Das ist echt schön geworden, das passt zu dir und deinem Laden.“

„Danke.“

Es war Hannahs spontane Idee gewesen, damals, bei Fjodor. Sie ließ mich nicht los und war passend: Ich mochte Alliterationen und ich mochte Klatschmohn. Ich mochte die Tatsache, dass er zart schien und dennoch knallig, vor allem aber jedoch, dass er zu Tausenden unkompliziert und anspruchslos an Feldrändern wuchs und Farbe in das Leben so vieler Menschen brachte, ohne dass sie das bewusst wahrnahmen. Und ich mochte, dass das Schild an das meiner Tante anlehnte und dennoch neu war.

Gemeinsam tragen wir das Schild nach draußen und lehnen es an die Hauswand. Ich werde melancholisch, als ich das alte, ausgeblasste Schild betrachte und mir vorstelle, dass wir es gleich von der Wand nehmen werden. Schnell versuche ich jedoch, mir den Zauber eines Neuanfangs bewusst zu machen und diesen festzuhalten, bevor ein Sommerwind ihn davonträgt wie die Samen einer Pusteblume.

Ich steige auf die Leiter und versuche ruckelnd, das Schild aus seiner Verankerung zu lösen, es ist deutlich schwerer, als ich es erwartet hätte.

„Ich glaube, wir brauchen noch eine Leiter und müssen es von beiden Enden gleichzeitig abnehmen. Sonst können wir es nicht halten."

„Warte." Anton verschwindet um die Ecke und kommt kurz darauf mit einer Leiter wieder. „Ich hatte noch eine mitgebracht. Ich war mir nicht sicher, ob du eine hier hast."

Gemeinsam heben wir das Schild aus der Verankerung und steigen anschließend vorsichtig die Leiter hinab. Uns beiden steht der Schweiß auf der Stirn. Wir stellen das Schild an die Hauswand und ich fahre langsam mit den Fingern darüber. Erst aus der Nähe fällt mir auf, wie alt es wirklich aussieht: Die Farbe ist verblasst, Wind und Wetter haben Spuren im Aluminium hinterlassen, an unzählig vielen Ecken blättert der Überlack ab.

„Ihr habt ja schon angefangen!", höre ich Hannah hinter mir rufen. „Haben wir jetzt echt drei Leitern?"

Ich schaue mich um und sehe Hannah mit einer weiteren Leiter unter dem Arm auf dem Gehweg stehen. In der anderen Hand hält sie den Schlagbohrer, den sie von ihren Eltern ausgeliehen hat.

„Anton hat auch eine mitgebracht", sage ich.

„Cool“, sagt sie schulterzuckend, stellt die Leiter ab und tritt zu dem alten Schild. „Fühlt sich seltsam an, oder?“

„Ja. Aber auch aufregend.“

Hannah tritt ein paar Schritte zurück und betrachtet mit etwas Abstand die nun nackte Fassade. Dann runzelt sie die Stirn, tritt näher heran und wieder einige Schritte zurück. „Warte mal ...“, murmelt sie, steigt auf die Leiter und fährt mit den Fingern über die Mauer. Dann steigt sie wieder hinab und geht so weit zurück, dass sie auf der Straße steht. Es ist ihr egal.

„Was ist denn?“, frage ich schließlich, nachdem ich dieses Schauspiel etwas zu lange beobachtet habe.

„Schau mal“, sagt sie und deutet auf den nackten Stein, der bis eben noch von dem Schild verdeckt war.

Ich gehe zu ihr und kann nach einem kurzen Augenblick erkennen, was sie meint: Auf der Fassade steht in ausgeblasster, fast unerkennbarer Schrift, direkt auf den Stein geschrieben „код Милоша“.

Im Vorbeifahren hupt ein Auto und lässt uns zur Seite springen. Wir gehen zurück auf den Gehweg und sehen uns an.

„Das muss der Vorbesitzer geschrieben haben“, sagt Hannah.

„Wovon redet ihr?“, fragt Anton.

„Hannah hat an der Fassade einen alten Schriftzug entdeckt“, erkläre ich.

„Und warum macht euch das so sprachlos?“

Es entsteht eine Pause.

„Oder hat das vielleicht mit dem Loch in deiner Wand und den tatortartigen Notizen zu tun?“, fragt er und grinst uns an.

„Das sieht doch toll aus!“, ruft Hannah entzückt. Sie steht wieder auf der Straße, so ziemlich an derselben Stelle wie zuvor.

„Und es hängt sogar gerade“, sagt Anton mit einer amüsierten Verwunderung in der Stimme.

Ich gehe leise in den Laden, durch die Geschäftsräume, durch den Pausenraum ins Lager und drücke die Tür hinter mir ins Schloss. Dunkelheit umschließt mich und ich habe das Gefühl, in ihr unterzugehen. Ich gleite mit dem Rücken an der Tür hinab, lege den Kopf auf die Knie und starre in das Nichts. Je mehr es mir den Hals abschnürt, desto tiefer versuche ich zu atmen. Das Bohren der Löcher für die neue Verankerung, die Befestigung der Schrauben, das Aufhängen des Schildes, es trug alles das Gefühl von Endgültigkeit mit sich. Als hätte ich neues Land erschlossen, mich zum Bleiben entschieden und meine Fahne in den trockenen Erdboden gerammt. War es nun entschieden, war Stuttgart mein neues Zuhause? Das Gefühl von Surrealität verzieht sich langsam wie Bodennebel: Die Monate bei Hannah auf der Couch, als wäre ich nur zu Besuch, das Aufbauen einer neuen Existenz, als wäre ich Schauspielerin in einem Film, das Leben aus dem Koffer, als wäre ich im Kommen und Gehen zugleich begriffen, eingepackt in einem Mantel des Nicht-wahrhaben-Wollens. Jetzt, allein im Dunkel, wachgerüttelt vom Vibrieren des Schlagbohrers in meinen Händen und dessen kreischendem Geräusch, sehe ich die Realität so klar wie nie zuvor: Ich habe mich unbewusst zum Bleiben entschieden, vor Monaten schon. Ich würde in der Konsequenz eine Wohnung suchen, mich mit der GEZ auseinandersetzen und meine Möbel, die seit Monaten in einem Lager dahindümpelten, abholen müssen. Mein Leben in Schweden schien mir bisher pausiert, aber das war es nie, es ging weiter, nur war ich kein Teil mehr davon, ich war jetzt hier.

Mein Kopf dröhnt so, wie er es nur dann tut, wenn man eigentlich weinen möchte, aber nicht kann. Schließlich spüre ich zu meiner Erleichterung die ersten Tränen die Wangen hinablaufen und kurz darauf beginne ich zu schluchzen und höre erst auf, als ich Hannah draußen nach mir rufen höre.

Mit dem T-Shirt-Ärmel tupfe ich mir die Tränen aus den Augen. „Genug gejammert", sage ich leise, gehe zur Spüle und wasche mir mit kaltem Wasser das Gesicht.

„Ist alles in Ordnung?", fragt Anton, der plötzlich neben mir im Durchgang auftaucht.

„Ja. Ich brauchte nur einen Moment für mich", antworte ich ehrlich und lächele ihn an. „Aber nun ist es dringend an der Zeit für das versprochene Eis."

„Das finde ich auch", sagt Anton und legt mir beim Rausgehen den Arm um die Schulter.

26.

Da steht ‚Bei Miloš'", sagt Andrijana. Sie sitzt uns gegenüber, hinter ihrem Schreibtisch im Unterrichtsraum, hält Hannahs Handy in der Hand, hat den Kopf schief gelegt und die Augen leicht zusammengekniffen. „Ja, ziemlich sicher, auch wenn die Schrift kaum zu erkennen ist. Miloš ist ein sehr geläufiger Männername in Serbien. Das macht es nun nicht unbedingt leichter, den Herren zu finden." Sie zuckt bedauernd mit den Schultern und schiebt Hannah das Handy zu. „Hieß der Verfasser des Briefes nicht Ninko?"

„Ja, das tat er", sagt Hannah und ihrer Stimme höre ich an, was auch ich mir denke: Wir rennen einer jeden Spur nach, auf unterschiedlichen Wegen in der Hoffnung, dass sie irgendwann zusammenführen, jedoch scheinen wir uns mit jedem Schritt bloß weiter zu verlaufen.

„Was überlegst du?", fragt Hannah, während wir nebeneinander durch die Innenstadt zum Schlossplatz laufen. Ich bemerke, wie jede von uns versucht, nicht auf die Rillen zwischen den Steinen zu treten.

„Ich habe nur darüber nachgedacht, dass ich mir irgendwann auch eine Wohnung suchen muss."

„Von mir aus hat das aber keine Eile, Karla, das weißt du."

„Ja, das weiß ich. Danke."

Eine Weile gehen wir schweigend nebeneinander her.

„Ich denke nur", beginne ich dann langsam, „dass ich das vielleicht brauche, um vollends zu realisieren, dass ich nun hier zu Hause bin. Auf deinem Sofa lebe ich doch wie in einer Warteschleife, trotz Laden, trotz der ersten Bekannten hier in Stuttgart."

„Willst du denn hier zu Hause sein?" Hannah bleibt stehen und schaut mich aufrichtig an.

Ich sehe mich um, lasse meinen Blick schweifen über den Schlossplatz, die Statue in dessen Mitte, die Straßenmusiker*innen, die Kinder, die am Brunnen im Wasser spielen, die Menschen, die im Schatten der Bäume für einen Moment innehalten.

Ich denke an das Gespräch mit Fjodor, daran, dass manche Menschen sich selber ein Zuhause sein müssen. „Ich denke schon, ja."

Manchmal muss man wohl einfach Entscheidungen treffen, die sich nicht zu hundert Prozent richtig anfühlen; dafür kann man sie regelmäßig wieder prüfen.

Bei einem jungen Mann, der Saxophon spielt, bleiben wir eine Weile stehen und lauschen. Der Wind raschelt in den Blättern der Bäume und unzählige Tauben versuchen, irgendwo ein paar Krumen zu erhaschen. Mir fällt auf, dass kaum eine Taube unverletzt ist; den meisten fehlen Zehen oder gar der ganze Fuß.

„Komm", sagt Hannah schließlich und nimmt meine Hand. „Ich habe eine Idee." Sie zieht mich über den Schlossplatz, die Fußgängerzone entlang zum Hauptbahnhof. „Warte hier mal kurz", sagt sie und verschwindet in der Touristeninformation. Nach wenigen Minuten kommt sie wieder und wedelt mit einem weißen Papier. „Wir machen eine Stadtrundfahrt!" Sie hält mir das Papier hin, es sind zwei Fahrscheine für die Stuttgarter Hop-on-Hop-off-Busse.

„Bisher hast du dich entweder um den Blumenladen gekümmert, um die geheimnisvolle Zigarrenkiste oder schwedische Feste, die wir organisiert haben.

Dazwischen hattest du noch gar nicht richtig Zeit, Stuttgart etwas kennenzulernen."

Ja, sie hat recht. Manchmal dienen unterschiedliche Projekte wohl vor allem dazu, sich von den wesentlichen Dingen abzulenken, und wer auf ein gestecktes Ziel hinarbeitet, kann zwischenzeitig mit dem Nachdenken aufhören.

Hinter der Touristeninformation stehen die roten Doppeldeckerbusse, wo wir jetzt einsteigen. Wir nehmen die Treppe in die obere Etage und setzen uns relativ weit nach vorne. Hannah hält mir Kopfhörer hin. Das letzte Mal habe ich so eine Stadtrundfahrt vor einigen Jahren in Göteborg gemacht, zusammen mit meinen Eltern, die mich dort besuchten. Göteborg, die Stadt mit ihren unzähligen *spårvagn*, Straßenbahnen, weil der Boden zu weich ist, um darin Tunnel für U-Bahnen bauen zu können. Das ist leider das Einzige, was ich wirklich von der Geschichte Göteborgs behalten habe.

Ich drücke die Kopfhörer in meine Ohren und frage mich, welches interessante Stuttgarter Faktum ich heute mitnehmen und über Jahre erinnern werde.

Während ich der Geschichte von Stuttgart lausche, gleitet die Stadt an mir vorbei: das Bohnenviertel, die erste Waldorfschule der Welt, das Mercedes-Benz-Museum. Eindrücke, Bilder, Geräusche, Farben und Gerüche prasseln auf mich ein wie ein warmer Sommerregen und ich strecke meine Nase in den Wind und lasse es einfach passieren.

Am Römerkastell steigen wir aus, setzen uns in den Schatten der Mauer und schauen über die Stadt. Während ich die Sommerluft genieße, einzelne Grashalme ausreiße und sie in der Hand zerpflücke, holt Hannah uns zwei Weißweinschorlen bei der Weinmanufaktur. Ich betrachte die alten Gemäuer, deren erste Steine vor Tausenden von Jahren von den Römern gelegt worden waren, und spüre die immerwährende Präsenz der Geschichte.

„Bald ist auch wieder Stuttgarter Weindorf", sagt Hannah, als sie sich neben mich ins Gras setzt und mir ein Glas in die Hand drückt. „Da könnten wir auch hingehen. Vielleicht sollten wir viel mehr Dinge tun, die dir all die Jahre gefehlt haben, und weniger Dinge, von denen ich geglaubt habe, dass sie dir nun fehlen könnten."

„Es war schön, dass wir Dinge getan haben, von denen du glaubtest, dass sie mir fehlen könnten. Für eine Weile habe ich auch geglaubt, überall ein bisschen leben zu können und mich nicht entscheiden zu müssen."

„Und du meinst, dass das nicht geht?"

„Ich weiß es nicht." Ich werfe meinen zerpflückten Grashalm in den Wind und sehe, wie er von ihm über die Stadt hinfortgetragen wird. „Egal, wo man gerade ist, man ist eben auch immer irgendwo nicht. Und im Endeffekt ist man vermutlich überall nur auf dem Sprung und nirgendwo ganz. So wird aus Immer-da-Sein plötzlich Immer-weg-Sein."

„Ja, vielleicht."

Für einen Augenblick sitzen wir beide schweigend da und nehmen ein paar Schlucke von unserer Schorle.

„Also, ich finde es toll, dass du nun ganz hier bist", sagt Hannah.

Robert Bosch-Klinik, Linden-Museum, erneut zieht die Stadt an mir vorbei. Ich blicke zu Hannah, die grinsend neben mir sitzt, und bemerke, wie gern ich ihr auch mal meine Stadt gezeigt hätte, oder Schweden generell.

Damit Schweden vielleicht auch für sie ein bisschen mehr hätte werden können als Gedanken an lange, dunkle Winter, kalte Nordwinde und einzelne Wikingersiedlungen. Ich hätte es gern ein bisschen mit ihr geteilt, aber leider hat sie mich nie besucht. Ich versuche, den leichten Anflug von Groll, der sich in mir breitmachen will, zu unterdrücken, und lausche weiter der Stuttgarter Geschichte.

Wieder am Hauptbahnhof angekommen, gehen wir in die Touristeninformation. Sie führt im wesentlichen die Dinge, die es immer in Souvenierläden zu kaufen gibt: Taschen mit Stuttgart-Aufdruck, T-Shirts und Poster, vor allem jedoch Kühlschrankmagnete. Ich frage mich, woher dieses ursprünglich entstandene und von der Tourismusbranche geschürte Bedürfnis kommt, möglichst viele Kühlschrankmagnete besitzen zu müssen. Noch während ich darüber nachdenke, sehe ich, dass man ebenso Stuttgarter Luft in Dosen kaufen kann. Noch schlimmer, so muss ich mir eingestehen, als Kühlschrankmagneten für drei Euro zu kaufen, ist es wohl, Luft in der Dose für fast sechs Euro zu kaufen. Luft. Und dann auch noch Stuttgarter Luft, mit einer der höchsten Feinstaubbelastungen Deutschlands.

„Brauchst du etwas?“, fragt Hannah, die am Ende des Ganges steht.

„Nein, wirklich nicht“, antworte ich amüsiert.

27.

Das Klingeln der Messingglocke lässt mich aufblicken. Ich stehe gerade hinter dem Tresen und binde einen Strauß für eine Kundin: mit fliederfarbenem Lisanthus, weißer Phlox und – seit der Lieferung in der letzten Woche für mich kaum noch wegzudenken – roséfarbener Serruria Florida.

„Sieht der aber toll aus!", ruft Helma begeistert, noch bevor ich sie begrüßen kann. Sie steht direkt hinter der Tür, trägt einen grellroten, geflochtenen Sonnenhut und eine riesige Sonnenbrille. In ihrer rechten Armbeuge hängt ihre Handtasche, in der linken Hand hält sie eine Tragetasche aus Leinen, in der ich unter anderem Lauch erahnen kann.

„Danke! Er wurde als Geschenk für einen sechzigsten Geburtstag bestellt. Ich kann Ihnen aber gerne einen so ähnlichen machen, wenn Ihnen die Farben gefallen. Blumen habe ich genug." Lachend deute ich in den Raum hinein.

„Das wäre vielleicht eine schöne Idee für Annas Geburtstag nächste Woche! Sie hat ja den Blumenkübel immer noch nicht bepflanzt und ihre Topfpflanzen sind bei mir in Pflege, seit sie im Krankenhaus war. Ich glaube, sie ist froh darüber, dass sie sich momentan nicht darum kümmern muss, aber so ganz ohne Blumen wirkt eine Wohnung doch schnell trostlos."

„O ja, das finde ich auch."

Helma stellt ihre Tasche neben sich, nimmt die Brille von der Nase und tritt zu mir. „Ich war gerade einkaufen", erklärt sie unnötigerweise und deutet auf ihre Tasche, „und dachte spontan auf dem Rückweg, dass ich mal vorbeischauen und mich erkundigen könnte, ob Sie und Ihre Freundin den ehemaligen Besitzer des Ladens haben ausfindig machen können."

Ich sehe, dass ihr Schweißperlen auf der Stirn stehen.

„Bitte, kommen Sie doch rein und setzen Sie sich. Vielleicht kann ich Ihnen etwas Kaltes zu trinken anbieten?"

„Gerne", antwortet sie und tupft sich mit einem Stofftaschentuch über Stirn und Oberlippe. Ich hole derweil eine Flasche Wasser aus dem Kühlschrank und eine Flasche Zitronenlimonade aus dem Lagerraum, wo seit Antons Besuch neulich zwei Getränkekisten neben der Tür stehen. Ich ziehe einen der Stühle vor und bitte Helma, darauf Platz zu nehmen.

„Wir haben den Mann noch nicht ausfindig gemacht“, erkläre ich schließlich. „Aber wir sind uns ziemlich sicher, dass er Miloš heißt und ursprünglich aus Serbien stammt.“

„Miloš“, wiederholt Helma. „Ich habe den Namen schon mal gehört, aber in dem Zusammenhang sagt er mir leider gar nichts.“ Sie blickt überlegend nach unten und tippt sich dabei mit dem Zeigefinger an die Lippen. „Miloš“, höre ich sie erneut murmeln.

„Ihre Fotoalben haben uns jedenfalls sehr geholfen“, sage ich und lächele sie ermunternd an. „Es wäre ein allzu großer Zufall gewesen, hätten Sie den jungen Mann näher gekannt.“

„Ja.“ Ihr Blick fällt auf die tapetenlose Wand. „Hängen dort die Fotos, die sich Ihre Freundin abfotografiert hat?“

„Genau“, sage ich und muss lachen. „Der Übersicht wegen haben wir alle bisherigen Informationen an die Wand geheftet.“

Helma steht auf und betrachtet die Notizen etwas genauer; ihre Hände hat sie dabei in die Hüften gestemmt. „Das alte Hochzeitsfoto", beginnt sie schließlich und tippt auf das Bild des Brautpaares, „erinnert mich an mein eigenes Hochzeitsbild. Die Aufnahmen aus dieser Zeit ähneln sich doch immer sehr. Es lässt sich erahnen, welche Frisuren und welche Kleidung in Mode waren. Nur mein Kleid war deutlich verspielter als dieses, mit vielen Rüschen. Ich mochte es eher auffällig."

„Ich kann mir vorstellen, dass das gut zu Ihnen gepasst hat. Wir vermuten, dass das Bild aus den vierziger oder fünfziger Jahren stammt. Könnte das sein?"

„Das kann sehr gut sein", antwortet sie. „Ich habe 1954 geheiratet." Sie lässt ihren Blick weiter über die Wand gleiten. „Darja und Ninko", liest sie. „Sind das ebenfalls serbische Namen?"

„Ja", antworte ich. „Wir haben sie in einem Brief gelesen und vermuten, dass es sich dabei um das Brautpaar handelt."

„Eine spannende Geschichte, die Sie da ausgraben", sagt sie kopfschüttelnd.

Ich sehe, dass sie auch die Zigarrenkiste bemerkt haben muss, aber sie kommentiert sie nicht weiter.

„Na ja, ich sollte nun langsam mal meine Einkäufe in den Kühlschrank räumen. Sonst schmilzt meine Butter vermutlich noch gänzlich dahin." Sie geht wieder nach vorne, greift nach ihrer Tasche und setzt sich für die wenigen Meter draußen ihre Sonnenbrille wieder auf. „Ach so, apropos Geschichte", sagt sie, während sie bereits die Türklinke in der Hand hat. „Ein bisschen etwas zur Geschichte der Gastarbeiter bei Daimler findet sich hier im Stuttgarter Mercedes-Benz-Museum. Vielleicht kann man dort mal nachfragen, ob es ein Archiv gibt, in dem man die alten Unterlagen einsehen kann. Vielleicht gibt es ja ein Verzeichnis mit vollständigen Namen."

Und während hinter ihr die Tür ins Schloss fällt, frage ich mich, warum ich nicht selbst darauf gekommen war.

Ich stehe vor dem wellenförmig geschwungenen Gebäude und schaue die Fassade hinauf. Autos haben mich persönlich nie interessiert und hätte man mich noch gestern gefragt, so wäre mir nicht ein Grund eingefallen, das Mercedes-Benz-Museum zu betreten. Heute fällt mir ein einziger Grund ein, nämlich, in einer Stadt von knapp 635 000 Menschen einen Mann mit serbischen Wurzeln ausfindig zu machen, von dem ich weder weiß, ob er hier noch wohnt, noch, ob er überhaupt noch lebt.

Das Foyer ist groß und hell und im ersten Moment muss ich an ein Autohaus denken. Es ist jedoch angenehm kühl und riecht frisch, nicht etwa nach Neuwagen, wie ich es erwartet hätte. Über neun Ebenen erstreckt sich die Ausstellung; durch eine Übersichtstafel erfahre ich, dass die für mich interessanten Jahre – die Nachkriegsjahre bis in die frühen Achtziger – auf den Ebenen 4 und 5 angeordnet sind. Ich entscheide mich jedoch dafür, den gesamten Rundgang zu machen, und fahre mit dem Fahrstuhl nach ganz oben, um mehr über die Anfänge der Automobilindustrie zu erfahren.

Ich kann von der Ausstellung deutlich mehr für mich mitnehmen, als ich dachte: Die Geschichte der Erfindung und Weiterentwicklung von Automobilen findet sich eingebettet in einen interessanten historischen Gesamtkontext. Langsam passiere ich diverse historische, zum Teil skurril anmutende Gefährte, teils im Original, teils als Nachbildung, und lerne nebenbei, warum der Kotflügel Kotflügel heißt und wer eigentlich Mercedes war. Auf Ebene 5 gelange ich schließlich in die Zeit der Nachkriegsjahre und auf Ebene 4 zu der für mich vornehmlich spannenden Zeit der Sechziger. Ich lese auf einer Schautafel, was ich bereits wusste: Nämlich, dass der Zustrom jugoslawischer Gastarbeiter*innen vor allem in den sechziger Jahren zunahm. Neu ist mir hingegen, dass in den Siebzigern bereits jede vierte Daimler-Benz-Mitarbeiter*in aus Italien, Jugoslawien, der Türkei oder Griechenland kam. Ich betrachte die Ausstellungsstücke, Lohntüten neben Lohnabrechnungen, dazwischen eine Broschüre zum Thema Sicherheit am Arbeitsplatz auf diversen Sprachen. Daneben hängen Schwarz-Weiß-Fotografien, auf denen die Arbeiter*innen abgelichtet sind, vor allem junge Männer an Fließbändern und in Werkstätten. Ich schaue mir jedes einzelne Gesicht an, erkenne Miloš jedoch in keinem wieder, dafür wohl seine Geschichte in einem jeden von ihnen. Ich frage mich, was aus ihnen geworden ist und wo sie heute sind. Es stehen keine Namen unter den Bildern. Ein Satz hingegen lässt mich hoffen: Anfang der siebziger Jahre wurde eine Stelle zur Betreuung der ausländischen Kolleg*innen eingerichtet.

„Entschuldigung“, spreche ich einen Mann an, dessen Namensschild ihn als zum Museum gehörig ausweist, „wissen Sie, woher das Museum die Informationen zu den Gastarbeitern hat? Gibt es hier noch irgendwo alte Akten?“

Der Mann schaut mich verwundert an. „Akten? Das glaube ich nicht. Was suchen Sie denn?“

„Ich hätte gerne eine Liste aller serbischen Arbeiter gehabt, die in den späten sechziger Jahren bei Daimler beschäftigt waren.“

Mein Anliegen klingt selbst in meinen Ohren illusorisch, zumal ich weiß, dass mir – sollte es eine solche Liste geben – der Aspekt des Datenschutzes Probleme machen wird. Ich wünsche mir jedoch eine direkte Anwort, und eine solche schien mir durch eine direkte Frage am leichtesten zu bekommen. Wie erwartet lacht der Mitarbeiter ein lautes Lachen.

„Das sind Tausende gewesen!“

„Ja, das habe ich vermutet“, sage ich und lache ebenfalls. „Ich wollte trotzdem einfach mein Glück versuchen.“

„Die Akten werden sich hier nicht mehr finden. Das Museum wurde im Jahr 2006 neu eröffnet. Ein Großteil der Hintergrundinformationen wurde bei der Aufarbeitung der Ausstellung dem Konzernarchiv entnommen. Ich könnte mir vorstellen, dass es dort gegebenfalls noch alte Akten gibt. Aber wenn ich ganz ehrlich bin, glaube ich nicht, dass damals über die Arbeitskräfte so gut Buch geführt wurde."

„Nein, vielleicht nicht. Trotzdem danke."

„Fragen Sie doch bitte noch einmal an der Information im Foyer nach; die Kollegen dort können Ihnen sicherlich besser Auskunft geben."

Ich nicke und setze meinen Rundgang fort, an den Silberpfeilen vorbei bis hinunter ins Foyer. Die Information findet sich auf der Rückseite der Kasse. Ich erkläre in wenigen Worten mein Anliegen und frage gezielt nach der Betreuungsstelle für ausländische Mitarbeitende. Ich verlasse das Museum mit einer Visitenkarte, auf der eine Kontaktmöglichkeit des Konzernarchivs vermerkt ist, jedoch nur mit wenig Hoffnung.

Nachdenklich gehe ich die Straße entlang zur U-Bahn-Haltestelle. Das Archiv ist sicherlich eine interessante Anlaufstelle, aber der Mann wird recht haben: Es sind

Tausende gewesen. Schicksale, heute zum Teil nur noch Namen auf dem Papier, und vermutlich wurde damals zumindest in den Anfangszeiten nur wenig Buch geführt, ging man doch davon aus, dass niemand lange bleiben würde.

Ich komme unerwartet an einem Fischmarkt vorbei. Seit Tagen schon habe ich große Lust auf frischen Fisch, eigentlich bereits seit der Stadtrundfahrt, die mich an die Stadtrundfahrten in Göteborg mit Halt an der *fiskekyrkan*, der Fischkirche, erinnert hat. Jene gigantische Markthalle mit dem architektonischen Aussehen einer Kathedrale.

Einer spontanen Eingebung folgend betrete ich den Laden und betrachte die Auslagen: Unterschiedliche Fische, Weich- und Schalentiere liegen gut gekühlt auf einem Bett aus Eiswürfeln. In der äußeren Ecke der Theke finden sich sogar, leuchtend rot und seltsam vertraut, frische Flusskrebse. Ich betrachte die Schalentiere, den starken, glänzenden Panzer und die beiden Scheren, eine für gewöhnlich größer als die andere, und denke an jenen Sommertag vor vielen Jahren, als ich mit zwei Freunden in einem kleinen Boot auf einen See hinausfuhr und die Krebsfallen selbst aus dem Wasser zog. Die wenigen Krebse, die auf dem undurchsichtigen Grund in unsere Fallen getapst waren, reichten für unser Abendessen. Für die große Menge, die in Schweden für gewöhnlich ab August konsumiert wird, reichen sie schon lange nicht mehr: Viele werden bereits gegart aus der Türkei und China importiert, um die 2500 Tonnen im Jahr.

Sind die ersten Augusttage verstrichen, dürfen in Schweden Flusskrebse, *kräftor*, gefangen werden. Dies führte im späten 19. Jahrhundert zur Tradition der *kräftskiva*, dem Krebsfest, einer kleinen Zelebration des Ertrages, bei der man die gegarten Flusskrebse konsumiert und dazu – natürlich – singt und Schnaps trinkt, pro Krebs einen. Wenn auch mittlerweile die wenigsten *kräftor* aus Schweden kommen, unter anderem, weil ihre Population im frühen 20. Jahrhundert durch die Krebspest stark dezimiert wurde, hat man die Tradition beibehalten, zumal der Import der Krebse deren Erwerb günstiger und damit für jedermann erschwinglich machte. Die *kräftskiva* hat durch ihre zunehmende Popularität interessante Formen angenommen: So ist es Brauch, dass man alberne spitze Hüte und dazu passende Lätzchen trägt, und um den Tisch herum finden sich Girlanden, Lampions und Ballons in Form der *kräftor* oder mit entsprechendem Aufdruck.

Und so verbringt man lange Sommernächte auf der Terrasse, dem Balkon oder vor einer *stuga* inmitten des Waldes, singt, trinkt, prostet sich zu und verdrängt die Tatsache, dass nach Monaten des Lichts erneut Sterne am Himmel stehen, die mit ihrer unheilvollen Schönheit ein Wiederkommen des Herbstes einläuten.

Kurz überlege ich, mir für heute Abend ein paar *kräftor* mitzunehmen, aber der Gedanke, allein am Tisch zu sitzen und Krebse zu essen, ganz ohne meine schwedischen Freund*innen, die mit glühenden Wangen und spitzen Hüten neben mir sitzen, viel zu laut und viel zu schief Trinklieder anstimmen, erscheint mir trostlos.

Allerdings, so versuche ich mir in Erinnerung zu rufen, war auch unsere Mittsommerfeier in vielerlei Hinsicht deutlich authentischer gewesen, als ich es mir im Voraus hätte ausmalen können. Viel zu laut und viel zu schief Trinklieder anzustimmen, hat in Stuttgart durchaus genauso gut geklappt wie in Schweden und im Endeffekt geht es doch um die Gemeinschaft, egal wo. Vielleicht wäre eine *kräftskiva* im Schrebergarten von Miriams Eltern ein schönes Projekt für den kommenden Sommer.

28.

Solange ich denken kann, war der Herbst meine liebste Jahreszeit. Wenn man dies anderen Menschen gegenüber erwähnt, wird Verständnis dafür in erster Linie in Bezug auf die kurzzeitige, malerische, leuchtende Farbenpracht der Laubbäume ausgedrückt. Ich liebe die Farben des Herbstes: das feurige Rot, das warme Orange, das satte Gelb. Am meisten jedoch freue ich mich jedes Jahr auf diesen typischen erdigen Geruch, der an den Herbstmorgenden in der Luft liegt, jenen Geruch, der sich meiner Imagination nach aus den Aromen von modrigem Holz und frischen Pfifferlingen zusammensetzt. Ich freue mich auf den Bodennebel, der mir – geheimnisvoll aus den Tälern aufsteigend – einen wohligen Schauer über den Rücken jagt, und auf das Knistern und Rascheln gefallener Blätter unter meinen Füßen. Der Herbst ist Veränderung, die Natur setzt sich nach einem kurzen Sommerloch voller lähmender Hitze wieder in Bewegung, bereitet sich auf die kalten Monate vor, einige Tiere ziehen sich für den Winterschlaf zurück, andere sterben: Ihr kurzes Leben sollte nur einen einzigen Sommer dauern. Herbst ist Veränderung, ist Untergang, ist Tod; Blätter faulen auf dem Waldboden.

Der Frühling zieht von Südeuropa gemächlich gen Norden, der Herbst hingegen kommt aus der anderen Richtung, der Wärme gegenläufig und diese zuletzt verdrängend; in den nördlichsten Gefilden Schwedens beginnt er bereits ab Mitte August. Die Übergänge zu einem frühen Herbstwetter sind dabei meines Empfindens nach deutlich weniger fließend, als es mir von Deutschland in Erinnerung geblieben war: Im September mag es noch ein paar schöne, sonnige Tage gegeben haben, aber der Oktober – eigentlich mein liebster Monat – war bereits dunkel und verregnet und kalt, ein kleiner Bruder des Novembers. In Schweden herrschte Frühherbst statt Spätsommer, und er schien in jedem Jahr plötzlich und ohne große Vorankündigung in der Tür zu stehen, ähnlich einem unliebsamen Verwandten, der sich unangemeldet zum falschen Zeitpunkt geradezu aufdrängt und partout nicht wieder gehen möchte. Irgendwann, während der Verwandte den Kühlschrank plündert und man resigniert das

Gästebett bezieht, ergibt man sich seinem Schicksal, findet sich damit ab, stellt sich ein auf die Monate der Dunkelheit und lernt, das Schöne in ihr zu entdecken.

Auf das Ende des Sommers fällt zufälligerweise die Premiere des Verzehrs von *surströmming* – jenem typischen sauren, übelriechenden Hering aus der Dose. Die Heringe werden bereits im Frühjahr vornehmlich an der schwedischen Nordküste gefangen. Nach der Filetierung liegen sie für gut zwei Tage in starker, anschließend für sechs bis acht Wochen in schwächerer Salzlake. Während dieser Zeit setzt durch sogenannte Autolyse ein Fermentierungsprozess ein, gleich der Herstellung von Sauerkraut, der den sehr speziellen Geruch zu verantworten hat. Anfang Juli werden die Filets in Konservendosen gepackt, wo die Vergärung fortschreitet und die Dosen geradezu ausbeult.

War *surströmming* ursprünglich eine Alltagsspeise armer nordschwedischer Bauern, so verbreitete sich der Konsum im 18. Jahrhundert auch nach Südschweden und wurde zu einem regelrechten Festessen. Traditionell ist die Premiere am dritten Donnerstag im August. Ursprünglich war dies vorgeschrieben, weil man sichergehen wollte, dass der Fisch fertig war. Nun ist es vor allem eine Tradition, die dazu einlädt, den Sommer bei einer *surströmmingkalas* ausklingen zu lassen. Eine solche war vorerst jedoch ganz sicher kein Projekt für den kommenden Spätsommer, dafür brauchte man definitiv viel Abstand von den Nachbarn.

Ich habe mein Sortiment um Herbstastern, Astrantien und Schneebeeren ergänzt, irgendwann diese Woche sollten auch noch einige Hagebuttenzweige kommen. Ich lasse den Blick über meine Vitrinenschränke gleiten und erfreue mich wie so oft an der farblichen Vielfalt, welche zu bestaunen mir einen jeden Tag vergönnt ist und an der ich mich dennoch nie sattsehen kann. Ich stecke noch zwei kleine Zieräpfel in den Blumenstrauß, der gerade vor mir auf dem Tresen steht, zwischen orange-leuchtende Gerbera und zartgelbe Rosen.

„Bist du so weit?“, fragt Hannah, die in der offenen Tür steht. „Können wir los?“

„Lass mich den Strauß noch eben in eine andere Vase stellen, dann bin ich fertig.“

Ich trage den Strauß nach hinten in den Pausenraum und fülle eine Glasvase mit frischem Wasser. Besorgt blicke ich zu meiner orangefarbenen Gerbera, die Hannah mir vor Monaten geschenkt hatte. Die

Hitzewelle des Sommers hat ihr nicht gutgetan, sie lässt sämtliche Köpfe hängen und hat nur noch zwei grüne Blätter. Ich habe mein Möglichstes getan, meine geliebten Blumen durch die heißen Tage zu bringen, aber just bei der Gerbera habe ich versagt. Ich weiß nicht, was ihr fehlt. Mit dem Zeigefinger fühle ich in der Erde, sie scheint mir feucht genug, eigentlich sollte sie sich erholen können. Eigentlich.

Ich greife nach meiner Jeansjacke, die über einer Stuhllehne hängt, und gehe zu Hannah.

Das Stuttgarter Weindorf ist meines Empfindens nach vollkommen überlaufen, allerdings macht auch genau das dessen Lebendigkeit aus. Der Anpreisung nach sollen sich um die 120 Weinlauben vom Marktplatz bis zum Schillerplatz erstrecken, und in diesem Moment kommt es mir so vor, als wäre jede einzelne von mindestens hundert Menschen bevölkert, die sich – Trauben gleich – auf engstem Raum tummeln. Ich sehe das rege Gewimmel, höre das dumpfe Gemurmel und in der Ferne läuft irgendwo Musik.

Hannah und ich gehen suchend, drückend, quetschend und um Entschuldigung bittend am Rande des Schillerplatzes entlang. Schließlich sehen wir Peter und Miriam: Sie sitzen am Rande einer Bierbank, jeder hat ein Glas Rotwein vor sich stehen. Weinränder, stille Zeitzeugen vergangener Feste, scheinen auf den alten Biertischen leise und ungehört die Geschichte bisheriger Weindörfer zu erzählen. An Miriams Glas rinnt ein einzelner Tropfen gen Stiel, bereit, auch seine Spuren zu hinterlassen.

„Da sind wir!“, sagt Hannah trotz Geräuschkulisse eine Spur zu laut. „Habt ihr schon lange gewartet?“

„Nur zwei Schlucke Wein lang“, antwortet Peter, und ich spüre kurz den dringenden Impuls, wieder zu gehen. In mir macht sich die Sorge breit, dass Peter einer dieser Weinkenner sein könnte: Jemand, der am Abend gern ein Glas Wein trinkt, dessen Geschmack mit Wörtern wie „Corpus“ und „Abgang“ umschreibt, vielleicht sogar mal ein Seminar besucht hat und nun der Meinung ist, das Niveau eines erfahrenen Kelterers erlangt zu haben und vor diesem Hintergrund andere ungefragt belehren zu dürfen. Ich versuche, den Gedanken zu verdrängen. Bisher habe ich mit Peter ein paar schöne Augenblicke teilen dürfen, vor allem Mittsommer ist mir sehr präsent. Es ist nicht seine

Schuld, dass ich jederzeit ein kühles Glas Bier einem Glas Wein vorziehen würde, und schon gar nicht ist es seine Schuld, dass wir im Weindorf statt im Biergarten sitzen. In einen Biergarten, so war mir in den letzten Tagen mit Schrecken aufgefallen, habe ich es den ganzen Sommer über nicht ein einziges Mal geschafft, obwohl ich just diese während meiner schwedischen Sommer sehr vermisst habe. Dinge scheinen aus mir unerfindlichen Gründen weniger spannend zu werden, wenn man sie direkt vor der Tür hat. Noch vor wenigen Tagen, als ich bei sengender Hitze Gestecke machend in meinem eigenen Saft stand, habe ich einmal mehr in Erinnerung an all jene warmen Sommerabende geschwelgt, an denen ich direkt nach der Arbeit in den Fluss gesprungen bin. Bei näherer Betrachtung – wenn ich ganz ehrlich zu mir bin – gab es jedoch deutlich mehr warme Sommerabende, an denen ich mich direkt nach der Arbeit auf dem Sofa ausgebreitet habe. Mit etwas Abstand betrachtet, wird irgendwie alles romantisch verklärt.

„Na, dann ist ja gut“, sage ich. „Was trinkt ihr denn da?“

„Wir probieren den Cannstatter Trollinger“, antwortet Peter, der dabei sein Glas anhebt und gegen das Licht hält. „Der ist vollmundig, jedoch für meinen Geschmack etwas zu fruchtig im Abgang.“

Amüsiert muss ich lächeln. „Na, dann bilden wir uns doch unsere eigene Meinung“, sage ich und stapfe zur Weinlaube. „Ich hole uns mal zwei Gläser, Hannah.“

Ich dränge mich mit knapp zehn weiteren Menschen um die nächste Weinlaube und beobachte die geröteten, glücklichen Gesichter. Ich habe einmal gelesen, dass Weinbau schon seit dem 6. Jahrtausend vor Christus betrieben wurde, der Wein damit zu den ältesten Kulturgütern der Menschheit gehört. Wenn ich mir die Lebensfreude, gar Ekstase mancher Mitmenschen hier anschaue, kann ich nachvollziehen, warum Weinbau sich zumindest in den warmen Regionen weltweit an großer Popularität erfreut: Das Getränk Dionysos' und Bacchus', angewandt als Droge und Medizin, das Blut Christi, fungiert mittlerweile zugleich als gemeines Rauschmittel und ist gar in Tetra Paks erhältlich.

„Zwei Gläser von dem Cannstatter Trollinger bitte“, sage ich zu der Dame, als ich an der Reihe bin.

„Wollen Sie dann nicht lieber ein Viertele mit zwei Gläsern nehmen? Das kommt Sie dann ein bisschen billiger."

Ich blicke die Dame fragend an. Mir ist, als hätte ich eine Schwäbin oder einen Schwaben mit zur Weinlaube nehmen sollen. Ich konnte jedoch unmöglich erahnen, dass sich Weinbestellen als kulturelle Herausforderung herausstellen sollte.

„Das ist doch ein Viertelliter Wein, oder?", frage ich in der Hoffnung, mit meiner Vermutung nicht vollkommen daneben zu liegen.

„Genau, ein Viertele", sagt sie und hebt dabei eine kleine Glaskaraffe hoch.

„Dann nehme ich so eins."

Die Gläser klirren in meiner Hand, als ich im Slalom zurück zu den anderen gehe.

„Ach, du hast ein Viertele genommen", sagt Peter strahlend, als ich den Wein auf den Tisch stelle und Hannah ein leeres Glas in die Hand drücke.

„Ist wohl günstiger, als zwei Gläser zu kaufen", antworte ich schulterzuckend. „Mir ist es recht. Wenn man sich etwas teilt, kann man später lieber noch einen weiteren Wein probieren." Ich quetsche mich neben Miriam auf die Bank.

„Wusstet ihr", beginnt Peter und nimmt einen kleinen Schluck von seinem Trollinger, „dass es die Maßeinheit Viertele bereits seit dem 16. Jahrhundert gibt, sie damals allerdings nur 173 ml betrug?"

„Und vier Viertele ergaben ein Ecklein", sagt nun Miriam. „Ja, Peter, das wussten wir. Zumal du es ja so gut wie jedes Mal erzählst, wenn wir zusammen Wein trinken."

Peter schaut zunächst betont enttäuscht drein, dann muss er jedoch lachen. „Aber unsere Schwedin hier wusste das vielleicht noch nicht, oder?"

„Nein, mir war das neu. Aber nun hat sich mir ein weiteres Stück beziehungsweise ein weiteres Ecklein Baden-Württembergischer Kulturgeschichte erschlossen, vielen Dank."

„Gerne. Na dann", beginnt Peter und hebt sein halbleeres Weinglas, „Prost!"

Der Wein ist lecker. Mir bleibt jedoch ein Rätsel, woher all diese Noten von Nüssen, Schokolade, Zimt und Orange kommen sollen, von denen häufig groß etwas auf den Etiketten steht.

„Baut man eigentlich in Schweden Wein an?“, fragt nun Miriam.

„Ja, vereinzelt“, antworte ich. „Vor allem in Schonen und an den Küstenregionen. Mit dem Weinanbau hat man allerdings erst vor ein paar Jahren begonnen, er hat noch keine lange Tradition.“

„Und, schmecken die Weine?“, fragt Peter.

„Ich bin keine Weinkennerin“, gebe ich zu. „Ich kann das nicht gut einschätzen. Aber vielleicht können wir ja mal eine Flasche bestellen, dann kannst du dir eine eigene Meinung bilden.“

„Ja, oder du bringst mal etwas mit.“

„Falls ich mal wieder nach Schweden komme, kann ich das machen. Wenn noch Platz im Koffer ist. Ich bekomme für gewöhnlich viele Aufträge, Dinge von Deutschland nach Schweden und von Schweden nach Deutschland zu exportieren, gerade so, als würde ich eine Transportfirma betreiben ohne jeglichen Bedarf, Kleidung und andere persönliche Dinge mit mir führen zu müssen.“

Ich merke, wie ich mich ungewollt in Rage rede.

„Außerdem muss ich ja alles schleppen, daran denkt auch selten jemand, dass allein eine Flasche Wein knapp ein Kilo wiegt, das getragen werden muss. Es scheint auch jeder zu glauben, dass nur er oder sie mich nach etwas fragt, nur ein bisschen Knäckebrot, nur eine Rentierwurst, nur etwas Wein und vielleicht diesen schwedischen Schokoriegel, wie heißt er noch, ja, *Japp*."

„Entschuldige bitte, ich habe ja nur gefragt."

Ich realisiere, wie Peter mich bedröppelt anstarrt und es tut mir leid, dass ich so patzig reagiert habe.

„Entschuldigung, Peter. Das war jetzt unnötig und übertrieben. Natürlich kannst du so etwas fragen und natürlich kann ich bei Gelegenheit mal eine Flasche Wein mitbringen. Mich würde ja auch interessieren, was du zu den Weinen sagst, weil ich mich damit, wie gesagt, überhaupt nicht auskenne. Du merkst, aus mir sprechen viele Jahre, in denen Leute glaubten, ich sei ein Logistikunternehmen und das kann mich schnell nerven. Aber das konntest du ja nicht wissen."

„Ich habe Wein bestellt!", funkt Hannah dazwischen, die soeben von ihrem Handy aufschaut. „Konnte man direkt online machen, ging ruck, zuck, direkt von einem Weingut in Südschweden."

„Ach, prima, dann wäre das ja direkt erledigt", sage ich und lächele sie dankbar an.

„Soll in der kommenden Woche bei uns sein. Dann verwandeln wir wohl unsere Wohnung demnächst in eine Besenwirtschaft und ihr kommt alle zur Verköstigung!“

„O ja, gerne!“, sagt Miriam.

„Das ist eine schöne Idee!“, sage ich begeistert. „Vielleicht kannst du ja auch eine Flasche von deinem Lieblingswein mitbringen, Peter? Dann kann ich mit den baden-württembergischen Weinen direkt eine Gegenprobe machen.“

„Ich dachte, du kennst dich nicht aus?“

„Tue ich auch nicht“, sage ich und nippe an meinem Glas. „Aber ich will das Weintrinken gerne etwas lernen, wo ich doch nun hier wohne.“

Lachend stoßen wir an. Viertele, Ecklein, Schwäbisch für Einwanderer. Ich versuche, mir die Begriffe zu merken.

„Wo ist eigentlich Sarah?“, frage ich schließlich in die Runde. „Die habe ich seit Mittsommer nicht mehr gesehen. Hatte sie keine Lust auf das Weindorf?“

„Sarah war in der letzten Zeit generell nur wenig im Büro“, antwortet Miriam und sieht etwas besorgt aus. „Ich weiß nicht, ob sie einfach viele Außentermine hat oder ob irgendetwas nicht in Ordnung ist. Ich kenne sie noch nicht so gut und da schien es mir unpassend, sie zu fragen. Vielleicht hätte ich das einfach machen sollen."

„Ich kenne sie noch weniger, aber sie würde doch bestimmt auf jemanden zukommen, wenn sie Hilfe bräuchte."

„Davon gehe ich eigentlich auch aus."

„Ach, das ist ja ein toller Zufall!", höre ich plötzlich eine Stimme neben mir, während ich spüre, wie sich mir eine Hand auf die Schulter legt.

Ich sehe eine Frau mit langem, schwarzem Haar neben mir stehen, die ich im ersten Moment nicht einordnen kann.

„Andrijana, wie schön!", höre ich Hannah sagen. „Wollen Sie sich nicht zu uns setzen?"

„Nein, danke", antwortet sie lächelnd. „Ich bin selber mit ein paar Freundinnen da, die auf mich warten. Ich hatte lediglich den Auftrag bekommen, die nächste Runde zu holen."

Sie lacht herzhaft und ich kann dabei einen bläulichen Rotweinschleier auf ihren sonst so strahlend weißen Zähnen erahnen.

„Mir war nur noch etwas eingefallen", sagt sie und beugt sich etwas zu mir und Hannah herunter. „Ich war vor einigen Jahren mal auf einer serbischen Hochzeit, vier oder fünf Jahre dürfte das her sein. Dort tanzte eine Folkloretruppe traditionelle serbische Tänze. Ich habe mich gefragt, ob man den Tanzverein ausfindig machen oder ob es vielleicht sogar einen Serbischen Kulturverein gibt, den man kontaktieren könnte. Die haben doch sicherlich ein wertvolles Netzwerk."

„Das ist eine gute Idee, vielen Dank", antworte ich.

„Eigentlich wollte ich selber schon mal schauen, aber ich bin einfach noch nicht dazu gekommen. Vielleicht findet ihr da etwas und dann kommt ihr bei Gelegenheit einfach mal wieder an der Schule vorbei, ja? Ich möchte gerne wissen, wie eure Suche ausgeht."

„Das machen wir gerne."

„Also", sagt sie nun in die Runde, „euch noch einen schönen Abend!"

Und dann ist sie auch schon wieder in der Menschenmenge verschwunden.

29.

Die spätsommerliche Sonne lässt mich trotz Rotweinschwere erwachen. Ich gehe zu meinem Fenster und begrüße den wunderschönen Morgen: Es steht keine Wolke am Himmel und die Morgensonne malt Schatten auf die Rasenfläche hinter dem Haus, kurz aufblitzend und schon wieder verschwunden, nicht greifbar, wunderschön, jedoch nur für einen Augenblick. Auf den Stromleitungen beginnen die ersten Mehlschwalben mit der Versammlung vor dem anstehenden langen Zug; ich kann sie deutlicher hören als sehen. Bald würden sie gemeinsam gen Süden fliegen, an den südlichen Rand der Sahara oder noch weiter, nur, um im nächsten Jahr wiederzukommen und mit lediglich wenigen Kilometern Abweichung genau dort zu nisten, wo sie bereits im Vorjahr genistet haben oder geschlüpft sind. Einzelne nutzen sogar dasselbe Nest oder nisten an derselben Hauswand. Ob sie während der Zeit in Afrika Heimweh haben? Oder in Deutschland?

Hannah sitzt bereits am Tisch, den Laptop vor sich stehend, als ich die Küche betrete.

„Guten Morgen!“, ruft sie mir fröhlich entgegen, „Du bist ja auch schon wach!“

„Ja, die Sonne hat mich geweckt.“

„Warum machst du denn dann nicht einfach abends den Rollladen runter?“

„Ich mag es, wenn die Sonne mich weckt.“

Ich nehme mir eine Tasse aus dem Schrank und gieße mir Kaffee ein. Die Uhr an der Wand hinter Hannah zeigt gerade erst zwanzig Minuten nach acht. Ich stelle die Tasse auf dem Tisch ab und strecke mich lautstark gähnend, dann setze ich mich zu Hannah.

„Und was machst du schon so früh am Computer?“

„Ich habe ein bisschen rumgesucht“, antwortet sie und nimmt einen Schluck aus ihrer Tasse. „Es scheint in Stuttgart zwei Serbische Kulturvereine zu geben, denen Folkloretanzgruppen angeschlossen sind. Ich komme sogar auf insgesamt neun Suchtreffer, wenn ich die Anfrage etwas offener halte, von deutsch-serbischen Begegnungsstätten bis hin zu serbisch-orthodoxen Kirchen.“

„Oh, super.“

„Es gibt auch Kontaktadressen zu den jeweiligen Vorständen, an die wir uns wenden könnten. Ich weiß nur nicht sicher, wie wir unser Anliegen formulieren sollen. Ich meine, was genau wollen wir von ihnen wissen? Ob zufällig eine Darja oder ein Ninko, die jeweils auf die neunzig zugehen müssten, bei ihnen im Verein tanzen? Oder ob sie ein Miglied haben, das in den siebziger Jahren einen Elektrofachhandel in Feuerbach übernommen und zu einem Blumengeschäft umgewandelt hat?“

Nachdenklich nippe ich an meinem Kaffee. „Du hast recht“, antworte ich schließlich, „wir haben derzeit noch kein sehr konkretes Anliegen.“ Ich seufze frustriert. „Vielleicht sollten wir bei dem schönen Wetter einfach erst mal etwas rausgehen. Wir könnten zum Beispiel schauen, ob wir Pilze finden.“

„Pilze?“ Hannah schaut mich entgeistert an.

„Ja.“

„Kennst du dich denn da aus?“

„Nicht besonders gut“, gebe ich ehrlich zu. „Ich kenne nur wenige, aber die erkenne ich dafür sehr sicher.“

„Sicher?“

„Sicher.“

„Meinetwegen. Aber erst mal mache ich uns etwas zum Frühstück.“

Ich habe immer gern Pilze gesammelt, schon früher als Kind. Selbst intensiv damit beschäftigt habe ich mich jedoch erst während der Jahre in Schweden, nachdem mir klar wurde, dass Pilzesammeln für viele Schwed*innen eine Art Volkssport darstellt. Ich habe mich meist jedoch an die beiden Pilzsorten gehalten, die ich am sichersten identifizieren konnte: den gelb-orangen Echten Pfifferling, *skogens guld*, das Gold des Waldes, und den Trompetenpfifferling. Leider sind beide in Deutschland sowie den angrenzenden Ländern aus weitestgehend unerklärlichen Ursachen selten geworden, und meine Familie hörte mir nicht selten neidisch zu, wenn ich von meiner mehr oder weniger reichen Ausbeute berichtete. Leider hat sich das Pilzesammeln auch in Schweden im Laufe der Jahre immer schwieriger gestaltet, da selbige teilweise professionell von ganzen Gruppen ausfindig gemacht, gesammelt und auf den Märkten verkauft werden. Das hat zum einen den Vorteil, dass man lokal gesammelte Pfifferlinge frisch und meist zu günstigeren Preisen als im Supermarkt erwerben kann, zeichnet sich jedoch zugleich durch den großen Nachteil aus, dass man selbst kaum noch welche findet – wo doch gerade das belohnende Gefühl des Selberfindens ein wesentliches Teilmoment des Genusses ausmacht. Die Pilze selbst unterliegen dem *allemansrätt*, sie gehören niemandem und stehen damit der Allgemeinheit uneingeschränkt zur Verfügung. Wofür manche hingegen gerne zahlen, ist die Tatsache, dass sich jemand anderes auf den Weg in die tiefen Wälder gemacht, ihnen die Arbeit der gegebenfalls stundenlangen Suche abgenommen und sich für sie mit moorigen Böden und Mückenschwärmen herumgeschlagen hat. Für mich sowie für viele andere Hobbypilzsammler*innen jedoch ist das keine Arbeit, es ist eine Freude, nur zwangen mich die häufig bereits abgegrasten Waldflächen dazu, eben jene Pilze, die ich gerne selbst gefunden hätte, doch auf dem Markt zu kaufen.

So endete ein Großteil meiner Pilzjagden damit, dass ich kiloweise Blaubeeren nach Hause trug, um diese in den nächsten Tagen in Muffins oder Pfannkuchen zu verwenden oder als Marmelade einzukochen. Das schönste Gefühl bleibt das Selberfinden, auch wenn man zur Not sein Objekt der Begierde wechselt. Da die kleinen Blaubeersträucher zu Schwedens gewöhnlichsten Pflanzenarten gehören und knapp 11 %

der Waldböden überziehen, sind die Beeren im Vergleich zu den Pfifferlingen auch deutlich leichter zu finden.

Während Hannah und ich nebeneinander in der U-Bahn nach Botnang sitzen, überlege ich, welche deutschen Pilze ich nach all den Jahren sicher erkennen kann. Parasole. Steinpilze. Boviste. Wachsen die nun überhaupt noch? Unsicher kaue ich an meinem Daumennagel herum.

„Was überlegst du?“, fragt Hannah.

„Ich habe mich gerade gefragt, welche Pilze Anfang September überhaupt wachsen.“

Hannah schaut mich erst ungläubig an, dann muss sie lachen. „Ich dachte, du kennst dich aus!“

„Ich sagte, dass ich die Pilze, die ich erkennen kann, sehr sicher und ohne jeden Zweifel erkenne. Ich habe nie gesagt, dass ich weiß, wann man welche am besten finden kann“, sage ich, muss jedoch ebenfalls lachen.

„Na, Hauptsache wir gehen Pilze sammeln.“

„Wir versuchen es mal. Ansonsten würde mir bei dem schönen Wetter auch einfach ein Spaziergang reichen. Ich freue mich richtig auf einen schönen, herbstlichen

Laubwald mit all seinen Farben, denn davon habe ich in den letzten Jahren viel zu wenig gehabt."

„Du hast ja recht", gibt Hannah zu. „Ich wüsste auch nicht, wann ich zuletzt nach Botnang gefahren wäre. Und dort in den Wäldern war ich, glaube ich, noch nie."

„Gibt es dafür einen Grund? Oder hat sich das einfach nicht ergeben?"

„Ich bin ein Stadtkind, Karla", antwortet sie lachend. „Natürlich finde ich den Wald schön, jeder findet den Wald schön. Aber meine Bäume waren nun mal Laternen, ich habe die Verschlussringe von Dosen anstelle von Kastanien gesammelt, um mir mit meinen Freundinnen daraus Schmuck zu basteln, und Höhlen haben wir uns an alten Bushäuschen oder unter Treppenaufgängen gebaut. Der Wald war mir leider nie so präsent wie dir, und daher zieht es mich wohl auch einfach weniger dorthin."

„Das verstehe ich", antworte ich ihr.

Ich genieße es, wieder in einem Laubwald zu sein, und atme tief durch. Das Grün ist noch immer satt und deutlich intensiver, als es mir aus den schwedischen Wäldern in Erinnerung war, ich habe die Fülle und

Diversität an Laubbäumen vermisst. Auf dem Waldweg vor uns tanzen Sonnenstrahlen, die ihren Weg durch die Baumkronen gefunden haben, einzelne Insekten, Hummeln und Bienen kreuzen diese und werden für einen kurzen Moment leuchtend angestrahlt, bevor sie summend wieder verschwinden.

Wir machen die ersten Schritte, vorsichtig, zu den Seiten spähend, dann gemütlich schlendernd. Mir fällt auf, dass meine Schritte hier deutlich lauter sind als in den schwedischen Wäldern. Es knistert und knackt bei jedem Tritt, der Boden ist überzogen von kleinsten toten Ästen und braunen, verdörrten Blättern.

„Ich denke, es ist zu trocken für Pilze. Und das ganz abgesehen davon, dass ich nicht weiß, wo man sie finden kann", sage ich grinsend.

„Was? Willst du etwa schon aufgeben?"

„So schnell gebe ich nicht auf, das weißt du doch. Aber rein gedanklich verabschiede ich mich langsam dann doch von dem Pilzragout, das ich für heute Abend geplant hatte."

Am Fuße einer Rotbuche und großflächig um diese herumwachsend, sehe ich längst verblühten Waldmeister stehen. Ich gehe dorthin, zupfe mir ein kleines Blatt ab, zerreibe es zwischen den Fingern und versuche etwas von dem nunmehr schwachen und dennoch typischen Aroma vernehmen zu können. Nun weiß ich, wo ich im kommenden Frühjahr Waldmeister für eine Bowle herbekomme. In diesem Jahr ist sie zwischen *påskbord* und *midsommar* untergegangen, dabei habe ich jedes Jahr Anfang Mai daran gedacht und sie vermisst, gerade auch das Waldmeistersammeln. Waldmeister habe ich in Schweden nie gesehen, auch war er meinen Freund*innen nicht bekannt. Gibt es dort keine Waldmeisterbrause, kein Waldmeistereis? Warum weiß ich so etwas nicht mehr?

„Was hast du da?", fragt Hannah hinter mir. „Hast du etwas gefunden?"

„Alten Waldmeister", antworte ich ihr.

„Na dann."

Das würde ich bei meinem nächsten Besuch in Schweden herausfinden, ob es rein gar nichts mit Waldmeistergeschmack gibt, mit jenem typischen Geschmack, der mit echtem Waldmeister überhaupt nichts gemein hat.

„Kommst du?"

Ich lasse das zerriebene Blatt zu Boden fallen und gehe zurück zu Hannah. In der Ferne klopft ein Specht, ansonsten ist es komplett still.

Ich bin gern zurück im Laubwald.

30.

„Wir könnten doch einfach die gesamte Situation beschreiben, ganz ohne konkretes Anliegen“, sagt Hannah.

Sie sitzt am Küchentisch, ein Bein angezogen und knabbert auf der Unterlippe herum. Auf dem Tisch stehen noch unsere Teller mit den Resten einer Pilz-Sahnesoße, übrig gebliebene, verklebte Bandnudeln und dazwischen geriebener Parmesan. Wir haben unsere Pilztour in einem Botnanger Supermarkt beendet und frische Austern- und Portobellopilze gekauft. Selbst gefunden haben wir rein gar nichts, abgesehen von zwei vertrockneten Bovisten und einem von Würmern durchzogenen und mir unidentifizierbaren Röhrling. Dafür haben wir einen schönen, ausgedehnten Spaziergang gemacht, sind Teile des Kuckucksweges gelaufen und haben einige Wildschweine in den Gehegen des Schwarzwildparks erspähen können. Auch etwas knorrige Rinde und grünes Moos habe ich unterwegs sammeln können, welches ich in ein kleines, herbstliches Gesteck für unseren Wohnzimmertisch einarbeiten möchte. Derzeit liegt alles vorerst auf einem unschönen Haufen direkt neben der Haustür.

„Als Empfänger einer E-Mail, aus der hervorgeht, dass wir einen alten, sicherlich wertvollen Ring gefunden haben, den wir dem rechtmäßigen Besitzer zurückgeben wollen, wäre ich sehr gerührt und würde überlegen, ob mir jemand einfällt, auf den die Geschichte zutreffen könnte, würde die E-Mail an alle Mitglieder weiterleiten oder gar Aushänge in den Vereinsräumlichkeiten platzieren."

„Probieren können wir es in jedem Fall", antworte ich. Ich lehne mich kurz zurück und mache den obersten Knopf meiner Hose auf; ich bin von unserem guten Essen viel zu satt.

„Dann hole ich mal den Laptop", sagt Hannah und steht mit einem Ruck auf, nur um im nächsten Moment wieder mit langen Schritten und Laptop in der Hand zurückzukommen.

„Sehr geehrte Lesende dieser Zeilen", beginnt sie.

Sie umreißt die Geschichte der geheimnisvollen Zigarrenkiste, erwähnt die Zeitungsausschnitte und den Liebesbrief, hängt die Bilder von dem Brautpaar und Miloš an. Zunächst überlegen wir, ob das nicht indiskret sein könnte, entscheiden uns jedoch schließlich dafür. Er ist auf dem Foto nur schemenhaft zu erkennen: Wenn man sich nicht gerade selbst auf dem Bild sieht, möglicherweise von einer engen Freund*in erkannt wird, könnte es jeder sein. Und auch das Foto des Brautpaares ist – wenn man keine besondere Bindung zu den Abgebildeten hat – einem jeden anderen Foto aus der Zeit gleich. Den Ring lassen wir vorerst unerwähnt aus Sorge, dass sich daraufhin die Falschen melden könnten.

„So, abgeschickt", sagt Hannah schließlich zufrieden. „Ich habe die E-Mail nun an jede Kontaktadresse geschickt, die ich im Rahmen der Suche gefunden habe, an alle neun. Ich bin sehr gespannt, ob sich jemand daraufhin meldet."

„Ja, ich auch."

„Wie wäre denn unser Plan, wenn sich auch dieser Ansatz verläuft?"

„Das weiß ich nicht."

„Hast du eigentlich schon an das Daimler-Konzernarchiv geschrieben?"

„Nein."

„Mensch, Karla, das hättest du doch schon lange machen können!"

„Ich weiß. Aber es war mir wohl einfach nicht so wichtig."

„Es war dir nicht wichtig?" Hannah schaut mich erstaunt an. „Aber warum denn nicht? Möchtest du Miloš nicht mehr finden?"

„Selbstverständlich würde ich mich freuen, mit ihm Bekanntschaft zu machen. Aber mir ist mein Leben in Stuttgart momentan wichtiger als seins, auch wenn das blöd klingen mag."

„Das klingt verständlich und keinesfalls blöd. Aber man kann sich ja parallel um beides kümmern."

„Du vielleicht", sage ich lachend. Aber dein Leben hat sich in den letzten Jahren auch nicht grundlegend verändert, denke ich weiter.

„Ich schreibe denen direkt. Wo ist die Visitenkarte?"

Hannah öffnet erneut ihr Mailprogramm, ich hole derweil die Visitenkarte, die seit meinem Besuch im Mercedes-Benz-Museum in einem Seitenfach meiner Handtasche zerknittert.

„Es wäre schön, wenn sich jemand von den Kulturvereinen meldet", sage ich, während Hannah eine Mail an das Konzernarchiv formuliert. „Es ist die beste Möglichkeit, die nicht komplett unseren Rahmen sprengt. Selbst wenn es in diesem Archiv noch irgendwelche Unterlagen gibt und wir diese einsehen dürfen – es würde vermutlich monatelange Forschung bedeuten, sich auch nur einen Überblick zu verschaffen."

„Das befürchte ich auch."

„Wusstest du eigentlich, dass Antons Opa ebenfalls Gastarbeiter war? Er kam in den fünfziger Jahren aus Italien."

„Nein, das wusste ich nicht", antwortet Hannah. „Aber ich habe mir gedacht, dass er italienische Wurzeln hat, zumal er seinen Opa am Telefon mit ‚nonno' anspricht."

„Nonno", wiederhole ich leise.

„Habt ihr darüber geredet?"

„Wir sind nach unserem Mittagessen neulich darauf zu sprechen gekommen. Länger darüber geredet haben wir nicht."

Für einen Augenblick ist es still.

„Wollen wir nachher noch etwas trinken gehen?“, wechselt Hannah das Thema. „Ich würde heute gerne noch mal unter ein paar Menschen kommen.“

„Das können wir gerne tun“, antworte ich und mache unbemerkt meinen Hosenknopf wieder zu. Dann kommt mir ein Gedanke. „Vielleicht könnten wir Sarah fragen, ob sie Lust hätte, mitzukommen?“

„Sarah hat es dir irgendwie angetan, oder?“, fragt Hannah lachend. „Du hast schon auf dem Weindorf explizit nach ihr gefragt.“

„Wir haben uns an dem Grillabend so gut unterhalten, seitdem habe ich sie jedoch kaum gesprochen. An Mittsommer hat sich ja nicht wirklich die Gelegenheit für intensive Gespräche geboten.“

„Nein, an dem Nachmittag sind sämtliche Gespräche zwischen Trinkliedern und Froschtänzen gänzlich untergegangen.“

Ich muss lachen. „Es geht also nicht nur mir so. Außerdem hatte ich das Gefühl, dass sie sich in Stuttgart etwas verloren fühlt.“

„Das kann sein, sie wohnt ja auch noch nicht lange hier. Ich schreibe ihr einfach mal.“ Hannah greift zu ihrem Handy. „Und wenn ich sie das nächste Mal sehe, gebe ich ihr deine Nummer weiter. Dann könnt ihr euch auch unabhängig von mir verabreden."

„Das wäre toll, vielen Dank."

Während wir uns in einer überfüllten U-Bahn an einer Haltestange festklammern, überkommt mich ein seltsames Gefühl der Nostalgie. Neben uns sind erwartungsgemäß unzählig viele andere auf die Idee gekommen, an einem Samstagabend in die Stuttgarter Innenstadt zu fahren, daher bietet der kleine Waggon ein buntes Potpourri von Menschen aller Formen, Farben, Alter: Es gibt die Gruppe ausgelassener Jugendlicher, die stichwortartig und lautstark lachend von vergangenen Festen redet; den Mann mittleren Alters, der auch am Abend noch eine Zeitung durchblättert; Leute, die mit Hilfe großer Kopfhörer versuchen, sich von der Umwelt abzuschirmen; Personen mit Kinderwagen, die trotz verzweifelter Versuche zur Vermeidung irgendwie immer ein bisschen im Weg stehen; alte Herrschaften, die während der Fahrt stoisch aus dem Fenster in die vorbeifahrende Umgebung schauen; telefonierende und tippende, glückliche und nachdenkliche, laute und stille

Menschen. Am Samstagabend jedoch wird ein Großteil von eben jenen gestellt, die sich für einen Abend in der Stadt zurechtgemacht haben, auf Highheels versuchen, auch in den Kurven die Balance zu halten, nebenbei Hosen hoch- oder Röcke runterziehen, mit dem ersten Getränk anstoßen und das Leben genießen. Und heute gehören auch wir zu ihnen. Die Stadt erscheint mir als „Noch-nicht-richtig-Stuttgarterin“ manchmal wie ein Zoo, ich bin eine stille Beobachterin von diversen Menschen, deren Verhalten mir häufig fremd und eigenartig erscheint, gerade deswegen jedoch umso spannender. Heute hingegen will ich Tier sein. Hannah und ich haben vorhin die Musik zu Hause lautstark aufgedreht, ein Gläschen Wein getrunken und uns schief mitsingend gemeinsam im Bad fertig gemacht. Klamotten wurden anprobiert und ausgetauscht, an- und wieder ausgezogen, das Wohnzimmer als begehbarer Kleiderschrank genutzt. Zu Hause ist auch da, wo man Wäsche auf dem Boden zwischenlagern kann.

Ich war lange nicht mehr weg, feiern, wie es so schön heißt, das Nachtleben in meiner schwedischen Stadt hat mich in dieser Hinsicht etwas enttäuscht: Die meisten

Nachtclubs waren in ein Restaurant integriert, ein Restaurant ist auch Kneipe ist auch Nachtclub, nur mit abgewandelten Gewichtungen. Die Tanzflächen befanden sich meist im hinterem Teil oder im ersten Stock. Dabei waren sich alle Lokalitäten wahnsinnig ähnlich, sowohl vom Aufbau her als auch von der Musik: ein bisschen Rock, ein bisschen Hip Hop, viel Pop und Elektro, zwischendurch mal etwas Schlager. Ich hatte die Vermutung, es wurde überall alles deswegen gespielt, damit sich jeder angesprochen fühlte, für jeden etwas dabei war, *lagom* eben. In der Realität hingegen – so war es mein Empfinden – hatte dann jeder eine schöne Zeit, aber niemand eine fantastische. Ich persönlich hätte lieber in Kauf genommen, dass ich in manche Clubs gar nicht gehen kann, weil nur Musik gespielt wird, die mich überhaupt nicht anspricht, mir stattdessen jedoch einige wenige zur Verfügung stünden, wo mehr oder weniger den ganzen Abend das gespielt wird, was ich hören möchte. Um den ganzen Abend tanzen, feiern, ausgelassen sein zu können. Aber ich war es einfach auch anders gewohnt.

Auch ähnelte sich dementsprechend das Publikum, man traf überall auf jeden, feierte mit einer inhomogenen Masse – nur mit einigen wenigen konnte man sich dabei identifizieren. Ich hatte sehr schnell das Gefühl, an den Abenden überhaupt nichts zu verpassen. Würde ich heute nicht weggehen, dann könnte ich genauso gut nächstes Wochenende weggehen, oder nächsten Monat, die Party wäre die gleiche, die Musik wäre die gleiche, die Menschen wären die gleichen. Und irgendwann ging ich nicht mehr weg, zumindest nicht des puren Weggehens wegen. Ich traf mich stattdessen mit Freund*innen, bei ihnen, bei mir, manchmal in der Stadt, manchmal auch zum Tanzen, der Freund*innen wegen.

Heute ist es das erste Mal seit Jahren, dass es mir primär um das Feiern geht, um das Tanzen, um das Lippenstiftnachziehen auf dem Klo und das Wassertrinken zu vorgerückter Stunde an der Bar, um Begegnungen, Interaktionen, den Rausch des Augenblickes – ein Tier unter Tieren.

Auch das hat mir sehr gefehlt. Auch deswegen bin ich wieder da.

Quietschend fährt die U-Bahn am Stuttgarter Hauptbahnhof ein, von der Menge mitgezogen werden wir hinaus an den Bahnsteig gespült. Wir machen einen Abstecher zum nächsten Kiosk und kaufen uns einen Dosenprosecco für den Weg nach Irgendwo. Die Nacht ist jung und der Abend lau. Während wir durch die Straßen gehen, die Lichter von Autos, Häusern und Leuchtreklamen an mir vorbeizuziehen scheinen, Menschen sich neben und vor uns drängen, wir in den Trubel der Stadt gänzlich eintauchen, halte ich für einen Moment die Luft an.

31.

An diesem Morgen wache ich viel zu früh auf, bin jedoch hellwach. Ich liege auf dem Rücken und schaue an die Zimmerdecke, nehme in der Dunkelheit nur langsam diverse, mir mittlerweile bekannte Konturen wahr: das Bücherregal, Hannahs Schreibtisch, die Tür zum Flur. Draußen fahren einzelne Autos vorbei, die flüchtig vorbeiziehenden Lichtkegel ihrer Scheinwerfer kündigen sie an, noch bevor ich das Summen ihrer Motoren deutlich hören kann. Gummireifen auf dem Asphalt, das Geräusch eines Blinkers, dann verschwinden sie auch schon wieder in das Dunkel. Ansonsten ist es gänzlich ruhig; Stuttgart schläft, wenn auch nur für wenige Stunden. Und auch in diesen wenigen Stunden, so weiß ich, ziehen Betrunkene durch die Stadt, rollen Obdachlose sich in ihren Schlafsäcken ein, entlassen Prostituierte einen weiteren Freier in die Nacht. Lautes Grölen über leere Plätze, das Zerpringen von Glasflaschen auf dem Pflaster, Blut, Pisse, Erbrochenes auf grauem Beton; Tag ist Nacht und Nacht ist Tag.

Ich öffne das Fenster, lehne mich auf die Fensterbank und atme tief ein. Die Luft ist herbstlich frisch; hätte sie ein eigenes Geräusch, eine eigene Melodie, würde diese dem leisen Splittern einer hauchdünnen Eisschicht ähneln. Irgendwo in der Ferne erklingt dumpf der Ruf eines Waldkauzes.

Leise gehe ich zur Wohnungstür, ziehe sie vorsichtig hinter mir zu und tapse barfuß die Treppen hinunter. Ich betrete die kleinen Grasflächen vor dem Haus und spüre den Morgentau zwischen den Zehen. Als ich den Bürgersteig betrete, hinterlasse ich feuchte Fußabdrücke auf dem Asphalt. Ich habe kein Ziel, möchte lediglich den Moment einfangen, allein sein mit dem frühen Morgen, bevor die Welt erwacht; der Herbst hat mich gerufen.

Während ich langsam die Straße hinabgehe, finden die ersten Sonnenstrahlen ihren Weg zur Erde und schenken der Morgendämmerung ihre leise Magie; dicke Tautropfen, auf Blättern und Blüten liegend, fangen das Licht ein und erstrahlen für einen flüchtigen Augenblick, bevor die zunehmende Wärme sie für immer vernichtet: Entstehung und Vergänglichkeit im Mikrokosmos. Nach und nach verschwinden die Sterne, allein die Venus verbleibt als meine morgendliche Begleiterin.

Mir fröstelt und ich beschließe, wieder zur Wohnung zu gehen. Aber heute würde ich zu meinem Laden laufen wollen, langsam, jeden Schritt genießend.

Feuerbach beginnt zu erwachen: Rolläden werden hochgezogen, Menschen in Morgenröcken gehen gähnend zu ihren Briefkästen, Katzen huschen über die noch unbelebten Straßen. Die öffentlichen Mülleimer quellen über und zeugen mahnend von den wochenendlichen Exzessen: Glasflaschen, halb gegessene Döner, Einwegverpackungen finden sich darin und darum herum, herausgerissen von Krähen oder achtlos danebengeworfen. Ein Pfandsammler kommt mir mit einer großen Plastiktasche entgegen und wühlt ungeniert in den Hinterlassenschaften der feiernden Gesellschaft. Seine Hände sind rau, sein Blick entschieden; er wird diesen Weg schon seit Jahren beschreiten, Wochenende um Wochenende, Morgen um Morgen. Er zieht an mir vorüber, das Schlappen seiner Flipflops verläuft sich in der Ferne.

Die Straßen, durch die ich laufe, kommen mir heute Morgen seltsam vertraut vor. Das sollten sie wohl auch, radele und gehe ich diesen Weg doch schon seit mehreren Monaten. Jedoch habe ich dieses Vertrautsein bis heute nicht bewusst wahrgenommen. Der Bäcker, der gerade einen Aufsteller vor die Tür stellt, das große Graffitti an der grauen Hauswand, die Bushaltestelle, alles auf seine Art und Weise alte Bekannte. Ich winke dem Bäcker zu, er winkt mir zurück, bevor er wieder seinen Laden betritt und die Tür hinter ihm zufällt.

Die Klinke zu meinem Geschäft ist noch feucht vom Morgentau, als ich den Schlüssel ins Schloss schiebe und mit einem Klacken die Tür öffne. Der süßliche Geruch meiner Blumen strömt mir entgegen, jeden Tag, und doch immer wieder neu. In der Tür stehend betrachte ich die Vitrinenschränke, den alten Tresen, die schweren Holzregale. Ich fülle eine Kanne mit Wasser und gieße meine Topfpflanzen. Ich liebe diesen Laden.

Mit meiner rostigen Gartenschere schneide ich frische Hagebuttenzweige an. Dabei singe ich lautstark den Refrain von *Alles aus Liebe* der Toten Hosen mit. Als sich der Refrain wiederholt, mischt sich plötzlich eine weitere Stimme unter. Ich schaue auf und sehe Hannah in der Tür stehen. Textsicher singen wir gemeinsam bis ans Liedende, dann pausiere ich meine Playlist.

„Hallo“, sage ich erst jetzt.

„Hallo“, antwortet Hannah und dann lachen wir beide über unser spontanes Duett. „Das Lied habe ich, glaube ich, schon viele Jahre nicht mehr gehört.“

„Ich auch nicht. Zuletzt wohl mit dir, als wir auf dieser Kirmes waren. Erinnerst du dich?“

„Damals bei deinen Eltern? Das ist ja Ewigkeiten her! Hattest du da nicht gerade erst deinen Führerschein gemacht?“

„Genau. Deswegen sind wir nach der Kirmes noch stundenlang durch die Gegend gegurkt und haben angetrunkene Bekannte nach Hause gefahren. Ich kam mir wahnsinnig erwachsen vor.“

„Deswegen ist man anfangs auch gern der Fahrer. Später gibt man den Posten dann bereitwillig ab.“ Hannah kommt zu mir an den Tresen und schaut an mir vorbei in den Pausenraum. „Ich sehe, dein neuer Bluetoothlautsprecher funktioniert“, stellt sie fest.

„O ja, das tut er allerdings.“ Ich stelle den Hagebuttenzweig zu den anderen in eine schwere

Glasvase, dann klopfe ich mir die Hände an der Schürze ab. „Das war deine beste Idee seit Jahren."

Es war tatsächlich Hannahs Idee gewesen, mir für die vielen einsamen Stunden, die ich in meinem Laden verbrachte, zusätzlich zu dem alten Radio noch einen Bluetoothlautsprecher zu besorgen, damit ich Lieder bewusst wählen oder auch mal einen Podcast hören konnte. Ich fühlte mich in meinem Laden nie einsam, hatte mich ganz im Gegenteil während der letzten Monate in einigen Gesellschaften deutlich einsamer gefühlt, als ich es hier unter meinen Blumen tat; das änderte jedoch nichts an der Tatsache, dass ich mich sehr über eine breitere Musikauswahl freuen konnte.

„Oder aber, du hast meine besten Ideen der letzten Jahre einfach verpasst." Sie grinst mich an. „Und du hörst Die Hosen?"

„Ich habe angefangen, mir eine Playlist älterer deutscher Lieder zu machen, die ich viel zu lange nicht gehört habe, du weißt schon, Die Toten Hosen, Die Ärzte, ein bisschen Subway to Sally und In Extremo und dazu eine Prise Sportfreunde Stiller."

„Die ganzen Klassiker." Sie lacht. „Hast du denn gar nichts davon in Schweden gehört?"

„Na ja, da gab es ja genug andere Musik für mich zu entdecken", antworte ich. „Irgendwie war mir auch gar nicht danach." Nachdenklich spiele ich an den Hagebuttenzweigen neben mir herum, lege den Kopf schief und pflücke dann ein leicht welkes Blatt von einem Zweig ab. „Die Lieder wirken auch ganz anders, wenn man sie Leuten vorspielt, die dazu keinerlei Bezug haben. Fast schon … deplatziert." Ich muss an mein vergangenes Ich im Hexenkostüm auf der schwedischen Walpurgisnachtfeier denken. „Ja, deplatziert trifft es wohl am ehesten. Komisch, oder?"

„Keine Ahnung", sagt sie. „Aber ich kann mir schon vorstellen, dass es einen Unterschied macht, Musik mit Menschen zu hören, die ebenfalls damit groß geworden sind und entsprechende, nostalgisch verfärbte Erinnerungen daran haben. Häufig mag man ja Lieder, die bei objektiver Betrachtung nicht besonders gut sind, allein der Tatsache wegen, dass man eine bestimmte Zeit damit verbindet."

Damit hatte sie recht. Lieder, die man zum Beispiel im Urlaub mehr oder weniger freiwillig rauf und runter gehört hat, fallen eindeutig in diese Kategorie: Sie können eine noch so grausige Melodie haben und noch so schlecht produziert sein, man verbindet sie dennoch mit Cocktails am Strand und Sand zwischen den Zehen. Musik fängt die Stimmung des Augenblicks deutlich besser ein, als es ein Foto könnte.

„Willst du einen Kaffee?“, frage ich schließlich und deute überflüssigerweise zu meiner Kaffeemaschine.

„Gerne.“

Gemeinsam gehen wir in den Pausenraum.

„Die Gerbera hat aber ganz schön gelitten“, höre ich Hannah hinter mir, Enttäuschung in der Stimme.

„Ja“, antworte ich bedauernd. „Sie hat die Hitzewelle überhaupt nicht gut vertragen. Ich hoffe, dass sie sich nun zum Herbst hin etwas erholen kann.“

„Meinst du, dass sie das schafft?“

„Da bin ich mir sicher“, sage ich und bin es eigentlich gar nicht. „Gerbera können auch in kühlen Räumen überwintern und dadurch Kräfte für das Frühjahr sammeln. Auch der baldige Winterschlaf tut ihr sicherlich gut, dann kann sie im nächsten Frühjahr umso schöner blühen.“

Behutsam fasse ich in die feuchte Blumenerde und fahre danach fast streichelnd über die Blüten. Ich wage es nicht, an meine Beteuerungen zu glauben, aber ich will es so gerne. Meine erste Blume in diesem Laden.

„Auf jeden Fall wollte ich dir sagen, dass wir drei erste Antworten auf unsere E-Mails bekommen haben."

„Von den Kulturvereinen?", frage ich begeistert.

„Ja, aber freu dich bitte nicht zu früh."

Ich stelle Hannah eine dampfende Tasse Kaffee hin und setze mich zu ihr an den Tisch.

„Ich habe Antwort bekommen von einem Kulturverein und der Kontaktperson einer serbisch-orthodoxen Kirche. Aber sie haben mehr oder weniger nur geschrieben, dass sie uns nicht weiterhelfen können. Nur kurz, in wenigen Sätzen, als würde sie die Sache überhaupt nicht interessieren."

„Das ist aber sehr schade."

„Ja. Moment, lies es dir einfach selbst kurz durch."

Ich lese die wenigen, lieblosen Zeilen auf Hannahs Smartphone.

„Na ja ...", beginne ich schließlich, „aber das sind ja erst mal nur zwei Antworten. Sieben stehen noch aus."

Hannah nippt nachdenklich an ihrem Kaffee und nickt fast unmerklich.

„Und was hat das Archiv geantwortet?"

„Aus datenschutztechnischen Gründen werden keine Personalunterlagen aufbewahrt, daher existieren keine Namenslisten ehemaliger Gastarbeiter. Es liegen auch leider keine weiteren Informationen dazu vor, wie diese Betreuungsstelle für ausländische Mitarbeiter in den siebziger Jahren genau gearbeitet hat."

„Vielleicht sollten wir uns auch keine allzu großen Hoffnungen machen, Hannah, und die Sache auf sich beruhen lassen. Die Zigarrenkiste steht seit knapp dreißig Jahren dort in der Wand, mindestens. Meinst du nicht, dass der rechtmäßige Besitzer, wenn er noch leben würde oder der Inhalt für ihn von Bedeutung wäre, alles daran getan hätte, sie sich irgendwie wiederzubeschaffen?"

„Bestimmt. Aber mich würde schon wahnsinnig interessieren, welche Geschichte sich hinter dem Brief, dem Foto und dem Ring verbirgt."

„Mich ja auch. Ich will nur nicht, dass du allzu sehr enttäuscht wirst. Manche Dinge muss man ab einem gewissen Punkt einfach stehen lassen können, auch wenn sie unvollendet erscheinen."

„Ja", sagt sie und stellt ihre Tasse lautstark ab, „aber an diesem Punkt sind wir noch lange nicht. Ich habe ein bisschen recherchiert und dabei unter anderem gelernt, dass das Melderegister des Einwohnermeldeamts in Bezug auf einfache Auskünfte öffentlich ist, das bedeutet, dass auch Privatpersonen Anfragen zu aktuellen Adressen machen dürfen."

„Das wusste ich nicht", sage ich, „aber das hilft uns nicht weiter. Wir haben ja nicht einmal einen vollständigen Namen."

„Noch nicht. Das bedeutet aber in jedem Fall, dass wir Miloš' aktuelle Adresse erfragen könnten, vorausgesetzt, wir haben einen Nachnamen und ein Geburtsdatum oder eine vorherige Meldeadresse."

„Wie gesagt, momentan haben wir nichts davon."

„Wie gesagt, noch nicht."

Ich blicke auf die Nische, wo noch immer die Zigarrenkiste steht, lasse meinen Blick über die nackten Wände gleiten, schaue zuletzt jedoch auch auf die Kaffeemaschine, den Lautsprecher, meine orangen Stühle. Es gibt auch schon viel Neues in diesem Raum, langsam, aber sicher erhält es Einzug und gibt dem alten Grau eine bunte Färbung.

„Irgendwann werde ich mich auch um eine neue Tapete kümmern müssen“, sage ich schließlich. „Die Wände können ja nicht auf ewig nackt bleiben.“

„Aber vielleicht kannst du damit noch warten, bis unser Projekt beendet ist?“, fragt Hannah. „Bis dahin brauchen wir doch die Übersicht unserer gesammelten Hinweise an der Wand.“

Ich muss lachen. „Meinetwegen. Nun stehen ohnehin erst mal die neuen Regale an und dann werden meine Rücklagen auch schon wieder knapp. Ich freue mich nur darauf, mir den Raum etwas frischer zu gestalten. Ich verbringe schließlich viel Lebenszeit hier.“

Hannah schaut auf ihre Uhr. „Ich muss langsam wieder zurück ins Büro. Ich sollte von Anton und Miriam fragen, ob du nächstes Wochenende Lust auf noch ein Weinfest hättest?“

„Klar. Wieder hier in Stuttgart?“

„Das Stuttgarter Weindorf geht noch eine ganze Weile. Aber wir hatten überlegt, mal woanders hinzufahren, nach Heilbronn oder Bönnigheim oder Lauffen, wie du magst. Es gibt viele kleinere Weinfeste hier in der Gegend.“

„Gerne. Dann lerne ich die Umgebung etwas besser kennen. Bisher bin ich noch nicht wirklich aus Stuttgart rausgekommen."

„Dann frage ich noch mal die anderen, was ihnen am besten passen würde." Hannah trinkt den letzten Schluck Kaffee, dann steht sie auf. „Wir sehen uns dann heute Abend!"

„Ach so, Hannah?", rufe ich ihr nach.

„Ja?"

„Hast du Sarah wegen ihrer Nummer fragen können oder ihr meine weitergegeben?"

„Ich habe Sarah noch gar nicht wieder gesehen. Sie hat sich auch auf unsere Nachricht neulich bisher nicht gemeldet."

„Seltsam. Trotzdem danke", sage ich und winke ihr zum Abschied zu.

Ich stehe auf und spüle Hannahs Tasse ab, gehe danach wieder an meinen Tresen, mache die Musik an und kümmere mich um die verbliebenen Hagebutten.

32.

Die Natur beginnt mit ihrer Vorbereitung auf den Herbst und die Menschen – so scheint es – halten verzweifelt an den letzten Sonnenstrahlen fest. Sie sitzen auf den Treppen vor dem Museum Schloss Rosenstein, mit geschlossenen Augen, die Gesichter gen Sonne gewandt, oder stehen Diabolo spielend inmitten der Bäume, die sich mit ihrer beginnenden Blattfärbung stoisch in ihr Schicksal fügen. Der Wind ist lau und riecht heute nach Zuckerwatte; vielleicht handelt es sich jedoch auch einfach um den süßlichen Geruch vollkommener Zufriedenheit.

„Entschuldigen Sie bitte?", werde ich von der Seite angesprochen.

„Ja?", sage ich und gehe auf das Pärchen zu, das ich spontan auf Anfang fünfzig schätzen würde. „Kann ich Ihnen helfen?"

„Der hintere Eingang zur Wilhelma", beginnt die Frau, „der muss doch hier oben irgendwo sein?"

„Ganz richtig", antworte ich. „Der liegt in etwa dreihundert Metern in dieser Richtung auf der rechten

Seite.“ Ich zeige auf den Weg, der vor uns dreien liegt. „Sie können ihn nicht verpassen.“

„Vielen Dank!“, antwortet die Frau lächelnd, ihr Mann nickt mir zu. „Ich wusste, dass es hier irgendwo einen anderen Eingang gibt, aber ich war schon viele Jahre nicht mehr hier.“

„Gern geschehen“, antworte ich.

Eine Lappalie, eine Kleinigkeit, doch in diesem Moment fühle ich mich hier heimisch.

„Vielen Dank, und einen schönen Tag Ihnen“, sage ich noch und wende mich ab.

„Vielen Dank, wofür?“, höre ich die Frau hinter mir leise fragen.

Meine Antwort ist ein breites Lächeln, das sie jedoch nicht mehr sehen kann. Ich mache die Jacke etwas auf und atme tief ein. Ja, Zuckerwatte.

Ich bin die Erste beim Restaurant und muss noch etwas warten. Ich nutze die Zeit zum Leutebeobachten und lasse meinen Blick über die unterschiedlichen Grüppchen schweifen, die mehr oder weniger ausladend die Tische bevölkern. Ich muss an meine ehemaligen Kolleg*innen denken. Ob sie wohl in diesem Sommer häufiger nach der Arbeit noch irgendwo zusammen etwas essen oder trinken waren? Man konnte die Sommerzeit meteorologisch oder kalendarisch ausmachen, in Schweden jedoch beginnt und endet sie ganz sicher mit dem Öffnen und Schließen der Außenbereiche von Gaststätten. Sobald diese errichtet sind, sitzt man tapfer und teils wagemutig in jedem noch so kühlen Wind und hält sich krampfhaft am Bierglas fest. Sommer beginnt im Kopf.

Ich hole mein Handy aus der Tasche und öffne die letzte Nachricht meiner ehemaligen Kollegin Katarina. Sie hatte mir ein Gruppenfoto aus unserer Lieblingsbar geschickt, es zeigt sie mit vier weiteren Kolleginnen um einen Tisch sitzend, in dessen Mitte ein Sektkühler mit einer angebrochenen Flasche steht. *Vi saknar dig,* wir vermissen dich, lautet die Bildunterschrift. Ich schaue nochmals auf das Datum, die Nachricht war bereits von Ende Juli. Ich hatte vergessen, ihr zu antworten.

„Hallihallo, da sind wir schon!“, höre ich Hannah rufen.

Ich sehe, wie sie und zwei weitere Kollegen, Anton und jemand, den ich noch nicht kenne, mit den

Fahrrädern vorfahren. Dann kommen alle drei mit großen Schritten auf mich zu.

„Hi!" sagt Hannah und fällt mir um den Hals. „Entschuldige bitte, dass du warten musstest. Bei der Arbeit war natürlich wieder kurz vor Schluss wahnsinnig viel los."

„Ich habe überhaupt nicht lange gewartet", antworte ich.

Ich begrüße Anton und den zweiten, mir bis dato unbekannten Kollegen, der sich als Christian vorstellt.

„Wollte Miriam nicht kommen?", frage ich schließlich in die Runde.

„Sie kommt etwas später", antwortet Christian. „Sie wollte noch eben etwas zu Ende bringen."

„Beginnen wir doch schon mal mit einem Aperitiv!", sagt Hannah und stürmt auf einen Kellner zu, um sich nach dem für uns reservierten Tisch zu erkundingen.

Christian, so drängt es sich mir zeitnah auf, wäre am ehesten ein Blauer Eisenhut: zu viel Platz einnehmend, zu geradlinig und nur in sehr, sehr geringen Dosen überhaupt verträglich. Er hat erst in diesem Monat bei der Firma angefangen, habe ich erfahren, daher sind wir uns noch nicht begegnet.

„Ich habe aber schon viel von dir gehört!“, sagt er nun.

Oha, ist mein erster Gedanke. Ich mag es nicht, wenn jemand damit ein Gespräch beginnt. Vielleicht folgen darauf peinliche Anekdoten, womöglich auch etwas Positives, in jedem Fall jedoch wird einem der unsichtbare Druck einer gewissen Erwartungshaltung auferlegt. Man möchte fragen: Was denn?, es zugleich aber auch gar nicht wissen.

„Ich durfte auch schon einige deiner Kolleginnen und Kollegen kennenlernen“, antworte ich. „Sie haben mir die Anfangszeit in Stuttgart deutlich vereinfacht und dafür bin ich ihnen sehr dankbar. Es freut mich zu hören, dass sie dir von mir erzählt haben.“

Ich lächele Anton zu.

„Hast du denn auch unabhängig von ihnen etwas Anschluss finden können?“

Fragend schaue ich Christian an und merke, dass ich die Stirn krausgezogen habe. „Was meinst du?“

„Na ja, ob du auch einen eigenen Freundeskreis hast, oder nur den von Hannah?“

Der Eisenhut verteilt sein Gift, jedoch: Er merkt es nicht.

„Freunde sind Freunde“, mischt Anton sich beherzt ein, „es ist doch gleich, woher man sie kennt.“

Ist es das?, frage ich mich. Während wir Platz nehmen, schaue ich mich um, sehe die Gruppe Student*innen am Nebentisch, die sich lautstark amüsiert; die beiden Pärchen am Tisch dahinter, in ein Gespräch vertieft; ein junger Vater, der versucht, ein paar ruhige Worte mit seinem Gegenüber zu wechseln, während er den Kinderwagen schaukelt und immer wieder einen vorsichtigen Blick hineinwirft. So gesehen hatte ich tatsächlich keine eigenen Freund*innen. Hier nicht. Oder?

Wir bestellen eine Runde Getränke, einmal Aperol Spritz für mich, aber heute schmeckt er mir nicht und ich bekomme davon Sodbrennen. Die Luft riecht auch nicht mehr nach Zuckerwatte, sie riecht nach Autoabgasen.

Endlich entdecke ich Miriam, die um die Tische herumtanzend auf uns zukommt.

„Jetzt habe ich es auch geschafft!“, sagt sie, als sie uns erreicht.

„Hey, schön, dass du da bist!“ Ich stehe auf und gebe ihr zur Begrüßung eine Umarmung. „Hattest du heute viel zu tun?“

„Ach, das übliche Chaos.“ Sie winkt lachend ab und setzt sich mir gegenüber. „Und wie war es bei dir? Sind deine neuen Regale gekommen?“

„Ja, gerade gestern. Nun muss ich sie zügig zusammenbauen, momentan nehmen die Kartons fast den ganzen Lagerraum ein.“

„Gib Bescheid, wenn du Hilfe brauchst.“

„Danke, aber sehr viel Arbeit ist es eigentlich nicht. Möchtest du etwas trinken?“

„Ich nehme gerne einen Schluck.“

Lächelnd schiebe ich ihr mein Glas rüber. Ich glaube, Anton hat recht: Freunde sind Freunde, egal, woher man sie kennt.

„Wie ist es eigentlich mit dem Ring ausgegangen?“, fragt Anton unvermittelt.

„Mit dem Ring?“, sage ich und schaue ihn etwas verwundert an. Ich hatte gedacht, wir wären uns stillschweigend darüber einig gewesen, diese Geschichte für uns zu behalten.

„Was für ein Ring?", schnappt Christian unser Gespräch auf.

„Karla hat in ihrem Blumenladen einen Ring entdeckt und nun versucht sie, den Besitzer zu finden."

„Na, das wird sicherlich unmöglich sein!", vernehme ich Christians teils amüsierte, teils belehrende Worte. „Vielleicht solltest du mit dem Ring eher zu *Bares für Rares* gehen."

„Wohin?"

„Zu *Bares für Rares*, zu dieser Fernsehsendung."

„Die kenne ich nicht", sage ich entschuldigend.

„Was?" Christian schaut mich entgeistert an. „Wie kannst du die denn verpasst haben? Die läuft doch mehr oder weniger ständig!"

„Das mag sein, ich kenne sie leider trotzdem nicht."

„Da musst du ja fast unter einem Stein gelebt haben, um da drumherum zu kommen."

„Oder eben nur nicht hier."

Für ein paar lange Sekunden scheint es komplett ruhig zu sein, dann bekomme ich bruchstückartig mit, wie Christian und Anton sich über besagte Fernsehsendung austauschen. Es stört mich deutlich mehr, als es sollte, dass mir die Sendung so gar nichts sagt, ja, ich sie nicht einmal in einen Kontext einordnen kann. Nun gehört ein Fernsehprogramm ganz sicher nicht zu den Dingen, die man zwangsläufig kennen muss, aber dieser Moment erinnert mich daran, dass ich die letzten sieben Jahre hier mehr oder weniger verpasst habe. Zurückzuwandern bedeutet leider doch nicht, genau dort weiterzumachen, wo man aufgehört hatte; auch hier war die Zeit nicht stehen geblieben.

Anton wirft mir einen entschuldigenden Blick zu. Ich lächele ihn an, denn ich bin mir sicher, er hat es gut gemeint.

„Entschuldigt mich kurz“, sage ich, stehe auf und entferne mich auf ein paar wenige Meter von der Gasttätte.

Katarina nimmt nach dem dritten Klingeln ab.

„Hej!“, höre ich ihre freudige Stimme. *„Vilken överraskning! Det var länge sedan! Hur är det med dig?“*, welch Überraschung, das ist lange her, wie geht es dir?

Es tut wahnsinnig gut, ihre Stimme zu hören, und ich kann kaum glauben, dass ich sie in der ganzen Zeit nicht einmal angerufen habe. Katarina, mit der ich so einige Schichten im Akkord durchgearbeitet habe, mit der ich zugleich so einige Flaschen Wein getrunken und stundenlang über das Leben philosophiert habe, Katarina, die *Bares für Rares* auch nicht kennt und die ich seit Juli augenscheinlich vergessen hatte. Trotz dieser eigentlich so vertrauten Situation kommt mir mein Schwedisch gekünstelt vor, aufgesetzt, ja, wie eine Fremdsprache und manche Worte wollen mir einfach nicht mehr einfallen. Als wir auflegen, habe ich Tränen in den Augen. Ob es an Katarina liegt oder der Tatsache, dass mein Schwedisch zunehmend zu verblassen scheint, vermag ich nicht zu sagen.

„Entschuldigt bitte, ich musste nur schnell ein Telefonat führen", sage ich, als ich wieder zu unserem Tisch komme.

„Kein Problem", antwortet Miriam und lächelt mir zu. „Wir haben schonmal etwas zu essen bestellt, weil wir nicht wussten, wie lange du wegbleibst. Hier ist die Karte."

„Danke."

Hannah schaut mich prüfend an und ich merke, dass mir eine einzige Träne über die Wange läuft, die ich aber schnell wegwische.

„Liebe Grüße von meiner Freundin Katarina", sage ich an alle gewandt.

„Ist das eine Freundin aus Schweden?“, fragt Miriam.

„Genau.“

„Du wirkst traurig. Hast du sie vermisst?“

„Ja. Aber egal, wo man wohnt, irgendjemanden vermisst man ja immer“, antworte ich lächelnd.

33.

Das Jahr wird für gewöhnlich häufiger in Ereignissen denn in Tagen gedacht. Vielleicht, weil unsere Zeitrechnung – auch wenn sie uns bereits seit Jahrtausenden begleitet – noch immer ein relativ abstraktes Gedankenkonstrukt darstellt. Dachte ich früher bei dem Wort Oktober an malerisch gefärbte Bäume und Kastanienmännchen, so war in den letzten Jahren ein weiteres Ereignis hinzugekommen: Am zweiten Montag im Oktober, im Anschluss an die Brunstzeit, beginnt im größten Teil Schwedens – mit Ausnahme der nördlichsten Regionen – die Elchjagd. Jährlich ziehen circa 280 000 Jäger*innen los, um insgesamt um die 80 000 Elche zu erlegen und damit den Bestand um etwa knapp ein Drittel zu minimieren. In einer von Menschen gestalteten und beeinflussten Natur fehlt es der größten Hirschart an natürlichen Fressfeinden, an Wölfen und Bären. Elche sind deutlich größer, als man es erwarten würde, sie überragen vom Stockmaß her die meisten Pferde und der innige Wunsch, einmal einen Elch in freier Wildbahn erleben zu dürfen, zerschlägt sich spätestens dann, wenn ein durch vergorene Äpfel besoffener Elch beginnt im Vorgarten zu wüten.

Die Jagd stellt zudem ein gesellschaftliches Ereignis dar, in großen Gruppen trifft man sich im jeweiligen Jagdgebiet, verbringt die Tage und die Abende zusammen und lebt am Lagerfeuer die Gemeinschaft. Ich war einmal ein paar Tage dabei, einfach so, um eine Jagd zu erleben. Einen Großteil des Tages verbringt man damit, Kaffee trinkend, frierend und dennoch möglichst ruhig auf seinem Pass sitzend, darauf zu warten, dass ein Elch vorbeistürmt, was er für gewöhnlich genau dann tut, wenn man sich Kaffee nachschenkt. Da sich der Pass von meiner Freundin und mir in einem Meer aus Pfifferlingen befand, begann ich – um der Kälte entgegenzuwirken – schon nach kurzer Zeit mit dem Pilzesammeln. Dies resultierte zwar in der gewünschten Kurzeweile, jedoch ebenso in dem unliebsamen Szenario, dass mich der gallopierende Elch nicht nur fast über den Haufen gerannt hätte, sondern meine Freundin nicht einmal ans Schießen zu denken gewagt hat, weil sie nie sicher sein konnte, hinter welchem Baum ich liedchenträllernd mit den nächsten

Pilzen hervortreten würde. Ich war das letzte Mal mit auf Elchjagd, da waren wir uns schnell einig.

Nun beginnt bald die Elchjagd und ich weiß genau, welche beiden ehemaligen Kollegen man in den nächsten beiden Wochen bei *Plantagen* nicht antreffen würde.

In dieser Woche hatte ich mein Sortiment um Proteen und Eukalyptus ergänzt, aus denen ich gerade ein herbstliches Gesteck mache. Es klopft an meinem Schaufenster und erschrocken sehe ich auf, gerade noch rechtzeitig, um Anton vorbeilaufen zu sehen. Im nächsten Moment steht er in der Tür.

„Hi!", sagt er zur Begrüßung. „Störe ich gerade?"

„Nein, überhaupt nicht."

Ich wische mir die Hände an meiner Schürze ab und gebe ihm zur Begrüßung eine Umarmung.

„Komm doch rein", sage ich und gehe wieder hinter meinen Tresen. „Willst du etwas trinken? Du nimmst dir einfach, was du brauchst, ich mache das hier nur noch eben fertig."

„Eigentlich", er räuspert sich, „wollte ich mich nur kurz bei dir entschuldigen."

Erstaunt ziehe ich die Augebrauen hoch. „Entschuldigen? Für was denn?"

„Ich hätte neulich abends nicht von dem Ring erzählen sollen."

„Ach, das." Ich zucke mit den Schultern. „Ist schon vergessen. Mir kommt das Unterfangen, Miloš zu finden, ja selber häufig lächerlich vor. Umso wichtiger ist es mir, glaube ich, dass nur ein paar wenige ausgewählte Menschen davon wissen."

„Ich weiß." Anton schaut zerknirscht drein. „Habt ihr denn noch irgendetwas herausfinden können?"

„Gar nichts. Hannah hat Mails geschrieben, an diverse serbische Kulturvereine, an das Konzernarchiv bei Daimler, bisher ohne Resultat. Langsam gehen uns die Ideen aus, wo und wie wir noch suchen könnten."

„Ich war so dreist und habe heute Morgen kurz das Grundbuchamt kontaktiert."

„Das Grundbuchamt?"

„Ja. Ich wollte nur die naheliegende Möglichkeit ausschließen, dass man dort einfach einen Namen erfragen könnte, auf den dieser Laden vorher eingetragen war. Aber wie nicht anders erwartet, dürfen sie aus datenschutzrechtlichen Gründen keine Namen herausgeben."

„Ich danke dir trotzdem. Das war ein lieber Gedanke und auf jeden Fall einen Versuch wert."

„Manchmal muss man sich damit zufriedengeben, eine Möglichkeit ausschließen zu können. Obwohl ich euch natürlich viel lieber weitergeholfen hätte."

„Weißt du", sage ich und pflücke an den Eukalyptusblättern herum, „ich habe mich mittlerweile in der Situation eingefunden, dass das nun einfach mein Laden ist. Das erschien mir in der ersten Zeit unwirklich, genauso wie überhaupt die Tatsache, hier in Stuttgart zu wohnen, da war die Frage nach der Vergangenheit des Blumenladens wohl eine willkommene Ablenkung. Langsam komme ich jedoch an und das füllt mich aus, mehr brauche ich momentan nicht. Wichtiger als das, was war, ist das, was wird."

„Das kann ich nachvollziehen. Hast du das Hannah auch gesagt?"

„Ich hatte es neulich angedeutet, aber sie will das Projekt noch nicht aufgeben."

„Hannah gibt nie ein Projekt auf", sagt Anton und lacht.

„Es wäre ja auch sehr spannend, Miloš zu finden, und ich bin ihr dankbar, dass sie unsere Suche weiter voranbringen will."

„Warst du eigentlich neulich abends wegen dem Ring so traurig?"

„Was? Ach so, ach das, nein. Nein, war ich nicht."

„Sicher?"

„Ja, sicher. Hey, was hältst du davon, einen kleinen Spaziergang zu machen?"

„Und was wäre, wenn man einfach bei ein paar Nachbarn klingeln würde?", fragt Anton, während er die Klingelschilder eines Mehrfamilienhauses studiert. „Vielleicht gibt es hier alteingesessene Feuerbacher, die sich an Miloš erinnern?"

„Das habe ich tatsächlich auch schon überlegt", gebe ich ehrlich zu, während ich auf einer Bordsteinkante balanciere. „Aber es schien mir bisher noch zu abwegig. Vermutlich hat er hier gar nicht gewohnt, sondern nur gearbeitet. Und – wenn wir mal ehrlich sind – wie häufig kennen wir den Namen von jemandem, der in unserer Nachbarschaft einen Laden betreibt?"

„Vermutlich eher selten, wenn es sich nicht gerade um eine Kneipe handelt."

„Eben."

„Also, Folgendes: Wenn sich alle anderen Wege gänzlich zerschlagen, so verspreche ich, dass ich höchstpersönlich in deinem nachbarschaftlichen Umfeld Fragen stellen werde, ich werde das Thema bei keinem Friseurbesuch auslassen, es wird kein Nachbarschaftstreffen ohne mich geben, keinen Elternabend und kein Feuerwehrfest, ich werde jeder alten Dame den Einkauf nach Hause tragen und jede Katze beim Namen kennen, es wird keine Klingel ungedrückt bleiben und kein Stein auf dem anderen. Ich werde Feuerbach so lange unsicher machen, bis man mir mit einer richterlichen Verfügung eine Annäherung auf weniger als fünfhundert Meter untersagt. Deal?"

Ich muss lachen. „Deal."

Noch bevor ich fragen kann, woher sein eifriges Bestreben kommt, Hannah und mir bei unserem Vorhaben zu helfen, merke ich, wie Anton vorsichtig meine Hand nimmt. Und für den Rest des Spaziergangs lässt er sie nicht mehr los.

Ich habe mir, vermutlich zum letzten Mal in diesem Jahr, eine Weinkiste vor die Tür gestellt. Wenn ich sie ganz an die Hauswand rücke und mit überstrecktem Kreuz darauf sitze, erreicht mich ab der Nase aufwärts etwas Abendsonne. Mir ist wohlig warm und ich vermag nicht sicher zu sagen, ob das von den wärmenden Sonnenstrahlen oder dem schönen Nachmittag kommt. Wir haben viel geredet, unter anderem auch über die Elchjagd, wobei im Nachhinein niemand mehr nachvollziehen konnte, wie wir auf das Thema gekommen sind. Häufig zeichnet genau das die interessantesten Gespräche aus, dass sie vielschichtig sind, unterschiedliche Haken schlagen und unvorhergesehene Wendungen nehmen, sodass der Weg zu einem gewissen Gesprächsthema retrospektiv vollkommen unergründlich erscheint.

Ich sehe im Gegenlicht der untergehenden Abendsonne den Umriss einer kleinen Gestalt, die langsam den Gehweg entlangläuft. Es dauert etwas, bis ich in ihr Helma wiedererkenne.

„Einen schönen guten Abend wünsche ich!“, rufe ich ihr zu.

Helma scheint mich nicht gesehen zu haben. Sie schaut sich zunächst irritiert um und erhebt schließlich die Hand zum Gruß.

„Ach, hallo!“

Ich stehe auf, wechsele die Straßenseite und gehe auf sie zu. „Wie geht es Ihnen?“, frage ich und bemerke nun erst, dass ich sie eine Weile nicht gesehen habe.

„Ach“, beginnt sie, für sie ganz untypisch, „mir geht es so weit ganz gut. Aber Anna ist vergangene Woche noch mal gestürzt.“

„O nein.“ Ich halte mir die Hand vor den Mund. „Das tut mir aber leid. Wie geht es ihr denn?“

„Ehrlich gesagt nicht so gut“, antwortet Helma und schaut mich aus traurigen Augen an. Sie sieht heute mindestens zehn Jahre älter aus als sonst. Die Augen liegen tief in den Höhlen, die Haut ist fahl und ihre Stimme klingt zittrig und nicht so stark und selbstbewusst, wie ich es von ihr gewohnt bin.

„Sie hat sich den rechten Oberschenkelhals gebrochen und ist operiert worden“, setzt sie fort. „Das hat viel Kraft gekostet. Nun muss sie mühsam wieder Laufen lernen und das fällt ihr sehr schwer.“

„Das rechte Bein war doch ohnehin das Bein, das ihr Probleme gemacht hat, oder?“

„Ja“, sagt Helma und nickt. „Mit der rechten Seite war sie im Frühjahr blöd auf eine Bordsteinkante gestürzt und hat sich das Wadenbein gebrochen. Seitdem war sie noch wackeliger zu Fuß als vorher.“

„Waren Sie gerade bei ihr?“

„Ja. Ich besuche sie jeden Tag. Sie macht derzeit eine an die Klinik angeschlossene Rehabilitation.“

„Moment.“

Ich bedeute Helma, zu warten, laufe zu meinem Laden und hole das Herbstgesteck, das ich gerade vorhin gemacht habe. „Könnten Sie ihr das wohl morgen mitbringen?“, bitte ich sie, während ich ihr das Gesteck in die Hand drücke. „Mit einem lieben Gruß von Hannah und mir?“

Ich sehe, wie Helma Tränen in die Augen steigen.

„Natürlich! Da wird sie sich aber sehr freuen!“

Für den Bruchteil einer Sekunde sehe ich diesen Funken in ihren Augen, erkenne ich sie wieder. Zum Abschied gebe ich ihr eine Umarmung.

Nachdenklich räume ich die Weinkiste weg. Von dem Baum neben der Tür fällt das erste Blatt, tanzt im Wind und landet fast unhörbar auf dem Asphalt neben meinem rechten Fuß.

„So, fertig für heute", sage ich laut und drehe das Türschild auf „Geschlossen". Dann schließe ich die Tür von innen ab und mache mir Musik an.

Ich zerre die großen Kisten aus dem Lager und breite den Inhalt vor mir aus: Regalwände und -böden, Nägel, Schrauben und eine unübersichtliche Anleitung in mindestens sieben Sprachen. Ich versuche, mich zu orientieren. Als ich Miriam gegenüber neulich erwähnt habe, dass der Regalaufbau so viel Arbeit nicht sein würde, habe ich das Unterfangen augenscheinlich maßlos unterschätzt. Aber ich fange einfach an und merke schnell, dass mir die Arbeit guttut und mich von den Gedanken an Anna ablenkt. Als es auf halb elf zugeht, steht jedoch erst eines der drei großen Regale und auch das sehr wackelig. Ich muss lachen. Ein Anfang war gemacht, aber es ist wohl doch besser, jemanden um Hilfe zu bitten.

Ich räume auf und radele in die Nacht.

34.

Was meinst du", beginnt Hannah, „sollten wir Anna mal besuchen?" Sie sitzt nur mit Bademantel bekleidet am Küchentisch und beißt beherzt in ihr Croissant. „Meinst du, sie würde sich darüber freuen?", fragt sie weiter mit vollem Mund, Krümel flattern über den Tisch.

„So gut kennen wir sie nun auch wieder nicht", gebe ich zu Bedenken. „Vielleicht wirkt das auch ein bisschen komisch."

„Aber vielleicht besucht sie ja sonst keiner."

„Das mag auch sein."

Mir fällt auf, wie wenig ich über Anna weiß, obwohl sie direkt bei meinem Laden wohnt, obwohl wir uns regelmäßig im Vorbeigehen grüßen und dabei manchmal etwas plaudern.

„Ich kann Helma bei Gelegenheit einmal fragen", beende ich das Gespräch und schmiere mir Butter auf mein Brötchen.

Nach unserem Frühstück laufen wir gemeinsam zum Blumenladen. Die kleinen Blätter der Büsche und

Sträucher, an denen wir auf unserem Weg vorbeikommen, glitzern vom Morgentau und im Schatten kann man an einigen Stellen Frost erkennen.

Ich weiß nicht, warum Hannah mich begleiten wollte. „Es ist Samstagmorgen und mir ist langweilig, Karla", hatte sie auf meine Frage hin geantwortet. „Ob ich nun in deinem Laden rumhänge und Kaffee trinke oder allein zu Hause bleibe, ist auch egal."

Ich habe sie daraufhin schief von der Seite angesehen, so lange, bis sie hinzufügte: „Und wer weiß, vielleicht begegnen wir noch mal der Helma."

Aha.

Hannah sitzt im Pausenraum am Tisch und ist bei ihrer dritten Tasse Kaffee, die von heute Morgen beim Frühstück nicht mitgerechnet. Über den Lautsprecher hört sie Musik und singt einzelne Sätze mit, wobei ich mir nicht einmal sicher bin, dass auch diese wenigen Worte richtig sind. Angespannt tippt sie auf ihrem Handy rum.

„Keine weiteren Antworten auf unsere Mails, kein weiterer serbischer Kulturverein, der sich über Nacht aufgetan hätte, nichts. Niemanden außer uns scheint der Ring zu interessieren."

„Na ja, das würde ich so nicht sagen“, antworte ich ihr und denke an Anton, der auf die Idee mit dem Grundbuchamt gekommen war. „Bisher haben wir relativ viel Hilfe bekommen, spannende Begegnungen gehabt und ein jeder scheint sich für die Geschichte interessiert zu haben.“

„Ja, du hast ja recht“, sagt sie und seufzt. „Dennoch bin ich frustriert.“ Sie stützt ihren Kopf mit den Händen ab.

„Was hast du denn die ganze Zeit gemacht, in der ich nicht hier gelebt habe?“, frage ich sie amüsiert. „Als du nicht die Samstagvormittage ab zehn in einem Blumenladen rumhängen und des abends serbische junge Männer jagen konntest?“

„Ich habe darauf gewartet, dass du kommst“, antwortet sie.

„Du hättest mich ja auch einfach mal besuchen können.“

„Schweden ist viel zu weit weg! Der Blumenladen liegt eher auf dem Weg“, sagt Hannah lachend.

„Vielleicht hast du nachher noch etwas Zeit, mir bei den Regalen zu helfen? Allein ist das doch relativ schwierig." Überflüssigerweise deute ich auf das windschiefe Regal im Hauptraum.

„Das kann ich machen. Der Laden ist für mich ja fast wie ein zweites Wohnzimmer geworden."

„Hallo?", höre ich eine tiefe Stimme rufen. „Hier sieht es noch so aus wie früher", höre ich sie nun etwas leiser, „da werden Erinnerungen wach."

Die Stimme hat einen unverkennbaren osteuropäischen, wohlbekannten Akzent. Hannah hat das ebenfalls registriert und schaut mich freudig an. Gemeinsam treten wir wieder in die Ladenräume.

„Fjodor!", sagt Hannah, „Das ist ja eine Überraschung!"

Der alte Herr strahlt uns an. Er hat sich mit der rechten Hand auf einen Stock aufgestützt und von der frischen Luft hat er rote Wangen.

„Bitte, kommen Sie doch", sage ich und gehe ein paar Schritte auf ihn zu. „Sie können hier hinten Platz nehmen. Wollen Sie etwas trinken?"

„Nur einen kleinen Augenblick", antwortet er. „Ich will nicht lange stören."

„Aber das tun Sie doch nicht", antwortet nun Hannah.

Ich rücke Fjodor einen Stuhl zurecht, er bleibt jedoch zunächst vor der nackten Wand im Pausenraum stehen und besieht sich unsere Notizen.

„Das ist also die Ecke, an der alles seinen Anfang nahm“, sagt er schließlich und betrachtet die Nische.

„Das könnte man so sagen, ja“, antworte ich.

„Deswegen bin ich auch zu euch gekommen“, sagt er ohne weitere Umschweife. „Ich war gestern schon mal hier, aber da war komischerweise zu. Am frühen Nachmittag. War dir nicht gut?“ Besorgt schaut Fjodor mich an.

Ich räuspere mich. „Doch, doch. Da war ich nur kurz spazieren.“

Ich sehe aus dem Augenwinkel, wie Hannah mich schräg von der Seite anschaut.

„Auf jeden Fall“, redet Fjodor weiter, geht mit vorsichtigen Schritten zum Tisch und nimmt auf einem der Stühle Platz, „war gestern Morgen ein Kunde bei uns, der nach dem Einkauf auf eine Tasse Kaffee geblieben ist. Ihr wisst schon, vorne in der Ecke, wo ihr auch mal Kaffee getrunken habt.“ Seine Augen lächeln.

„Er war etwas jünger als ich, aber er ging sehr unsicher. Er saß relativ lange bei uns und hat an seinem

Kaffee genippt, obwohl der bestimmt bereits kalt geworden war. Und nebenbei hat er geschrieben."

„Okay?", frage ich, unsicher, was ich mit dieser Information anfangen soll.

„Im Vorbeigehen habe ich gesehen, dass er in kyrillischen Lettern schrieb, aber ich habe die Sprache nicht als Russisch erkannt. Und da musste ich an euch beide denken."

Ich merke, wie mein Herz einen Schlag schneller schlägt.

„Ich habe gedacht, könnte es nicht einfach sein, dass das Schicksal es gut mit uns meint? Dass König Zufall mitspielen darf und mir jemanden ins Haus weht, der verzweifelt gesucht wird?"

Fjodor macht eine theatralische Pause. Dann greift er mit der rechten Hand in die Innentasche seiner Jacke und wühlt eine gefühlte Ewigkeit darin herum.

„Er hieß nicht Miloš", sagt er schließlich, wobei die Worte sich ungewöhnlich hart anhören. „Ich habe ihn angesprochen, habe einfach gefragt, auf welcher Sprache er schreibt. Ich dachte, unter uns alten Herrschaften darf ich das vielleicht machen. Er sagte, das sei Serbisch und daraufhin habe ich ihn geradeaus gefragt, ob er Miloš heißt. Er sagte – wie bereits erwähnt – nein, er heiße nicht Miloš. Aber“, führt er nach einer kurzen Pause weiter aus, „er hat mal auf einer Hochzeit einen Miloš kennengelernt, der ebenfalls aus Serbien stammte und hier in Feuerbach ein Geschäft betrieb.“

Fjodor faltet einen kleinen Zettel auseinander, den er aus seiner Jackentasche gezogen hat. Er drückt ihn mir in die Hand. „Hier“, sagt er.

Ich betrachte das Stück Papier, ausgerissen aus einem Heft oder einem Block, dünne, graue Linien zeichnen sich im Hintergrund ab; quer darübergeschrieben mit dickem blauen Kugelschreiber ein Name und eine Adresse.

„Er hat schon lange keinen Kontakt mehr zu diesem Miloš“, erklärt Fjodor bedauernd. „Sie haben sich, wie gesagt, nur einmal auf einer Hochzeit kennengelernt und einander ein paar wenige Male besucht, dann hat sich der Kontakt verlaufen. Aber als sie sich das letzte Mal getroffen haben, es mag fünfzehn, zwanzig Jahre her sein, da hat er an dieser Adresse gewohnt.“

Ungläubig betrachte ich erneut das Stück Papier, bemerke kaum, wie Hannah es mir vorsichtig aus der Hand nimmt.

„Es wäre ein sehr großer Zufall, würde es sich bei dem Mann um den gesuchten Miloš handeln“, führt Fjodor schließlich fort, „aber manchmal braucht es nur Zufall und eine Prise Glück.“

„Danke“, sage ich, „vielen, vielen Dank.“

„Keine Ursache.“ Fjodor lacht und beginnt, sich langsam aufzurichten. „Wenn mir noch mehr serbische Kunden in meinem Laden begegnen, werde ich auch diese ansprechen.“

„Danke“, wiederhole ich mich. „Sind Sie sicher, dass Sie bereits wieder gehen wollen? Wollen Sie nichts trinken?“

„Nein, nein“, er schüttelt den Kopf. „Ich will noch etwas spazieren gehen.“ Er zieht den Reißverschluss seiner Jacke hoch, rückt seine Mütze zurecht und ist im nächsten Augenblick auch schon verschwunden. Hannah und ich stehen beide wortlos da und schauen ihm hinterher.

„Stell dir mal vor, das wäre wirklich unser Miloš“, sagt Hannah schließlich in die Stille hinein. „Wie krass wäre das denn?“

„Sehr krass. Vermutlich eher etwas unwahrscheinlich, aber wer weiß“, sage ich und denke zurück an jene

Situation vor vielen Jahren, wo ich in Heidelberg auf den schwedischen Hofflorísten traf, „manchmal gibt es ja wundersame Zufälle."

Miloš Kovačević – könnte er es wirklich sein?

Ich lausche dem weit entfernten Bellen eines Hundes. In den Pausen, so bilde ich mir ein, scheint ein anderer Hund zu antworten, aber das kann ich nicht sicher ausmachen. Ansonsten ist es weitestgehend still. Frustriert drehe ich mich auf den Rücken und starre an die Decke. Ich kann nicht einschlafen. Ich nehme mein Handy und schaue auf die Uhr, es ist nun fast halb zwei. Bin ich aufgeregt, frustriert, gespannt oder einfach verwirrt? Ich weiß es nicht, am ehesten jedoch sehr aufgeregt.

Hannah wäre am liebsten sofort zu der Adresse gefahren, aber ich konnte sie davon abbringen. Ich wollte unbedingt dabei sein, konnte jedoch nicht schon am Vormittag wieder den Laden schließen. Außerdem kann es durchaus Sinn machen, mit etwas Bedacht an die Sache heranzugehen, eine Nacht darüber zu schlafen, wie man so schön sagt – nur, dass ich eben nicht schlafen kann. Stattdessen haben wir fleißig im

Laden gewerkelt, die neuen Regale aufgebaut und an der Wand verschraubt. Hannah war so lieb gewesen, sie einzuräumen, während ich zwischendurch einige Kund*innen bedient habe. Auch am Abend haben wir uns abgelenkt, waren zusammen etwas essen und danach im Kino. Aber an den Film kann ich mich kaum noch erinnern.

„Bist du noch wach?", tippe ich einer spontanen Eingebung folgend eine Nachricht an Anton. Kurz darauf durchbricht das Leuchten meines Displays die Dunkelheit, ein Anruf.

„Hi!", höre ich ihn vor einer Geräuschkulisse aus Musik und Stimmengewirr sagen. „Ist alles in Ordnung?"

„Ja, ich kann nur nicht schlafen und wollte mit jemandem reden", antworte ich, froh darüber, seine Stimme zu hören. „Wo bist du denn unterwegs?"

„Momentan in irgendeiner seltsamen Bar auf der Theodor-Heuss-Straße."

Mich überkommt ein Gefühl, dass ich mir bei näherer Betrachtung als Eifersucht eingestehen muss.

„Oh, Entschuldigung. Ich wollte nicht stören."

„Tust du nicht, ich habe dich ja angerufen“, sagt Anton und lacht in den Hörer. „Ich dachte, es wäre vielleicht etwas passiert.“

Ich würde ihm gerne von Fjodor erzählen, aber nun war gewiss nicht der richtige Zeitpunkt.

„Nein, es ist alles gut“, sage ich stattdessen. „Mir war nur langweilig.“

„Möchtest du herkommen? Wir sind sicherlich noch eine Weile unterwegs.“

„Danke, dass du fragst. Aber ich liege tatsächlich schon im Bett. Macht ihr euch einen schönen Abend, wir hören uns einfach die Tage.“

Wir verabschieden uns, legen auf und die Stille ist daraufhin so präsent, dass sie mir in die Ohren schreit. Ich drehe mich auf die Seite und starre auf das nun wieder gänzlich schwarze Display meines Handys, warte unbewusst auf einen weiteren Anruf oder eine Nachricht, es bleibt jedoch stumm.

Verdammt, denke ich bei mir und drehe mich weg.

35.

In den frühen Morgenstunden wache ich auf, realisiere erst dadurch, dass ich irgendwann zu vorgerückter Stunde eingeschlafen sein musste. Draußen beginnt es zu dämmern und ich vernehme dumpf und dennoch durchdringend den einsamen Ruf einer Krähe, gefolgt von dem allzu typischen Geräusch einer Klospülung und vorsichtigen Schritten im Flur. Ich quäle mich aus dem Bett und treffe vor meiner Zimmertür auf Hannah, die soeben wieder in ihr Schlafzimmer huschen wollte. Sie sieht fürchterlich aus: zerknittert, fahl, mit dunklen Augenringen. So habe ich sie das letzte Mal vor langer Zeit nach einer durchzechten Nacht gesehen. Vor sehr langer Zeit.

„Ich konnte die ganze Nacht nicht schlafen", sagt sie wehleidig und überaus genervt. „Scheiße."

„Das ging mir auch so", antworte ich.

„Komm", sagt sie und geht voran in die Küche. Wortlos stellt sie die kargen Reste unseres gestrigen Frühstücks auf ein Tablett, ein halbes Brötchen, ein trockenes Croissant, jenes zu harte Stück einer Butterbrezel, auf dem nie Butter ist, daneben

Marmelade, Schokocreme und Kekse. Sie trägt das Tablett an mir vorbei in ihr Schlafzimmer, gemeinsam schütteln wir ihre Kissen auf, machen uns ein Hörbuch an, tunken Backwaren in Schokolade und tun uns selber leid, bevor sich eine jede umdreht und versucht, nochmals für einen wohltuenden Augenblick zu schlafen oder wenigstens zu dösen. Ich bin ungefähr ebenso wach wie in der langen Nacht zuvor, aber für den Moment deutlich weniger einsam. Es gibt diese seltenen Minuten im Leben, an denen man die Welt abschalten und das Leben pausieren kann. Dies war eine davon. Neben mir beginnt Hannah leise zu schnarchen.

„So mag ich die Welt schon lieber", sagt Hannah, als sie irgendwann am späten Vormittag inmitten von Croissantkrümeln aufwacht. Ich pflücke ihr ein paar davon aus den strubbeligen Haaren.

„Also", sagt sie schließlich, klatscht dabei kurz in die Hände, steht unerwartet schwungvoll auf und geht zum Fenster, um die Rolläden hochzuziehen. „Was ist unser Schlachtplan für heute?"

Langsam setze ich mich auf, nicht im Ansatz so galant und energisch wie Hannah. Mein Kreuz schmerzt an einer Stelle tierisch und ich bemerke, dass ich auf einem Messer gelegen habe.

„Wollen wir zu der Addresse fahren?“, frage ich irritiert und reibe mir den schmerzenden Muskel.

„Aber so was von!“

„Ob das heute okay ist? Du weißt, weil Sonntag ist?“

„Das muss okay sein“, kommt die barsche Antwort. „Ich ertrage keine weitere schlaflose Nacht.“

„Ich ehrlich gesagt auch nicht.“

Vorsichtig schiele ich zu meinem Handy rüber, keine Nachricht, auch okay. Was hätte auch für eine kommen sollen, worauf warte ich denn bloß?

„Vielleicht können wir wenigstens bis zum Nachmittag warten. Dann stören wir niemanden in der Mittagsruhe.“

„Ja, meinetwegen, das ist ja ohnehin schon bald“, sagt Hannah. „Ich gehe dann mal duschen.“

Ich lausche eine Weile dem monotonen Rauschen des Wassers, unterbrochen nur von Hannahs Stimme, die unter der Dusche Lieder zu singen scheint, die nur sie kennt. Dann setze ich eine Kanne Kaffee auf und zappe mich durch die Fernsehprogramme. Zufällig stolpere ich über eine uralte Wiederholung von *X-Faktor - Das Unfassbare* und verweile.

Perfekt.

„Na los, nun klingel schon", drängt Hannah, die schräg hinter mir steht.

„Klingel du doch", antworte ich genervt, drehe mich dabei aber nicht zu ihr um.

Wir stehen nun sicher seit fast zehn unendlich langen Minuten vor dem Haus, das wir an eben jener Addresse fanden, die Fjodor und der Zufall uns hatten zukommen lassen.

Das Haus ist einfach, unscheinbar und im Prinzip austauschbar mit jedem anderen Einfamilienhaus der siebziger Jahre am Rande einer Großstadt. Es war sicherlich einmal strahlend weiß gewesen, die vielen Jahre in Sonne, Schnee und Regen hatten jedoch deutliche Spuren hinterlassen und einen satten Grauschleier über das Haus gelegt. Zum Boden hin lediglich unterbrochen von fleckigem Grünspan, und an manchen Ecken fehlt der Putz. Die Häkelgardinen jedoch, die ich in den Fenstern des unteren Stockwerks erkennen kann, und vor allem die Grünpflanzen und Alpenveilchen dahinter, strahlen eine heimische Gemütlichkeit aus.

Das Haus steht inmitten einer kleinen Grünfläche, auf der diverse Büsche und ein knorriger Apfelbaum wachsen. Fallobst liegt auf der Wiese, eine rostige Schubkarre lehnt an der Hauswand.

Unser gestriger Tatendrang, der uns in der vergangenen Nacht augenscheinlich kaum zur Ruhe hatte kommen lassen, wurde unmittelbar weniger, als wir uns dem Haus näherten und verschwand gänzlich in jenem Moment, in dem wir feststellen mussten, dass der Name auf dem Klingelschild am Gartentor nicht mit dem Namen auf unserem Zettel übereinstimmte. „Schwerdtle“ steht auf dem Klingelschild.

„Ich hätte mir einen weniger serbisch klingenden Namen nicht einmal ausdenken können“, hatte Hannah resigniert festgestellt.

Wir hatten eine Weile die Möglichkeit diskutiert, dass ein Angehöriger einen anderen Namen angenommen und das Haus geerbt haben könnte, dass Miloš – sich der liebevollen Pflege seiner Nächsten bewusst – selbst noch in dem Haus wohnen mochte, im oberen

Stockwerk, dort, wo die Gardine nur einen Spalt offen steht. Jegliche noch so ausgefeilte Theorie führte jedoch nicht an der Tatsache vorbei, dass wir früher oder später würden klingeln müssen, idealerweise früher, bevor womöglich die Polizei aufgrund des auffälligen Verhaltens zweier fremder Frauen am Gartentor ausrücken musste.

„So, los jetzt!", sagt Hannah, langt an mir vorbei und drückt beherzt die Klingel aus weißem, abgegriffenen Plastik. Gespannt harren wir der Dinge, niemand scheint auch nur zu atmen.

„Hallo?", dringt schließlich eine weibliche Stimme aus der Gegensprechanlage.

„Ja ... äh ... hallo", beginne ich zu stammeln, verschlucke mich dabei an meiner eigenen Spucke und muss erst mal laut husten. „Wir suchen einen Herrn Miloš Kovačević", führe ich fort, nachdem ich mich wieder gefangen habe.

Stille.

„Einen wen bitte?"

„Einen Miloš Kovačević", wiederhole ich geduldig.

„Einen Moment bitte."

Wir warten auf das Summen des Gatters, aber nichts geschieht. Nach einer gefühlten Ewigkeit sehen wir, wie sich die Haustür langsam öffnet und eine Frau heraustritt. Auf dem rechten Bein hinkend, aber dennoch zügig schlappt sie in abgetragenen Gartenschuhen auf uns zu. Sie trägt eine geblümte Kittelschürze, auf der sich frische Spuren von Teig und Mehl abzeichnen, und hat die Ärmel ihres Pullovers bis über die Ellbogen hochgezogen. Während sie zu uns läuft, klopft sie die Hände an der Hose ab.

„Ich stehe gerade in der Küche", erklärt sie forsch. Sie bleibt hinter dem Gartentor stehen und sieht uns mit durchdringendem Blick an. Sie muss um die siebzig Jahre alt sein, ihr Blick hingegen ist mindestens dreißig Jahre jünger. Sie schaut mit Augen, die viel gesehen haben.

„Ich muss Sie enttäuschen", sagt sie, „Kovačević wohnen hier schon lange nicht mehr." Sie legt ihre Hände an die Stäbe des Gatters und schafft damit unbewusst Distanz. Ich bin unschlüssig, ob sie uns aus- oder sich selbst einsperren möchte.

„Wissen Sie, wo wir ihn finden könnten?"

„Das weiß ich beim besten Willen nicht“, antwortet sie. „Wir haben das Haus vor über zehn Jahren gekauft und seitdem nie wieder auch nur etwas von Kovačević gehört. Nie wieder.“

Ihr durchdringender Blick geht mir bis ins Mark und ich möchte gehen.

„Vielen Dank“, sage ich schnell, „und entschuldigen Sie bitte, dass wir Sie gestört haben.“

„Schon gut“, sagt sie, dreht sich um und verschwindet genauso schnell, wie sie gekommen war, wieder im Haus. Erst als wir die Haustür ins Schloss fallen hören, atmen wir beide laut hörbar aus und beginnen damit, uns wieder zu rühren.

„Das ... war ... eigenartig“, sagt Hannah langsam. So sprachlos habe ich Hannah selten erlebt.

„Ja“, sage ich nur.

Ohne ein weiteres Wort gehen wir zu unseren Fahrrädern.

„Aber, hey“, sagt Hannah plötzlich in ihrer gewohnten Tonlage, „das Positive ist ja, dass dort tatsächlich einmal ein Miloš Kovačević gewohnt hat. So viel wissen wir nun. Es hätte genauso gut sein können, dass der alte serbische Herr nach über zwanzig Jahren eine falsche Adresse in Erinnerung hatte. Hatte er aber nicht. Wir waren bei der richtigen Adresse am richtigen Haus."

„Oh, ich ahne, worauf du ..."

„Einwohnermeldeamt", trällert Hannah dazwischen. „Du erinnerst dich, wir brauchen einen vollen Namen plus ein Geburtsdatum oder eine frühere Adresse. Nun haben wir die wesentlichen Puzzleteile für eine Anfrage zusammen."

Das war auch mein Gedanke gewesen, aber ich kann mich noch nicht recht darüber freuen. Die Begegnung eben habe ich als sehr beklemmend empfunden und ich frage mich, an welchen alten Geheimissen wir begonnen haben zu rütteln, welche Türen wir aufstoßen werden, die besser verschlossen geblieben wären. Vielleicht war der Ring aus einem bestimmten Grund so lange in der Wand: nicht vergessen, nicht verloren, nicht vermisst, sondern versteckt, verdrängt und verheimlicht. Und dann gibt es da ja noch diese nicht weniger geheimnisvolle Kette in meinem Lager, von der ich Hannah nicht einmal erzählt habe.

Kaum sitzen wir auf unseren Rädern, beginnt es leise zu nieseln. Ich drehe mich ein letztes Mal zu dem Haus um und bilde mir ein, dass die Gardine im oberen Stockwerk sich soeben bewegt hat, unscheinbar und unauffällig, und im nächsten Moment war der Augenblick auch schon wieder vorbei.

Ich mag Sonntage einfach nicht, sie scheinen durchzogen von einer furchtbaren Melancholie. Obwohl man Grund hätte, sich über den freien Tag zu freuen und ihn in Gänze zu genießen, verbringt man ihn bereits ab dem frühen Nachmittag damit, sich wegen des bevorstehenden Montags zu grämen. Sonntage waren zudem die Tage, an denen man aus Respekt vor dem Ruhetag nicht mit Freund*innen spielen durfte, sie waren die Tage, an denen man sich in Fernbeziehungen für gewöhnlich voneinander verabschiedete und wieder seiner Wege zog, kurz: Die Morgende waren voller Freude, ausladendem Frühstück und Cartoons im Fernsehen, die Nachmittage voller Abschiedsmelancholie und die Abende voller Einsamkeit. Zumindest in meiner Welt. Daran hatte sich bis heute nichts geändert, auch wenn ich zu jenen glücklichen Menschen zähle, die auch am Montagmorgen gerne zur Arbeit gehen und zumindest derzeit an den Abenden weniger einsam nicht sein könnten. Ab heute war der Sonntag außerdem der Tag, an dem mich eine schwäbische Hausfrau mit dem Blick eines Terriers darauf hingewiesen hatte, dass ich womöglich drauf und dran bin, die Büchse der Pandora zu öffnen.

Vermutlich ist der Sonntag aber auch ganz einfach der Tag, an dem ich besonders theatralisch werde und mir damit selbst auf die Nerven falle, denke ich, während ich den dunkelgrünen Stein des Rings im Gegenlicht betrachte. Hannah sitzt vor mir auf dem Boden, den Laptop auf dem Sofatisch. Sie ist dabei, die Anfrage ans Einwohnermeldeamt zu formulieren.

„So, abgeschickt“, sagt sie schließlich. „Der Spaß kostet fünfundzwanzig Tacken. War mir nun auch egal.“

„Entschuldige, was hast du gesagt?“

„Nur, dass ich die Anfrage abgeschickt habe.“

„Achso, prima“, sage ich und richte mich auf dem Sofa auf. „Anton hat auch für uns beim Grundbuchamt angerufen.“

„Das hast du mir ja gar nicht erzählt! Wann hat er das denn gemacht?“

„Freitag. Er wollte zumindest die Möglichkeit ausschließen, dass sie uns den Vorbesitzer des Ladens nennen dürfen. Die Möglichkeit hat er dann auch schnell ausgeschlossen."

„Datenschutz?"

„Japp."

„Aber ein kluger Gedanke. Daran hatte ich noch nicht gedacht. Und das hat er dir dann geschrieben?"

„Erzählt", antworte ich. „Er war kurz im Laden."

„Der Spaziergang."

„Ja."

„Bist du deswegen heute noch nachdenklicher als sonst?", fragt Hannah und grinst mich an.

„Ja, ich denke schon."

„Heute ist, glaube ich, ein Sushitag", sagt Hannah und öffnet die Homepage zu einem Sushirestaurant. „Hast du auch Lust drauf?"

Ich hatte nicht wirklich Hunger.

„Auf Sushi immer", antworte ich und lege den Ring hinter die Lampe auf dem Beistelltisch zu meiner Rechten. Ich mag ihn heute nicht mehr sehen.

„Dann bestelle ich uns etwas zu essen und du rufst währenddessen Anton an."

Ich lache. „Dann bis gleich!“, sage ich und gehe zum Telefonieren in mein Zimmer.

36.

Heute ist einer jener Tage, an denen es gar nicht richtig hell wird. Die Sonne mag aufgehen, jedoch bleibt sie hinter einer dichten Wolkenwand verborgen und ihre Strahlen treffen nur ganz vereinzelt auf unseren bunten Planeten, der sich Erde nennt.

Ich mochte diese Tage, zumindest, wenn sie vereinzelt auftraten, und die unheilvolle Stimmung, die mit ihnen einherging. Als Floristin hatte ich vor allem Grund, mich auf die Zeit um Allerheiligen herum zu freuen. Jene Zeit, in der man nicht nur der Heiligen, sondern auch der Verstorbenen gedachte und dies mit einem Licht auf dem Grab und häufig einem Grabgesteck zelebrierte. Auch in Schweden wurde *Alla Helgons Dag*, Allerheiligen, gefeiert. Der Tag war jedoch nicht an ein Datum gebunden, sondern fiel immer auf den ersten Samstag zwischen dem 31. Oktober und dem 6. November. Allerheiligen versprach für gewöhnlich einen guten Umsatz, so kapitalistisch es klingt. Persönlich brennen tue ich jedoch für das Fest am Abend zuvor, das eigentlich gar kein richtiges Fest ist und über das sich streiten lässt, inwieweit es zu unserem Brauchtum gehört: Halloween. Ich liebe es, mich zu gruseln, schaue mit Begeisterung Horrorfilme, freue mich über schaurige, verregnete Nächte und morgendlichen Bodennebel, liebe den Geruch von frisch geschnitztem Kürbis und das unheilvolle, orangeflackernde Licht, das von diesem ausgehend durch den Raum strahlt.

Gerade in dieser Woche hatte ich eine große Lieferung an diversen Zierkürbissen erhalten, die ich für Dekorationszwecke nutzen, aber natürlich auch verkaufen wollte. Auch einige wenige größere Kürbisse hatte ich bestellt, die ich ausgehöhlt als Pflanzschale verwenden möchte. Zwischen den Schnittblumen fanden sich nun auch etliche Zweige getrockneter Lampionblumen, die das Orange der Kürbisse aufnahmen und damit zur Verbreitung von Herbststimmung beitrugen. Das Laub der Bäume draußen nahm immer mehr eine orangerote Färbung an, so auch mein Laden.

Ich beginne damit, die Kisten mit Zierkürbissen aus dem Lager in die Ladenräume zu schleppen. Es ist schier unfassbar, in welcher Diversität es allein diese kleinen Kürbisse gibt. Mir kommt ein Gedanke, ich kopple mein Handy über Bluetooth an den Lautsprecher und mache den Soundtrack von *A nightmare before Christmas* an, ein wenig Halloween, ein wenig Kürbis, ein wenig Allerheiligen. Von der Musik inspiriert mache ich mich daran, einen der großen Kürbisse auszuhöhlen: Mit einem Messer schneide ich zunächst einen Deckel aus, dann nehme ich einen Löffel und kratze damit die Kerne und den übrigen Inhalt weg. Dabei singe ich leise den Refrain mit.

„Was machst du da?", fragt mich plötzlich eine bekannte Stimme.

Ich schaue auf, Anton steht in der Tür. Überrascht pausiere ich die Musik und blicke ihn für einen Augenblick dumm an.

„Ich höhle einen Kürbis aus", antworte ich plump. In den vergangenen Tagen habe ich – auch wenn ich mir das nicht eingestehen wollte – unbewusst ständig auf eine Nachricht gewartet. Wir haben neulich abends so lange miteinander gesprochen, bis der Lieferdienst mit dem bestellten Essen an der Tür klingelte. Seitdem habe ich jedoch nichts mehr von ihm gehört und auch auf meine letzte Nachricht keine Antwort erhalten; nun, da er vor mir steht, fühle ich mich verunsichert und überrumpelt.

„Für Halloween?“, fragt er.

„Nein, ich möchte ein Gesteck darin arrangieren.“ Ich wische mir eine Haarsträhne von der Wange und merke, wie mir Kürbisfleisch im Gesicht hängen bleibt.

„Das klingt nach einer interessanten Idee“, antwortet Anton. Dann blickt er sich um. „Die neuen Regale sehen übrigens schön aus. Es wirkt hier direkt viel heller und freundlicher.“

„Das finde ich auch. Hannah hat mir neulich dabei geholfen, sie aufzubauen. Das gestaltete sich allein doch etwas schwierig.“

„Stimmt, das hatte sie mir erzählt. Sag mal, wie seid ihr denn eigentlich an diese Adresse gekommen? Das wollte ich dich am Telefon noch fragen. Hannah hat etwas von einem Kunden erzählt, der hier im Laden aufgetaucht ist?“

„Ja. Wann hat sie dir denn davon erzählt?“, frage ich, ohne ihm zuvor auf seine Frage zu antworten.

„Gestern. Wir waren in der Mittagspause zusammen essen.“

Es ärgert mich, dass die beiden sich gestern haben austauschen können, während ich auf eine Nachricht gewartet habe. Aber natürlich sehen sich die beiden auch zwangsläufig täglich bei der Arbeit.

„Das hatte Hannah gar nicht erwähnt."

„Vermutlich, weil wir fast jeden Mittag gemeinsam essen gehen. Entweder zu zweit oder auch mit Miriam oder Peter, je nachdem, wer im Büro sitzt und Hunger hat." Er lacht. „Einmal warst ja auch du dabei, erinnerst du dich?"

„Na klar."

„Zurück zu meiner Frage, was war das denn für ein Kunde, der mit der Adresse aufgetaucht ist?"

„Das war Fjodor. Er hat in seinem Geschäft zufällig einen Kunden gehabt, der Serbisch sprach und einen Miloš kannte."

„Fjodor?"

„Ja, Fjodor. Der Besitzer des russischen Ladens vorne an der Ecke", erkläre ich in einem Tonfall, der zu implizieren scheint, dass er ihn kennen müsste. Erst zu spät fällt mir ein, dass ich dort nur mit Hannah war, im Prinzip vor Antons Zeit. Welche Zeit auch immer das sein mochte.

„Bei Gelegenheit kann ich euch ja mal vorstellen“, sage ich nun versöhnlicher. „Er hat uns damals mit dem serbischen Brief geholfen.“

„Gerne.“

Ich bemerke, dass ich noch immer den kürbisverschmierten Löffel in der Hand halte und diesen wohl während meiner gesamten Ausführungen zepterartig geschwungen haben musste. Ich lege ihn neben mich auf den Tresen.

„Und was führt dich her?“, frage ich schließlich. „Warst du wieder in der Gegend?“

„Nein“, antwortet Anton, kommt ein paar Schritte auf mich zu und pflückt mir einen Kürbiskern aus dem Haar. „Diesmal wollte ich dich einfach nur sehen.“

Ich lächle ihn an. „Da freue ich mich“, sage ich leise.

Für einen Moment ist es gänzlich still und ich ärgere mich darüber, dass ich die Musik pausiert habe.

„Hey, da du ja offensichtlich Kürbisse magst“, sagt Anton und nickt fast unscheinbar in Richtung meines Projekts auf dem Tresen, „hättest du vielleicht Lust, mit mir am Wochenende auf die Kürbisausstellung nach Ludwigsburg zu gehen?“

„Das klingt interessant", antworte ich, „aber was genau ist denn das?"

„Die weltgrößte Kürbisausstellung. Es werden Rekordkürbisse ausgestellt, Figuren aus Kürbissen gebaut, Kürbisse vor Ort geschnitzt, Kürbisse verkauft ... das ist wirklich ganz interessant. Wir könnten mittags da auch eine Kleinigkeit essen – natürlich auch mit Kürbis."

Von dieser Ausstellung hatte ich tatsächlich noch nie gehört, aber sie hörte sich vielversprechend an.

„O ja, darauf hätte ich große Lust!", sage ich begeistert.

„Dann besorge ich uns zwei Karten für Sonntag."

Ohne einen weiteren Kommentar geht Anton an mir vorbei in den Pausenraum. „Ich lasse mir mal noch einen Kaffee raus", ruft er mir zu, „bevor ich wieder fahre. Das ist doch in Ordnung?"

„Natürlich", rufe ich zurück und mache ich die Musik wieder an.

„Hallo!", ruft mir im nächsten Moment Hannah entgegen.

„Hallo!", rufen Anton und ich fast zeitgleich zurück.

„Ach, hi", sagt Hannah und grinst mich an. Dann fragt sie weiter, an Anton gewandt: „Was machst du denn hier?"

„Das, was wir alle hier meistens tun: Kaffee trinken."

„Na ja", werfe ich lachend ein, „ich arbeite hier schon auch zwischendurch. Oder versuche es zumindest. Meistens klappt das auch ganz gut, wenn nicht ständig irgendwelche Freunde von mir meinen Pausenraum als Café missbrauchen würden."

„Dir würde auch etwas fehlen", entgegnet Hannah und setzt sich neben Anton an den wackligen Tisch.

„Mir würde auch etwas fehlen, o ja. Aber wenn das so weitergeht, brauche ich hier mehr Stühle."

„Ja, oder du machst eben zusätzlich ein Café auf, wie Fjodor drüben."

„Also", sagt Anton und stellt energisch seine Tasse ab, „das ist nun das zweite Mal, dass ich heute von diesem Mann höre. Ich glaube, ich fahre da nun direkt im Anschluss hin und schaue mir besagten Menschen inklusive Laden und Café einmal an."

„Mach das, das ist wirklich eine Erfahrung", antwortet Hannah.

Ich bin mir sicher, dass sie gerade ebenso wie ich an das kleine, dunkle, vollkommen überladene Zimmer denkt, in dem wir mit Fjodor Tee getrunken haben.

„Wie dem auch sei“, führt sie schließlich weiter aus und ein Schatten legt sich über ihr Gesicht, „ich habe eine gute und eine schlechte Nachricht. Das Einwohnermeldeamt hat uns geschrieben.“

Hannah macht eine kurze Pause.

„Miloš Kovačević ist verstorben.“

Sie zieht ihre Handtasche auf den Schoß und beginnt, darin nach ihrem Handy zu kramen.

„Jedenfalls“, sagt sie weiter, während sie das Display entsperrt und ihre Mails öffnet, „haben wir seine letzte Adresse bekommen, wo heute noch eine Frau Vesna Kovačević wohnt.“ Sie legt mir ihr Handy mit der Addresse hin.

„Miloš ist tot?“, frage ich überflüssigerweise.

„Ja.“

Langsam nicke ich, während ich das soeben Gesagte verarbeite.

„Aber nun können wir seine Witwe in Esslingen besuchen und wenigstens in Erfahrung bringen, ob es sich bei Miloš Kovačević überhaupt um den Miloš gehandelt hat, den wir suchen."

„Ja."

„Vielleicht wäre das ein Programm für kommenden Sonntag?", schlägt Hannah vor.

„Kommenden Sonntag", beginne ich und schaue Anton an, „kann ich leider nicht. Da wollten wir auf die Kürbisausstellung nach Ludwigsburg."

„Wie schön! Das wird dir bestimmt gefallen. Vielleicht passt ein Besuch bei Vesna ja mal unter der Woche."

Mich überkommt der Impuls, sie zu fragen, ob sie mitkommen will, eigentlich sollte ich das tun, es wäre nach allem, was Hannah für mich getan hat, das Richtige, und es wäre höflich. Aber ich möchte gern mit Anton alleine sein.

„Sollen wir auf dem Weg zur Arbeit noch kurz bei Fjodor halten?", fragt Hannah, nun an Anton gewandt.

„Ja, gerne. Damit ich mitreden kann", antwortet er und lächelt mich dabei an.

Ich stehe am Fenster und schaue den beiden zu, wie sie ihre Fahrräder schiebend gemeinsam die Straße hochlaufen. Ich bin glücklich, dass sie hier waren, und ärgere mich, dass sie ohne mich zu Fjodor gehen. Ich bin eifersüchtig auf Anton, weil die Suche nach dem Besitzer des Rings und alle damit einhergehenden Zwischenstationen ursprünglich Hannahs und mein Projekt waren, und zugleich auf Hannah, weil sie Zeit mit Anton verbringen kann, obwohl sie das im Gegensatz zu mir bereits in den letzten sieben Jahren konnte. Ich bin traurig, dass Miloš nicht mehr lebt und wir das Geheimnis des Rings vermutlich nie werden lüften können, obwohl ich damit gedanklich bereits fast abgeschlossen hatte. Am meisten jedoch ärgere ich mich über mich selbst, denn ich habe keinen Grund für Ärger und das ärgert mich am meisten.

Mit schnellen Schritten gehe ich zu meinem ausgehöhlten Kürbis und entscheide mich dafür, aus ihm einen Jack O'Lantern zu machen, keine Gesteckschale. Ich greife zu dem Messer und schneide zunächst ein kleines Dreieck für ein Auge hinaus, lasse dabei jedoch einen kleinen, darinliegenden Ring als Pupille stehen. Beherzt will ich erneut in den Kürbis stechen, um das zweite Auge zu schnitzen, jedoch rutsche ich an der glatten Schale ab und haue mir die

Klinge in die linke Handfläche. Gebannt starre ich auf den Schnitt, an dem sich zunächst nichts zu regen scheint; doch im Bruchteil von Sekunden drängen die ersten Blutstropfen hervor, laufen über meine Handinnenfläche und tropfen auf das Holz des Tresens, den Kürbis, die Klinge.

„So eine Scheiße!", schreie ich, während ich zum Spülbecken springe und nach dem Handtuch greife. Auf dem Weg dorthin hinterlasse ich Blutspuren auf dem Boden.

„Ich soll dir von Fjodor liebe Grüße ausrichten!", sagt Hannah, als sie die Tür öffnet. „Es tut ihm leid, dass ... Was ist denn hier passiert?"

Hannah steht mitten im Raum und sieht sich ungläubig um. Um den Tresen herum finden sich einzelne, dunkelrot verfärbte Blutstropfen, einige davon verwischt, weil ich reingetreten war; das Handtuch, blutverkrustet, liegt irgendwo dazwischen. Der Tresen selbst ist nach wie vor rot gesprenkelt; daneben der Kürbis als ein Häufchen Elend, bestehend lediglich noch aus ein paar größeren Bruchstücken und viel

Matsch. Ich hatte ihn in einem Anfall von Wut kurzerhand auf den Boden gedonnert.

„Mein Gott, Karla, ist alles in Ordnung? Was ist denn passiert?"

Ich sitze hinter dem Tresen an der Wand auf dem Boden und habe den Kopf auf die Knie gelegt. In meiner linken Hand halte ich, festgeknüllt, ein frisches Handtuch, an dem ich mir nun möglichst unauffällig die Tränen trockne.

„Was machst du denn hier?", sage ich und schaue sie fragend an. „Ich dachte, ihr wolltet wieder zur Arbeit?"

„Ja", antwortet Hannah langsam, rührt sich jedoch keinen Zentimeter, „Anton ist auch wieder zur Arbeit geradelt, ich wollte dir jedoch noch kurz die Grüße von Fjodor ausrichten. Es tat ihm leid, dass er uns nicht weiterhelfen konnte."

Erst jetzt geht sie langsam um den Tresen herum und lässt sich neben mir an der Wand herabgleiten, sodass sie neben mir sitzt.

„Was ist denn los?" Vorsichtig nimmt sie meine linke Hand in ihre und schaut unter das Handtuch. „Hast du dich geschnitten? Beim Kürbisschnitzen?" Mit einem Kopfnicken deutet sie zum Kürbisbrei.

„Hannah, warum hast du mich nie besucht?“, frage ich, statt ihr eine Antwort zu geben.

„Du meinst in Schweden?“

„Du hast mich nicht einmal besucht. Ich kenne dein Büro, deine Kolleginnen und Kollegen, deine Freunde, sogar einen Teil deiner gesamten beschissenen Stadt. Du kennst von mir gar nichts.“

Hannah schaut mich unschlüssig an, öffnet den Mund, bereit, etwas zu sagen, bleibt jedoch stumm.

„Für dich ist es so selbstverständlich, dass ich wieder da bin, du sagst, dass ich dir gefehlt hätte – aber anscheinend nie genug, als dass du dich bemüht hättest, dich auf den Weg zu machen. Warum?“

„Karla, ich weiß nicht, ich habe jetzt nicht das Gefühl, dass ...“

„Funktioniert Freundschaft nur zu deinen Bedingungen?“, frage ich sie, wütend, provozierend. Ich will ihr wehtun.

„Was?“ Sie schaut mich aus großen Augen an und rückt etwas von mir ab.

„Ich tue mein Möglichstes, mich in dein Leben hier einzufügen, lerne die Menschen kennen, die dir viel bedeuten, bin neugierig und interessiert. Würdest du das auch für mich tun, Hannah?"

„Ich weiß nicht, was du mir damit sagen willst", beginnt Hannah, hörbar irritiert, „aber falls du es vergessen haben solltest: Du bist nicht wegen mir hier, rede dir das bloß nicht ein." Sie steht mit einem Ruck auf und schaut auf mich herunter.

„Du bist freiwillig hier, aus eigener Entscheidung heraus, ob dir das nun passt oder nicht, daran hat kein anderer Schuld. Ich habe bisher nichts anderes getan, als dich in jeder Entscheidung zu unterstützen, in jeder. Und ja, ich habe dich nie besucht, aber du hast mich auch nicht eingeladen. Manchmal hast du dich über Monate nicht gemeldet, gerade so, als hätte ich in deinem neuen, spannenden Leben keinen Platz mehr."

Sie macht eine kurze Pause, bevor sie, diesmal etwas ruhiger, weiterspricht.

„Du warst auch nicht immer die Bilderbuchfreundin, von der du heute glaubst, sie gewesen zu sein. Also mach mir nun nicht aus heiterem Himmel irgendwelche Vorwürfe."

Hannah geht um den Tresen herum zur Tür.

„Du kannst auch einfach wieder zurückziehen, Karla", höre ich sie rufen. „Wenn es dich doch so stört, dich in mein Leben einzufügen. Dann musst du auch meine Freunde nicht mehr sehen, die dich mit offenen Armen empfangen und jederzeit ausgeholfen haben."

Ich höre die Messingglocke, deren Klang heute unheilvoll mahnend klingt. Im nächsten Moment fällt die Tür ins Schloss.

Nach einer kleinen Ewigkeit richte ich mich endlich wieder auf. Ich betrachte das Chaos, beschließe jedoch, es vorerst zu ignorieren. Ich gehe in den Pausenraum, hole eine Flasche Sprudel aus dem Lager und setze mich an den Tisch. Ich brauche dringend etwas zu trinken. Die Gerbera ist tot. Erneut beginne ich zu weinen.

37.

Heute ist einer jener Tage, an denen es bereits am frühen Morgen hell ist, und diese Tatsache kotzt mich direkt an.

Ich war am gestrigen Nachmittag zunächst eine Weile damit beschäftigt gewesen, mein selbstgemachtes Chaos zu beseitigen. Gerade von dem alten Holz des Tresens gingen die Blutstropfen erwartungsgemäß nur extrem schwer ab, sie waren an einigen Stellen tief in das Holz gezogen. Ja, wir hinterlassen Spuren, wo wir auch hingehen, und manchmal sind sie blutig und tun nicht nur uns selbst, sondern auch anderen weh.

Ich habe Hannah seit unserer Auseinandersetzung nicht mehr getroffen: Abends hatte ich mir überdurchschnittlich viel Zeit dabei gelassen, die Kasse zu machen und den Laden aufzuräumen, hatte auch danach noch lange im Pausenraum geschäftig wirkend vor mich hingetrödelt, wohl wissend, dass ich es mied, nach Hause zu fahren. Als ich schließlich zu vorgerückter Stunde in die Wohnung schlich, war Hannah in ihrem Schlafzimmer, die Tür im Schloss. Unter selbiger kam ein Lichtspalt hervor, der sich gespenstisch flackernd über das helle Parkett im Flur zog, gedämpft war Musik zu vernehmen.

Eine Weile stand ich im dunklen Flur und lauschte den leisen Geräuschen hinter ihrer Tür. Ich hörte, wie sie sich die Nase putzte, sich räusperte, zwischendurch ein paar wenige Schritt lief. Wenn sie sich der Tür zu nähern schien, hielt ich für einen Augenblick gebannt inne: Ich hatte Bedenken, sie könnte sie öffnen, ins Bad oder in die Küche gehen wollen und mich wie eine Idiotin hier im Dunkeln stehend vorfinden. Ihre Tür blieb jedoch verschlossen und ich war unschlüssig, ob mich das traurig machte oder ich mich erleichtert fühlen sollte. Mehrfach hob ich die Hand, um an das schwere Holz zu klopfen, hob sie an, verharrte und ließ sie nach ein paar langen Sekunden wieder sinken. Ich wusste, dass ich mich bei ihr entschuldigen sollte, aber ich brachte es einfach nicht über mich, aus Stolz, vor allem jedoch aus Angst und Scham. Stattdessen ging ich schließlich in mein Zimmer, zog die Tür hinter mir zu und genoss für eine Weile die Dunkelheit des Raumes. Draußen hatte es angefangen zu regnen, es handelte sich diesmal jedoch um keinen schönen, wohlig unheimlichen Herbstregen, sondern einen von solcher

Art, der einem das Gefühl vermitteln konnte, die gesamte Welt würde weinen. Ich stellte mich ans Fenster, beobachtete, wie die Scheinwerfer vorbeifahrender Autos sich für wenige Sekunden auf dem glänzenden feuchten Asphalt spiegelten, kurz nur, bevor die Autos mit schmatzenden Reifen über nasse Blätter in die Dunkelheit fuhren. Stumm betrachtete ich das einsame Schauspiel und weinte mit.

Irgendwann rollte ich mich angezogen wie ich war auf dem Bett zusammen. Der Schnitt in meiner Hand pulsierte und klopfte bei jedem einzelnen Herzschlag, ansonsten hatte ich keinerlei Empfinden, weder Traurigkeit noch Wut noch Schmerz. Unbemerkt fiel ich in einen traumlosen Schlaf.

Nun, da ich aufwache, ist es hell, für mein Empfinden viel zu hell. Ich hätte mir den Tag melancholisch düster gewünscht.

Sonnenstrahlen fallen durch das bunte, seicht rauschende Blätterdach des Ahorns vor meinem Fenster – Hannahs Fenster – und auf einem der Äste hüpft zufrieden suchend ein Rotkehlchen umher. Meine Gürtelschnalle drückt mir in den Bauch, das Bändel meines Sweatshirts hat sich im Schlaf mit meinen

Haaren verkutzelt, mir ist obenrum viel zu warm, die Füße hingegen sind eiskalt. Dennoch bleibe ich eine Weile liegen und lausche, höre jedoch kein Geräusch, keinen Hinweis darauf, dass Hannah in der Wohnung ist. Wie in Zeitlupe öffne ich die Tür zum Flur und schaue vorsichtig heraus, sehe, dass Hannahs Schlafzimmertür einen Spalt weit offen steht. Es ist gänzlich still.

Die einzelnen Wassertropfen, die sich in der Dusche finden, sowie die benutzte Kaffeetasse in der Spüle zeugen davon, dass Hannah sich bereits fertig gemacht hatte und gegangen war. Sie war heute Morgen ungewöhnlich früh dran, hatte aber schließlich genauso wenig Grund, sich hier länger aufzuhalten, als ich gestern gehabt hätte, früher heimzufahren. Vorsichtig pule ich das Klopapier, das mir gestern auf dem Heimweg notdürftig als Verband dienen musste, von meiner Handfläche ab und lasse kühles Wasser über den Schnitt laufen. Ein einzelner frischer Blutstropfen quillt aus der Wunde hervor, vermischt sich mit dem kalten Wasser und zieht rote Streifen über das weiße Porzellan des Waschbeckens.

In der warmen Morgensonne fahre ich an viel zu glücklichen Menschen vorbei, an Kindern, die an den Händen ihrer Eltern zum Kindergarten hüpfen, an Erwachsenen, die auf ihrem Balkon die erste Morgenkippe rauchen oder – sich über die wärmenden Sonnenstrahlen freuend – den Schal etwas lockern. Wo sind sie denn heute alle, die Gepeinigten und Getriebenen, die Pfandsammler*innen und Krisenmanager*innen, die Verkaterten und Vergessenen, die Unerwünschten und Unsichtbaren, jene, für die Tag und Nacht und Nacht und Tag nahtlos ineinander übergehen? Die Welt scheint mir am heutigen Morgen zu heil. Vom Umgreifen des Lenkers wird der erste dünne Wundschorf abgerieben und meine Hand beginnt erneut zu bluten. Ich frage mich, ob ich mir in der Apotheke doch noch etwas Verbandszeug holen oder einen Arzt aufsuchen sollte, aber ich habe weder Lust noch einen Hausarzt.

Als ich bei meinem Laden vorfahre, sehe ich, wie Helma langsam das Haus verlässt. Sie geht gebückt und deutlich unsicherer als sonst.

„Helma!“, rufe ich ihr zu und hebe die Hand zum Gruß. Zügig schließe ich mein Fahrrad an einer Laterne an und gehe zu ihr. „Guten Morgen!“

„Guten Morgen“, antwortet sie leise.

„Wie geht es Ihnen?“, frage ich, obwohl ich ihr deutlich ansehen kann, dass sie etwas betrübt. „Und wie geht es Anna? Kann sie wieder etwas besser laufen?“

„Es geht ihr gar nicht gut“, antwortet sie. Helma muss schlucken und ich sehe, wie sich ein feuchter Schleier über ihre Augen legt. „Sie hat in der Reha plötzlich Probleme mit der Lunge bekommen. Eine Embolie oder so ähnlich heißt es wohl. Sie ist einfach umgekippt und bekam kaum Luft.“

„Das ist ja schrecklich!“

„Sie“, Helma hält sich die Hand vor den Mund und beginnt zu schluchzen, „liegt jetzt auf der Intensivstation und wird beatmet. Sie kann momentan nicht einmal alleine atmen.“

Ich weiß nicht, was ich sagen soll.

„Kann ich Ihnen etwas Gutes tun?“, frage ich schließlich. „Etwas für Sie einkaufen, oder gibt es im

Haushalt etwas zu erledigen, wobei Sie Hilfe bräuchten?"

„Nein, nein", sagt sie und lächelt mich dankbar an, „ich komme schon klar. Sie fehlt mir nur so fürchterlich." Sie kramt einen kurzen Moment in ihrer Handtasche, zieht schließlich ein zerknittertes Taschentuch heraus und tupft sich damit die Tränen ab. „Aber nun will ich zur Klinik fahren", sagt sie dann. „Ich lese ihr immer etwas vor."

Mit einem erklärenden, bedeutungsschweren Blick zeigt sie mir den Inhalt ihrer Handtasche: Ich kann darin den Rücken eines großen, dicken Buchs mit derbem Ledereinband erkennen. Den Rücken ziert eine Goldprägung, den Titel kann ich jedoch auf die Schnelle nicht lesen.

„Ich denke, dass sie mich trotz allem hören kann."

Mit diesen Worten wendet sie sich ab und beginnt, die Straße hochzulaufen. Dann bleibt sie plötzlich stehen und dreht sich noch einmal um.

„Ach, es gibt da doch etwas, das Sie für mich tun könnten."

„Natürlich!"

„Vielleicht haben Sie mal an einem Nachmittag Zeit, mit mir eine Runde *Scrabble* zu spielen." Sie lächelt mich an. „Anna und ich, wir spielen jeden Nachmittag, schon seit Jahren. Das fehlt mir auch. Sehr."

„Gerne", antworte ich, obwohl ich *Scrabble* nie besonders gern gespielt habe.

„Danke."

Langsam geht sie die Straße hinauf. Ich bleibe wie angewurzelt stehen, so lange, bis ich sie in der Ferne nicht mehr ausmachen kann. Erneut wechsele ich die Straßenseite, öffne jedoch nicht die Tür zu meinem Laden, sondern schließe mein Fahrradschloss wieder auf. Ich habe erst mal etwas Wichtiges zu erledigen.

Hinter der Tür bleibt es still, obwohl ich deutlich hören kann, dass jemand im Zimmer sein muss. Erneut klopfe ich.

„Herein!", ertönt es schließlich.

Ruckartig öffne ich die Tür und stürme ins Zimmer. Hannah sitzt an ihrem Schreibtisch und schaut mich überrascht an. Dann legt sich zügig ein dunkler Schleier über ihr Gesicht.

„Was willst …“, beginnt sie, ich falle ihr jedoch ins Wort.

„Hannah, hör mir bitte zu, es tut mir so leid“, sage ich eine Spur zu laut. Ein Blutstropfen landet auf dem Parkett und wir beide starren ihm für den Bruchteil einer Sekunde blöd hinterher. Scheiß Fahrradlenker.

„Was ich gesagt habe, war sehr unfair.“

„Das war es allerdings“, antwortet sie kalt und bleibt starr sitzen. Sie hat bisher nicht einmal die Hände von ihrer Computertastatur genommen.

„Manches mag ich tatsächlich so gemeint haben, aber ich hätte mich anders ausdrücken müssen. Es tut mir so leid“, beginne ich schließlich zu schluchzen.

„Karla, was ist denn los?“, fragt sie, kommt auf mich zu und legt mir die Hände auf die Schultern.

„Anna liegt auf einer Intensivstation und wird künstlich beatmet.“

Hannah drückt mich fest an sich und auch ich lege meine Arme fest um sie. Hannah weint leise, wegen mir, wegen uns, wegen unserem Streit, wegen Anna. Eine ganze Weile stehen wir so da, Blut rinnt über meine Handfläche und tropft auf die Spitzen ihres blonden Haares und auf ihre weiße Bluse, die damit wohl versaut wäre. Wir sind beide blutig und es ist mir egal, es ist nicht wichtig.

38.

Das habe ich seit dem Kindergarten nicht mehr gemacht", sagt Hannah. Kleister rinnt ihr über die rechte Hand, ein einzelner, zäher Tropfen hat es fast den gesamten Arm entlang bis zum Ellbogen geschafft. „Und auch dort haben wir, glaube ich, nur ein einziges Mal eine Laterne gebastelt. Mit anderen Worten, ich klebe gerade die zweite Laterne meines Lebens."

Über den Tisch hinweg schaue ich sie an: Es lassen sich sogar einzelne Kleisterspuren auf ihrer linken Wange und ihrem Hals verzeichnen. Wie hat sie das geschafft? Sehe ich auch so aus?

„Ich habe auch schon seit vielen Jahren keine Laterne mehr gebastelt. Aber in diesem Jahr hatte ich große Lust darauf."

Ich zucke mit den Schultern und stecke den Zeigefinger erneut in den Kleistertopf, bevor ich eine großzügige Menge über die vielzähligen Transparentpapierlagen auf meinem Luftballon schmiere.

Wurde Sankt Martin ursprünglich in ganz Schweden gefeiert, so findet sich die Tradition inklusive Gänseessen vornehmlich im südlichen Schonen vor allem deswegen, weil das Gebiet bis 1658 dänisch war und den Dän*innen die Tradition wichtig. In den nördlicheren Trakten hingegen verlor Sankt Martin schnell an Bedeutung. Ich fand schade, dass Sankt Martin nicht gefeiert wurde, denn vor allem in Kindertagen waren mir der Laternenumzug, Martinsfeuer und Weckmann ein helles Licht im sonst so dunklen November. Und auch heute mag ich diese Tradition, mag sie auch zu einem gewissen Teil in der neueren Vergangenheit konstruiert worden sein.

Der November ist aus meteorologischer Sicht sicherlich nicht der dunkelste Monat des Jahres, aber in Anbetracht der Tatsache, dass oftmals dunkle Regenwolken schwer am Himmel hingen und diese auch tagsüber jegliches Sonnenlicht abzufangen vermochten, kann man ihn durchaus als solchen empfinden. Der dunkelste November, den ich in Schweden erlebt habe, zählte ganze fünf Sonnenstunden. Als nach endlosen Tagen, die von ihrer Helligkeit her bestenfalls an eine späte

Morgendämmerung erinnerten, endlich wieder die Sonne hervorkam, konnte ich im ersten Moment gar nicht einordnen, warum die Welt draußen so anders aussah. Dann wurde mir bewusst: Die Sonne scheint, es ist hell. Später kam im Radio die Nachricht, dass es sich um einen der dunkelsten November seit Anbeginn der Aufzeichnungen gehandelt hatte. Es war dunkel, kalt, verregnet und dunkel.

„Wir könnten viele kleine Laternen machen", schlägt Hannah vor. „Und sie dann wie eine Lampionkette aufhängen."

„Das ist eine schöne Idee", antworte ich. Richtig Laternelaufen sehe ich mich dann doch nicht.

Hannah und ich hatten seit unserem Streit viel Zeit miteinander verbracht, noch mehr als ohnehin schon. Wir waren zusammen in den Mineralbädern gewesen und in der Wilhelma, haben uns zum Mittagessen getroffen oder waren am Abend gemeinsam in der Stadt etwas trinken, bevor wir heimgeradelt sind. Und nun wollten wir Laternen basteln und bald würden wir Plätzchen backen und dann war auch schon Weihnachten.

Auch unsere Ringmission hatten wir vorerst hinten angestellt, sogar Hannah, sie war im Gesamtkontext eingeordnet dann eben doch sekundär. Nur die Kürbisausstellung, die wollte ich in jedem Fall sehen. Und Anton. Ich war beeindruckt von den gigantischen Skulpturen, die aus diversen kleinen Kürbissen in unterschiedlichen Farben gebaut worden waren, noch mehr jedoch begeisterten mich die Kürbisse in Rekordgröße, die von unterschiedlichen Züchter*innen ausgestellt wurden. Auch beobachtete ich die Schnitzer*innen mit Freude und musste feststellen, dass ich – was meine persönlichen Jack O'Lantern Skills angeht – noch deutlich Platz nach oben hatte. Ich habe zudem keine gesehen, die sich tollpatschigerweise geschnitten hätte. An dem Tag jedenfalls nicht. Wir schlenderten langsam durch den Schlosspark, an der Emichsburg vorbei, schlängelten uns durch Horden anderer Besucher*innen und naschten dabei viel zu viele geröstete Kürbiskerne. Es war ein gänzlich gelungener Tag, den ich am Abend bei einem mitgebrachten Glas Kürbissekt gemeinsam mit Hannah ausklingen ließ. Kürbisse stimmen mich glücklich. Ich musste mir dennoch eingestehen, dass mir die Kürbisse an diesem Tag von eher untergeordneter Wichtigkeit gewesen waren.

Ich lasse meinen Blick zu unserer mittlerweile traurig und alt aussehenden Kürbislaterne schweifen, die ich mit Hannah an Halloween geschnitzt hatte: Im Laufe der Zeit fiel zunächst der hämisch grinsende Mund ein, dann die zusammengekniffenen, böse funkelnden Augen, dann fing sie an zu schimmeln. Der ehemals so stolze Jack erinnerte nach ein paar Tagen an einen gebisslosen Greis, und wenn er noch böse Geister abzuschrecken vermag, dann vor allem aus Mitleid.

„Wenn unsere Laternen fertig sind", beginne ich, „können wir ja vielleicht unseren Kürbis entsorgen."

„Was? Aber ... aber unser Kürbis!"

„Ich mag ihn ja auch, aber er schaut drein, als würde er um Erlösung betteln wollen, und ich glaube, angefangen zu schimmeln hat er auch."

„Igitt!" Hannah zieht eine angewiderte Fratze, dann greift sie mit ihrer Kleisterhand beherzt in den Beutel mit Luftballons und wühlt sich einen roten hervor.

„Du schmierst ja alles mit Kleister voll!"

„Mag sein, aber ich möchte gerne einen roten Ballon haben."

„Das ist doch vollkommen egal, die werden doch später kaputt gestochen und rausgepult."

„Ja, später. Bis dahin möchte ich gerne einen roten Ballon haben." Mit diesen Worten beginnt sie grinsend, den Ballon aufzublasen.

Nur schwach dringen die letzten Strahlen der Abendsonne durch meine Scheiben. Bei einem Blick auf die Uhr wird mir schmerzlich bewusst, dass Abendsonne eigentlich der falsche Ausdruck ist: Es handelt sich um Nachmittagssonne, nicht einmal um Spätnachmittagssonne. Davon unabhängig ist sie aber trotzdem bald weg. Und tschüss.

Ich drehe eine kleine Runde durch den Laden und knipse dabei die drei kleinen Tischlampen an, die in den Fenstern stehen. Die Angewohnheit, Lampen in die Fenster zu stellen, habe ich mir wohl in Schweden so angeeignet, dort sieht man in den dunklen Monaten kaum ein Fenster ohne Lampe. Vielleicht ein Solidaritätszeichen, gemeinsam der Dunkelheit zu trotzen. Ich mochte das indirekte, weiche Licht auch deutlich lieber als die helle Beleuchtung der Ladenräume, zumindest, wenn ich nicht gerade an einem Gesteck arbeitete und auf helles Licht angewiesen war. Auf den obligatorischen Efeukranz in einem hohen Blumentopf und die Orchideen neben der Lampe habe ich dann aber doch verzichtet.

Gerade am Morgen hatte ich frische Schnittblumen bekommen: elegante rosagefärbte Amaryllis, Ilex-Zweige und ein paar exotische Anigozanthos; mal schauen, was ich damit morgen Schönes machen würde.

Ich stehe noch immer am Fenster, als ich eine junge Frau über die Straße laufen sehe. Noch bevor sie die Hand zum Gruß hebt, erkenne ich sie als eine der jungen Bräute wieder, die im Sommer ihre Blumendekorationen bei mir in Auftrag gegeben hatten. Freudig strahlend betritt sie den Laden.

„Wie schön, Sie wiederzusehen!“, sage ich zur Begrüßung. „Hat auf der Hochzeit alles gut geklappt? Hatten Sie eine schöne Feier?“

„Es war ganz wundervoll!“, antwortet sie begeistert. „Die Gestecke haben perfekt in den Raum gepasst. Moment.“ Sie zieht ihr Handy aus der Tasche und zeigt mir ein paar Aufnahmen.

„Die Tische sehen sehr edel aus und die Blumen, die Sie gewählt haben, passen hervorragend zu dem Porzellan."

„Nicht wahr? Das finde ich auch! Und erfreulicherweise haben ein paar Gäste nach der Feier ein Gesteck mitnehmen können. So haben die Blumen auch nach der Hochzeit noch jemandem Freude geschenkt."

„Der Blumenkranz passt auch toll zu Ihrem Kleid", kommentiere ich das nächste Foto.

„Das haben viele Gäste gesagt! Ich bin sehr froh darüber, dass ich mich letztlich doch für einen Haarkranz entschieden habe. Das war einfach mal etwas anderes. Ich habe ihn aufbewahrt, er liegt getrocknet bei uns auf dem Wohnzimmertisch."

Ich muss lachen. „Es freut mich sehr zu hören, dass Sie so eine schöne Hochzeit hatten! Und ich bin wirklich dankbar dafür, dass Sie sich die Zeit genommen haben, mir das mitzuteilen."

„Ja, danke. Das wollte ich Ihnen doch wenigstens kurz rückmelden und mich zugleich für die liebevolle Beratung bedanken."

„Das habe ich sehr gerne gemacht. Der freundlichen Gespräche wegen habe ich schließlich diese Arbeit gewählt. Der Gespräche wegen und der Blumen, natürlich." Ich lächele die junge Frau an.

„Ich habe den Eindruck, dass Sie hier genau an der richtigen Stelle sind", antwortet sie und lächelt zurück.

„Vielen Dank. Den Eindruck gewinne ich langsam auch."

„Eigentlich wollte ich Ihnen nur ein paar Bilder zeigen", sagt sie nach einer kurzen Pause, „aber wo ich schon mal hier bin, schaue ich mich gerne etwas um. Sie haben immer so schöne Sachen."

Ich merke, dass mein Gesicht errötet.

„Bitte, gerne!"

Sie entscheidet sich für ein herbstliches Gesteck, das ich ihr des kühlen Windes wegen dick in Papier einschlage. Ich winke ihr nach, als sie die Straße überquert und schließlich aus meinem Blickfeld verschwindet.

Draußen wird es langsam dunkler und ich beginne, mich im Schaufenster zu spiegeln. Es ist nasskalt und der Bürgersteig überzogen von einer Vielzahl entfärbter Blätter und achtlos weggeworfenem Papier.

In einem der Fenster des Hauses gegenüber geht Licht an.

„Ach, Mist!“

Ich knipse sämtliche Lampen wieder aus, greife meine Jacke und die Schlüssel und gehe in die dunkle Kälte.

„Wie schön!“, sagt Helma, als sie die Tür öffnet. „Ich dachte schon, Sie hätten es vielleicht vergesssen!“

„Nein, das habe ich nicht“, antworte ich ihr. „Ich war nur ...“ Ich stocke. Nein, ich war eigentlich nicht sehr beschäftigt gewesen und hatte keine plausible Ausrede, sie nicht früher zu besuchen. Meistens brauchte es eine solche auch gar nicht.

„Nein, ich habe es nicht vergessen. Es tut mir leid, dass ich nicht früher gekommen bin.“

Verunsichert stehe ich auf Helmas Türschwelle und verlagere mein Gewicht von einem Fuß auf den anderen.

„Ist es gerade ungelegen?“

„Nein, natürlich nicht. Bitte“, sagt Helma, tritt einen Schritt zur Seite und bedeutet mir mit einer Handbewegung, in die Wohnung zu kommen.

Vorsichtig gehe ich an ihr vorbei über den schweren Teppich auf dem hellen Parkettboden. An der Garderobe streife ich meine Schuhe ab und merke beschämt, dass ich natürlich ausgerechnet heute nach meinen durchlöchertsten und abgewetztesten Socken gegriffen haben muss. Fast hämisch hat sich mein rechter kleiner Zeh durch die Seite des Stoffes gebohrt und ich versuche unbemerkt, den Socken so zurechtzurücken, dass man ihn nicht sieht. Helma geht mit langsamen, schweren Schritten ins Wohnzimmer und ich folge ihr leise. Die Wände im Flur sind überzogen von gerahmten Bildern mit mir unbekannten Gesichtern, von Familienportraits und Hochzeitsfotos, von schick angezogenen Jugendlichen auf ihren Konfirmationen und Abschlussbällen, von zerknautschten Babies und Bobbycar fahrenden Kindern. Dazwischen: immer wieder Anna und Helma. Arm in Arm stehend vor dem Eifelturm, lachend Sekt trinkend in einem Restaurant, sonnenverbrannt irgendwelche bunten Strohhüte ausprobierend. Der Flur gleicht einer Zeitreise in die Vergangenheit: Mit jedem Schritt, den ich Helma in Richtung Wohnzimmer folge, scheinen die beiden Freundinnen etwas jünger zu werden. Kurz vor dem Durchgang ins Wohnzimmer: Anna und Helma mit kurzen Hosen und engem Top auf einer Vespa sitzend; das Bild muss in den fünfziger Jahren aufgenommen worden sein.

„Wollen Sie etwas trinken? Kaffee?“

„Nein, danke“, antworte ich und versuche, meinen Blick von Annas und Helmas strahlenden Gesichtern zu lösen. Mir wird warm und kalt zugleich und ich scheine erst nun zu realisieren, wie nahe sich die beiden Frauen ihr ganzes Leben lang gestanden haben müssen. Plötzlich, so scheint es mir, wird auch mein Leben ohne Anna leer und ich spüre einen Kloß im Hals.

Ich räuspere mich ein paar Mal und setze mich schließlich zu Helma an den kleinen Esstisch im Wohnzimmer, wo das Spielbrett bereits ausgebreitet ist. Helma reicht mir den grünen Stoffbeutel und bittet mich, sieben Steinchen, bedruckt mit unterschiedlichen Buchstaben, herauszuziehen. Ich sehe, dass sie ihre bereits vor sich auf der Plastikschiene drapiert hat. Im Schein der Deckenlampe kann ich ihre tiefen Augenringe sehen und ich frage mich, wie viel sie in den letzten Tagen wohl geschlafen hat. Ihre Worte klingen leise und schwach und sie scheint sich aufs Sprechen konzentrieren zu müssen.

„Wie ... wie geht es denn ...“

„Bitte nicht“, unterbricht sie mich. „Bitte.“

Ich nicke.

Und dann spielen wir knapp zwei Stunden lang konzentriert *Scrabble,* wir lassen die Welt außen vor und reden nur das Nötigste und das ist schön so.

39.

Im Winter, so eine gängige Behauptung, ist es in Schweden doch immer dunkel. Aber nein, beginne ich daraufhin wie eine alte, staubige Schallplatte meinen einstudierten Text abzuspulen, nicht immer und schon gar nicht überall.

Schweden ist ein großes, in die Länge gezogenes Land: Es erstreckt sich in nordsüdlicher Richtung über gut 1572 Kilometer und ist damit fast doppelt so lang wie Deutschland. Im hohen Norden endet Schweden irgendwo hinter dem Polarkreis, begrenzt und umgeben von den nördlichsten Gebieten seiner Nachbarländer Norwegen und Finnland. Hier, wo alle drei Länder sich aneinanderschmiegen und Norwegen dennoch den allernördlichsten Zipfel für sich beansprucht, beginnt das Reich der Polarnacht: Die Sonne schafft es in den Wintermonaten nur bis knapp unter den Horizont und es verbleibt auch tagsüber dämmrig dunkel. Die Polarnächte sind kalt, lang und magisch: Die Berge scheinen unter ihrer dichten Schneedecke still zu ruhen, das Eis der zugefrorenen

Seen arbeitet, knirscht und singt, leuchtende Polarlichter ziehen über den Himmel und tauchen die blau-schwarz-weiße Welt in einen gespenstischen, grünlichen Schein. Es lässt sich leicht nachvollziehen, dass dieses Lichtschauspiel als Kommunikation der Götter, als unheilvolles Zeichen, als Brücke ins Jenseits oder auch als Walkürenritt gedeutet wurde; auch heute haben die Polarlichter selbst in Anbetracht des naturwissenschaftlichen Erkenntnisgewinns wenig von ihrer magischen Anziehungskraft verloren. Polarlichter betrachtet man seit Tausenden von Jahren und dennoch werden sie in einer jeden Nacht neu geboren, sie schlagen eine Brücke zwischen Vergangenem und Vergessenem, dem flüchtigen jetzigen Augenblick und dem, was kommen mag, während das Raum-Zeit-Kontinuum in seiner Auflösung begriffen scheint.

Manchmal, selten, in einzelnen sternenklaren Nächten, da hatte ich ein schwaches Polarlicht direkt vor der Haustür. Aber einmal, da war ich just wegen ihnen nördlich des Polarkreises. Eine Freundin aus Deutschland hatte für das Polarlichterbeobachten eine Reise nach Nordschweden gebucht; es kam bei den Reisevorbereitungen die Frage auf, ob ich nicht Lust hätte, dort vorbeizukommen, wo wir doch schon mal zeitgleich in Schweden waren. Von meiner Wohnung aus wäre es zu ihr nach Deutschland deutlich näher gewesen als zu unserem gemeinsamen Ziel in Nordschweden, aber Lust hatte ich allemal. Leicht unterschätzt man die gewaltige Größe dieses Landes.

Ist es im hohen Norden dämmrig dunkel, so wird es nach Süden hin tagsüber hell, so wie es auch im Sommer in den meisten Gebieten Schwedens nachts dunkel wird. Schweden ist ein Land voller Dunkelheit und ein Land voller Licht.

Sind die schwedischen Winter auch nicht überall magisch, so sind sie doch schön, beginne ich für gewöhnlich zu erzählen. Gewiss, es wird im Vergleich zu Deutschland ausnahmslos später hell und früher dunkel, in den wenigen verbleibenden Sonnenstunden jedoch kann man sich an den meisten Tagen an einem herrlichen Winterwetter erfreuen: an milder, wärmender Sonne, an klirrender, trockener Kälte, an zugefrorenen Seen, die zum Schlittschuhlaufen einladen, und an weißem, unter den Schuhsohlen knirschendem Schnee. Mit dem Schnee kommt die Helligkeit zurück in die Städte: Er spiegelt das Licht vom Boden, von den schwer behangenen Ästen knorriger Bäume, von abgesessenen Parkbänken, verbogenen Fahrradständern und grauen Parkhäusern. Ja, so dreht sich die Schallplatte schleifend weiter. In Deutschland mögen die Tage etwas länger sein, dafür verbleiben sie oft grau und nasskalt und der Schneematsch kriecht einem die Hosenbeine entlang bis ins Knochenmark. Es stellt sich die Frage, wie viele Sonnenstunden man am Tag braucht, wenn denn schon nach einer knappen Stunde die Socken feucht sind und der Schlittenfahrhang zu einem überwiegendem Anteil aus Matsch und aufgewühlter Erde denn aus Schnee besteht.

So oder so ungefähr antwortete ich, spulte leiernd meinen Text ab und erntete meist bejahendes Kopfnicken, das ich mit einem Schulterzucken quitierte. Aber manchmal – so gestand ich mir selbst ein – könnte es dennoch länger hell sein. An den Tagen, an denen die schwere, träge Dunkelheit bereits am frühen Nachmittag durch das Land zog und erdrückende Einsamkeit mit sich brachte, an den Tagen, an denen ich stumm aus dem Fenster starrte und nur mein eigenes, trauriges Spiegelbild sah. Ja, an den Tagen könnte es länger hell sein. Nachts sind alle roten Häuschen schwarz.

In Stuttgart begann der Winter, wie der Herbst aufgehört hatte: grau, verregnet und viel zu warm und an manchen Ecken steckten bereits die ersten Krokusse verwirrt ihre Köpfe aus den Böden. Es ist viel zu früh, möchte man ihnen sagen, legt euch doch noch mal hin. Aber störrisch trotzten sie Wind und Wetter und wurden schließlich doch von unachtsamen Spaziergänger*innen zertrampelt. Statt Kälte trieb der Nordwind die erste, leise Weihnachtsstimmung durch die geschäftige Stadt und am Alten Schloss begann man damit, Holzbuden für den alljährlichen Weihnachtsmarkt aufzubauen und eingelagerte Lichterketten zu entkutzeln.

Dass Weihnachtsmärkte ein deutsches Phänomen sind, wurde mir erst bewusst, als ich bei *Plantagen* durch Zufall den Prospekt eines skandinavischen Reiseveranstalters sah, der Touren nur zu deutschen Weihnachtsmärkten anbot: nach Dresden, nach Nürnberg, nach Köln und nach überall dazwischen. Die Tradition der Weihnachtsmärkte – so las ich daraufhin –

ergründet sich in spätmittelalterlichen Märkten zum Jahresende hin, welche der Bevölkerung die Möglichkeit bieten sollten, sich vor den kalten Wintermonaten mit Vorräten an Kleidung und Lebensmitteln einzudecken. Im 14. Jahrhundert wurde auch anderen Berufsgruppen, zum Beispiel Spielzeugmachern und Korbflechtern, erlaubt, ihre Waren auf diesen Märkten zum Verkauf anzubieten, was die zunächst einfachen Märkte zu einem gesellschaftlichen Ereignis hatte werden lassen. Und so breitete sich die Tradition eines Weihnachtsmarktes über den deutschsprachigen Raum aus und erreichte irgendwann im späten 19. Jahrhundert auch ein großes, kleines Land im Norden Europas.

In Schweden habe ich die Weihnachtsmärkte in der Regel als kleiner, überschaubarer und weniger gesellig empfunden. Was höchst wahrscheinlich der Tatsache entspringt, dass der Alkoholausschank deutlich reglementierter ist und es dementsprechend eine organisatorische Herausforderung darstellt, sich mit Glühwein, respektive *glögg* des nachts in großer Runde am Heizpilz wahnsinnig einen hinter die Binde zu kippen. Das – so muss man sich eingestehen, sollte das

Herz auch noch so sehr für diesen alten, liebevollen Brauchtum brennen – macht mittlerweile eben doch einen Großteil des alljährlichen Ansturms auf die Weihnachtsmärkte aus, und nicht etwa die geschnitzten Engel aus dem Erzgebirge oder die frischen Nürnberger Lebkuchen.

Nun wird es also Weihnachten in Stuttgart, denke ich bei mir, während ich die Königsstraße entlanglaufe und das emsige Treiben auf dem Schlossplatz beobachte. Das bedeutet, dass ich mir nun auch mit gutem Gewissen meine Lieblingslebkuchen in Herzen-, Sternen- und Brezelform im Supermarkt kaufen kann. Wenn es denn noch welche gibt, schließlich liegen die da ja schon seit gut drei Monaten rum. In Schweden gab es nur diese harten Lebkuchen, nicht diese mit oder ohne Marmelade gefüllten weichen, saftigen. Den Beginn der schwedischen Vorweihnachtszeit erkennt man mit größter Sicherheit untrüglich daran, dass aus dem Nichts plötzlich eine große, kreisrunde Plastikdose voller harter, flacher Lebkuchenherzen im Pausenraum auftaucht, die sich bis vor Weihnachten wie von Geisterhand immer wieder füllt. Und jedes Mal, wenn man sich einen Lebkuchen nimmt, muss man – wie auch bei den Süßigkeiten im *påskägg* – darauf hinweisen, wie gefährlich es doch sei, dass die hier rumstehen. Aber im neuen Jahr wird alles anders und ab Neujahr wird sowieso wieder regelmäßig trainiert und die alte Mitgliedskarte fürs Fitnessstudio ist eh schon wieder aufgewärmt und das Hamsterrad dreht sich weiter und manche Traditionen sind dann eben doch in den meisten westeuropäischen Ländern gleich.

Mitten auf der Königsstraße sitzt, wie so häufig, ein alter Herr mit seinem Schachbrett, den man gegen eine kleine Spende zu einem Spiel herausfordern darf. Irgendwann, so hatte ich mir vorgenommen, würde ich diesem Herrn einen Geldschein in die Hand drücken und ihn bitten, mir Schach beizubringen. Momentan kann ich mich ja kaum daran erinnern, welche Figur in welche Richtung wie viele Felder rücken darf. Ich nicke ihm freundlich lächelnd zu, als ich an ihm vorbeilaufe, und er bedeutet mir mit einer einladenden Handgeste, ihm gegenüber Platz zu nehmen. Beschämt schüttele ich den Kopf und schaue zu Boden. Heute war noch nicht der Tag. Aber irgendwann, da war ich mir sicher, würde ich von diesem Herren wahnsinnig viel lernen können.

„Was hältst du davon“, beginnt Hannah, „wenn wir unseren Besuch bei Miloš’ Frau mit dem Esslinger Weihnachtsmarkt verbinden?“

Hannah sitzt, wie so häufig, hinter mir im Pausenraum. In Gedanken fährt sie mit dem Zeigefinger einzelne Kratzer auf dem Tisch nach, sie hat ein Knie angezogen und ihren Kopf darauf abgestützt. Unweit vor ihr steht der tönerne Blumentopf, der einmal einer orangefarbenen Gerbera eine Heimat geboten hatte. Nun ist er kahl und verwaist und nur ein winziger, trockener Stengel inmitten der Erde erinnert noch daran, was einmal war. Hannah hat es noch nicht kommentiert.

„Ist das ein besonderer Weihnachtsmarkt?“, frage ich.

„O ja!“ Hannah hebt den Kopf und funkelt mich an. „Es ist ein mittelalterlicher Weihnachtsmarkt! Du weißt schon, mit Spanferkeln über offenen Feuern, Met aus Tonkrügen, Gauklern und Schmieden und Frauen, die keine Kleider, sondern Gewänder tragen.“

„Das klingt toll!“

Mittelalterliche Märkte, denke ich bei mir, während ich ein paar Proteen und Ilexzweige aus den Vitrinenschränken hole, auch auf einem solchen bin ich lange nicht gewesen. Mittelalter heißt im Schwedischen *medeltid*, Mittelzeit. Die wörtliche Übersetzung vom deutschen Mittelalter, *medelålder*, würde sich auf Menschen mittleren Alters beziehen. Diesen doch sehr feinen Unterschied habe ich vor vielen Jahren gelernt, als ich meinen Kolleg*innen davon erzählen wollte, dass ich Pläne gemacht hatte, zur berühmt-berüchtigten *medeltidsveckan*, zur Mittelalterwoche nach Visby auf Gotland zu fahren, diese jedoch fälschlicherweise als *medelålderveckan* bezeichnete. Meine entgeisterten Kolleg*innen vermuteten, es handele sich dabei um eine Art Midlife Crisis Camp für Menschen mittleren Alters, wo man gemeinsam über Rückenschmerzen klagen, einen Motorradführschein machen oder sich tätowieren lassen konnte. Manchmal hilft es, wenn eine Fremdsprache der Muttersprache ähnelt, manchmal macht es allerdings genau diese Tatsache komplex.

„Das ist es auch", führt Hannah weiter aus. „Wenn du mutig bist, kannst du dort sogar mitten auf einem Platz, allerdings von einem Vorhang verdeckt, in einer Art Waschzuber baden."

„Erinnere mich daran doch bitte noch mal nach dem dritten Glühmet."

Ich kürze die Stiele meiner Pflanzen und stecke sie in eine Vase zwischen silber-grüne Eukalyptuszweige. Dann stelle ich die Vase auf einen niedrigen Tisch hinter dem Schaufenster und beginne damit, die Lampen anzuknipsen.

40.

Unsicher stehen wir vor einem ehemals gelbfarbenen Mehrfamilienhaus, dessen Farbe sich im Laufe der Jahre der von süßem Senf angenähert hat. Einzelne dünne Risse ziehen sich Spinnenweben gleich durch den Putz. Die Fensterrahmen hingegen sind ausnahmslos strahlend weiß und scheinen erst kürzlich erneuert worden zu sein. Wir befinden uns nur unweit des Esslinger Stadtzentrums, auf einer kleinen Nebenstraße in Richtung *Dick* Schornstein. Es ist später Nachmittag und die Dämmerung hält langsam Einzug in die Stadt. Eine Windböe bringt mich fast aus dem Gleichgewicht. Schützend lege ich meine Arme um den Blumenstrauß, den ich gestern für Miloš' Frau gemacht hatte: ein paar wenige weiß-lilafarbene Hohe Bartschwertlilien, zartroséfarbene Tulpen, silber-blaue Eukalyptusbeeren und etwas Greenery. Sollte es die langjährige Ehefrau von Miloš sein, dem Mann, den wir seit Monaten suchen, jener wundervolle Mensch, der allen eventuellen Widerständen zum Trotz einen Haushaltswarenladen übernommen und es in eine zauberhafte, grüne Oase verwandelt hatte, so würde sie die Sprache der Blumen vielleicht ebenfalls sprechen.

„Hier sollte es sein“, sagt Hannah und kontrolliert noch einmal die Adresse auf ihrem verknautschen Zettel. Sie deutet auf das senffarbene Haus, ohne jedoch vom Zettel aufzuschauen. Wir gehen ein paar wenige Schritte die Hausfassade entlang, sehen aber keine Haustür. Als wir vorsichtig um das Haus herum auf den vermuteten Hinterhof gehen, kommen wir uns wie Störenfriede vor. Aber – wir finden die Hauseingänge, drei an der Zahl.

„Eingang B“, sagt Hannah und nähert sich der Tür.

„Kovačević“ steht auf einem der zwölf Klingelschildchen und ebenso an einem der zwölf Briefschlitze.

„Das fängt ja schon mal besser an als beim letzten Mal“, sagt Hanna begeistert und deutet auf das angelaufene Plastik der Klingel. „Diesmal passt zumindest der Name.“

„Diesmal trennt uns aber auch kein Eisengitter von einer entrüsteten Hausfrau“, sage ich lachend.

„Du darfst dich von schwäbischen Hausfrauen nicht einschüchtern lassen. Du weißt doch, bruddeln gehört zum guten Ton und wer bruddelt, beißt nicht."

Ich rolle mit den Augen, dann versuchen wir fast zeitgleich durch das kleine Türfenster aus Ornamentglas irgendetwas zu erkennen, wir sehen jedoch nur den verschwommenen Umriss einer Treppe.

„Sollen wir?", fragt Hannah.

Ich nicke und merke, wie meine Hände den Strauß fest umgreifen.

„Los geht's", sagt Hannah und drückt die Klingel.

Nach endlosen Sekunden hören wir das Klicken einer Gegensprechanlage.

„Hallo?", erklingt die gedämpfte Stimme einer alten Dame.

„Guten Tag", antworte ich und merke, dass meine Stimme vor Aufregung zittert. „Wir möchten gerne eine Frau Vesna Kovačević sprechen."

Es bleibt still und ich habe Sorge, dass die unbekannte Frau einfach wieder aufgelegt hat. Doch dann erklingt das vertraute Summen einer Haustür. Ich drücke die Tür auf und stehe im Treppenhaus.

Wir sitzen auf einem schweren, unglaublich weichen Sofa mit ausladenden Armlehnen, die mit Häkeldeckchen verziert sind. Durch einige größere Maschen kann man den hellen Blümchenstoff des Sofas erkennen. Vesna hat uns gegenüber in einem Ohrensessel Platz genommen, in dem die zierliche Frau fast zu versinken scheint. Zwischen uns steht ein dunkler, rustikaler Kacheltisch und mittig darauf mein Blumenstrauß in einer weißen, ebenfalls geblümten Vase.

Unsicher, jedoch äußerst wach und interessiert werden wir von Vesna gemustert. Vesna hat langes, graues Haar, das sie zu einem einfachen Dutt gesteckt hat. Unzählige Falten ziehen über ihr schmales, leicht spitzes Gesicht. Sie hat ihre Augenbrauen nachgemalt und trägt einen dunkelroten Lippenstift. Um ihren Hals hängt ein ovales, knapp zwei Zentimeter großes und reich verziertes Silbermedallion. Diese Frau muss einmal wunderschön gewesen sein. Sie ist wunderschön, wenn auch das Leben deutliche Spuren hinterlassen hat.

„Wir ...“, beginne ich, muss mich jedoch kurz räuspern, „suchen schon seit einiger Zeit einen Miloš Kovačević.“

„Miloš ist tot“, antwortet Vesna streng.

Ich beobachte, wie ihre rechte Hand dabei unwillentlich das Medallion berührt, bevor sie die Hände im Schoß faltet. Erneut muss ich mich räuspern.

„Das haben wir erfahren, ja. Es tut mir sehr leid.“

„Macht nichts, ist lange her.“

Vesna knetet ihre Hände, ansonsten zeigt sie keinerlei Emotionen, sie sitzt gerade in ihrem Sessel und schaut uns an. Sie rollt das R stark, ansonsten spricht sie fast akzentfrei. Warum sollte sie das auch nicht tun, muss ich mich selbst erinnernd tadeln. Vermutlich wohnt sie ja bereits seit über fünfzig Jahren in Deutschland.

„Was wollen Sie von meinem Mann?“

„Mir gehört ein Blumenladen in Stuttgart-Feuerbach und ...“

„Ein Blumenladen?“

„Ja, ein ...“

„Mein Mann hatte nie etwas mit einem Blumenladen zu schaffen.“

Ich merke, wie mir eine Welle lähmender Enttäuschung einen Kloß in den Hals treibt.

„Ihr Mann hat nie einen Blumenladen besessen?"

Traurig schaue ich auf die Bartlilien auf dem Tisch. Sie scheinen vor meinen Augen fast zu verschwimmen.

„Nein", sagt Vesna, nun etwas weicher. „Mein Mann war Schuster und hatte zuletzt ein kleines Schuhgeschäft. Moment."

Galant steht sie aus dem tiefen Ohrensessel auf, ohne sich dabei an den Armlehnen abstützen zu müssen. Ihr knöchellanger, schwarzer Rock schwingt bei jedem Schritt, den sie über den rot-schwarz-gemusterten Teppich zum Bücherregal hin macht. Sie greift nach einem gerahmten Foto, das sie uns nun hinhält.

„Hier", sagt sie dabei, „so sah er aus. Das ist mein Miloš."

Das gerahmte Foto zeigt einen Mann Mitte siebzig mit vollem, dunkelgrauen Haar und strahlenden braunen Augen, die unter buschigen Brauen hervorsehen. Seine Haut ist vom Wetter gezeichnet und zeugt davon, dass er viel Zeit im Freien verbracht hat. Lachfalten liegen um Augen und Mund, sein Lächeln entblößt eine Reihe weißer Zähne. Das hervorstechendste Merkmal ist jedoch eine mindestens fünf Zentimeter lange Narbe, die quer über seine rechte Wange läuft und seinen Mundwinkel leicht nach rechts verzieht.

„Jugoslawienkrieg", sagt Vesna, als hätte sie meine Gedanken gelesen. Sie nimmt in ihrem Sessel Platz und legt ihre Arme auf den Lehnen ab.

„Miloš wurde im Krieg verwundet?", fragt nun Hannah.

„Ja."

„Dann sind Sie erst in den neunziger Jahren nach Deutschland gekommen?"

Erstaunt sehe ich Hannah von der Seite an. Ich hätte, so glaube ich, nicht spontan gewusst, wann genau die Kriege stattgefunden haben.

„Ja."

„Wir suchen einen Miloš Kovačević, der in den späten sechziger Jahren als sogenannter Gastarbeiter nach Deutschland kam."

Hannah öffnet auf ihrem Handy das Bild von Miloš, das ihn – im Hintergrund gehend – vor seinem Blumengeschäft zeigt und reicht es Vesna. Diese betrachtet es genau und zieht dabei die Stirn kraus.

„Ich kenne diesen Mann nicht. Wo genau soll er denn herkommen?“

„Das wissen wir nicht.“

Vesna schüttelt den Kopf und legt das Handy auf den Tisch. „Ich kenne keinen anderen Miloš Kovačević.“

„Okay“, sagt Hannah resigniert und packt ihr Handy wieder ein.

„Dann wollen wir Sie nicht länger stören“, sage ich und stehe auf. „Danke, dass Sie sich Zeit für uns genommen haben.“

„Gerne“, sagt Vesna, bleibt jedoch sitzen. „Ich wünsche Ihnen viel Erfolg bei Ihrer Suche.“

„Danke. Ach so“, sage ich und drehe mich noch mal um. „Darf ich Sie fragen, auf welchem Friedhof Ihr Mann begraben liegt?“

„Auf dem Ebershaldenfriedhof. Warum?“

„Haben Sie etwas dagegen, wenn wir ihn besuchen?“

Hannah schaut mich erstaunt an. Vesna hingegen verzieht den Mund zu einem Lächeln, dem ersten, das ich heute von ihr sehe.

„Natürlich nicht. Er liegt an einem Baum östlich der Aussegnungshalle. Ein auffälliges Grab hätte nicht zu ihm gepasst.“

„Darf ich ihm eine Ihrer Blumen mitbringen?“, frage ich und deute auf die Lilien.

„Bitte.“

„Warum genau wolltest du denn unbedingt noch zu dem Grab gehen?“, motzt Hannah, die hinter mir sich gegen den Wind stemmend über den Friedhof stapft. „Wir kennen den Mann doch gar nicht. Und er ist nicht unser Miloš.“

„Ich weiß“, sage ich.

Richtig erklären kann ich mir meinen spontanen Impuls auch nicht, aber ich habe mich dem lächelnden Mann auf dem Foto verbunden gefühlt, möglicherweise dadurch, dass wir in sein ehemaliges Wohnzimmer eingedrungen sind. Ich wollte mit einem Besuch auf dem Friedhof unseren Ausflug nach Esslingen abrunden.

„Wir hätten auch einfach in die Stadt laufen können, wo es vermutlich weniger windet, und einen warmen Glühwein trinken können.“

„Vielleicht solltest du weniger meckern“, gebe ich ihr zu Bedenken, „und einfach nach den Baumgräbern

Ausschau halten, dann kommen wir auch schneller in die Stadt."

Statt einer Antwort bekomme ich ein genervtes Schnauben. Ich halte die Lilie an meine Brust gepresst, damit sie im Wind nicht abknickt.

Langsam laufen wir die einzelnen Grabreihen entlang. Einige Gräber sind pompös gestaltet, weitläufig und eingefasst von steinernen Mäuerchen oder schweren Eisenketten, die sich am heutigen Abend ächzend im Wind wiegen. Inmitten davon große Steinskulpturen, die trauernd gen Boden oder hoffend gen Himmel schauen und aufwendig gestaltete Grabsteine, geschwungene Goldlettern auf schwarzem, glänzenden Marmor, die an einen Menschen, am besten an ein ganzes Leben erinnern sollen. Teilweise stehen Doktortitel oder Berufspositionen unter den Namen, gerade so, als würde das im Tode noch einen Unterschied machen, als wären wir nicht alle – sollte unser Leben auch noch so glanzvoll und die Arbeit noch so wichtig gewesen oder zumindest als wichtig empfunden worden sein – gleichermaßen dazu verdammt, einsam in der feuchten Erde zu verrotten oder in einem tosenden Flammenmeer unterzugehen.

Am Ende bleiben eben doch nur zerfallende Proteinketten, Asche und die verblassenden Erinnerungen in den Köpfen unserer Liebsten. Prunkvolle Gräber, Mausoleen, Schreine, daneben, dazwischen und dahinter unauffällige, schlichte Grabsteine, teilweise schief, vom Wetter gezeichnet und von Moos bewachsen, die Namen stellenweise nicht mehr lesbar. Trauerweiden, deren Äste am heutigen Abend im Wind peitschen, Parkbänke unter knorrigen Bäumen, blassgrüne Gießkannen an tropfenden Wasserstellen und in der Ferne hüpft irgendwo ein einsames Eichhörnchen über den Weg.

„Hier steht etwas von Baumgräbern", höre ich Hannah hinter mir.

Sie hat ihre Kapuze tief ins Gesicht gezogen und deutet auf ein kleines Holzschild an einem alten Ahorn. Es zeigt nach rechts, auf einen kleinen Pfad. Je weiter wir ihn entlanggehen, desto mehr lichten sich die Reihen der Gräber und ihre Plätze werden von dichten Büschen und jungen Bäumen eingenommen. Dann stehen wir an einem kleinen, lichten Wäldchen, wo lediglich ein paar schwarze Namensplaketten, angebracht an Baumstämmen, an jene Menschen erinnern sollen, die zu den Wurzeln begraben liegen.

„Hier ist es“, ruft Hannah gegen den Wind an und zeigt auf eine schwarze Plakette an einer Buche. „Hier liegt Miloš.“

Ich betrachte die Plakette mit diesem fremdartigen, doch wohlbekannten Namen und dann den Boden zu meinen Füßen. Er ist überzogen von alten Bucheckern und modrigen Blättern. Ich lege die Lilie an den Stamm und hoffe, dass die Buche sie vor dem Wind zu schützen weiß. Weit entfernt und uns doch von einer Böe nahe gebracht, vernehmen wir die Klänge von mittelalterlichen Musikinstrumenten und das Stimmengewirr glücklicher, glühweintrinkender Menschen. Hannah und ich sind jedoch beide still.

41.

Hi!“, höre ich Antons Stimme am anderen Ende der Leitung. „Wie schön, dass du anrufst!“

„Hallo!“, antworte ich. „Schön, dass ich dich erreiche.“

Während ich in der einen Hand mein Handy halte, versuche ich mit der anderen ein paar abgefallene Blätter meines soeben verwendeten Grünzeugs auf dem Tresen zusammenzuschieben.

„Hat Hannah dir schon von Vesna erzählt?“, frage ich und beginne, im Laden umherzulaufen und mit einem Finger zu kontrollieren, ob die Erde meiner Topfpflanzen noch feucht genug ist.

„Ja, das hat sie. Scheint ja eine interessante Dame zu sein.“

„Das kann man so sagen, ja.“

„Aber leider hat sich die Spur von diesem ... Fjodor? ... damit ja nun gänzlich verlaufen.“

„Ja, das hat sie.“

„Also seid ihr wieder bei null.“

Ich muss lachen. „Das habe ich genau so auch gesagt, aber Hannah meinte, dass wir ja nun zumindest jemanden ausschließen könnten und wir damit deutlich weiter seien als noch am Anfang."

„Typisch Hannah!" Auch Anton muss lachen. „Jemanden oder etwas ausschließen zu können, mag ja von Vorteil sein, aber von welchem Kollektiv denn?"

„Ja, eben."

„Dann muss ich wohl doch bald mit dem Klingelputzen in Feuerbach anfangen."

„Ich denke, es ist bald so weit, ja."

Ein erster Regentropfen schlägt an die Scheibe und zieht langsam seine Bahn gen Boden. Kurz darauf werden es immer mehr. Ich klopfe vorsichtig mit dem Finger an die Scheibe und beobachte, wie die Tropfen zu zittern beginnen, sich ansonsten jedoch auf ihrer Bahn nicht beeinflussen lassen.

„Nun, am Freitag ist ja Nikolaus", sage ich schließlich. „Ich habe überlegt, ob ich eine kleine Weihnachtsfeier bei mir im Laden machen soll. Mit Glühwein, Lebkuchen und Schrottwichteln. Und vielleicht kann jeder noch eine herzhafte Kleinigkeit zu essen mitbringen. Was meinst du, hättest du dazu Lust?"

„Vor allem muss dann jeder auch erst mal seinen eigenen Stuhl mitbringen. Oder hast du plötzlich mehr als zwei?“

Erneut muss ich lachen. „Nein, aber das lässt sich ja sicherlich irgendwie lösen.“

„Ich finde, das klingt nach einer schönen Idee.“

„Gib gerne den anderen Bescheid, Peter und Miriam und wer mag. Ich bin ja ohnehin im Laden.“

Nur Christian muss nicht unbedingt kommen, denke ich, sage jedoch nichts.

„Ich werde vermutlich schon am Nachmittag Glühwein und Kinderpunsch warm machen und Lebkuchen hinstellen, damit ich auch meinen Kunden etwas anbieten kann. Ihr stoßt dann einfach dazu, wie es euch passt.“

„Ich schaue mal, wen ich nach der Arbeit so alles mobilisiert bekomme.“

Über meinen Lautsprecher ertönt heute Weihnachtsmusik, obwohl ich nie eine große Freundin der Weihnachtsfeierei war. Sie hatte jedoch viel Gemütliches und ich war heute in Stimmung. Ich stehe auf einem meiner Malmsten-Stühle am Schaufenster und versuche, eine Lichterkette an einem kleinen Metallhaken, an dem für gewöhnlich bepflanzte Hängetöpfe baumeln, zu befestigen. Es gelingt mir nach einem langen, halsbrecherischen Balanceakt. Erst danach fällt mir ein, dass ich hinten im Lager eine Leiter stehen habe. Erneut schleppe ich den Stuhl durch den Laden, tänzele mit ihm um den Tresen herum und stelle ihn zurück an den Tisch. Den Blumentopf mit der eingegangenen Gerbera habe ich in den dunklen Lagerraum gestellt in der Hoffnung, dass die Knollen es vielleicht schaffen würden zu überwintern, um im Frühjahr nochmals auszutreiben. Ich wollte sie noch nicht aufgeben, meine erste Pflanze in meinem Laden. An ihrer Stelle stand nun ein leuchtend roter Weihnachtsstern, dessen Blattkanten ich mit Goldspray besprüht hatte.

Als ich mich zum Lagerraum wende, fällt mein Blick auf Hannahs Tatortwand: Sie ist seit dem frühen Sommer arrangiert und in den Monaten, die seitdem vergangen sind, ist nichts hinzugekommen. Einen Moment bleibe ich ruhig stehen und betrachte sie, während die Minuten verstreichen. Schweren Herzens seufze ich schließlich, dann beginne ich damit, das

Arrangement aufzulösen: Ich hänge die Bilder vorsichtig ab, entferne Klebestreifen und ziehe Reißnägel aus der Wand. Unser gemeinsames Projekt, unsere wirre Idee, ja, unser intermittenter Fanatismus sollte kein Abendgespräch werden und ich wollte nicht, dass noch mehr von Hannahs Arbeitskolleg*innen davon erfuhren. Zudem, so muss ich mir nun unwillentlich eingestehen, durchströmt mich eine seichte Woge der Erleichterung, während die Wand nach und nach leerer wird. Die Kopien der alten Bilder, der alten Briefe, weg. An ihrer Stelle: viel Platz für Neues. Ich hatte die Hoffnung, Miloš irgendwo ausfindig machen zu können, schon länger aufgegeben und sie neulich an Miloš Kovačevićs Grab in Form einer Schwertlilie gänzlich abgelegt. Es geht mir damit sehr gut: Es war lange her, dass Miloš diesen Laden als Blumengeschäft neu eröffnet hat und ich werde ihm dafür ewig dankbar sein, aber nun war meine Zeit. Ich nehme die Zigarrenkiste aus der Nische und öffne sie in nostalgischen Erinnerungen schwelgend, betrachte das alte, verknitterte Papier und das Hochzeitsbild mit den Stockflecken, streiche mit dem Zeigefinger über die Gesichter des lächelnden Paares und finde mich damit ab, dass ich ihre Geschichte nie werde hören können. Dann packe ich alles zusammen in einen kleinen Karton und verstaue diesen im Lager, direkt neben dem Schuhkarton mit dem Stadtplan, den Postkarten und der Silberkette. Diesen kleinen, unscheinbaren Platz in der hintersten Ecke meines Lagers können die Gegenstände vorerst noch haben, aber irgendwann würde ich auch diese Kisten entsorgen. In die Nische stelle ich einen weiteren Weihnachtsstern, diesmal in weiß.

Ich erwärme die erste Flasche Glühwein und fülle sie um in eine Thermoskanne. Dann verteile ich Lebkuchen, Weihnachtsgebäck und Mandarinen auf zwei Teller, stelle einen davon auf den Tisch und einen an die Kasse. Als ich aus meinem Leinenbeutel zwei Päckchen von diesen flachen Schokoladenweihnachtsmännern am Stil heraushole, überkommt mich tosend die zweite nostalgische Welle an diesem Tag: weder der Aufdruck der einzelnen Verpackungen noch die Gussform hat sich in den letzten dreißig Jahren verändert. Ich drapiere sie in einem Glas und frage mich, ob ich die entsprechenden Schokoladenosterhasen am Stil zu Ostern verpasst habe oder ob es sie nicht mehr gab. Gerne hätte ich den Kindern, die möglicherweise von ihren Eltern in mein Geschäft gezwungen werden, neben Schokolade auch ein Glas *julmust* angeboten, von jener schwedischen Limonade, die um Ostern herum mit einem anderen Etikett versehen als *påskmust* verkauft wird. Aber es gibt sie hier nicht, und so muss der Kinderpunsch reichen.

Ich gehe zur Tür und betrachte meinen Laden mit etwas Abstand: Die Lichterketten verleihen den eigentlich unspektakulären Räumen ein weihnachtliches Ambiente, die Weihnachtssterne leuchten in diversen Farben, Kunstschnee verschönert die Regalböden. Es ist Nikolaus und ich freue mich darauf, mit ein paar Freund*innen ein Glas Glühwein zu trinken und Schokolade an von Tür zu Tür ziehende Kinder zu verteilen.

Aus dem Augenwinkel nehme ich in der beginnenden Dämmerung eine kleine Gestalt wahr, die langsam die Straße hinaufläuft. Nach ein paar wenigen Sekunden erkenne ich in ihr Helma. Ich öffne die Tür, trete auf die Straße und gehe ihr nach.

„Helma!“, rufe ich ihr zu.

Sie bleibt stehen und dreht sich um, lächelt, als sie mich erkennt.

„Guten Abend“, sagt sie.

„Entschuldigen Sie bitte, dass ich Ihnen nicht früher Bescheid gegeben habe“, sage ich zur Begrüßung, „heute Abend kommen ein paar Freunde und Bekannte auf ein Gläschen Glühwein zu mir in den Laden, es wird auch eine Kleinigkeit zu essen geben und darüber hinaus jede Menge Gebäck. Ich wollte Sie fragen, ob Sie nicht vielleicht auch Lust hätten, dazuzustoßen?“

Ich überlege, über welche Kleinigkeit aus meinem Fundus sie sich vielleicht beim Wichteln freuen könnte.

„Das ist sehr lieb von Ihnen“, sagt sie, „aber ...“ Helmas Unterlippe beginnt zu zittern. Während sie sich die Tränen wegwischt, läuft es mir eiskalt den Rücken runter.

„Anna ist am frühen Morgen verstorben. Mir ist heute nicht nach Gesellschaft zumute. Aber vielen Dank trotzdem.“ Sie holt ein Taschentuch aus ihrer Manteltasche und putzt sich lautstark die Nase. „Entschuldigen Sie mich, ich muss noch ein paar ihrer Sachen abholen.“

Mit diesen Worten entschwindet sie in die Dunkelheit. Ich hingegen bleibe auf dem Gehweg stehen, und während sich die Welt rasant um mich herum zu drehen beginnt, beginne ich zu weinen.

42.

Den Nikolaustag, jenen wunderschönen vorweihnachtlichen Brauchtum, zurückzuführen auf den Bischof Sankt Nikolaus von Myra im 4. Jahrhundert, kennt man in Schweden nicht. Stattdessen steckt man Anfang Dezember bereits voll in den Vorbereitungen für das Luciafest. Der 13. Dezember, der Tag der Heiligen Lucia von Syrakusa, fiel zu Zeiten des Julianischen Kalenders mit dem Tag der Wintersonnenwende zusammen: Es war sozusagen Mittwinter, das Äquivalent zu Mittsommer. In dieser längsten Nacht des Jahres – so ein uralter Aberglaube – treiben böse Mächte ihr Unwesen und Tiere beginnen zu sprechen, weshalb es sich zur eigenen Sicherheit empfahl, sich weder zur Nachtruhe zu betten noch das Haus zu verlassen. Im Mittelalter wurde das vorweihnachtliche Ende landwirtschaftlicher Arbeiten und der Beginn des Weihnachtsfastens in diesem Zusammenhang gefeiert. Man schlachtete das Hausschwein für den Weihnachtsschinken und stellte der langen, dunklen Nacht den heimeligen Schein von Kerzenlicht entgegen.

Das Aufgreifen der Person der Heiligen Lucia kam erst deutlich später hinzu: In einem weißen Gewand soll diese kranke Menschen umsorgt haben, wobei sie eine Lichterkrone auf dem Kopf trug, um mit beiden Händen im Kerzenschein arbeiten zu können.

Obwohl die Wintersonnenwende seit der Einführung des Gregorianischen Kalenders im 18. Jahrhundert auf den 22. Dezember fällt, so hat der Brauchtum der Luciafeier im Norden Ausbreitung gefunden. Heute feiert man Lucia an den Schulen, an der Arbeit, privat. Von vielen Kommunen wird eine Lucia gewählt, welche in einem weißen Gewand mit rotem Band um die Taille und Kerzenkrone auf dem Kopf einem ganzen Zug aus Kindern vorausschreitet. Dazu werden traditionelle Lieder gesungen, weihnachtliche Verse gelesen und man isst *lussekatter*, ein Hefegebäck mit reichlich Safran. So bringt Lucia in jeder Hinsicht Licht in die dunkle Vorweihnachtszeit.

Egal, ob Nikolaus oder Lucia: Mir ist momentan nach keinerlei Feier zumute. Dennoch finde ich mich unpassenderweise in einem fröhlichen Menschengrüppchen wieder: Christian und Peter sind da, Miriam und Larissa und natürlich Anton und

Hannah. Sarah ist auch heute nicht dabei, aber mir fehlt momentan die Kraft, nach ihr zu fragen. Wer weiß, vielleicht war sie schon wieder ans andere Ende der Welt verschwunden. Wir stehen lautstark debattierend in meinen Geschäftsräumen und trinken Sekt aus Pappbechern. Peter hatte freundlicherweise eine vermutlich sündhaft teure Flasche zum Anstoßen mitgebracht und ich hatte auf einen Kommentar ob der Tatsache gewartet, dass ich hier in meinen bescheidenen Räumlichkeiten keine Sektgläser anbieten konnte, aber es kam keines. Hannah hat sich lässig an den Tresen gelehnt und knabbert an einem Spekulatius, ihr Haar schwingt um ihre Schultern, vor allem dann, wenn sie den Kopf zum Lachen in den Nacken wirft. Ich stehe schräg links neben ihr, mittendrin und doch daneben, ich muss an Anna denken und kann den Gesprächen kaum folgen, nehme nur einzelne Wortfetzen und ein monotones Rauschen wahr. Ich nippe vorsichtig an meinem Pappbechersekt, als handele es sich dabei um viel zu heißen Kaffee. Ich habe Hannah noch nicht von meiner heutigen Begegnung mit Helma erzählt, es gab keine passende Gelegenheit dafür und eigentlich sollte es auch reichen, wenn nur ich schlecht drauf bin. Wenn nicht Hannah lautstark lachend den Kopf in den Nacken wirft, wer sollte es denn dann tun? Die Stirn fast unmerklich kraus gezogen, schaut Anton mich ab und zu fragend an als würde er ahnen, dass etwas geschehen ist. Ich meide seine Blicke und schaue in meinen Sektbecher.

„Nun habe ich aber Hunger!“, sagt Hannah. „Ich bin zwar häufig der Meinung, nur von Lebkuchen und Spekulatius allein leben zu können, aber so ganz stimmt das wohl doch nicht.“

Sie greift nach unserer blauen Auflaufform, die hinter ihr auf dem Tresen steht, heute fungierend als Transportmedium für Minifrikadellen. Gemeinsam gehen wir alle, einem chaotischen Luciazug gleich, Hannah folgend in den Pausenraum. Als Hannah die leere Wand sieht, hält sie kurz inne, dann tritt sie zum Tisch und stellt die Form darauf ab. Sie schaut mich fragend an und wenn ich mich nicht täusche, dann liegt in ihrem Blick ein ganz leiser Vorwurf.

„Wie schön du es hier hinten hast!“, sagt Miriam, als sie den Raum betritt. Sie stellt eine Platte mit Tomaten-Mozzarella-Salat auf den Tisch. „Von außen glaubt man gar nicht, dass der Laden so groß ist und nach hinten ein ganzes Stück weitergeht."

„Ne ...", ich räuspere mich, „nein, das glaubt man kaum."

„Und nun bist du hier am Renovieren?", fragt Miriam und deutet auf die kahlen Wände.

Nun muss ich doch lachen. „So nebenbei tue ich das schon das ganze Jahr über und gönne mir immer etwas Neues, sobald ich wieder genug Puffer habe. Diese orangen Stühle zum Beispiel habe ich ziemlich früh gekauft, allein, weil mich die Farbe glücklich macht und sie mich an Schweden erinnern. Die Tapeten waren über dreißig Jahre alt und gelbstichig, das war kein schöner Anblick. Vorne im Geschäftsraum sieht man das vor lauter Regalen, Schränken, Dekorationen und Blumen kaum, aber hier im Pausenraum hat es mich sehr gestört." Ich blicke mich im Raum um und schaue durch den Durchgang in den vorderen. „Ach ja, eigentlich bräuchte ich auch zeitnah neue Vitrinenschränke für die Schnittblumen. Die hatte ich erst mal überhaupt nicht auf der Liste, weil die alten noch voll funktionstüchtig sind. Aber sie sind im Vergleich zu den modernen echte Stromfresser. Und so stehen die Schränke auf meiner Liste nun noch vor einem neuen Fußboden."

Miriam blickt sich weiter um. „Mir gefällt die Nische in der Wand. Hast du die so eingerichtet?"

„Nein, die gab es hier bereits. Ich nehme an", ich gehe zur Tür meines Lagers und öffne sie etwas, „dass das früher mal eine Durchreiche in den Lagerraum war. Oder als was auch immer man diesen Raum früher genutzt hat."

Miriam tritt neben mich und schaut in die Dunkelheit, es sind nur die schattenhaften Umrisse von Regalen und Kisten zu erkennen. Ich hole meine multifunktionalen Weinkisten heraus, ich hatte das Stuhlproblem natürlich nicht irgendwie lösen können.

„Ich hole kurz noch den Glühwein von vorne."

Ich greife nach der Thermoskanne auf dem Tresen und bleibe einen Moment unschlüssig stehen. Dann trete ich an die Scheibe und schaue hinaus, hinüber auf die andere Straßenseite, zu Helmas Fenster. Ein schwacher Lichtschein dringt hinter den schweren Gardinen hervor; mein Magen zieht sich zusammen, ich kann mich nicht daran erinnern, dass die Gardinen jemals vorgezogen waren.

„Ist alles in Ordnung?“, fragt Hannah, die – von mir gänzlich unbemerkt – still neben mich getreten war. „Du wirkst heute Abend so distanziert.“

„Anna ist gestorben“, antworte ich und ärgere mich zugleich, dass ich es Hannah nun doch erzählt habe. „Ich habe vorhin Helma getroffen.“

„Oh ...“

Hannah schaut zu Boden und weiß nicht, was sie sagen soll. Das kommt selten vor. Ich höre sie schlucken. Vermutlich geht ihr das Gleiche durch den Kopf wie mir vorhin: Wir haben sie doch besuchen wollen, warum nur haben wir das nicht gemacht?

„Wann denn?“, fragt sie schließlich.

„Heute am frühen Morgen.“

„Sollen wir bei Helma klingeln und sie einladen? Sitzt sie dort alleine?“

„Das habe ich vorhin“, antworte ich. „Sie wollte keine Gesellschaft haben.“

Hannah nickt, gemeinsam schauen wir auf den gespenstisch wirkenden Schein vor Helmas Fenster. Hinter den Gardinen regt sich nichts.

„Nun gut", sagt Hannah schließlich. „Wir wollen trotzdem versuchen, uns einen schönen Abend zu machen."

Ich mag es gerne, wenn jeder eine Kleinigkeit zu Essen mitbringt. Das haben wir bei *Plantagen* ebenfalls so gehalten, es nannte sich *knytkalas*. So kann jeder das vorbereiten, was ihm am meisten liegt, und auf diese Art und Weise zu einem gelungenen Abend beitragen. Je nach Popularität der Mahlzeit oder Sättigungsgrad der Teilnehmer*innen kann es jedoch passieren, dass man im Anschluss über Tage hinweg *ris à la Malta* essen muss, ein Dessert auf Basis von Milchreis, oder was auch immer in horrenden Mengen übrig sein mag. Es empfiehlt sich also auch in dieser Hinsicht, *lagom* zu denken und bei der Menge der einzelnen Gerichte nicht zu übertreiben.

Das Essen ist lecker, jedoch habe ich kaum Appetit. Ich stochere zwischen Nudelsalat und Frikadellen umher, schiebe Dosenerbsen von A nach B und zwinge mich, ab und an einen Happen zu essen.

„Wie feiert man denn bei euch in Schweden Nikolaus?", fragt Larissa.

„Gar nicht“, antworte ich und hoffe, dass ich nicht ungewollt patzig geklungen habe. „Nikolaus feiert man nicht“, füge ich etwas sanfter hinzu.

„Ach, krass“, antwortet sie. „Weihnachten feiert man aber schon, oder?“

„Ja.“

Für einen Moment ist es relativ ruhig, lediglich zufriedenes Kauen und glückliches Schmatzen lässt sich vernehmen. Ich bekomme peripher mit, wie Christian und Miriam sich über die vergangenen Champions League Spiele austauschen, Larissa verdreht die Augen.

„Interessiert man sich in Schweden ebenso sehr für Fußball wie hier in Deutschland?“

„Für Fußball?“

Es dauert ein paar Sekunden, bis ich die Frage vollends begreife und die Verbindung zur Champions League herstellen kann.

„Nicht so sehr“, antworte ich schließlich und lächele Larissa an. „Der Nationalsport ist Eishockey.“

„Dann hast du ja den WM-Sieg im Jahr 2014 gar nicht mitbekommen!“, sagt Peter, halb erstaunt, halb entsetzt.

„Mitbekommen habe ich ihn schon, aber gefeiert haben wir ihn leider nicht.“

Peter muss lachen. „Da wird Deutschland seit Jahren mal wieder Weltmeister, und ausgerechnet dann bist du im Ausland!“

„Dafür habe ich in den vergangenen Jahren drei WM-Siege der schwedischen Eishockeynationalmannschaft feiern können, das war auch schön. Ich bin genrell nicht wirklich an Sport interessiert, mir geht es vor allem um die Gemeinschaft und die gute Stimmung, sowohl während als auch nach der Spiele. Ob ich Fußball schaue oder Eishockey, Turmspringen oder Dressurreiten ist mir dabei fast egal“, sage ich und grinse ihn an.

„Für die schwedischen Damen lief es in diesem Jahr aber auch im Fußball richtig gut!“, wirft Christian ein. „Sie haben doch Bronze bei der Weltmeisterschaft geholt. Oder?“ Er schaut mich fragend an.

„Das weiß ich ehrlich gesagt nicht.“

„Ich dachte, du hättest es vielleicht mitbekommen. Das war ja sicherlich groß in den Medien.“

„Na ja“, antworte ich und versuche konzentriert ein Maiskorn aufzuspießen, „ich war ja in diesem Jahr kaum in Schweden, ich war hier.“

Christian nickt. „Ich dachte nur, du verfolgst vielleicht die Nachrichten aus deinem Land."

„Das möchte ich auch gerne. Aber in diesem Jahr gab es für mich viel Neues, mit dem ich mich auseinandersetzen musste, von der Krankenversicherung hin bis zum Schwäbisch", antworte ich erklärend. „Zudem war ich bisher immer Angestellte, nie Besitzerin eines Ladens. Der Sprung in die Selbstständigkeit hat – auch wenn er lange gewünscht war – doch mehr Kraft gebraucht, als ich erwartet hatte. Und von meinem Privatleben einmal abgesehen gab es ja auch hier in Deutschland genug Nachrichten zu verfolgen."

„Es war in jeder Hinsicht ein ereignisreiches Jahr", sagt nun auch Anton. „Ihr hättet den Laden hier mal im Frühjahr sehen sollen! Er war karg und leer und verlassen. Und nun trinke ich hier fast mehr Kaffee als bei mir zu Hause."

„Er ist ja auch gratis", sagt Hannah.

„Er ist ja auch gratis", antwortet Anton.

Ich rolle spielerisch mit den Augen, muss jedoch lachen. „Es gibt noch viel zu tun, aber wenigstens ist der Laden nicht mehr karg und leer und verlassen. Und das liegt nur zu einem kleinen Teil an den Blumen, zu einem großen Teil an den Menschen, die ihn täglich betreten. Freunde sind dabei mindestens genauso wichtig wie Kunden."

„Das freut mich, wirklich", sagt Christian. „Der Anfang war sicherlich nicht leicht."

„Das sind Anfänge wohl selten. Aber im Gegensatz zu vielen anderen Menschen habe ich immer Unterstützung gehabt." Ich schaue glücklich in die Runde. „Nun gut. Wer möchte denn noch etwas Glühwein?"

„Warum hast du die Fotos von der Wand genommen?", fragt Hannah.

Sie steht an der Spüle und wäscht das Besteck ab, neben ihr türmen sich bereits abgewaschene Teller und Tupperdosen. Ich bin gerade dabei, mit einem Spüllappen Glühweinränder vom Tisch zu schrubben. Nun drehe ich mich zu ihr um und bemerke, wie sie mich aus traurigen Augen anschaut, die Hände im Spülwasser.

„Ich glaube, das Projekt ist abgeschlossen, Hannah", antworte ich ehrlich. „Wir hatten eine kleine, von

Anfang an unrealistische Spur und diese hat sich verlaufen, wir haben die Fühler in diverse Richtungen ausgestreckt, jedoch nur Wände ertastet. Ich will mich auf den Laden konzentrieren, wie er jetzt und heute ist, ihn weiterhin neu gestalten, verändern und ausstatten. Es soll mich nicht mehr interessieren, was hier in den siebziger Jahren gewesen sein mag."

Hannah nickt.

„Außerdem würde ich mich mal wieder über eine Tapete freuen", gebe ich zu Bedenken. „Ich will nicht ewig diese kahlen Wände in meinem Pausenraum haben."

Hannah lächelt, aber ich merke ich ihr an, dass sie betroffen ist. „Wenigstens sorgen sie immer für ein Gesprächsthema."

„Das tun sie. Ich kann ja auch in Zukunft immer mal wieder etwas Tapete von der Wand reißen, sollten uns hier je die Gesprächsthemen ausgehen."

„Das klingt nach einem Deal, mit dem ich mich anfreunden kann." Jetzt erreicht ihr Lächeln auch ihre Augen.

Der Abend war richtig schön verlaufen: Noch lange haben wir zusammengesessen und geredet, und obwohl ich viel an Helma und Anna denken musste, so verzog sich ein großer Teil der Traurigkeit. Zum Abschied hatte ich jeden mit einem kleinen Adventsgesteck überrascht, das ich am Nachmittag vorbereitet hatte. Hannahs steht derzeit neben dem Weihnachtsstern in der Nische.

„Danke fürs Abwaschen, Hannah", sage ich schließlich. „Lass uns nach Hause fahren, den Rest kann ich morgen noch aufräumen."

„Das musst du mir nicht zweimal sagen. Wenn wir hier öfter eine kleine Feier veranstalten, brauchst du früher oder später auch eine Spülmaschine."

„Ich setze sie auf die Liste", sage ich grinsend. „Direkt unter Vitrinenschränke, Fußböden und eine Sitzecke fürs Café, aber noch vor die Spa-Abteilung mit Yogaraum und Hamam im Lager, oder was meinst du?"

„Ach, du bist doof", sagt Hannah und lacht.

Im Rausgehen greife ich nach einem weiteren Adventsgesteck und stelle es als leisen Blumengruß vor Annas Tür.

43.

Der Dezember zeigt sich heute grau und bewölkt und es beginnt zu nieseln, kaum, dass ich den Laden betreten habe. Ich hänge meine Jacke über einen Stuhl im Pausenraum und mache mir einen Kaffee. Dann beginne ich, die Weinkisten, Sitzgelegenheiten vom vergangenen Abend, ins Lager zu räumen. Kurz darauf höre ich es läuten und gehe nach vorne.

„Hallo Helma!", sage ich überrascht. „Wie schön, Sie zu sehen!"

Helma ist dabei, ihren Regenschirm hinter der Tür abzustellen, dann macht sie ihre Jacke etwas auf und lächelt mich an.

„Was für ein nasskaltes Wetter wir heute haben! Das zieht einem ja bis in die Knochen! Gut, dass der Weg zu Ihnen nicht weit ist."

Ich lache vorsichtig und schaue Helma prüfend an. Sie sieht etwas besser aus als am Vortag, und das macht mich sehr glücklich.

„Wollen Sie etwas Warmes trinken?"

„Nein, danke“, sagt sie und kommt ein paar Schritte auf mich zu. „Ich wollte mich vor allem bei Ihnen bedanken. Das Gesteck vor Annas Tür ist doch sicherlich von Ihnen, oder?“

„Ja, aber das war wirklich nur eine Kleinigkeit.“

„Ich habe mich heute Morgen trotzdem sehr darüber gefreut, und Anna hätte es auch getan. Nun hat sie wenigstens ein paar Blumen vor der Tür, wo sie es doch nicht mehr geschafft hat, den Kübel zu bepflanzen.“ Helma lächelt traurig. „Apropos“, führt sie schließlich fort, „wollen Sie ihn haben? Er würde sich bestimmt gut vor Ihrer Tür machen.“

„Sehr gerne“, antworte ich gerührt. „Aber ich will niemandem etwas wegnehmen.“

„Ach was. Anna hätte das so gewollt, da bin ich mir sicher.“

Ich nicke, sage jedoch nichts.

„Ich wollte Sie fragen“, unterbricht Helma die Stille, „ob Sie ein Trauergesteck für Annas Beerdigung machen könnten? Und vielleicht einen Kranz für das Grab?“

„Natürlich! Ich freue mich, dass Sie mich das fragen.“

Gemeinsam gehen wir nun doch in meinen Pausenraum und ich mache auch für Helma einen Kaffee, während sie gedankenverloren am Tisch sitzt.

„Haben Sie denn eine Vorstellung davon, wie der Blumenschmuck aussehen soll? Oder sogar eine Vorlage?“ Ich stelle die Tasse vor ihr ab und setze mich zu ihr.

Helma schüttelt den Kopf. „Nein.“

„Die muss man auch nicht haben. Wissen Sie“, ich beuge mich vor und lege vorsichtig die Hand auf ihren Unterarm, „manchmal habe ich den Eindruck, dass die Blumen uns wählen, nicht umgekehrt. Wenn ich an manchen Tagen überhaupt keine Inspiration habe, schaue ich minutenlang auf die Vielzahl an Schnittblumen in den Vitrinenschränken. Und meistens kommt plötzlich eine Idee, ein guter Einfall, als hätten die Blumen zu mir gesprochen. Das werden häufig die schönsten Gestecke.“ Ich lächele sie an. „Sie haben Anna am besten gekannt, Sie werden wissen, welche Blumen richtig sind.“

„Danke“, sagt Helma und ich sehe, wie ihr eine Träne über die Wange läuft.

Entfernt stehen wir unter einer alten Linde und beobachten die Trauergesellschaft, die langsam im Begriff ist, sich um das frische Grab herum aufzulösen: Dem Pfarrer wird dankend die Hand geschüttelt, Trauernde klopfen sich gegenseitig auf die Schultern. Der Baumstamm in unserem Rücken ist breit, spendet Schutz und Trost, tiefe Furchen ziehen durch die dicke, alte Rinde, Astlöcher zeugen von Zeiten des Abschieds, jedoch auch vom Vermögen der Heilung. Im leisen Wind schwingen sowohl die uralten, schweren als auch die jungen, dünnen Äste, die vermutlich erst in diesem Frühjahr gewachsen sind. „L + N" hatte jemand auf Schulterhöhe in die Rinde gekratzt, ich fahre die Initialen langsam mit dem Finger nach.

„Viele Leute waren aber nicht da", sagt Hannah, die mit verschränkten Armen neben mir steht.

Eine alte Dame, ganz in schwarz gekleidet und mit einem wunderschönen Hut auf dem Kopf, geht langsam, jeden Schritt mit Bedacht setzend, am Arm eines deutlich jüngeren Mannes – vermutlich ihr Sohn, womöglich gar ihr Enkel – über den unebenen Pfad zum Friedhofstor. Ich höre das Klackern ihrer Absätze auf dem Asphalt. Dahinter geht ein alter, großgewachsener Herr, dessen Gehstock bei jedem Schritt energisch mitgeschwungen wird. Ein Pärchen läuft gebückt und beieinander untergehakt in die entgegengesetzte Richtung über die Wiese davon. Es verbleibt in dieser Konstellation unklar, wer von wem gestützt wird oder ob man sich einfach wortlos darauf verständigt hat, im Falle eines Falles gemeinsam zu fallen. Nur Helma steht noch mit dem Pfarrer am Grab und unterhält sich, legt dabei immer wieder die Hand vor den Mund und pausiert kurz. Im Gehen, nachdem der Pfarrer bereits mit langen Schritten und wehendem Talar in Richtung Kapelle entschwunden war, bleibt sie nochmals am Grab stehen, schließt die Augen und erzählt etwas, das sicherlich nur Anna hätte verstehen können, lacht sogar kurz auf und redet leise weiter. Dann geht auch sie langsam zum Tor.

„Na ja, wie alt war Anna denn?“, gebe ich zu Bedenken. „Viele Menschen, die sie im Laufe ihres Lebens hat kennenlernen dürfen, sind vermutlich bereits verstorben.“

„Wahrscheinlich.“

„Man braucht ja im Leben auch nicht sehr viele Menschen“, sage ich. „Man braucht vor allem die richtigen.“ Dabei greife ich nach Hannahs Hand und drücke sie fest.

Obwohl ein kalter Wind weht, harren wir noch ein paar lange Minuten unter unserer Linde aus. Dann treten auch Hannah und ich vorsichtig an Annas Grab. Wir wollten uns nicht aufdrängen, weil wir Anna eigentlich kaum gekannt haben, aber wir wollten präsent sein, wenn auch nur in der Peripherie als Randgestalten.

Gemeinsam blicken wir herab auf den hellen, hölzernen Sarg und das ausladende Gesteck bestehend aus Lilien, Rosen und Gladiolen. Das hat Helma wunderschön ausgesucht.

„Mach es gut, Anna“, sagt Hannah neben mir.

„Es war schön, dass wir dich kennenlernen durften.“

„Wir haben den Vorbesitzer von Karlas Laden nicht ausfindig machen können. Aber ohne den Versuch hätten wir vermutlich auch dich nicht kennengelernt.“

Kurz denke ich über Hannahs Worte nach und merke, dass sie recht hat. Vermutlich hätten wir Anna nie angesprochen, hätten wir nicht nach Miloš gesucht. Manche Wege erscheinen einem als sinnlos, jedoch retrospektiv und mit etwas Abstand betrachtet, lässt sich häufig feststellen, dass man die ganze Zeit über richtig gelaufen war. Vielleicht hätte man nur das ein oder andere Mal innehalten müssen, um das ursprüngliche Ziel zu reevaluieren. Vielleicht gibt es keine Umwege. Vielleicht.

Wir bleiben noch einen Moment ruhig stehen, dann greift Hannah mit der Hand nach etwas Erde und wirft sie hinunter auf den Sarg. Ich höre die Brocken dumpf auf das Holz aufschlagen, die Blumenblüten im Erdregen rascheln. Dann ist es auch schon wieder still.

„Was hältst du von dieser Tapete?" Hannah steht verloren zwischen riesigen Regalreihen und deutet auf ein Tapetenmuster. Ich trete zu ihr und stemme die Hände in die Hüften.

„Ich weiß nicht", antworte ich unsicher. „Die ist mir, glaube ich, etwas zu blumig."

Hannah und ich haben haben nach der Beerdigung beschlossen, dass wir am heutigen Tag etwas Schönes verdient haben. Diese Überlegung führte uns in den Baumarkt, um endlich einmal nach einer Tapete für den Pausenraum zu schauen. Es war Hannahs Idee gewesen und ich war mir sicher, es war zugleich ihre Art und

Weise mir mitzuteilen, dass sie meine Entscheidung, die Suche nach Miloš ad acta zu legen, akzeptiert hatte.

„Ja, aber du wolltest doch gerne ein Blumenmuster."

„Ja, schon", antworte ich, „aber ich will nicht das Gefühl haben, in einem Jane Austen-Roman zu arbeiten."

Hannah verdreht die Augen, muss jedoch lächeln.

Die Auswahl an Tapeten ist phänomenal: Es gibt helle Tapeten mit großem Blumenmuster, die mich an mein Kinderzimmer der neunziger Jahre erinnern, cremefarbene mit winzigem Blümchendruck, den ich so oder so ähnlich schon mal auf der Bluse meiner Tante gesehen hatte, schwarze Blumen auf weißer Tapete, helle Blumen auf roter Tapete und irgendwo dazwischen stehen wir beide ganz in schwarz und wirken etwas deplatziert.

„In welche Richtung soll es denn gehen?", fragt Hannah.

„Ich bin mir selber unschlüssig", antworte ich und betrachte eine gelbe Tapete im Stil der siebziger Jahre gehalten, überzogen mit großen, orange-gelben und grüngemusterten Blumen. „Aber es soll auf keinen Fall so wirken, als würde ich hinter dem Tresen Koks und Oliven anbieten."

„Also, weder Jane Austen noch Koks. Das schränkt die Auswahl ja schon mal stark ein."

Ich trete an einen Klappständer, an dem man diverse Tapeten aus der Nähe betrachten kann, und beginne interessiert zu blättern. Eine Tapete fällt mir sofort auf: eine zart-hellgrüne, überzogen von dünnen Ästen und cremeweißen Kirschblüten, dazwischen sitzend, vereinzelt nur und in unterschiedlichen Positionen abgebildet, ein paar wenige Rotkehlchen. Die Tapete ist ausdrucksstark und unaufdringlich zugleich, zart und dennoch markant. Ich bin sofort verliebt. Vorsichtig streiche ich mit der Hand darüber: Sie fühlt sich kühl, aber geschmeidig an.

„Schau mal, Hannah", sage ich begeistert. „Diese Tapete finde ich wunderschön."

„O ja", sagt sie. „Mal sehen, ob ich sie zwischen all den Rollen hier finde."

Sie findet sie nicht. Stattdessen begeben wir uns auf die abenteuerliche Suche nach einer Mitarbeiter*in. Die hohen, ausladenden Regalreihen gleichen einem Labyrinth und für einen Augenblick wünschte ich mir, ich hätte einen Ariadnefaden bei den Tapeten befestigt. Der Mitarbeiter hingegen, dessen Namensschild ihn als Klaus ausweist, scheint den Weg im Blindflug zu finden, und ich nehme an, dass er zwischen Türgriffen und Plexiglasscheiben mit der gleichen Leichtigkeit navigieren kann, wie ich es früher bei *Plantagen* zwischen Buxbaum und Zierbrunnen konnte.

„Ah, diese Tapete", sagt er nun, da wir bei den Mustern stehen. „Das ist eine handgemalte Seidentapete, die bestellen wir nur auf Nachfrage."

Ich kenne mich mit Tapeten nur wenig aus, aber die Begriffe „handgemalt" und „Seide" klingen auch unabhängig voneinander nach sehr viel Geld. Ich traue mich dennoch, Klaus zu fragen, und bekomme meine Vermutung bestätigt.

„Also, wenn wir davon ausgehen, dass deine Wand um die vier Meter lang und die Decke zwei Meter hoch ist, das Ganze dann mal vier, dann bräuchten wir ..."

Hannah hackt angestrengt auf ihrem Handy herum und versucht, den Tapetenbedarf zu überschlagen. Vor ihr steht ein dampfendes Glas Latte Macchiato mit

Kakaopulver auf dem Milchschaum, sie hat ihn bisher nicht angerührt.

Wir sitzen in einem kleinen Café unweit des Baumarkts. Ich nippe vorsichtig an meinem Chai Latte; ich hatte heute einfach schon zu viel Kaffee.

„Ach, lass es doch, Hannah", sage ich. „Es ist vollkommen egal, wie viele Bahnen wir bräuchten, es handelt sich in jedem Fall um viel zu viel Geld für eine Tapete. Schau mal, sie kostet fast das dreißigfache einer gewöhnlichen Tapete, und das ist mir das Projekt unabhängig vom Endpreis einfach nicht wert."

„Aber das ist schon eine verdammt schöne Tapete."

„Ja", antworte ich und höre selbst, wie wehmütig meine Stimme klingt. „Das ist sie."

Ich stehe auf und greife nach meinem Portemonnaie.

„Wohin gehst du?", fragt Hannah.

„Ich kaufe uns ein Stück Schokoladenkuchen. Heute ist in jeder Hinsicht der passende Tag für ein Stück Schokoladenkuchen."

„Seltsam", antwortet Hannah. „Ich dachte, der wäre gestern gewesen. Und vorgestern. Und an jedem anderen Tag."

Ich muss lachen. „Dem ist auch so. Aber manche Tage schreien lauter nach Schokoladenkuchen als andere."

44.

Genauso obligatorisch wie das kiloweise Verspeisen harter Lebkuchen in Herzchenform ist in der schwedischen Vorweihnachtszeit der Gang mit seinen Arbeitskolleg*innen oder Freund*innen zu einem sogenannten *julbord*. Der *julbord* ist, wie der Name schon sagt, das Äquivalent zum *påskbord,* so wie auch der *julmust* das Äquivalent zum *påskmust* ist. Unterscheiden sich die malzigen Getränke *jul-* und *påskmust* lediglich beim Ettikett, so gibt es beim *julbord* im Vergleich zum *påskbord* hingegen ein paar wenige Abwandlungen: Das Buffet wird ergänzt um kleine Rippchen, Rotkraut und natürlich *ris à la Malta* zum Nachtisch. Ansonsten finden sich beim *julbord* die üblichen Verdächtigen, die einen schwedischen Feiertag ausmachen: eingelegter Hering in diversen Variationen, Lachs, unterschiedliche Schinken und Aufschnitte, Würstchen und *köttbullar* – die man noch immer *schöttbullar* ausspricht – um nur ein paar wenige zu nennen. Der *julbord* wird bereits ab Ende November von allen größeren Restaurants und Hotels angeboten.

Besonders idyllisch hingegen ist es, wenn man hinauf aufs Land zu einem alten, abgelegenen Herrenhof fährt. Dann führen kleine, verschlungene Waldwege an dunklen, unter einer Schneedecke ruhenden Tannen vorbei zu einem kleinen, zugefrorenen See, an dessen Ufer ein ehemaliger Hof liegt. Dann schlittert man auf der Rückbank aneinandergepresst über verschneite Eisplatten um die ein oder andere Kurve und kann bereits im Auto ausdiskutieren, welcher arme Teufel nach Hause würde fahren müssen, zu vorgerückter Stunde, wenn die Luft kälter, der Wald dunkler und die Stimmung ausgelassener war. Denn zu dem üppigen Mahl gehört ein schöner Rotwein, ein dunkles, starkes Weihnachtsbier oder auch das ein oder andere Gläschen Kräuterschnaps. Irgendwann, am späten Abend, sitzt man für gewöhnlich mit kneifendem Hosenbund oder viel zu eng gewordenem Kleid in einem ruhigeren Teil der Räumlichkeiten vor einem großen Kamin, trinkt mit Mandeln und Rosinen versehenen *glögg* und futtert Süßigkeiten, als würde man die unausgesprochene Warnung des Hosenbundes nicht wahrhaben wollen. Und noch später, wenn der Magen schmerzt, der Kopf schwer und die Atmung angestrengt ist, fährt man wieder in die Nacht.

Die weihnachtlichste Stimmung kommt jedoch bereits dann auf, wenn man an dem Herrenhof vorfährt und aus dem Auto steigt: Kerzen beleuchten den Weg zur Eingangspforte, Lichterketten strahlen in den Fenstern, bei jedem Schritt zur Tür knirscht frisch gefallener Schnee unter den Schuhsohlen. In diesem kurzen Moment, in dem das Wesentlichste bereits auf der Fahrt besprochen worden ist und den ein jeder nutzt, um in Ruhe anzukommen, ist man mit dem Augenblick gänzlich allein. In diesem kostbaren, flüchtigen Augenblick, einsam unter dem schwarzen, sternenklaren Nachthimmel, ist Weihnachten. Kurz darauf tritt man durch die heimelige Pforte, sieht sich der Berieselung mit Weihnachtsmusik ausgesetzt, die Brillen beschlagen, die Wangen werden rot, um die Schuhe herum bildet sich eine matschige Pfütze geschmolzenen Schnees. Man versucht, sich in die Gespräche von Kolleg*innen einzuklinken und der kostbare Augenblick, kurzlebig wie eine Schneeflocke, hat sich bereits wieder verflüchtigt, ist verrauscht, als hätte es ihn nie gegeben.

Weniger weihnachtliche Stimmung kommt hingegen auf, wenn man sich in einer Menschenmenge über den Weihnachtsmarkt auf dem Stuttgarter Schlossplatz schiebt. Alles drängt und drückt, ich habe Ellbogen in den Rippen und unbekannte Füße auf meinen Zehen trampelnd, dennoch muss ich sagen: Ich habe diese Art von Weihnachtsmarkt vermisst, auch wenn er in seinem Kern eher einem Jahrmarkt als dem Weihnachtsfest genähert scheint: Die Fressbuden, die Heizpilze, die Glühweinstände, den teilweise unnötigen Kram, den man an jeder Ecke kaufen kann, ja, sogar Wham!s *Last Christmas* in Endlosschleife. Ich möchte gebrannte Mandeln kaufen, Glühwein mit Schuss und vielleicht sogar ein paar selbstgestrickte Socken.

„Sind wir hier nicht schon vorbeigelaufen?", fragt Hannah und schaut sich unschlüssig um.

„Nein, ich denke nicht."

„Doch", sagt sie und deutet nach oben. „Ich erinnere mich an dieses Plastikreh dort auf dem Dach."

Ich schaue in ebendiese Richtung, sehe jedoch nur die flauschige Bommel irgendeiner Mütze auf dem Kopf irgendeines Menschen, der an mir vorbeizieht.

„Auf dem Schillerplatz ist es meistens etwas ruhiger“, sagt Hannah. „Vielleicht biegen wir hier vorne ab.“

Ich genieße den Schein der vielen Lichter, an denen wir vorbeilaufen: bunt blinkende diverser Fahrgeschäfte vor dem orange-gelb angestrahlten Neuen Stuttgarter Schloss, Lichterketten an Weihnachtsbäumen und irgendwo dazwischen eine Weihnachtspyramide aus Holz. Auf dem Schillerplatz ist jedoch nur unwesentlich weniger los.

„Komm, wir holen uns erst mal etwas Warmes zu trinken“, sagt Hannah und geht direkt an die nächste Bude. Und kurz darauf drängen wir uns mit anderen, uns unbekannten Menschen um einen wackeligen Stehtisch herum und schlürfen vorsichtig viel zu heißen Glühwein.

„Ich frage mich“, sagt Miriam und hebt ihre Glühweintasse in die Höhe, „wie viele von diesen Tassen jedes Jahr mit nach Hause genommmen werden.“

„Vermutlich etliche“, antworte ich. „Sonst wäre da sicherlich kein so hoher Pfand drauf.“

„Es soll ja Leute geben", klinkt sich nun auch Hannah ein, „die just diese Weihnachtsmarkttassen sammeln."

„Das habe ich auch gehört. Aber", ich betrachte meine Tasse genauer, „so schön sind sie nun auch wieder nicht, finde ich."

„Stuttgarter Weihnachtsmarkt" steht in altdeutscher Schrift darauf. Darunter abgebildet: Martkstände vor dem Neuen Schloss, dem Alten Schloss, der Stiftskirche. Kurz überlege ich doch, ob ich die Tasse nicht auch mitnehmen soll; mein erster Weihnachtsmarkt in Stuttgart. Auf der anderen Seite: Was will ich dann damit?

„Ich hole uns noch mal eine Runde", sagt Miriam und greift nach unseren leeren Tassen, bevor sie von der Menschentraube um den Glühweinstand herum verschlungen wird.

„Habt ihr noch mal Kontakt zu Fjodor oder Vesna aufgenommen?", fragt Anton.

„Wir haben uns entschieden, das Projekt aufzugeben", antwortet Hannah.

„Nein, wir haben uns dafür entschieden, das Vorhaben zu beenden. Das ist keine Aufgabe", sage ich ermunternd.

Hannah zuckt mit den Schultern.

„Dann ist die Suche nun also endgültig beendet“, stellt Anton fest. „Den Gedanken hattest du ja schon mehrfach geäußert, Karla.“

„Ich sage es mal so“, beginne ich und trinke einen Schluck von meinem Glühwein, „wenn Miloš plötzlich im Laden auftauchen würde, wäre ich vermutlich überwältigt vor Glück. Aber ich muss ihn nicht mehr aktiv suchen. Es gibt in Stuttgart so vieles, was ich neben der Arbeit machen möchte. Freunde treffen, zum Beispiel. Und ich war bisher noch nicht mal im Landesmuseum, obwohl ich mich so auf das kulturelle Angebot der Stadt gefreut hatte.“ Mit einem Kopfnicken deute ich zum Alten Schloss.

„Und was habt ihr nun mit den Sachen vor, also dem Ring vor allem?“

„Du meinst, ob ich nun doch zu *Bares für Rares* gehe, oder wie diese Sendung hieß?“, frage ich mit einem Augenzwinkern. „Darüber habe ich mir noch keine Gedanken gemacht. Bisher liegt er einfach bei mir auf dem Regal. Beziehungsweise, in Hannahs Gästezimmer auf dem Regal.“

„Falls du ihn nicht behalten möchtest, könntest du ihn schätzen lassen."

„Du meinst, er ist wertvoll?"

„Das weiß ich nicht. Aber genau das ließe sich ja in Erfahrung bringen. Es sei denn natürlich, du möchtest ihn selber behalten, als Schmuckstück oder auch als Erinnerung." Anton greift nach meiner vom Glühwein noch immer warmen rechten Hand und schaut auf meine Finger. „Ich hatte bisher nur nie den Eindruck, dass du gerne Ringe trägst. Ich glaube, ich habe dich noch nie mit einem Ring gesehen." Er dreht meine Hand mit der Handfläche nach oben und streicht jeden einzelnen Finger entlang: Sie sind überzogen von feinen Narben, kleinen Schwielen, Kratzern von Dornen und widerspenstigen Ästen.

„Schmuck an den Händen stört mich während der Arbeit. Und mittlerweile bin ich es auch einfach nicht mehr gewöhnt, Schmuck zu tragen, auch im Alltag nicht."

„Das habe ich mir gedacht", sagt Anton und legt seine Hände um meine.

„So, genug Rumgesülze", sagt Miriam und stellt mit Nachdruck eine weitere Tasse dampfenden Glühwein vor uns ab. „Jetzt gibt es erst mal noch einen Glühwein und dann würde ich ganz gerne eine Runde über den Markt laufen und vielleicht irgendwo etwas essen."

„Passt", antwortet Hannah.

„Passt", antwortet Anton, lässt meine Hand aber trotzdem nicht los.

Das Mondlicht dringt fahl durch die vorgezogenen Gardinen, meine Hände erscheinen darin gespenstisch bleich. Ich liege auf der Seite und betrachte den alten, angelaufenen Silberring mit dem dunkelgrünen Stein, dessen Farbe in der Dunkelheit an schweren, torfigen Moorboden erinnert. Er ist elegant, verschnörkelt und wunderschön. Ich würde ihn gewiss nie tragen. Ich streife den Ring über meinen rechten Ringfinger und betrachte meine Hand mit etwas Abstand: Die Größe ist perfekt, dennoch erkenne ich meine Hand kaum wieder. Nein, ich würde ihn nie tragen. Ich ziehe ihn wieder aus, drehe mich auf den Rücken und betrachte den Ring im Mondlicht, im richtigen Winkel funkelt der Stein hell auf. Ich lege ihn auf meine Handfläche, mache eine Faust und presse den Ring an meine Brust. Mittlerweile ist er fast meiner und dennoch verbleibt er mir so fremd. Irgendwann falle ich in einen traumlosen Schlaf.

45.

Vor meinem Fenster kräht lautstark eine Rabenkrähe und reißt mich damit aus meinem Dämmerzustand. Ich mag sämtliche Krähenvögel sehr gern, frage mich in diesem Moment jedoch einmal mehr, warum sie den Singvögeln zugeordnet werden.

Ich ziehe meine Decke hoch bis über die Ohren und versuche, an meinen letzten, im Halbschlaf über mich gekommenen Gedanken anzuknüpfen, es gelingt mir jedoch nicht. Dann setze ich mich in Panik auf: der Ring! Irgendwann in der späten Nacht hatte ich ihn noch in der Hand. Ich schmeiße mein Kissen auf den Boden, fühle in den Sofaritzen und ertaste ihn schließlich an meinem Kopfende, eingekeilt zwischen Sofa und Wand. Angestrengt fummele ich ihn hervor, lege ihn zurück aufs Regal und bin mit einem Bein bereits wieder im Bett, als ich mich dafür entscheide, vorher noch ins Bad zu gehen. Beim Händewaschen fällt mir eine kreisrunde, rote Stelle an meiner linken Schläfe auf: ein Abdruck. Ich scheine zwischenzeitig auf dem Ring geschlafen zu haben. Mit den Fingern fahre ich über die Delle, als ich das Knarren von Hannahs Schlafzimmertür höre. Im nächsten Moment tapst sie mit leisen Schritten zur Küche.

„Guten Morgen!“

Hannah steht an der Küchenzeile und ist im Begriff, reichlich Kaffeepulver in den Filter zu geben. Ihr blondes Haar ist verstrubbelt und steht einem Vogelnest gleich zu allen Seiten ab.

„Guten Morgen“, antwortet sie gähnend. „Hast du gut geschlafen?“

„Ja. Aber augenscheinlich auf dem Ring“, antworte ich und deute auf meine Schläfe.

Die Tatsache, dass Hannah mich nur ansieht, jedoch keinerlei Fragen dazu hat, zeugt einmal mehr davon, wie lange und vor allem gut wir uns kennen. Kommentarlos stellt sie Butter, Marmelade, Käse und Milch auf den Tisch, im Hintergrund ächzt und gluckert die Kaffeemaschine.

„Und du?“

„Ebenso, danke.“

Hannah beginnt damit, Brot aufzuschneiden. Ich stehe noch immer im Türrahmen und verlagere unschlüssig mein Gewicht von einem Bein auf das andere.

„Was hältst du denn von Antons Idee“, beginne ich schließlich, „den Ring schätzen zu lassen?“

Ich merke, wie ich an meinen Fingernägeln rumpopele und zwinge mich dazu, es zu lassen.

„Na ja“, antwortet Hannah und schaut mich an, das Messer mitten im Brot, „das kann man ja in jedem Fall tun. Eine Schätzung muss ja nicht zwangsläufig bedeuten, dass du den Ring anschließend verkaufst oder weggibst, wenn du dir diesbezüglich noch unschlüssig bist. Es geht dabei in erster Linie zunächst einmal um das Einholen von Informationen, um das Prüfen von Optionen.“

„Du hast recht.“

Noch immer stehe ich unsicher im Türrahmen und schaue auf meinen rechten Ringfinger. Das leicht angelaufene Silber hat einen schmalen schwarzen Streifen auf der Haut hinterlassen.

„Wir machen das gleich heute!“, sagt Hannah schließlich entschieden und schneidet dabei endlich die Brotscheibe zu Ende. „Du verlierst dabei nichts, aber es erspart dir, dich in den nächsten Tagen mit schweren Gedanken zu quälen."

„Okay, dann machen wir das!"

„Hier sind wir", sage ich und bremse scharf.

Wir schließen unsere Räder an einem Verkehrsschild an und betrachten das Geschäft: Ich hatte direkt nach dem Frühstück einen Juwelier gefunden, bei dem man ohne Termin mit seinen Schmuckstücken vorbeikommen konnte. Die Fensterauslagen sind üppig gestaltet, schwere Geschmeide neben zarten Goldkettchen, Ringe, Armbänder, teure Uhren. Kurz muss ich an meine einfachen Schaufenster denken, an kleine Blumengestecke auf wackeligen Holzhöckern und bunte Sträuße zwischen den knorrigen Wurzeln alter Bäume.

Eine elektronische Türglocke ertönt, als wir den Laden betreten, und im nächsten Moment werden wir von dem strahlenden Lächeln einer Dame um die fünfzig begrüßt.

„Herzlich willkommen!", sagt sie. „Wie darf ich Ihnen helfen?"

Sie trägt ein perfekt sitzendes Kostüm, Absatzschuhe und natürlich edlen Schmuck. Ihr Haar ist zu einem strengen Knoten gebunden, nicht eine einzige Strähne scheint darin fehlplatziert zu sein. Kurz schaue ich an mir herunter, von meiner alten, in die Jahre gekommenen Winterjacke zu meinen von Schneerändern überzogenen Schuhen, die nasse Fußspuren auf dem glänzenden Marmorboden hinterlassen haben. Ich schäme mich, wissend jedoch, dass auch die Dame sich gezwungen sieht, eine Rolle zu spielen. Wer weiß, vielleicht beneidet sie mich sogar um meine ausgetretenen, dafür jedoch bequemen und vor allem flachen Schuhe, während ihr selbst die Zehen schmerzen.

„Wir möchten gerne einen Ring schätzen lassen", antworte ich. „Ich hatte auf Ihrer Homepage gelesen, dass das ohne Termin möglich sei."

„Ganz recht", antwortet die Dame. „Wir gehen eben hier rüber." Mit bestimmten Schritten geht sie zu einer gläsernen Theke und breitet eine rote, samtene Unterlage darauf aus. „Sie können den Ring hier ablegen."

In meiner Jackentasche taste ich nach ihm und es ist mir unangenehm, dass ich ihn nicht in ein passendes Kästchen oder wenigstens einen kleinen Beutel getan habe. So landet er direkt von den fusseligen Tiefen meiner Tasche auf der samtenen Unterlage und hinterlässt dabei eine Spur aus Staub, kleinsten Fäden und einen ovalen Obstaufkleber.

„Nun wollen wir einmal schauen“, sagt die Dame, die sich nichts anmerken lässt. Sie nimmt den Ring in die Hand, betrachtet ihn eingehend und hält ihn vor das Licht. „Der Ring ist wunderschön verarbeitet“, sagt sie dabei.

Ich stecke die Hand wieder in meine Jackentasche, die sich nun merkwürdig leer anfühlt.

„Ich werde ihn eben nach hinten zu unserer Gemmologin bringen“, sagt die Dame und verabschiedet sich mit einem Lächeln. Dann verschwindet sie durch eine Tür in die hinteren Räume.

„Gemmologin?“, fragt Hannah.

„Edelsteinkundlerin“, antworte ich. „Das Wort habe ich aber auch erst heute Morgen auf der Suche nach einem geeigneten Juweliergeschäft zum ersten Mal gehört.“

Die Zeit vergeht sehr zäh. An der Wand vor uns hängt eine große, goldene Wanduhr, deren Ticken des Sekundenzeigers langsamer und langsamer zu werden scheint. Hannah beginnt, die unterschiedlichen Vitrinen zu sichten.

„Wahnsinn, wie viel Geld man für Schmuck ausgeben kann“, sagt sie. „Selbst wenn ich mir um Geld keinerlei Gedanken machen müsste, so wüsste ich nicht, ob ich mir einen Ring für knapp fünfzehntausend Euro kaufen würde. Stell dir vor, du verlierst ihn.“ Sie deutet auf einen Ring in der verschlossenen, alarmgesicherten Vitrine vor sich. „Oder kurz zum Gemüseschälen abgelegt, einen Moment unaufmerksam und zack, schon liegt er im Abfluss oder wird mit den Möhrenschalen in den Biomüll geworfen.“

Sie schüttelt den Kopf und geht zur nächsten Vitrine. Ich hingegen mache es mir in einer hellen Sitzecke gemütlich. Das schmale Sofa, auf dem ich Platz nehme, ist im Barockstil gehalten und mit einem glänzenden, cremefarbenen Stoff bespannt. Es sieht edel aus, aber die Sitzfläche ist hart und nach nur wenigen Minuten tut mir der Rücken weh.

Endlich geht die Tür hinter der Theke wieder auf, hervortritt jedoch zunächst eine uns unbekannte Frau um die sechzig mit asymmetrisch geschnittenem, grauen Bob und einer markanten großen Brille mit roter Fassung. Sie ist deutlich legerer gekleidet und hat vermutlich das Glück, vor allem in den hinteren Räumen arbeiten zu dürfen.

„Darf ich vorstellen, das ist unsere Gemmologin", sagt die uns bereits bekannte Dame, die nun ebenfalls durch die Tür getreten war.

Ich springe auf und gehe an die Theke, Hannah eilt aus der hintersten Ecke der Geschäftsräume herbei.

„Guten Tag", sagen wir fast zeitgleich.

„Guten Tag", antwortet die Gemmologin und lächelt uns an. Dann legt sie den Ring vor sich auf die Unterlage. Zu meiner Erleichterung sieht er unverändert aus.

„Das ist ein wunderschöner Ring, den Sie da haben", beginnt die Gemmologin schließlich. „Wo haben Sie ihn denn her?"

„Ein altes Erbstück", sagt Hannah und knufft mir in die Seite. „Er ist schon sehr lange im Besitz unserer Familie und niemand der noch lebenden Mitglieder kann sich recht darauf entsinnen, wo der Ring ursprünglich einmal herkam und wem er einst gehört hat."

„Nun, das ist sehr schade", fährt die Gemmologin weiter fort. „Aber ein wenig kann ich vielleicht zur Lüftung dieses Geheimnisses beitragen."

Mein Herz scheint für einen kurzen Moment ein paar wenige Schläge auszusetzen.

„Ich habe mir nun in der Kürze der Zeit natürlich nur einen groben Überblick verschaffen können und kann Ihnen daher kein offizielles Wertgutachten bieten. Das würde sehr viel mehr Zeit in Anspruch nehmen und ist ja vielleicht auch gar nicht gewünscht."

Sie formuliert den letzten Teil des Satzes als Frage, wartet jedoch keine Antwort ab.

„Es handelt sich um ein Originalschmuckstück aus echtem Silber, erschaffen in der Epoche der Art Nouveau, also irgendwann um die Wende vom 19. zum 20. Jahrhundert herum. Hier", sie deutet mit dem Finger auf die zart-schnörkelige Fassung des Steines, „sehen Sie, wie fein hier gearbeitet wurde."

Sie macht eine dramatische Pause, bevor sie fortfährt.

„Bei dem grünen Stein hingegen wird es erst richtig interessant. Da musste ich tatsächlich erst genauer hinschauen, bis ich wirklich überzeugt war und meinen Augen trauen konnte. Bei dem Stein handelt es sich um einen sogenannten Moldavit, ein Glasgestein, der fast ausnahmslos in der Region entlang der Moldau und damit zum größten Teil in der heutigen Tschechischen Republik zu finden ist."

Ich starre auf den Ring, den ich schon so häufig betrachtet habe, der mir so wohlbekannt war und den ich nun dennoch in einem ganz anderen Licht sehe.

„Ist der ...", beginne ich schließlich, „ist der Moldavit selten?"

Die Gemmologin muss lachen. „Sagen wir mal so, es handelt sich bei einem Moldavit primär um ein natürliches Glas, wobei einzelne Findlinge von Edelsteinqualität sind. Sie sind höchstwahrscheinlich vor circa fünfzehn Millionen Jahren durch den Einschlag eines Meteoriten im heutigen Bayern entstanden. Es handelt sich bei Moldaviten also nicht um ein Material, das sich mal eben so reproduzieren ließe."

Ich muss schlucken. Ich kann den Inhalt dieser Aussagen nur im Ansatz begreifen.

„Der Moldavit in diesem Ring ist relativ hell, klar und hat ein farnähnliches Muster. Das spricht für Museumsqualität, also für eine ausgesprochen gute Qualität des Edelsteins."

„Wow", haucht Hannah leise neben mir.

„Man geht davon aus", fährt die Gemmologin weiter fort, „dass die Moldavitvorkommen in ungefähr zehn Jahren vollkommen erschöpft sein werden. Das heißt", erneut macht sie eine kurze, dramatische Pause, „in bereits zehn Jahren wird man solche Ringe nicht mehr produzieren können. Nie wieder."

Gebannt schauen wir alle auf den Ring, der, im Fokus stehend und dennoch vollkommen teilsnahmslos, inmitten von uns auf seiner samtenen Unterlage liegt.

„Was glauben Sie denn, was ein solcher Ring heute wert ist?", frage ich schließlich in die Stille hinein.

„Für eine genaue Einschätzung müsste ich mir nochmals auch die Qualität des Silbers anschauen. Aber in Anbetracht der Tatsache, dass es sich um eine Antiquität handelt, darüber hinaus mit einem seltenen Edelstein von außerordentlicher Qualität, reden wir sicherlich über eine Preisklasse von dreitausend bis fünftausend Euro."

„Wow", wiederholt sich Hannah.

„Hier", die Gemmologin öffnet eine Schublade unter der Theke und holt ein kleines Schmuckkästchen aus blauem Samt heraus. Behutsam steckt sie den Ring hinein. „So ist er in sicherer Verwahrung. Ich würde davon absehen, ihn in der Jackentasche umherzufahren." Sie zwinkert mir zu.

„Danke", sage ich und greife vorsichtig nach dem Kästchen.

„Und falls Sie den Ring je würden verkaufen wollen, kommen Sie gerne auf mich zu."

46.

Sosehr ich die Weihnachtsdekoration in der frühen Adventszeit liebe, so schnell geht sie mir auch wieder auf die Nerven: zu rot, zu golden, zu beschwert. Bereits kurz vor Weihnachten erinnert sie mich an einen alten, schweren, muffigen roten Vorhang zu einer Bühne hin, auf der seit Jahren nichts mehr gespielt wird. Mit der Weihnachtsdekoration verhält es sich wie so ziemlich mit allen anderen Besonderheiten der Vorweihnachtszeit, vom Lebkuchen bis zum Glühwein: Zunächst freue ich mich sehr darauf, dann bin ich es aber auch bald schon wieder leid.

Auch in Schweden feiert man am Heiligen Abend, allerdings beginnen die Feierlichkeiten bereits zur Mittagszeit, traditionell mit einem *julbord* und einer Oma, die wiederholt ihre Sorge darüber zum Ausdruck bringt, dass man zu wenig gegessen habe. Danach ist etwas Ruhe, um die schwere Mahlzeit zu verdauen. Pünktlich um fünfzehn Uhr jedoch muss man sich um den Fernseher versammeln und gemeinsam *Kalle Anka och hans vänner önskar God Jul* schauen, *Donald Duck und seine Freunde wünschen Frohe Weihnachten*. Das USamerikanische Programm mit dem Originaltitel *From All of Us to All of You* wurde erstmals im Jahr 1958 ausgestrahlt und wird seit dem Jahr 1960 in Schweden alljährlich am Heiligen Abend gezeigt. Manche Filmausschnitte wurden im Laufe der Jahre abgeändert oder ausgetauscht, andere sind seit den Anfangsjahren dabei, wiederum andere sollten längerfristig ausgetauscht werden, wurden aber nach größeren Protesten innerhalb der Bevölkerung schließlich doch belassen. *Kalle Anka* erfreut sich jährlich an Einschaltquoten von fast vier Millionen Zuschauern – etwa 40 % der Einwohner*innen Schwedens entsprechend – was das Programm in vielen Jahren zum meist gesehenen überhaupt macht. Nebenbei isst man zu viel Schokolade und Kekse und irgendwann am Abend ist Bescherung.

In den späteren Jahren ist eine weitere Tradition hinzugekommen, die sich *hemvändarkväll* nennt, Heimkehrabend. Da man in Schweden, ebensowie in Deutschland, über die Weihnachtsfeiertage häufig in sein Elternhaus zurückkehrt, hockt man plötzlich in einer Kleinstadt voller Leute, mit denen man aufgeschürfte Knie und das erste heimliche Bier hinter dem Bushäuschen verbindet, nun jedoch lediglich an den Feiertagen trifft. Und so sieht man sich zu später Stunde am Heiligen Abend, häufiger noch am Ersten Weihnachtsfeiertag, in Bars, Kneipen, Restaurants, Nachtclubs und lässt in einer teils sentimentalen, teils ausgelassenen Stimmungslage, die an ein großes, ungeplantes Klassentreffen erinnert, das vergangene Jahr Revue passieren.

Vermutlich, so denke ich, während ich dezent etwas Silberspray auf das Grün eines Blumenstraußes sprühe, ist der *hemvändarkväll* auch ein kleiner Lichtblick in langen Tagen voller Familientreffen; von Familie, die man partiell ebenfalls nur an den Feiertagen sieht, dann aber auf jeden Fall gesehen haben muss – alle Jahre wieder – denn es handelt sich eben um: Familie und Weihnachten. Eine wesentliche, unzerrüttbare Kombination, eine eingeschworene Einheit, zusammengehörend wie Rotkraut und Knödel.

In diesem Jahr jedoch freue ich mich auf die Weihnachtsfeiertage. Ich hatte mich dafür entschieden, zu meinen Eltern ins Saarland zu fahren, und es erschien mir als purer Luxus, dass ich für dieses Vorhaben nicht mehr als ein einziges Zugticket brauchte. Vielleicht ergab sich auch dort die Möglichkeit zu einem *hemvändarkväll*. Ich glaube zu wissen, wer ganz sicher noch da ist, ebenso, wer wieder da ist, weil ihm der Umzug ins Nachbardorf im Nachhinein als eine schlechte Idee erschien. Unbekannt verblieb jedoch, wer ebenfalls nur über die Feiertage oder auch gar nicht kommen würde. Manche Menschen mag ich über Jahre nicht gesehen haben.

Hannah würde ebenfalls bei ihren Eltern feiern wollen. Für sie reichte sogar ein Ticket für die Straßenbahn.

Ich betrachte den Strauß mit etwas Abstand: ein paar Brunia, einzelne Phylica, weiße Rosen, dazu das Silberspray. Sehr winterlich, und ich liebe die Blumen, so wie ich alle Blumen liebe, jedoch: Auch in dieser Hinsicht konnte ich das Frühjahr kaum erwarten und mit den ersten, bunten Tulpen im Januar läutete ich für gewöhnlich den Übergang in eine hellere, unbeschwertere Zeit ein.

Ich stelle den Strauß ins Fenster und blicke hinüber zu Helma. Es ist in ihrer Wohnung fast dunkel, nur ein unscheinbarer, sehr gedämpfter Lichtschein lässt vermuten, dass sie irgendwo in der Tiefe des Raumes eine kleine Stehlampe brennen hat. Seit sie bei mir das Trauergesteckt bestellt hat, habe ich sie nicht mehr gesprochen, seit der Beerdigung nicht mehr gesehen. Ich würde noch etwas warten, spätestens im neuen Jahr jedoch mit ein paar Blumen bei ihr klingeln wollen.

Auf dem Weg ins Lager störe ich mich einmal mehr an den kahlen Wänden in meinem Pausenraum. Seit Hannah und ich neulich einer spontanen Eingebung folgend nach Tapeten geschaut haben, ärgere ich mich an jedem Tag mehr über sie, als wären sie nicht schon seit vielen Monaten in diesem trostlosen Zustand. Erst scheint man eine Veränderung hinauszögern zu wollen, einmal beschlossen soll sie jedoch am besten sofort stattfinden, nach Möglichkeit noch gestern. Ich schüttele den Kopf und denke erneut an den wertvollen Silberring, der seit ein paar Tagen unangetastet in seiner kleinen, blauen Schmuckschatulle auf dem Regal ausharrt. Das Geld, das aus seinem Verkauf herausginge, würde für die Renovierung, sogar für die Seidentapete gut ausreichen. Für einen anderen Menschen jedoch war er gewiss unbezahlbar. Aber wer war dieser Mensch, und wie sollte ich ihn jemals finden? Ich bemerke ein leichtes Kribbeln in meinem

Bauch, nun, so wie jedes Mal, wenn ich an die Tapete denke, gerade so, als würde ich des nachts kichernd über den Zaun eines Freibads klettern, wohl wissend, dass man im Schutz der Dunkelheit etwas Verbotenes tut. Vielleicht sollte ich es einfach tun und weniger darüber nachdenken, mit Anlauf in das kalte Wasser springen und schwerelos treibend die Sterne betrachten. Vielleicht sollte es im Leben deutlich häufiger um genau diese Momente gehen.

Ich habe es noch nicht ins Lager geschafft, da vernehme ich wie so oft das helle Läuten der kleinen Messingglocke.

Anton steht mitten im Geschäft, um seine Schuhe herum bildet sich eine Pfütze von grau-weißem Schneematsch.

„Störe ich gerade?“, fragt er mich zur Begrüßung.

„Natürlich nicht“, antworte ich ehrlich und gebe ihm zur Begrüßung eine Umarmung.

„Ich habe gehört, dass ihr eine Gemmologin aufgesucht habt.“

„Ja, aber ...“, ich bedeute ihm, mir in den Pausenraum zu folgen, „komm doch erst mal richtig rein. Dir muss doch kalt sein! Möchtest du etwas Warmes trinken?“

„Du meinst Kaffee?“

„Kaffee oder lauwarmes Leitungswasser. Such es dir aus.“

„Das klingt beides sehr verlockend, aber ich wollte fragen, ob wir zusammen Mittagessen gehen wollen?“

Ich schaue auf die Uhr, die an der Wand hinter dem Tresen hängt, als wäre die aktuelle Uhrzeit maßgebend für mein Hungergefühl.

„Gerne. Ich will jedoch vorher etwas fertig machen. Hast du noch ein paar Minuten?“

Ich denke an die Zweige Greenery, die für den Strauß gekürzt, schließlich jedoch ungenutzt auf dem Tresen liegen geblieben sind und auf ihre weitere Verwendung warten; ich würde sie wenigstens schon mal in feuchte Steckmasse stecken wollen. Das Gesteck selbst kann ich auch am frühen Nachmittag noch machen.

„Dann trinke ich in der Zwischenzeit doch einen Kaffee.“

Anton läuft mit großen Schritten durch den Raum und hinterlässt nasse Fußspuren bei jedem einzelnen Schritt. Als er an mir vorbei in den Pausenraum gehen will, halte ich ihn auf, indem ich ihm eine Hand auf die Brust lege.

„Ist es falsch, den Ring zu verkaufen?“

An meiner Hand, die auf Antons Jacke ruht, ist noch immer, allerdings sehr schwach, die Verfärbung des alten Silbers zu erkennen, einige Tage und unzähliges Waschen später. Anton legt seine Hand auf meine.

„Das denke ich nicht. Es sei denn, der Ring bedeutet dir etwas.“

Ich zucke mit den Achseln. „Ich wüsste anderes mehr wertzuschätzen.“

Für einen weiteren kurzen Augenblick schaue ich auf unsere Hände. Dann entscheide ich mich für das kalte Wasser, das Freibad, sternenklare Nächte und offene Lagerfeuer, stelle mich auf die Zehenspitzen und küsse Anton, merke, wie auch ich geküsst werde.

Manchmal sind kalte Wasser nicht mehr als nasse Hosenbeine und matschige Fußspuren auf dem Parkett. Manchmal jedoch sind sie erfrischend, neu, belebend und versprühen einen Hauch von Abenteuer.

47.

Wie ist Weihnachten bei euch bisher?"

„Ziemlich ruhig", gebe ich zu und merke selbst, dass Erstaunen in meiner Stimme liegt.

Ich drehe mich auf dem Schlafsofa im Gästezimmer meiner Eltern auf den Rücken und spiele mit einer Haarsträhne.

„In diesem Jahr arbeiten wir nicht sämtliche Großtanten und Cousins dritten Grades ab und es fallen auch nicht ständig irgendwelche Verwandten bei uns ein, an die ich mich kaum noch erinnern kann oder mag."

„Oha, was läuft denn da bloß falsch?", sagt Anton und ich höre ihn am anderen Ende der Leitung lachen.

„Das habe ich mich auch gefragt. Vielleicht sind meine Eltern so glücklich darüber, dass ich auf unkomplizierte Weise die gesamten Feiertage bei ihnen sein kann, dass sie die Gelegenheit in Ruhe nutzen wollen. Kein ausgefallener Flug, kein verspäteter Zug, keine nächtlichen Abholaktionen an abgelegenen Bahnhöfen."

„Vermutlich. Das scheint mir ein guter Schachzug zu sein. Vielleicht sollte ich mich auch manchmal etwas rar machen."

„Bitte nicht."

Ich kann Anton fast lächeln hören.

Das Sofa quietscht, als ich mich schließlich wieder aufsetze. Ich betrachte mein eigenes Spiegelbild in dem dunklen Display, das ich auch einige Minuten nach dem Auflegen noch wie in Trance anstarre. Ich sehe glücklich aus. Das Handy liegt warm in meiner Hand.

Der Blick aus dem Fenster ist fast der gleiche wie vor vielen Jahren, als dieses Zimmer noch meines war: Ein paar Bäume sind gefällt worden, dafür ist ein Spielplatz hinzugekommen. Die Straßen sind die gleichen, sie erinnern mich an Kreidemalen und Rollschuhfahren, im Hintergrund der Gartenzaun, an dem sich eine Freundin mal das Kinn aufgeschlagen hat. Ich bin manchen Menschen begegnet, mit denen ich früher unten am Fluss Dämme gebaut habe, sie sind geblieben, haben nun ihrerseits Kinder, die unten am Fluss Dämme bauen. Andere sind ebenfalls weggezogen und leben nun in einer anderen Realität, fernab jener, in der wir Eis am Stiel bei dem kleinen Kaufmannsladen gekauft haben, den es seit Jahren nicht mehr gibt, fernab jener, die wir einst geteilt haben. Einzelne Personen scheinen gar spurlos verschwunden, keiner hat je wieder von ihnen gehört, und die alten, vereinzelten Einträge in diversen sozialen Medien erinnern vom Inhalt eher an verblichene Plakate auf vergessenen Litfasssäulen.

Erneut denke ich an Helma und Anna, vor allem jedoch an Helma, die sich in diesen Tagen gezwungen sieht, ihr erstes, einsames Weihnachtsfest zu durchleben. Die Freundschaft von Hannah und mir hat Schnullerketten und Boy Groups überdauert, Schlaghosen und Plateauschuhe, Mopedführerscheine und diverse Umzüge. Helma kann aus ihrem langen Leben noch so viel mehr aufzählen, durch das Anna sie stets begleitet hat. Wie schafft man es, sich in Zeiten von Krieg und Wirtschaftswunder, Flower Power und Diskotheken, Schulterpolstern und Prilblumen nicht aus den Augen zu verlieren? War es harte Arbeit, vollendete Kunst oder ein wertvolles Geschenk? Vermutlich – wie so oft – gab es keine klare Antwort, ähnelte diese vielmehr einem schillernden Mosaik unterschiedlicher Aspekte.

„Ich vermisse dich“, schreibe ich Hannah. „Wie ist Weihnachten bei euch?“

„Schrecklich“, bekomme ich kurz darauf die Nachricht. „Nächstes Jahr verbringe ich es allein vor dem Fernseher.“

„ :D “.

Statt einem ausgelassenen *hemvändarkväll* mache ich am späteren Abend einen Spaziergang, gehe einmal mehr in aller Stille durch alte Straßen und lausche meinen Schritten auf dem Asphalt. Ich gehe an heruntergelassenen Rolläden vorbei, an leuchtenden Schwippbögen und teilweise geschmacklosen Lichterketten, und frage mich, was die Leute hinter den Gardinen in diesem Moment tun. Ich hoffe, sie sind glücklich, lachen, hören Musik und stoßen im Kreise ihrer Liebsten mit einem Glas Wein an. Würden sie mich durch Zufall sehen, hier, im Schein der Lichter, ich glaube, sie würden mich wiedererkennen und sich freuen, mich zu sehen, zumindest die meisten. Vermutlich würde ihnen meine Anwesenheit auch nicht befremdlich erscheinen – obwohl ich diese Wege seit vielen Jahren schon kaum noch gegangen bin – sondern natürlich, erwartet, so als fossiles Urgestein, ganz im Gegensatz zu der Familie vorne an der Ecke, die erst vor siebenundzwanzig Jahren zugezogen war. Wir würden Small Talk halten, einzelne lieb gemeinte, oberflächliche Floskeln austauschen, in der gleichen Sprache sprechen, ohne die gleiche Sprache zu sprechen. Worte sind am Ende eben doch nur Worte und manchmal verbleiben sie auch in der Muttersprache ohne Inhalt.

Stille empfängt mich, als ich durch die Haustür trete: Meine Eltern haben sich bereits hingelegt.

„*God Jul* <3 ", schreibe ich an Katarina.

Dann suche ich *Kalle Anka* über ein schwedisches Streamingportal und schlafe lange vor der Melodie von *Ser du stjärnan i det blå?* ein.

48.

Lange Zeit habe ich mich gefragt, warum man die Tage zwischen Weihnachten und Silvester als „zwischen den Jahren" bezeichnet, wenn sie doch nicht wirklich zwischen zwei Jahren liegen. In der Hoffnung, eine schnelle Antwort darauf finden zu können, verlor ich mich vor einigen Jahren in langwierigen Erklärungen zu diversen Kalenderformen, die sich von den ägyptischen Hochkulturen über die römische Antike bis ins späte Mittelalter erstreckten. In diesem Augenblick vollkommener Verwirrung habe ich mich dazu entschieden, die Sache einfach zu akzeptieren. Mit Freude habe ich festgestellt, dass man in Schweden ebenso von den *mellandagarna*, den Zwischentagen spricht, und – kam mir die deutsche Redewendung vorher noch eigenartig vor – ich fand Trost in der Tatsache, dass es sie so oder so ähnlich in vielen anderen Ländern ebenfalls gab.

Die Zeit zwischen den Jahren ist die Zeit der Mystik und des Aberglaubens, der Raunächte, der Wilden Jagd, der Dämonen und Geister.

Es ist ebenso die Zeit, in der Florist*innen sich gezwungen sehen, kleine Töpfchen mit sogenanntem Glücksklee anzuschaffen und schlecht verarbeitete, aus Pfeifenreinigern und Pappmaché bestehende Figuren in Form von Schornsteinfegern und Schweinchen mittig in die Erde zu rammen. Und so findet sich in diesen Tagen in meinem Laden kaum ein Gesteck ohne Fliegenpilz oder vergleichbarem Glücksbringer.

„Autsch!“, töne ich unwillentlich und stecke meinen linken Daumen in den Mund. Dann betrachte ich ihn: Auf der Fingerkuppe zeichnet sich deutlich eine rötliche Stelle ab.

„Ist alles in Ordnung?“, ruft Anton aus dem Pausenraum.

„Ja! Ich habe mich nur an der Heißklebepistole verbrannt.“

Ich unternehme einen weiteren Anlauf, das kleine, hölzerne Hufeisen auf den Blumentopf zu kleben.

Seit ich aus dem Saarland zurückgekehrt bin, haben Anton und ich uns jeden Tag gesehen, zum Mittagessen, zum Spazierengehen oder einfach nur hier, in meinem Laden, in dem er wie so häufig spontan und ungeplant plötzlich in der Tür stand. Ich habe jedes Mal mehr Schmetterlinge im Bauch, wenn ich ihn sehe, und wäre ich zwanzig Jahre jünger gewesen, dann wäre dies nun der Augenblick, in dem ich „Willst du mit mir gehen?“ zusammen mit den drei Auswahlmöglichkeiten „Ja“, „Nein“, „Vielleicht“ auf einen kleinen Zettel schreibe. Das habe ich mich vor vielen Jahren ein einziges Mal getraut, als Antwort bekam ich: „Wohin?“

Die Erinnerung an dieses Zettelkonzept der späten neunziger Jahre ist also eher mäßig, abgesehen davon bin ich leider beziehungsweise zum Glück keine zwölf Jahre mehr alt. So harre ich der Dinge, klebe weiterhin Hufeisen und Marienkäfer auf kleine Blumentöpfe und große Blätter und hoffe, dass es ihm ähnlich geht und sich alles andere zeigen wird.

„Hier“, sage ich und stelle einen kleinen Topf mit Glücksklee vor ihn auf den Tisch. „Der ist für dich.“

„Danke!“

„Bitte“, antworte ich und küsse ihn auf die Stirn.

„Wir brauchen ...“, Hannah macht eine Pause und schaut auf ihren Einkaufszettel.

„Einen Zuckerhut“, beende ich Hannahs Satz und halte einen solchen in die Höhe.

„Ja. Wird abgehakt.“

Wir wollen Silvester im kleinen Rahmen feiern, dafür traditionell mit allem, was trotz teilweise internationaler Herkunft auf deutschem Boden nicht wegzudenken ist: Raclette, Wachsgießen, Feuerzangenbowle, *Dinner for one*.

„Raclette oder Fondue?“, fragt Hannah.

„Haben wir denn überhaupt ein Fondueset?“

„Nein.“

„Dann wohl Raclette“, antworte ich lachend.

„Na ja, man kann ja auch einfach einen normalen Topf und ein paar Gabeln ...“

„Ich möchte lieber Raclette.“

Ich höre von Hannah ein langgezogenes „Okaaaay“, während sie den Wagen, bisher nur mit einem einzigen Zuckerhut bestückt, weiter durch die Reihen schiebt. Im Vorbeigehen sehe ich auch hier unzählige kleine Blumentöpfe mit Glücksklee und zwischen den Blättern die unterschiedlichsten Figuren, die allesamt eher gequält dreinschauen. Es war einfach an der Zeit für bunte Tulpen.

„Schau mal!", sagt Hannah plötzlich, „ist das nicht Fjodor?" Sie deutet auf einen alten Herrn, der uns den Rücken zugewandt am Arm einer jüngeren Frau durch die Reihen schreitet. Dann bleiben sie stehen, drehen sich etwas zur Seite und begutachten die breite Auswahl an eingelegten Gurken. Im Profil ist Fjodor deutlich zu erkennen.

„Fjodor!", rufe ich und gehe auf ihn zu. Hannah versucht, mir samt Einkaufswagen zu folgen, was sich bei den Menschenmassen als größere Herausforderung herausstellt. Sie lässt den Wagen schließlich einfach stehen.

„Welch eine Überraschung!", ruft er freudig. „Dass ich euch beide hier heute treffe!"

Na ja, denke ich in mich hineinlächelnd, so groß ist der Zufall in Anbetracht der Tatsache, dass sich ganz Feuerbach heute hier zu versammeln scheint, nun auch nicht.

„Das ist wirklich schön!", sage ich. „Wir haben uns ja eine ganze Weile schon nicht mehr gesehen."

„Das stimmt. Aber ihr wisst ja, wo ihr mich finden könnt – unabhängig davon, ob ihr einen geheimnisvollen Brief entdeckt oder einfach ein bisschen reden wollt." Er zwinkert mir zu. „Darf ich vorstellen?", mit einer liebevollen Geste deutet er auf die junge Frau neben sich. „Das ist meine Enkelin Natascha."

„Freut mich sehr", sagt diese und lächelt uns an. Sie wird ungefähr in unserem Alter sein und verfügt über die gleichen, eisblauen Augen wie ihr Großvater. „Ich habe viel von euch und eurer spannenden Geschichte gehört."

„Leider ist sie bisher nicht sehr erfolgreich verlaufen", sagt Hannah.

„Das würde ich so nicht sagen", wirft Natascha ein. „Ihr habt auf der Reise sicherlich viel gelernt und interessante Bekanntschaften gemacht. Mein Großvater ist vermutlich nur eine davon." Liebevoll schaut sie ihren Großvater an und drückt dabei seinen Arm. „Ich glaube, man erkennt häufig erst mit etwas Abstand, ob sich ein Unterfangen gelohnt hat oder nicht. Und die allermeisten haben sich gelohnt, wenn man auch manchmal das ursprüngliche Ziel reevaluieren muss."

„Vermutlich, ja", sage ich, und denke an Anna.

„Habt ihr denn noch eine andere Spur bekommen?", fragt nun Fjodor.

„Nein. Wir haben an diverse Kulturvereine geschrieben, aber keine Rückmeldung bekommen, die uns hat weiterhelfen können. Außerdem haben wir, wie Sie ja bereits wissen, die Adresse aufgesucht, die Sie durch Zufall erhalten hatten. Leider hat sich auch dieser Hinweis verlaufen."

„Ja, das habe ich gehört", sagt Fjodor und deutet mit einem Nicken zu Hannah.

„Ich denke, wir werden das Vorhaben nun einfach beenden." Ich merke auch diesmal, dass ich darüber erleichtert bin.

„Das ist sicherlich vernünftig", sagt Fjodor und schaut mich mit seinem durchdringenden Blick an. Dann macht er einen Schritt nach vorne und legt mir seine rechte Hand schwer auf die Schulter, ohne jedoch seinen Blick abzuwenden. „Manchmal muss man die Vergangenheit einfach ruhen lassen. Sonst läuft man Gefahr, zu viel im Jetzt zu versäumen."

Ich nicke langsam, während ich mich frage, ob er damit lediglich die geheimnisvolle Geschichte des verlorenen Ringes meint.

„Ich wünsche euch beiden auf jeden Fall ein wunderschönes, gesundes neues Jahr!", sagt Fjodor plötzlich enthusiastisch; die leise Magie des Augenblickes zersplittert wie hauchdünnes Glas. „Wir wollen nun weiter einkaufen. Bei uns gibt es morgen Fondue."

Mit diesen Worten klopft er uns beiden auf die Schulter, bevor er sich erneut bei seiner Enkelin einhakt und zwischen Konservendosen und Backwaren verschwindet.

In den Sekunden vor Mitternacht verstehe ich die Mystik, die in eben jenen Nächten „zwischen den Jahren" angeblich mitschwingen soll. Man ist übersättigt vom abendlichen Festmahl, betaumelt vom Lachen mit guten Freund*innen, beschwipst von Sekt und Bowle und lebt in der tiefen Überzeugung, vom Leben ein weiteres, gänzlich weißes Blatt Papier ausgehändigt bekommen zu haben, das seine alltägliche Gestaltung nur so herbeizusehnen scheint. Das Leben macht für einen kurzen Augenblick Pause, im Kopf verschwimmen Situationen des vergangenen Jahres, an die man nicht erinnert werden möchte, mit all den Möglichkeiten, die sich im neuen Jahr offenbaren mögen, zu einem einzigen stummen Spielfilm.

Vergangenes ist vergangen und Jetzt ist jetzt, während über den Köpfen Feuerwerk in den buntesten Farben explodiert. Schließlich erwacht man neben Kopfschmerzen mit dem glücklichen Gefühl, eine weitere Chance erhalten zu haben, angekündigt und herbeigetragen in den wenigen Sekunden vor Mitternacht.

Das Gefühl hält für gewöhnlich keine zwei Wochen an und schon nach dem ersten Monat verstaubt der neu erworbene Heimtrainer in der Ecke und dient bestenfalls als edler Kleiderständer.

Aber an jenen ersten Tagen eines neuen Jahres, Tagen voller Glückseligkeit und maßloser Überschätzung der eigenen Disziplin, glaubt man an alle Veränderungen, die man zu machen sich geschworen hat, glaubt daran, nach den Sternen greifen zu können und verdrängt die Tatsache, dass einen manche Vorhaben bereits länger begleiten als der hartnäckige Nagelpilz am linken großen Zeh. Man glaubt dennoch, weil man glauben will und es auch braucht.

Wir spielen eine Runde Wachsgießen in dieser Nacht. Ich gieße einen Ring.

49.

Es ist Frühling. Kalendarisch und meteorologisch noch immer tiefster Winter, im Herzen jedoch Frühling. Die ersten schwachen Strahlen der tiefstehenden Sonne dringen durch meine – wie ich erst im Gegenlicht festgestellt habe – ziemlich dreckigen Scheiben und werfen lange Schatten auf den Parkettboden. Die Regale sind zu einem großen Teil leer: verkauft ist der letzte Weihnachtsstern, das letzte winterliche Gesteck, das letzte Töpfchen Glücksklee. Helle, beschwingte Musik drängt aus dem Lautsprecher und ich singe leise, so gut es geht mit.

Auch in Schweden fühlte sich der Januar bereits nach Frühling an, wenn auch dieser noch Monate entfernt war: Die dunkelsten Tage waren vorbei und es wurde von Woche zu Woche etwa eine halbe Stunde früher hell. Plötzlich findet man sein Fahrrad bereits am frühen Morgen bei Tageslicht vor und hat zunächst Sorge, verschlafen zu haben.

Aber das war in Schweden. Hier in Stuttgart sind die Tage auch im Januar bereits zwei Stunden länger und ich spüre Licht, Licht, Licht.

Vorsichtig nehme ich die nicht verkauften Dekorationsgegenstände aus den Regalen, darunter pausbäckige Engel und glitzernde Hirsche. Ich schlage sie in Papier ein und lege sie in eine Kiste, für das nächste Weihnachtsfest. Dann wische ich die Regale aus und mache Platz für Neues. Als ich alles im Lager verstaut habe, ist es draußen bereits dunkel. Ich schaue auf die Uhr: Heute Abend würde ich mit Anton zum Baumarkt fahren, um die Seidentapete zu bestellen. Ich habe noch gute zwei Stunden bis dahin.

Ich gehe zu meinen Vitrinenschränken und beginne, aus dem Meer an Blüten und Farben ein paar Blumen herauszusuchen, mit denen ich für Helma einen kleinen Frühlingsgruß arrangieren möchte. Gerade heute Morgen war meine stark herbeigesehnte Lieferung frischer Schnittblumen gekommen: Tulpen in den verschiedensten Farben, weiße und roséfarbene Ranunkeln, dunkle und helle Hyazinthen, dazu ein paar blühende Magnolienzweige und Korkenzieherweiden. Aus dem Lager hole ich ein grobes, gewundenes Körbchen und beginne, das Gesteck darin anzurichten.

Am Abend, zwischen Dunkelheit, nassem Asphalt und kaltem Wind, erinnert der Januar mit Bestimmheit daran, ein Wintermonat zu sein, und die schwache Frühlingssonne des Nachmittages scheint weit weg. Ich ziehe die Jacke fest um mich, als ich über die Straße zu Helmas Haus husche.

„Hallo?", höre ich ihre Stimme über die rauschende Gegensprechanlage. Trotz schlechter Tonqualität habe ich das Gefühl, dass ihre Stimme deutlich mehr nach Helma klingt, als sie es bei unserem letzten Gespräch tat: Sie scheint lauter, energischer, bestimmter und erinnert lediglich peripher vom Klang her an jene schwache, brüchige Stimme einer alten, gebrochenen Frau, mit welcher sie am Nikolausabend vom Tod ihrer langjährigen Freundin erzählt hat.

„Hallo, hier ist Karla", antworte ich. „Darf ich kurz stören?"

Statt einer Antwort ertönt das Summen der Tür. Dann trete ich in den Hausflur.

Helma steht in der Tür, als ich ihr Stockwerk erreiche. Sie trägt einen langen, schwarzen Rock und eine graugemusterte Bluse, ihre bestrumpften Füße stecken in flauschigen Pantoffeln. Vor allem aber steht sie aufrecht, gerade, die eine Hand am Türknauf, die andere nicht einfach herabhängend, sondern mit der Spannung einer Ballerina neben dem Körper haltend. Auch ihr Erscheinungsbild erinnert wieder mehr jene Frau, die ich im Frühjahr habe kennenlernen dürfen.

„Hallo, guten Abend!“, sage ich zur Begrüßung.

„Na, das ist aber eine Überraschung!“, sagt sie und lächelt mich an. „Komm doch rein! Möchtest du etwas trinken. Einen Tee, vielleicht?“

Aus dem Augenwinkel schiele ich auf die alte Wanduhr in der Küche. Ich hatte noch etwas Zeit.

„Ja, ich trinke gerne einen Tee.“

Erneut begebe ich mich auf die fantastische Zeitreise durch Helmas Flur, vorbei an den vielleicht wesentlichsten Momenten in ihrem Leben. Ein Bild war jedoch hinzugekommen: Auf einer kleinen, dezent verzierten Kommode steht ein größeres, gerahmtes Portraitbild von Anna, ein solches, wie es für gewöhnlich auf Beerdigungen neben dem Sarg und den Blumenkränzen steht. Ich bekomme einen Kloß im Hals und muss mich räuspern.

„Ich wollte Ihnen einen kleinen Blumengruß überreichen“, sage ich schließlich, noch immer im Flur stehend.

Helma, die gerade im Begriff war, Teebeutel auf zwei Tassen zu verteilen, dreht sich zu mir um und erblickt mit Freude das Gesteck.

„Das ist ja wunderschön! Vielen Dank. Bitte“, sagt sie und deutet mit der Hand zum Wohnzimmer, „nimm doch schon mal Platz. Bitte sei so lieb und stell die Blumen auf den Wohnzimmertisch, dort haben sie einen ganz wundervollen Platz!“

Auf leisen Sohlen gehe ich ins Wohnzimmer, vorbei an jenem Esstisch, an welchem wir in einem anderen Leben über Stunden *Scrabble* gespielt haben. Vor ihrer Sofagarnitur bleibe ich unsicher stehen. Die Gastgeber*innen sagen immer, man könne sich hinsetzen, wo man wolle; schließlich sitzt man dann aber doch meist ungewollt auf irgendwelchen Stammplätzen, die es offiziell nicht geben soll.

Mir fällt auf, dass sämtliche Zeitschriften und Rätselhefte sowie die Fernbedienung der Musikanlage in greifbarer Nähe des Sessels liegen. Ich stelle das Gesteck mitten auf den Tisch und setze mich auf ein kleines, rotes Zweiersofa. Im nächsten Moment kommt Helma, die meinen soebigen Tanz auf Eierschalen zum Glück unmöglich bemerkt haben kann, aus der Küche und stellt eine dampfende Tasse Tee vor mir ab. Dann nimmt sie im Sessel Platz.

„Wir haben uns lange nicht gesehen", bemerkt sie. „Bist du gut ins neue Jahr gekommen?"

Erneut fällt mir auf, dass Helma unbewusst zum Du übergegangen war. Das macht mich glücklich.

„Wir haben im kleinen Rahmen zu Hause gefeiert", antworte ich. „Dafür aber mit dem ganzen Aufgebot, das an Silvester dazugehört, inklusive Feuerzangenbowle."

„Feuerzangenbowle, wie schön! Macht man so etwas in Schweden auch?"

„Nein, dort kennt man das nicht. Glühwein gibt es, *glögg*, aber keine Feuerzangenbowle. Ich habe allerdings ein paar wenige Male einen Zuckerhut exportiert und Feuerzangenbowle für meine Freunde gemacht. Es hat allen gut gefallen und vor allem gut geschmeckt."

„Ich weiß noch", sagt Helma und schaut für einen kurzen Moment an mir vorbei ins Nichts, „so richtig populär wurde die Feuerzangenbowle nach dem

Erscheinen des Films in den vierziger Jahren. Danach hat man sie in der Winterzeit fast zu jedem kleineren oder größeren Anlass gemacht, zumindest in meiner Familie. Anna und ich durften als Kinder dann immer den karamelisierten Zucker von der Zange knabbern, das war unser Höhepunkt des Abends."

Hinter ihr an der Wand sehe ich ein hölzernes Klavier stehen, es war mir bisher nicht aufgefallen. Daneben eine Stehlampe, die ein schwaches Licht auf ein paar alte, abgegriffene Noten wirft. Ich glaube nun zu wissen, was Helma in den Tagen nach der Beerdigung gemacht hat.

„Apropos Anna, wie geht es Ihnen denn nun seit ..."

„Ach", Helma winkt mitten im Satz ab. „Es ist schon in Ordnung. Mein Leben hat sich lange nicht so leer angefühlt, aber es muss weitergehen. Ich vermisse Anna an jedem einzelnen Tag, in jeder einzelnen Minute. Auch wenn ich mal gerade nicht an sie denke, so werde ich doch ständig an sie erinnert: Weil jemand etwas sagt, was nur uns beide amüsiert, weil ich etwas sehe, das uns an etwas erinnert, weil ich genau weiß, welche meiner blöden Ideen sie auf welche Art und Weise kommentiert hätte. Seit ich sie nicht mehr täglich sehen kann, kann ich sie umso deutlicher permanent hören. Klingt das seltsam?“

„Überhaupt nicht.“

„Es war uns natürlich immer bewusst, dass eines Tages die eine ohne die andere würde leben müssen. Wir konnten nur nicht wissen, wer gehen und wer bleiben würde. Ich bin dankbar, dass es so gekommen ist. Dann muss Anna diesen Schmerz nicht ertragen.“

Langsam nicke ich. Helma tupft sich eine Träne aus dem Augenwinkel.

„Wie ist denn eigentlich die Sache mit dem jungen Mann ausgegangen?“, wechselt sie nach ein paar wenigen Sekunden das Thema.

„Wir haben sie aufgegeben.“

Fragend schaut Helma mich an. Dann lacht sie. „Nicht der junge Mann, der unbekannte Gastarbeiter. Dieser andere junge Mann, der seit Monaten aus unterschiedlichsten, vermutlich teils fadenscheinigen Gründen regelmäßig am Blumenladen auftaucht.“

„Ach“, ich merke, wie ich vermutlich rot anlaufe und ärgere mich darüber. „Anton. Wie kommen Sie auf ihn?“

Helma deutet zum Fenster in meinem Rücken. „Weil er nun schon eine Weile unten vor der verschlossenen Tür steht und verzweifelt an die Schaufensterscheibe klopft.“

50.

„Na, dann auf alte Raritäten und neue Schätze!“, sagt Hannah und hebt mit Schwung ihr Weinglas; zugleich schaut sie mich mit einem breiten Grinsen an. Ich greife nach Antons Hand, die auf dem rot-weiß karierten Tischtuch ruht und drücke sie fest.

„Auf kleine Entdeckungen und große Veränderungen!“, sage ich, und hebe ebenfalls mein Glas.

Wir sitzen in einer kleinen Trattoria in einer unauffälligen Nebenstraße, versteckt im Herzen der Stuttgarter Innenstadt. Die hiesige Atmosphäre erinnert an eine Finca in der Toskana: Die Wände zeigen sich gesäumt von zahlreichen Flaschen italienischen Weins, in den dunklen Ecken des Gewölbes stehen alte, schwere Weinfässer, grün-braune, von Wachs überzogene Weinflaschen erhellen die Tische sowie eine jede Nische in dem Gemäuer.

Ich schaue fröhlich in die Runde und komme mir – bereits zum zweiten Mal an diesem Tag – unwahrscheinlich reich vor. Ich sehe die strahlenden, glücklichen Gesichter von jemandem, den ich seit Jahrzehnten kenne, neben anderen, die ich im Laufe der vergangenen Monate auf unterschiedlichste Art und Weise lieb gewonnen habe. Ich sehe Hannah, die soeben lautstark mit Miriam über einen Witz lacht, den nur sie beide haben verstehen können, Sarah und Larissa, die sich angeregt über ihren heutigen Tag unterhalten, Peter, der kritisch sein Weinglas schwenkt und anschließend kontrollierend gegen das Licht hält. Ich muss schmunzeln.

Und Anton. Erneut drücke ich seine Hand, woraufhin er mich fragend anschaut. Lächelnd schüttele ich den Kopf.

„Ich freue mich, dass ihr alle da seid!", sage ich anschließend laut in die Runde.

„Herzlichen Dank für die Einladung!", sagt Miriam.

„Aber eine richtige Einweihungsfeier gibt es irgendwann schon auch noch, oder?", fragt Peter und schaut mich grinsend an.

„Wenn im Laden komplett alles fertig ist, meinst du? Inklusive neuen Vitrinenschränken und Fußböden? Natürlich. Dann lade ich euch alle noch mal zu einem großen Fest ein. Wir müssen nur mal schauen, wer bis dahin überhaupt noch lebt und laufen kann."

Lachend stoßen wir erneut an.

„Spaß beiseite. Bis der Laden so aussieht, wie ich ihn mir vorstelle, wird es eine ganze Weile dauern. Ich will auch nicht sämtliche Rücklagen direkt in den Laden stecken, ich brauche nebenbei etwas Geld für Reisen ins Saarland, nach Schweden oder auch ganz woanders hin."

„Ich freue mich so für dich, dass du in Stuttgart angekommen bist!", sagt Sarah und lächelt mich an. „Ich bin nach wie vor auf der Suche nach einem Hafen, doch eigentlich am liebsten unterwegs."

Sarah war im Spätsommer von ihrer Arbeit im Büro freigestellt worden, um nochmals ein paar Wochen an Bord eines Kreuzfahrtschiffes auszuhelfen. Dann hat sie ihre Stelle ganz gekündigt.

„Sich bewusst für ein Leben auf Reisen zu entscheiden, ist ja auch irgendwie ein Ankommen", sage ich und lächele zurück. „Und viele Menschen sind unterwegs, auch wenn man es ihnen nicht ansieht. Wenn du mal wieder länger in Stuttgart bist, komm am

Laden vorbei! Es gibt einen alten Herrn in der Nachbarschaft, den ich dir gerne vorstellen möchte."

Nach vielen Tagen hatte ich es endlich über mich gebracht, den zarten, kostbaren Silberring aus seiner samtenen Schatulle zu nehmen und ihn beim Juwelier des Verkaufes wegen auf den Tisch zu legen. Ich hatte zunächst weitere Schätzungen eingeholt, auch umfassendere, gemmologische Gutachten, war mit Hannah von Juwelier zu Juwelier geradelt. Das Urteil fiel immer gleich aus: der Ring, der Vergessene, der Verschollene – er war kunstvoll von Hand gefertigt worden in der Ära des Art Nouveau, des Jugendstils. Es handelte sich um eine seltene Antiquität, zusätzlich geziert durch einen Edelstein, der im wahrsten Sinne des Wortes ein Geschenk des Himmels war. Schlussendlich verkaufte ich ihn an jene Gemmologin, die ich bei dem allerersten Gespräch getroffen hatte; nicht, weil sie mir den höchsten Preis bot, sondern, weil ich das untrügliche Gefühl hatte, dass der Ring in die richtigen beziehungsweise an die richtigen Hände kommen würde. Ich bekam mehr als genug, nicht nur um eine wunderschöne Seidentapete anbringen zu lassen, sondern auch, um meine Freund*innen zum

Essen einzuladen zu können. Den Rest des Geldes würde ich für meinen Umzug zurücklegen. Das war mein neues, größeres Projekt nach dem abgeschlossenen Unterfangen, Miloš ausfindig zu machen: mich auf den Stuttgarter Wohnungsmarkt zu stürzen. Den Erfahrungen nach zu urteilen, die ich diesbezüglich habe einholen können, scheint es mir im Nachhinein deutlich leichter, einen unbekannten serbischen Mann zu finden als eine einigermaßen bezahlbare Wohnung in der Stuttgarter Innenstadt. Aber ich bin auch bei dieser Suche nicht alleine und wenn Hannah und ich im vergangenen Jahr eines bewiesen hatten, dann ganz sicher, dass wir zäher sein konnten als alter Kaugummi und hartnäckiger als Lippenherpes.

Am heutigen Vormittag hatte ich nach vielen Wochen endlich einmal länger mit Katarina telefoniert, jene wohltuende Stimme gehört, die mir in den letzten Jahren so vertraut geworden war. Sie hatte mich angerufen, weil sie traurig war: Ihre alte Katze war am Vorabend verstorben, tröstlicherweise jedoch nach vielen gemeinsamen, glücklichen Jahren. Ihre Trauer hat mich angesteckt, doch statt einer festen Umarmung musste es leider bei ein paar hohlen Worten am Telefon bleiben. Es wurde mir einmal mehr bewusst: Welchen Weg man auch einschlägt, welches Land auch immer man als Heimat wählt, man verpasst stets etwas in dem jeweils anderen. Man ist immer da und immer weg. Viel Pendelei scheint zunächst ein Ausweg zu sein, da sie einem vorgaukelt, präsenter zu bleiben. Jedoch geht mit der häufigeren Präsenz in einem Land zwangsläufig die gesteigerte Abwesenheit in dem anderen einher; mit viel Licht kommt nun mal viel Schatten und mit vielen Pollen kommt der Heuschnupfen. Irgendwo dazwischen geht man seinen Weg, *lagom* oder auch *all in*, das bleibt individuell zu entscheiden. Ich bin keine Papageientulpe, die zeitgleich in zwei leuchtenden Farben strahlt; ich bin eine Gerbera – ich kann auf der ganzen Welt zu Hause sein, aber dort, wo auch immer ich mich schließlich wohlfühlen mag, schlage ich auch gerne Wurzeln. Vermutlich wäre ich orange, nur im Herzen zweifarbig.

Wir haben auch über schöne Dinge geredet, Katarina und ich. In Schweden ist bald *sportlov*, Sportferien, in denen es die Schwed*innen für gewöhnlich zum Skifahren in die Gebirge zieht. Der *sportlov* wurde im

Jahr 1940 eingeführt, weil man sich während der Kriegsjahre gezwungen sah, Heizmaterial an den Schulen einzusparen. Um den Schülern eine sinnvolle Alternative zu bieten, wurden diverse sportliche Aktivitäten organisiert. Später folgten weitere Argumente zum Beibehalt der freien Woche: die angenommene Minderung von Erkältungskrankheiten durch Ansteckungsgefahr in den Klassenzimmern zum Beispiel und der allgemeinbekannte gesundheitliche Vorteil von sportlicher Betätigung an der frischen Luft. Katarina hat auch in diesem Jahr mit ein paar Freund*innen eine kleine Gebirgshütte am Rande eines Skigebietes gemietet und gefragt, ob ich kommen möchte. Vielleicht wollte ich das, vielleicht würde ja auch Anton mitkommen wollen, wenn er denn Skifahren konnte.

Wir knabbern stangenweise Grissini, trinken zu viel Wein und lachen zu laut, Miriam bekommt allmählich rote Bäckchen und Hannahs Lippen zeigen sich bläulich verfärbt. Es geht uns gut an diesem Abend und ich wünschte mir, ich könnte die Zeit anhalten, eine kleine Weile nur.

Das Essen schmeckt fantastisch und der doppelte Espresso hinterlässt einen Kaffeerand auf dem Tischtuch.

Schließlich flüstere ich Anton ins Ohr, dass ich gehen möchte.

Quietschend halten wir vor meinem Blumenladen. Anton macht den Motor aus und für einen Moment sitzen wir in vollkommener Stille und Dunkelheit.

„Möchtest du, dass ich mit dir komme?", fragt er.

„Wie du willst", antworte ich. „Ich habe nur kurz etwas zu erledigen."

„Ich denke, ich werde mit dir gehen. Ich bin einfach zu gespannt, was du an einem Samstagabend gegen Mitternacht in deinem Blumenladen Dringendes erledigen musst."

Ich öffne die Autotür und noch während ich das erste Bein herausschwinge, merke ich, wie schwindelig mir ist. Langsam hiefe ich mich aus dem Sitz.

„Ist alles in Ordnung?", höre ich Antons Stimme hinter mir.

„Ja. Nur das letzte Glas Wein hätte vielleicht nicht sein müssen."

Meine Absätze klackern auf dem Asphalt, als ich – meines Empfindens nach sehr gerade und zielstrebig – zur Tür schreite.

Der Laden steht dunkel und verlassen und dennoch habe ich wie immer beim Betreten das Gefühl, nicht allein zu sein. Ich bin umgeben von Hunderten von Blumen in den verschiedensten Ausführungen und Farben, und manchmal kommt es mir so vor, als würde ich sie bei irgendetwas unterbrechen, sobald ich die Ladentür aufschließe.

„Schau!", sage ich zu Anton, der hinter mir in der Tür steht, und mache dabei eine ausladende Geste mit beiden Armen. „All diese Farben!"

„Es ist dunkel."

Ich schüttele den Kopf. „Der Laden war kurzzeitig leer und verlassen. Nun ist er wieder voller Leben."

„Und was genau wolltest du nun unbedingt hier?"

„Komm, ich will dir etwas zeigen."

Ohne das Licht anzuschalten, nur im blassen Schein der Straßenlaternen, gehen wir in den Lagerraum und ich greife auf dem Regal nach dem tönernen Topf, in dem die Knolle meiner Gerbera überwintert.

„Das war meine erste Blume hier. Eine orangefarbene Gerbera. Sie war ein Geschenk von Hannah."

Trotz der Dunkelheit kann ich erkennen, wie Anton angestrengt die Augen zusammenkneift, um besser sehen zu können.

„Aha. Aber nun sehe ich lediglich Erde und ein paar wenige vertrocknete Stängel."

„Sie überwintert", antworte ich. „Die Knolle, tief in der Erde verborgen, sammelt derzeit ihre Kraft. Und dann treibt sie wieder aus, das weiß ich."

Anton schaut mich ratlos an. „Okay. Und jetzt?"

„Jetzt stellen wir sie wieder auf den Tisch, damit sie Licht bekommt. Es ist an der Zeit, wieder aufzuwachen."

Ich stelle den Topf auf seinen ursprünglichen Platz, lege den Kopf schief und schaue ihn eine Weile an.

„Es ist ja nicht so, dass wir unter anderen Umständen deutlich länger in dem Restaurant geblieben wären oder der Abstecher zu deinem Laden ein großer Umweg war. Mich würde dennoch, aus reiner Neugier interessieren, warum die Gerbera ausgerechnet heute Nacht in aller Dunkelkeit wieder auf den Tisch musste?"

„Ich musste vorhin an sie denken“, gebe ich zur Antwort. „Außerdem habe ich auf dem Weg zum Italiener die ersten Schneeglöckchen gesehen. Das ist bestimmt ein Zeichen.“

Anton schüttelt ungläubig den Kopf, ich kann jedoch erkennen, dass er den Mund zu einem Lächeln verzogen hat.

Ich greife nach seiner Hand und gemeinsam treten wir wieder hinaus in die Nacht. Das alte Türschloss knarzt, als ich den Schlüssel darin umdrehe.

Epilog

Ich stehe hinter meinem alten, hölzernen Tresen und bin dabei, Blumen zu einem Strauß zu binden, wie an so vielen Tagen, ohne jemals das Gefühl zu haben, dass es mir irgendwann überdrüssig werden könnte. Tief violette Ranunkeln, apricotfarbene Französische Tulpen, Greenery in Form von Eukalyptus und Chico Blättern, tief violette Ranunkeln ... spule ich – einem Mantra gleich – die Namen immer wieder in meinem Kopf ab. Staubkörner tanzen in den Strahlen der wärmenden Frühlingssonne und irgendwo draußen auf einem noch kahlen Baum zwitschert fröhlich ein einzelner Gartenrotschwanz.

Ich gehe zu einer Vitrine und hole noch ein paar weiße Freesien und rosa blühende Quittenzweige heraus. In den Regalen stehen gelbe Narzissen neben dunkelblauen Hyazinthen, lila Märzveilchen neben weißen Anemonen und die ersten getöpferten Osterhasen neben Tonküken. Meine multifunktionalen Weinkisten, die sich im vergangenen Jahr auf so vielseitige Art und Weise bewährt hatten, stehen wieder vor der Tür.

Ich stecke auch den letzten Quittenzweig in den Strauß und betrachte ihn mit etwas Abstand im Gegenlicht; ich bin zufrieden. Als Nächstes würde ich ein Gesteck für einen sechzigsten Geburtstag machen wollen, das jemand am heutigen Morgen bei mir in Auftrag gegeben hat.

In meinem Pausenraum ist es derzeit etwas beengt: Die Kaffeemaschine, das alte Radio und der Lautsprecher stehen gedrängt auf dem Tisch. Daneben liegt, seit ein paar Tagen erst, mein neu erworbenes Schachbrett mit den zugehörigen Figuren, die teilweise auf dem Tisch verstreut, teilweise darunter liegen. In einem Anflug von Ehrgeiz hatte ich es gekauft, direkt, nachdem ich von dem alten Herrn auf der Königsstraße einen Crashkurs erhalten hatte. Mein neuerworbenes Wissen hatte ich versucht, an Anton weiterzugeben, jedoch – so musste ich mir schnell eingestehen – waren die Regeln nicht mehr ganz so eindeutig, wenn man sie einem anderen Menschen erklären wollte. Aber morgen schon würde ich den alten Herrn erneut aufsuchen, morgen, und vermutlich noch viele weitere Wochen. Die gesamte Spüle war der Renovierungsarbeiten wegen abgeklebt worden. An den kahlen, ehemals trostlosen Wänden sind nun die Spuren der alten, abgerupften Tapete sowie eventuelle Kleisterreste gänzlich entfernt und der Grund für eine neue ist geschaffen. Noch türmen sich die wertvollen Rollen der hellgrünen, kunstvoll verzierten Seidentapete in einer Ecke neben einer von eingetrockneten Farbklecksen überzogenen Leiter. Morgen würden die Maler*innen wiederkommen und die Tapete anbringen. Die Nische sollte diesmal jedoch nicht übertapeziert werden, sondern offen bleiben und in einem dunklen Grünton gestrichen werden, in Moldavitgrün. So würde sie Platz bieten für Bilder, Kerzen, Blumen oder aber auch unerwartete Dinge, die ich im Laufe der Jahre hier finden mochte. Anton hatte den irren Gedanken geäußert, dass wir durch eigenhändiges Tapezieren etwas Geld sparen könnten, ich hatte dies jedoch vehement abgelehnt. Klaus im Baumarkt hatte mehrfach betont, dass Seidentapeten sehr empfindlich seien und es bei der Anbringung Erfahrung bräuchte, vor allem, um die Seidenfäden nicht zu bekleckern. Ich vertraue auf Klaus, zumindest deutlich mehr als auf Antons Heimwerkerkünste. Es schien mir sehr unangebracht, einen Haufen Geld in die Anschaffung einer sündhaft teuren Tapete zu investieren, nur um sie schließlich durch schwäbische Knauserei und Tapetenkleister zu versauen.

Als ich im Begriff bin, die Tür zum Lager zu öffnen, höre ich das helle Läuten der kleinen Messingglocke.

„Ich bin sofort bei Ihnen!“, rufe ich laut und greife zügig nach einem Block Steckmasse, der direkt im Regal hinter der Tür liegt. Noch während ich meinen Hindernisparcours zwischen Leiter und Farbeimer erneut antrete, vernehme ich das gedämpfte Nuscheln einer männlichen Stimme.

„Hier hat sich doch einiges verändert“, sagt sie leise.

Ich trete durch den Durchgang zurück in die Geschäftsräume und sehe einen schmalen, alten Mann in einem viel zu großen, dunkelbraunen Anzug. Die Polster des Jacketts hängen schlaff von seinen Schultern, die Ärmel sind mindestens einmal umgekrempelt und die Hose scheint lediglich von dem festgezurrten Gürtel gehalten zu werden. Unter den weit anmutenden Hosenbeinen schauen glänzende, schwarze Schuhspitzen hervor und die beige, etwas verknautschte Fedora ist tief ins Gesicht gezogen.

„Guten Tag“, sagt er mit einem leichten, schwer zu fassenden Akzent. Dabei zieht er seinen Hut, hält ihn sich vor die Brust und entblößt den Blick auf schlohweißes, jedoch unerwartet volles Haar. An dem schmalen Gesicht wirken seine Ohren riesig, die Wangen sind eingefallen, strahlen jedoch in einer gesunden Röte. Er musste um die achtzig sein.

„Guten Tag“, antworte ich, „und herzlich willkommen! Wie darf ich Ihnen helfen?“

„Mein Name ist Miloš“, antwortet er. „Sie haben nach mir gesucht.“

Nun sitzt er mir gegenüber: Miloš. Jener Mann, den wir im vergangenen Jahr verzweifelt haben ausfindig machen wollen. Jener Mann, der vor vielen Jahren buntes Leben in ein ehemaliges Haushaltswarengeschäft gebracht hatte. Jener Mann, dessen wertvolles Familienerbstück ich vor nur wenigen Tagen für einen toten Haufen aus Papier und Seide verschachert hatte. Mir wird schlecht und ich weiß nicht, ob es an der Aufregung, der Freude, der Scham oder gar der Angst liegt. Es handelt sich vermutlich um eine Kombination, durchlebe ich doch momentan all diese Emotionen in abwechselnder Intensität, nehme sie wie Stromstöße wahr.

„Möch...", ich muss mich unterbrechen, weil meine Stimme so heiser klingt, dass ich sie selbst kaum verstehen kann. „Möchten Sie eine Tasse Kaffee?", bringe ich schließlich ein paar wenige Worte über die Lippen.

„Sehr gerne. Vielen Dank."

Er sitzt auf einem der Malmsten-Stühle an dem überfüllten Tisch und schaut sich in aller Ruhe, jedoch aufmerksam in seinen alten Räumlichkeiten um. Mit zittrigen Händen fülle ich Wasser in die Kaffeemaschine und wünschte mir, dass Hannah oder Anton wie so häufig spontan und gänzlich unangemeldet hier auftauchen würden. Das Messingglöckchen verbleibt jedoch stumm.

„Sie sind am Renovieren?", unterbricht er schließlich die Stille und deutet auf das Chaos aus Leiter, Farbeimern, Tapetenbahnen und abgeklebter Spüle.

„Ja. Es war an der Zeit für eine neue Tapete."

Er muss lächeln.

„Wie haben Sie denn von meiner Suche nach Ihnen erfahren?“, frage ich, während ich eine Tasse vor ihm abstelle.

„Ich habe den unscheinbaren Aushang in den Räumlichkeiten des Serbischen Kulturvereins in der Freibadstraße gesehen. So wie der Zettel mittlerweile aussah, hing er da schon etwas länger. Ich war viele Wochen nicht mehr dort.“ Er trinkt schlürfend einen ersten Schluck Kaffee. „Wieso haben Sie mich gesucht?“, fragt er schließlich.

„Warten Sie“, antworte ich und gehe in den Lagerraum. Zwischen Blumendraht und Tontöpfen finde ich schließlich den Karton mit den Bildern, die noch bis vor wenigen Wochen an der Wand gehangen hatten.

„Schauen Sie“, sage ich und lege ihm das Bild von ihm aus jungen Jahren vor, jenes, auf dem man ihn im Hintergrund Kisten schleppend gerade so erkennen kann. Mit einem Lächeln nimmt er das Bild in die Hand und betrachtet es genau.

„Das ist lange her“, sagt er leise. „Wo haben Sie das Bild her?“

„Von Helma", sage ich und tippe auf die junge Frau im Vordergrund. „Die Mutter dieser jungen Dame. Sie wohnt noch immer hier gegebenüber."

Er nickt langsam und ihm scheint erst nun bewusst zu werden, wie intensiv sich unsere Suche gestaltet haben muss.

„Ich habe beim ... Renovieren ... etwas gefunden, von dem ich glaube, dass es Ihnen gehört."

Mit beiden Händen stelle ich die Zigarrenkiste vor ihm ab. Miloš legt reflexartig die Hand vor den Mund, dann greift er nach ihr und streicht liebevoll über das alte Holz.

„Mein Gott, die Kiste habe ich seit knapp fünfzig Jahren nicht mehr gesehen."

Er öffnet sie, nimmt den alten Brief und das vergilbte Hochzeitsfoto heraus, liest die verblichenen Zeilen, betrachtet das Paar.

„Ist das Ihre Kiste?"

„Nein."

Ich denke an Hannah, meine ambitionierte Freundin, und überlege, wie ich ihr das schonend beibringen kann. Denn mit diesem einen Wort scheint zunächst alles zu zerbrechen: jegliche Hoffnung auf eine

Antwort, jegliche Aussicht auf Lohn für vor allem ihre Mühen des vergangenen Jahres. Die Suche sollte sich nun im Nachhinein als ein Hirngespinst herausstellen, und zwar von Anfang an, als reine Zeitverschwendung; denn es ist nicht seine Kiste, ist es nie gewesen. Nein.

„Sie gehörte meinem Freund Aleksandar", führt er schließlich fort, noch bevor ich einen einzigen Gedanken äußern konnte. „In der Kiste war noch ein Ring." Er tippt auf den Ringfinger der jungen Frau auf dem vergilbten Hochzeitsbild. „Dieser. Ein Silberring mit einem grünen Stein."

„Der Ring ist ... also, den Ring habe ich ...", beginne ich zu stammeln.

Ruhig legt er mir eine Hand auf den Arm. „Es geht mich nichts an", sagt er.

Für einen Moment starren wir beide auf das Hochzeitspaar.

„Wer sind denn die beiden?", frage ich schließlich.

„Darja und Ninko", antwortet er. „Aleksandars Eltern."

„Ninko hat auch den Brief geschrieben, oder?"

Ich durchwühle den Stapel unseres Sammelsuriums aus Papier nach der Übersetzung des Briefes. „Hier", sage ich, als ich ihn gefunden habe, und lege ihn ihm vor. „Wir haben den Brief übersetzen lassen."

„Das ist richtig", sagt Miloš, nachdem er den Brief erneut überflogen hat. „Ninko hat nach dem Zweiten Weltkrieg, wie so viele andere junge Männer jener Zeit, seine Heimat Repušnica verlassen, um in einer der größeren Städte zu arbeiten. Ich meine, er ist nach Kragujevac gegangen und hat dort bei Zastava gearbeitet, in der Automobilindustrie."

„Und Darja ist in Repušnica geblieben?"

„Zunächst einmal, ja. Aber nach wenigen Jahren konnte sie ihm nachziehen. Und dann haben sie geheiratet und Aleksandar kam auf die Welt."

„Und wie kommt die Zigarrenkiste eines jungen Mannes aus Kragujevac in einen Stuttgarter Blumenladen?"

„Ich bin Ende der sechziger Jahre als Gastarbeiter nach Stuttgart gekommen. Aber das wissen Sie ja sicherlich", sagt Miloš bedeutungsschwer.

„Ja, das habe ich erfahren können."

„Die Arbeitsverhältnisse waren hier deutlich besser als im damaligen Jugoslawien und natürlich auch die Entlohnung. Auch Aleksandar war Gastarbeiter, wir haben zusammen über einige Jahre bei Daimler gearbeitet. Irgendwann hatte ich mir genug zurückgelegt, sodass ich über die finanziellen Möglichkeiten verfügte, diese Räumlichkeiten hier übernehmen zu können. So habe ich meinen Traum wahr gemacht." Miloš breitet mit einer einladenden Geste die Arme aus. „Ich habe einen Blumenladen eröffnet."

Ich nicke andächtig.

„Aleksandar brauchte das Geld, um seine damalige Verlobte nach Deutschland zu holen, Emilija. Sie ist jedoch nie hier aufgetaucht."

„Wie meinen Sie das?"

„Sie sollte nach Stuttgart kommen, Anfang der siebziger Jahre war das. Sie hat von Aleksandar das nötige Geld für die Reise bekommen, hatte die wesentlichsten Sachen gepackt. Sie brach an einem frühen Morgen zum Bahnhof auf, dann verliert sich jede Spur: Sie ist nie in Stuttgart angekommen."

„Wie schrecklich!"

„Ja, das war es. Aleksandar machte sich kurz darauf ebenfalls auf die Reise, er wollte in die ehemalige, gemeinsame Heimat fahren, ihre letzten Schritte vor der geplanten Abfahrt verfolgen in der Hoffnung, sie irgendwo ausfindig machen zu können."

Mir schlägt das Herz vor Aufregung bis zum Hals.

„Aleksandar arbeitete damals noch bei Daimler und wir wohnten gemeinsam mit anderen jungen Männern in einer eher notdürftigen Unterkunft. Ich hatte jedoch mit dem Blumenladen das große Glück, meine eigenen vier Wände zu haben, sei es auch nur geschäftlich. Der Ehering seiner Eltern als Symbol eines geglückten Neuanfanges und ewiger Liebe war damals sein wertvollster Besitz. Seine Eltern hatten ihn ihm mitgegeben, als er sich kurz nach mir nach Stuttgart aufgemacht hat, ebenso wie das Foto und den Brief. Die Dinge sollten ihn stets daran erinnern, Chancen zu ergreifen, wenn sie sich boten; den Traum von einem besseren Leben nicht aufzugeben, sollte sich der Weg dahin auch noch so schwierig gestalten; auf die Magie eines neuen Anfanges zu vertrauen und ebenso auf die Liebe seiner Emilija, sollten auch Jahre bis zu einem Wiedersehen vergehen."

Er trinkt schlürfend einen weiteren Schluck des Kaffees, der mittlerweile bestenfalls noch lauwarm sein konnte.

„Er hat die Dinge in dieser Zigarrenkiste verstaut und sie mir kurz vor seiner Abreise anvertraut. Es war ihm zu unsicher, sie in der Unterkunft zu lassen, genauso wenig wollte er sie auf seiner Reise mit sich führen und womöglich Gefahr laufen, sie zu verlieren. In den Räumen hier war sie sicher verwahrt, hier war ja vorerst nur ich. Und da ich gerade mit der Renovierung begonnen hatte, bot sich darüber hinaus das beste Versteck.“ Er deutet auf die Nische.

„Was war denn das früher für eine Nische?“, platzt es aus mir heraus, obwohl ich seinen Erzählfluss kaum unterbrechen mag.

„Das war ein Fenster bestehend aus hässlichen Glasbausteinen. Der ehemalige Besitzer des Elektrofachhandels hatte im heutigen Lager ein Büro und direkt hinter dem Fenster seinen Schreibtisch stehen. Ich fand es fürchterlich.“

„Mir hätte das auch nicht gefallen“, stimme ich ihm zu.

„Eigentlich hatte ich das Fenster zumauern wollen, aber so fand die Aussparung in der Wand einen Nutzen. Wir haben lediglich vom Lager aus ein Brett angebracht, dieses überstrichen, die Nische zutapeziert und schon hatten wir ein Geheimversteck."

Miloš steht auf, geht schlurfend zur Nische und klopft an deren Hinterwand. Der Ton klingt eindeutig nach Holz.

„Ich hatte überlegt, auf Dauer noch weitere Personen anzustellen", sagt er und zuckt mit den Schultern, „da schien uns ein Versteck die sicherste Lösung."

Er kommt zurückgeschlurft und nimmt wieder Platz.

„Hat Aleksandar Emilija gefunden?"

„Nein."

Ich muss schlucken.

„Was ist schließlich aus Aleksandar geworden?"

„Das weiß ich nicht sicher." Erneut zuckt er mit den Schultern, diesmal eher bedauernd. „Wir haben nach seiner Abreise ein paar wenige Male telefoniert und geschrieben, aber der Kontakt wurde immer seltener und nahm schließlich ganz ab. Es war schwer, ihn zu erreichen, er war ja immer auf dem Sprung, immer auf der Suche, selten länger an einem Ort. Man sagt, die Suche habe ihn schließlich wahnsinnig gemacht. Er ist nie wiedergekommen."

„Und sein Schatz verblieb in der Wand."

„Und sein Schatz verblieb in der Wand“, wiederholt Miloš.

Erst nun bemerke ich, dass ich mit offenem Mund dagesessen habe. „Haben Sie ... vielleicht ein Foto von Aleksandar?“

Ich bin neugierig auf jenen Mann, dessen Zigarrenkiste Hannah und mich im vergangenen Jahr zeitweise stark beschäftigt hat und dem ich meine neue Tapete verdanke.

„Moment.“

Miloš greift in seine ausgebeulte, rechte Jacketttasche und zieht ein Handy heraus.

„Ich habe tatsächlich mal ein paar ältere Fotos digitalisieren lassen, und einige davon habe ich auf dem Handy.“

Mit zitternden Fingern öffnet er die Galerie und scrollt sich durch unzählige Fotos, in schwarz-weiß, in Farbe, Kinder, Erwachsene, strahlende und weinende Gesichter, glückliche Momente und große Augenblicke.

„Hier“, sagt er schließlich und legt das Handy vor mir auf den Tisch. „Das ist Aleksandar mit seiner Verlobten Emilija. Ich habe es kurz vor meiner Abreise gemacht.“

Ich betrachte Aleksandar: Er war ein stattlicher Mann, mit breiten Schultern und pechschwarzem Haar. Sein Lachen auf dem Foto entblößt den Blick auf eine Reihe schiefer Zähne, Lachfalten liegen um seine Augen. Emilja war eine eher zierliche Frau, unter den Trägern ihres Kleides zeichnen sich ihre Schlüsselbeine deutlich ab. Ihr schwarzes Haar ist zu einem Knoten gebunden, und auch sie lächelt, allerdings nur mit dem Mund: In ihrem Blick liegt Schwermut, womöglich gar Traurigkeit.

„Sie waren ein wundersch...“, beginne ich, bringe den Satz aber nicht zu Ende.

Irgendetwas hatte mich unbewusst an dem Bild irritiert, und nun fällt es mir auf: Um Emilijas zarten Hals liegt eine feine, silberne Kette, mit einem aufwendig gestalteten Anhänger, der an die Form einer stilisierten Sonne erinnert. Jene Kette, die ich vor Monaten zwischen alten Postkarten und einem bekritzelten Stuttgarter Stadtplan gefunden hatte; einem Stadtplan, auf dem ein dickes Kreuz diesen Laden markierte.

„Sie waren ein wunderschönes Paar. Ich kann nachvollziehen, dass Aleksandar alles darangesetzt hat,

Emilija zu finden. Emilija trägt so eine interessante Kette", wage ich einen Vorstoß, „war sie ein Geschenk von Aleksandar?"

„Nein, von Darja, Emilijas Schwiegermutter", sagt Miloš und lacht kurz auf. „Emilija hat die Kette gehasst. Die beiden Damen hatten ihre Differenzen, verstehen Sie, und die Kette kam Emilija eher wie eine unliebsame Fußfessel als wie ein Schmuckstück vor. Ich denke, dass sie sie nur Aleksandar zuliebe getragen hat. Vermutlich hat sie die Kette auf der Reise nach Stuttgart entsorgt und ihm gegenüber behaupten wollen, sie wäre gestohlen worden." Miloš lacht erneut.

Argwöhnisch schaue ich ihn an. Der alte Herr lächelt und schaut auf seine Hände, die auf dem Tisch ruhen. Auch sie zeigen sich überzogen von kleinen, feinen Narben, wie ich sie auch von meinen kenne, daneben unzählige Pigmentflecken, die von einem langen Leben zeugen.

„Ich möchte Ihnen danken: Dafür, dass Sie den Grundstein für einen Blumenladen gelegt haben, dafür, dass Sie meinem Aufruf gefolgt sind und sich heute auf den Weg gemacht haben."

„Die Freude ist ganz meinerseits."

Für einen Augenblick tritt unangenehme Stille ein. Es ist alles gesagt. Kurz darauf wird sie glücklicherweise von dem schrillen Klingeln eines Handys unterbrochen.

„Entschuldigung“, sagt Miloš und greift nach seinem Handy, das noch immer auf dem Tisch liegt. „Das ist sicherlich meine Frau.“ Mit einem zittrigen Zeigefinger nimmt er den Anruf entgegen. „Hallo, mein Schatz. Ich habe bei meinem heutigen Spaziergang einen kleinen Umweg gemacht“, sagt er und nickt mir lächelnd zu. „Aber ich komme nun bald nach Hause.“

Grübelnd gehe ich in die Geschäftsräume, greife den Strauß, den ich erst kurz vor Miloš' Eintreffen gebunden hatte, und schlage ihn in Blumenpapier ein. Erst als ich damit fertig bin, merke ich, dass auch Miloš sein Gespräch beendet hat.

„Das war meine Frau“, sagt er überflüssigerweise, als ich den Pausenraum betrete. „Sie hat sich gewundert, wo ich bleibe. Ich gehe für gewöhnlich immer dieselbe Runde und bin immer um dieselbe Zeit zu Hause.“

„Ich hoffe, sie hat nun nicht auf Sie gewartet.“

„Nein, nein.“ Er steht langsam auf und schiebt den Stuhl wieder an den Tisch. „Ich werde mich nun dennoch langsam auf den Weg machen. Es hat mich sehr gefreut, Sie kennenzulernen. Danke, dass Sie versucht haben, Kontakt zu mir aufzunehmen. Nun weiß ich, dass der Laden in guten, vor allem jedoch liebevollen Händen ist."

Mit diesen Worten dreht er sich um und läuft zur Tür.

„Moment!" Ich greife nach dem eingepackten Strauß auf dem Tresen und drücke ihn ihm in die Hand. „Der ist für Sie und Ihre Frau. Als kleine Erinnerung an mich und den Laden."

Er lächelt breit. „Vielen Dank."

Zu meiner Verwunderung öffnet er das Blumenpapier einen Spalt breit und schielt hinein. „Zum Glück ist es noch zu früh für Bartnelken", sagt er schließlich mit einem bestätigenden Kopfnicken. „Ich will nicht unhöflich erscheinen, aber meine Frau kann Bartnelken nicht ausstehen." Er lächelt erneut, dann dreht er sich um und geht mit vorsichtigen Schritten zur Tür.

Ich vernehme das helle Läuten der kleinen Messingglocke. Dann fällt die Tür ins Schloss und es ist gänzlich still im Raum.

Ich unterdrücke das dringende Bedürfnis, Hannah sofort anzurufen und ihr mitzuteilen, dass wir in diesem Jahr nach einem Aleksandar in Serbien würden suchen müssen. Ich schulde ihm Geld, vor allem jedoch eine Erklärung.

Es ging vorhin sehr schnell, überdauerte den Bruchteil einer Sekunde bloß, und dennoch bin ich mir sicher: Als Miloš' Frau angerufen hat, wurde auf dem Display folgender Name angezeigt: Emilija.

Wie in Trance gehe ich zurück in den Pausenraum und räume die Kaffeetassen ab. Dabei denke ich an jenen Mann, für den ich im Frühsommer einen Blumenstrauß explizit ohne Bartnelken zusammengestellt habe. Sollte es sich bei ihm wirklich um den Sohn von Miloš und Emilija gehandelt haben? Warum hat er nicht erwähnt, dass der Blumenladen einst seinem Vater gehört hat? Überlegend schüttele ich den Kopf. Dann fällt mein Blick auf den tönernen Topf in der Tischmitte, den ich zwischen Kaffeemaschine, Radio und Lautsprecher in den letzten Tagen kaum wahrgenommen habe.

Aus der Erde dringt die Spitze eines einzelnen, grünen Triebes hervor.

Danksagung

Ein jeder Mensch ist auf der Reise. Hat man Glück, so kann man wesentliche Teile dieser selbst bestimmen. Viele Menschen haben mich auf meiner begleitet, sowohl im Allgemeinen gesprochen als auch auf das Schreiben dieses Romans bezogen, sie waren mir Inspiration und Antrieb oder auch ein ruhiger Hafen, in dem ich jederzeit ankommen durfte. Ich bin euch unendlich dankbar: für jedes wertvolle Gespräch, das ich mit euch führen, für jedes Sofa, auf dem ich auch kurzfristig übernachten durfte, für jedes frisch gewaschene Handtuch, jede Reisezahnbürste, jedes Willkommenheißen auch zu nächtlicher Stunde an entlegenen Bahnhöfen. Es sind der Namen zu viele, als dass ich sie hier im Einzelnen nennen könnte, und hinterher laufe ich doch Gefahr, einen Namen zu vergessen, weil die Person womöglich am anderen Ende der Welt wohnt, weil ich sie seit Jahren nicht gesehen habe, sie jedoch allein aus dem Grund genannt werden müsste, weil mich der Gedanke an sie glücklich macht. Das Schöne an den wesentlichsten Menschen ist ja, dass sie sich an dieser Stelle angesprochen fühlen werden. Ich liebe euch. *Jag älskar er.*

Namentlich erwähnen möchte ich an dieser Stelle jedoch meine wundervolle Lektorin Romy Schneider, die nicht nur Kommata gestrichen und Punkte gesetzt, sondern mir vor allem wertvolles Feedback gegeben und mich auf dem Weg zum fertigen Roman engagiert unterstützt hat. Vielen lieben Dank für deine Ratschläge, deine Hinweise, deine Tipps! Meine Nachbarin und Freundin Fabiola Turan war so lieb, nicht nur mein Exposé durchzulesen und mit Anmerkungen zu versehen, sondern mir auch in Bezug auf die Publikation jederzeit Hilfestellungen zu geben. Hab vielen Dank!

Außerdem möchte ich all jenen Menschen danken, die mir täglich begegnen, Fremden, die in der U-Bahn grüßen oder im Supermarkt freundlich lächeln. Ihr macht den Alltag bunter. Im Endeffekt bleibt das Leben eben doch die Summe kleinster Dinge. Ihnen allen sowie den unbekannten Lesenden dieser Zeilen alles Gute auf eurer Reise!